ANDREA SCHACHT

Jägermond

Im Reich der Katzenkönigin

Autorin

Andrea Schacht war lange Jahre als Wirtschaftsingenieurin und Unternehmensberaterin tätig, hat dann jedoch ihren seit Jugendtagen gehegten Traum verwirklicht, Schriftstellerin zu werden. Ihre historischen Romane gewannen auf Anhieb die Herzen von Lesern und Buchhändlern und erobern mit schöner Regelmäßigkeit die SPIEGEL-Bestsellerliste. Sie lebt mit ihrem Mann und zwei Katzen in der Nähe von Bonn.

Buch

Bastet Merit, die Königin des Katzenreichs Trefélin, besucht unsere Welt, um von ihrer sterbenden Menschenfreundin Gesa Abschied zu nehmen. Doch bei dem Besuch kommt es zur Katastrophe. Bastet verliert ihr magisches Ankh und ist nicht nur in unserer Welt gefangen, sondern auch im Körper einer wehrlosen Hauskatze. Ihre einzige Chance ist der Ohrring, den sie einst Gesa schenkte und der über die gleichen Fähigkeiten verfügt wie das Ankh. Aber Gesa hat den Talisman ihrer Enkelin Feli hinterlassen – und es nicht mehr geschafft, die junge Frau auf ihr Erbe vorzubereiten.

Feli ahnt nicht, was auf sie zukommt. Bis drei ziemlich unerfahrene Kater in Menschengestalt auf der Suche nach ihrer Königin unvermittelt bei ihr auftauchen. Außerdem ist Finn, der Bruder von Felis bester Freundin, ebenfalls in die Sache verwickelt. Und obendrein ist er auch noch in sie verliebt! Als wenn Feli nicht schon genug eigene Probleme hätte …

Die Vorgeschichte zu Jägermond:

Der Ring der Jägerin (37783)

Die Jägermond-Saga von Andrea Schacht:

Im Reich der Katzenkönigin (26897)
Im Auftrag der Katzenkönigin (26409)
Die Tochter der Sphinx (bei Penhaglion, 3125)

ANDREA SCHACHT

Jägermond

Im Reich der Katzenkönigin

Roman

blanvalet

Schnurren hilft immer!
MouMou

Verlagsgruppe Random House FSC-DEU-0100
Das für dieses Buch verwendete FSC®-zertifizierte Papier
Holmen Book Cream liefert Holmen Paper, Hallstavik, Schweden.

2. Auflage
Taschenbuchausgabe November 2012 bei Blanvalet,
einem Unternehmen der Verlagsgruppe
Random House GmbH, München.

Umschlagillustration: www.bürosüd.de
HK · Herstellung: sam
Satz: Uhl + Massopust, Aalen
Druck und Einband: GGP Media GmbH, Pößneck
Printed in Germany
ISBN: 978-3-442-26897-9

www.blanvalet.de

Windgestade
(fel'Trez)
Heckenfleck
(fel'Randos)
Avos Noz
Anderlande
Halbmondplateau
Laubental
Lind Siron
Avos Kaer
Avos Yen
Roc'h Nadoz
Kratzforst
(fel'Sapin)
Scharrwald
(fel'Derva)
Avos Brug
Witterlande
(fel'Landa)
Avos Moer
Avos Vegro
Schleichwald
(fel'Koat)
Wolkenschau
(fel'Avel)
Sonnengau
Anderlande

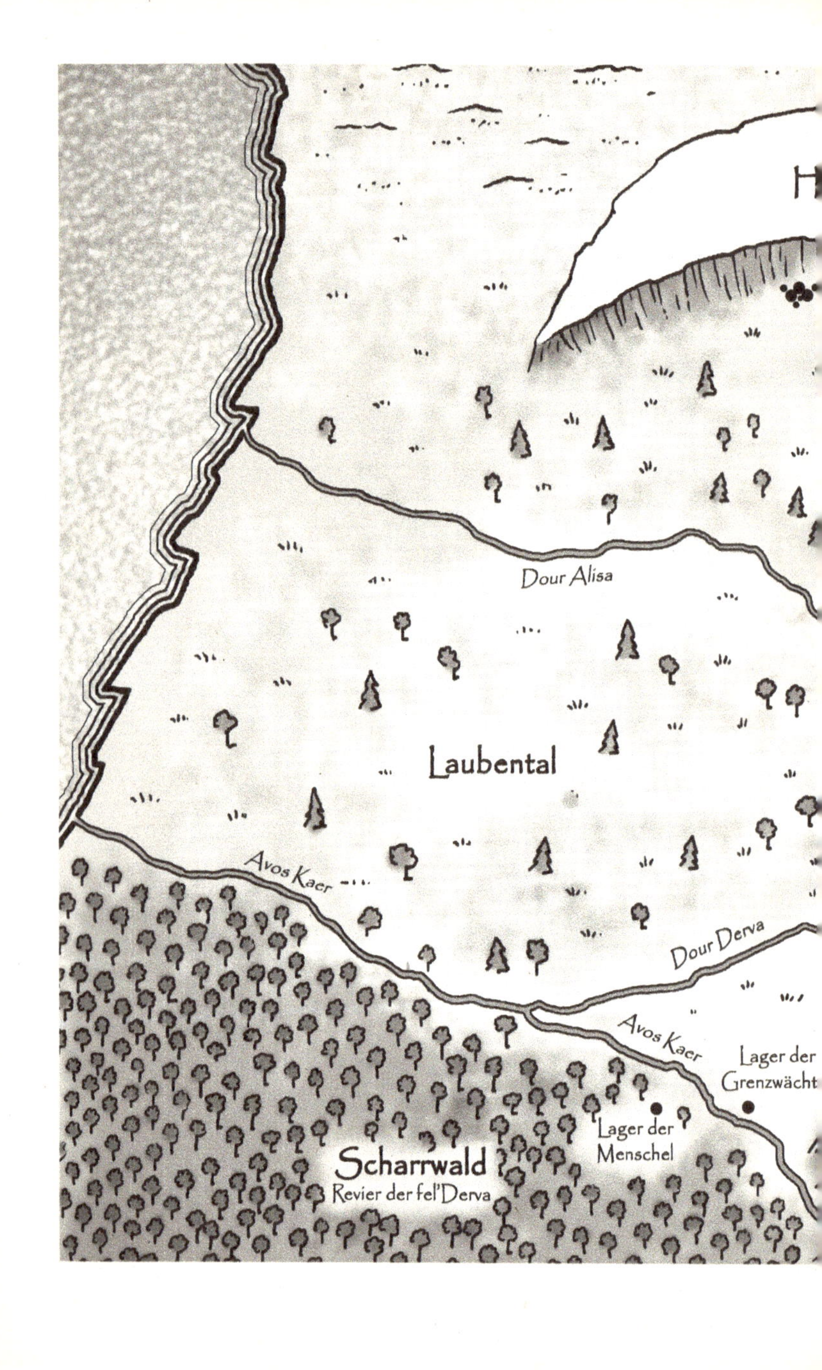
Dour Alisa
Laubental
Avos Kaer
Dour Derva
Avos Kaer
Lager der
Grenzwächt
Lager der
Menschel
Scharrwald
Revier der fel'Derva

bmond-Plateau
eiße Quellen
Sternberg
Revier der
Waschbären
Laubental
Shepsis alte
Laube
Dour Bihan
Baumkreis
Lind Siron
Überfall
der Panther
Laubental
Mittelgrat
Roc'h Nadoz
Avos Yen
Kratzforst
Revier der fel'Sapin

Erster Teil

Verloren und verlassen

1. Das schwarze Rinnsal

Im grauen Zwielicht gellte ein Kreischen. Wild. Wütend. Ein Fauchen antwortete.

Durch die hohen, silbrigen Stämme der Bäume hetzte eine Gestalt. Eine zweite folgte.

Es raschelte das trockene Laub unter ihren Tatzen.

»Sie sind aggressiv geworden, Majestät«, flüsterte Mafed.

»Es ist noch nahe am Schwarzmond.«

»Ja, vielleicht.«

Wieder ertönte das Kreischen, verdoppelte sich, klang nach erbarmungslosem Kampf.

Majestät hob die Nase.

»Blut.«

Der Schrei erstarb. Röchelnd.

»Heiliger Sphinx, sie bringen sich gegenseitig um.«

Sie liefen weiter, Seite an Seite. Auf den Blutgeruch zu.

Ein dunkler Fleck lag im silbergrauen Laub. Grau, schwarz getigert das Fell. Aus der aufgerissenen Kehle quoll das Blut. Die grünen Augen starrten blicklos ins Zwielicht.

»Ein Namenloser.«

»Kennst du ihn, Majestät?«

»Ja. Ich hätte ihn bald begnadigt.«

Sie trat näher an den Toten, beugte sich über ihn und blies ihm ihren Atem in die Nase. Trauer wehte sie an. Sie war die oberste Richterin ihres Landes, und die Verbannung in die

Grauen Wälder war eine Strafe für Verbrecher. Doch sie war zeitlich begrenzt. Den Tod bedeutete sie nicht.

»Es liegt nicht nur am Neumond«, murmelte sie. »Es gibt Gerüchte, Mafed.«

Ihr Begleiter schwieg, sah sich wachsam um.

Es war ihr ganz recht, dass er nicht antwortete. Sie wollte nicht über das sprechen, was sie gehört hatte. Und erst recht wollte sie die Quelle nicht preisgeben, der sie ihr Wissen verdankte.

Die Grauen Wälder waren eine Region voller Geheimnisse, die noch bei Weitem nicht alle erkundet worden waren. Man durchstreifte sie nicht einfach, und wenn, dann nur, wenn das Licht des Vollmonds die Wege wies. Wege, die in die Irre führten, wenn man sich nicht auskannte. Und die zum Schwarzen Sumpf führten, wenn man nicht achtgab.

Der Schwarze Sumpf aber war nicht nur wegen seiner schlammigen Abgründe bedrohlich, er barg auch Gefahren weit unheilvollerer Art in seiner unauslotbaren Tiefe. Weshalb er streng bewacht wurde.

Und doch, so hatte Majestät gehört, war in den vergangenen Monaten irgendwo ein kleines Rinnsal entdeckt worden, das sich unter dem alten Laub gesammelt hatte und das zu einem kleinen Tal floss und dort versickerte.

Wenn sie ihre jetzige Mission erfüllt hatte, würde sie das auf dem Rückweg nach Trefélin überprüfen, beschloss sie. Und versuchen herauszufinden, ob die ungewöhnliche Aggressivität der Namenlosen in irgendeiner Verbindung dazu stand.

Aber nun galt es zunächst das zu erledigen, weshalb sie von ihrem Heim aufgebrochen war, um den Menschen einen Besuch abzustatten.

»Es ist wieder alles ruhig, Majestät.«

»Ja, scheint so. Beeilen wir uns, wir haben noch einiges zu tun.«

Der Weg im Zwielicht schlängelte sich zwischen den Bäumen durch, die allmählich dornigem Gesträuch wichen, und dann erhoben sich zwei graue Steine vor ihnen, die von einer schweren Platte bedeckt waren.

»Bereit, Mafed?«

»Ja, Majestät.«

Sie betraten den schmalen Gang, der sich vor ihnen auftat, und als sie hinaustraten, standen sie auf einer sonnendurchfluteten Lichtung, in der die Vögel lauthals ihren Schrecken über ihre Ankunft verkündeten.

Majestät schenkte ihnen keine Beachtung. Sie starrte auf den silbernen Anhänger, der ihr an einem langen Lederband vom Hals hing und nun zwischen ihren Füßen lag.

»Rattenschiss! Das vergesse ich jedes Mal wieder«, fauchte sie und nahm das Ankh zwischen die Zähne. »Und du grinst nicht«, zischte sie ihren Begleiter an, einen schlanken Siamkater, der das Funkeln in seinen blauen Augen hurtig zu verstecken suchte.

»Nein, Majestät.«

»Gut«, nuschelte sie und trabte voraus.

Dieser Wald war weit weniger unheimlich als der zwielichtige, den sie bisher durchquert hatten. Den Boden bedeckten weiße Buschwindröschen, in Büscheln reckten sich die gelben Sonnen des Huflattichs aus dem braunen Laub des Vorjahrs, und frühlingsgrüne Blättchen entfalteten sich an den Büschen. Hin und wieder blieben sie witternd stehen, nahmen die Fährten von allerlei Getier auf – auch einige menschliche Duftmarken fanden sich – doch Gefahren drohten ihnen nicht. Unbehelligt erreichten sie den Waldrand, schlichen an einigen geparkten Autos vorbei, fanden die Straße, die in den Ort hineinführte, und huschten durch die Gärten, unbeachtet, zwei kleine Katzen wie viele andere auch.

Nur wer sie genau betrachtete, hätte bemerkt, dass die eine von ihnen sehr darauf achtete, den Anhänger nicht aus ihrem

Maul zu verlieren, und dass im rechten Ohr der anderen Gold blitzte.

»Da vorne!«

»Da vorne, Majestät?«

»Ich muss – ähm – einkaufen, wie die Menschen sagen.«

»Oh, ach ja, könnte nützlich sein. Sie sind so eigen mit ihrem Fell.«

»Warte an der Tür auf mich.«

Eine kleine Boutique lag zwischen einer Apotheke und einer Bäckerei, und als eine Frau die Tür öffnete, schlüpfte Majestät ungesehen mit ihr hinein. Wie nicht anders zu erwarten, entspann sich zwischen der Verkäuferin und der Kundin ein lebhaftes Gespräch, bei dem mehrere Kleidungsstücke von den Ständern genommen und in der Anprobe deponiert wurden. Es gelang Majestät auch hier, ungesehen hineinzuschlüpfen, und während die beiden Damen draußen vor dem Spiegel fachsimpelten, vollzog sie die Wandlung.

Eine schlanke Frau mit grauschwarzen Haaren trat, in einen schwarzen Seiden-Overall gekleidet, leise aus der Umkleidekabine. Man bemerkte sie nicht, lautlos und geschmeidig verließ sie das Geschäft.

Ihr Blick glitt nach unten, der des Siamkaters wanderte nach oben.

»Schick, Majestät. Und jetzt passt es wieder.«

»Mhm.«

Majestät tastete nach dem kleinen, silbernen Ankh an ihrem Hals.

»Gehen wir. Ich habe das Gefühl, die Zeit drängt.«

2. Das Erbe

Felina saß am Bett ihrer Großmutter Gesa. Ein hohes, funktionales Bett, in dem die Kranke ruhig in den weißen Kissen schlief. Seit zwei Stunden schon wachte Feli an ihrer Seite, ein Sudoku der extraharten Klasse auf den Knien, doch war sie nicht ganz so auf die Lösung konzentriert wie sonst.

Es war dunkel geworden, und sie schaltete die abgeblendete Leselampe ein. In deren Schein wirkte das Gesicht ihrer Großmutter bleich und leblos – so ganz anders als noch vor einem halben Jahr. Da war die alte Frau gesund und energisch gewesen. Von einem Tag auf den anderen aber hatte ihr Herz Probleme bereitet. Die Ärzte waren ratlos, mehrere Wochen war sie im Krankenhaus gewesen und hatte schließlich all ihre letzte Energie darauf verwendet, nach Hause kommen zu dürfen.

Ihre Tochter, Felis Tante Iris, hatte sich eingefunden und sie gepflegt. In den Abendstunden übernahm Feli selbst die Wache bei der Kranken, bis die Nachtschwester kam.

Gesa schlief um diese Zeit meistens, doch heute hatte sie Feli mit offenen Augen begrüßt und eine schwächliche Bewegung mit der Hand zu ihrem Ohr gemacht.

»Was möchtest du, Oma? Soll ich dir etwas vorlesen?«, hatte Feli sie gefragt.

»Nein … Ring«, flüsterte Gesa. »Nimm, Kind. Soll nicht mit ins Grab.«

Feli war die Kehle eng geworden. Ja, sie wussten alle, dass ihre Großmutter im Sterben lag. Aber sie sprachen nicht darüber. Trotzdem, es schien Feli nicht richtig, ihr den schmalen, goldenen Reif aus dem Ohr zu nehmen.

»Nimm, Kind. Deiner.« Die Stimme war nur noch ein heiserer Hauch.

»Aber Oma …«

»Bitte. Keine Zeit mehr …«

Sanft löste Feli ihn aus dem Ohrläppchen und steckte ihn in ihre Jeanstasche.

»Wirst wissen …«

»Ich werde immer an dich denken, Oma. Auch ohne den Ring.«

Zärtlich hatte sie das graue Gesicht gestreichelt, und Gesa hatte die Augen geschlossen, um ermattet in einen tiefen Schlaf zu versinken.

Seither hatte sie sich nicht mehr gerührt, und Feli wollte es scheinen, als ob ihre Atemzüge langsamer wurden. Aber ihre Medikamente hatte sie bekommen, und der Arzt, der am Nachmittag da gewesen war, hatte nicht besorgter als sonst gewirkt.

Feli schob die Blumen auf dem Nachttisch ein wenig zur Seite, um die Schlafende vor dem Licht abzuschirmen, und rückte dafür die kleine Katzenstatue weiter vor. Sollte Gesa die Augen öffnen, würde ihr Blick auf die Marmorfigur fallen. Eine aufrecht sitzende Katze, eine Handspanne hoch, aber von majestätischer Haltung. In ihrem einen Ohr hing ein winziger goldener Ring, und um den Hals trug sie ein silbernes Ankh – das ägyptische Henkelkreuz.

Gesa hatte Katzen sehr geliebt, ja, solange Feli sich erinnern konnte, hatte sie sich immer um Streuner und Ausgesetzte gekümmert. Selbst aber hatte sie nur eine bei sich aufgenommen, Melle, die Schwarze. Zwanzig Jahre war sie bei ihr gewesen, drei Jahre vor Felis Geburt schon war sie zu deren Großmutter gekommen. Und im vergangenen Herbst war Melle gestorben.

Feli strich mit dem Finger über den Rücken der Statue.

Ob ihr Verlust der Grund für Gesas Herzprobleme war? Sie hatte sehr an dem Tierchen gehangen, und Melle war auch eine ausgesprochen zutrauliche und kluge Katze gewesen.

Feli selbst hätte auch gerne eine Katze gehabt, aber ihre Eltern waren dagegen. Wie sie gegen so vieles waren, was sie gerne gehabt oder getan hätte. Wahrscheinlich hatten sie ja recht: Auch sie hatte ein schlechtes Herz. Seit sie als Kind diese blöde Herzmuskelentzündung gehabt hatte. Weshalb sie sich nie anstrengen durfte. Manchmal fand Feli das richtig Käse. Aber dann bekam sie wieder dieses Pulsrasen, und damit packte sie die Angst.

Seufzend widmete sie sich dem Sudoku. Das war wenigstens nicht körperlich anstrengend, haarte nicht und verursachte keine Allergien.

Klasse.

Unten ging die Tür, und leise Schritte waren auf der Treppe zu hören. War es schon Zeit für die Pflegerin? Feli warf einen Blick auf die Uhr. Nein, die würde erst in einer Stunde kommen.

Es klopfte sacht an der Tür, dann öffnete sie sich, und eine schlanke, sehr schöne Frau trat ein. Ihre kurzen Haare waren schwarz, mit Grau durchzogen, doch ihr Gesicht glatt und jung. Sie bewegte sich anmutig, und schwarze Seide umschimmerte ihre geschmeidige Gestalt.

»Verzeih mein Eindringen, Mädchen. Ich bin eine alte Freundin von Gesa und wollte sie besuchen«, sagte sie leise, und ihre grünen Augen blickten Feli so bezwingend an, dass sie kaum zu atmen wagte.

»Sie … sie schläft. Sie ist sehr schwach, wissen Sie?«

»Ich weiß, Kind. Du bist ihre Tochter?«

»Nein. Nein, ich bin Felina, ihre Enkelin.«

Eine Augenbraue hob sich in dem schönen Gesicht.

»Felina! Was für ein ungewöhnlicher Name.«

»Ein bisschen komisch ist er schon. Großmutter wollte, dass ich so heiße. Meine Eltern fanden Sabine besser. Aber die meisten nennen mich jetzt Feli.«

Feli merkte selbst, dass es ein bisschen trotzig klang.

»Felina, der Namen eines Geschöpfes ist ein heiliges Gut. Erfülle ihn mit Sinn.«

Uch, was war das denn? Gesa hatte wohl doch ein paar schräge

Freundinnen. Sie wollte die Frau schon fragen, ob sie irgendwie eine abgedrehte Art von Priesterin sei, verbiss sich dann aber die unhöfliche Bemerkung.

Ein winziges Lächeln zuckte in den Mundwinkeln der Besucherin.

»Nein, keine Priesterin.«

Himmel, konnte die Gedanken lesen?

Feli kroch förmlich in sich zusammen und rückte mit dem Stuhl ein Stück nach hinten. Das scharrende Geräusch aber weckte Gesa, und sie bewegte leicht den Kopf. Ihre Augen öffneten sich und fixierten plötzlich die grauhaarige Frau. Ihre Lippen bewegten sich, doch Feli verstand nicht, was sie sagte. Die Fremde hingegen tat es wohl, denn sie trat näher und nahm Gesas schlaffe Hand in die ihre.

»Ja, Gesa, ich bin gekommen. Erstaunt es dich?«

»Nein. Jetzt nicht mehr.«

Weniger als ein Flüstern war es.

Gesa schloss die Augen, und ihre Miene wurde friedlich. Verschwunden waren die Falten von Erschöpfung und Krankheit, und ein beinahe überirdisches Lächeln erhellte ihre Züge.

Eine Weile stand die Fremde schweigend, ja bewegungslos am Bett, die Hand noch immer mit der von Gesa verbunden. Es war so still, dass Feli kaum zu atmen wagte.

Irgendwas ging hier vor, etwas Unbegreifliches. Doch es schien nicht bedrohlich zu sein, sondern erfüllte den Raum mit tiefer Ruhe.

Dann beugte sich die Fremde vor und berührte leicht mit ihrer Nase die von Gesa.

Als sie sich wieder aufrichtete, flüsterte sie: »Sie wartet schon auf dich. Wir führen dich zu ihr.«

Dann strich sie ihr über die Wangen und sah Feli an.

»Öffne das Fenster, Felina. Die Nacht ist sternenklar.«

Es kam Feli gar nicht in den Sinn, ihr zu widersprechen. Gehorsam stand sie auf, zog die Vorhänge zurück und machte das Fenster auf.

Ein kühler Hauch wehte hinein, leise rauschte der Wind in den Ästen der Buche im Garten. Und, ja, der Himmel funkelte voller Sterne. Nur ein kleines Wölkchen bildete sich, schob sich vor die schmale Sichel des Mondes und verharrte dort. Dann schien ein Windhauch auch diese Wolke zu erfassen, und sie löste sich auf. Seltsam, sie wirkte wie die Gestalt einer springenden Katze.

Dann war das Wölkchen fort.

Unten im Garten sangen zwei Katzen. Feli sah ihre Schemen unter der Hecke davonhuschen. Und fort war auch die Fremde.

Sie schloss das Fenster und sah zu ihrer Großmutter hin.

Sie wusste es. In diesem Moment wusste sie es.

»Oma. Ach, Oma.«

3. Schlägerei

Die Maschinen ihrer Motorräder jaulten durch die nächtlichen Straßen. Finn fluchte mal wieder darüber, dass er nur so einen dämlichen Roller fuhr. Zwar hatte er genügend daran herumgebastelt, um ihm mehr Leistung abzuzwingen, aber es war und blieb ein Roller. Ein spießiges Teil, mit dem auch dicke Hausfrauen zum Supermarkt fuhren.

Die Kumpels bogen in den Wald ein. Trockenes Laub stob auf, als sie vom Weg abbogen und den kaum sichtbaren Pfad einschlugen. Er hetzte hinterher und musste Staub schlucken.

Wenigstens wusste er, wohin sie wollten. Und was sie wollten. Den trockenen Knochen von Förster ärgern. Der mit seinen Verbotsschildern und Vorträgen. Mann, der Wald war für alle da, oder?

Die Jungs waren weit voraus, aber sie würden schon noch auf ihn warten. Er hatte schließlich das Bier dabei.

Der Scheinwerfer beleuchtete den unebenen Weg. Aus dem Unterholz schimmerten zwei gespenstische Augen, kleines Getier auf der Flucht huschte vor dem Lichtstrahl davon. Eigentlich nicht ganz fair, die Füchse und Hasen bei ihren nächtlichen Vergnügungen zu stören, dachte Finn kurzfristig betroffen.

Er schleuderte, als er über eine ausgestreckte Wurzel fuhr, und verfluchte den dämlichen Baum. Dann sah er die vier Motorräder neben dem alten Hügelgrab stehen.

»Ey, wurde auch Zeit«, pflaumte einer der Jungs ihn an.

»Mann, bring deine lahme Kaffeemühle in Schwung.«

»Und rück das Bier raus!«

Finn stellte den Roller aus und holte die Flaschen aus dem Topcase. Die holprige Fahrt war dem Inhalt nicht gut bekommen, stellten sie fest, als sie die erste aufmachten. Wieder wurde Finn angepöbelt, aber da er das nicht auf sich sitzen lassen wollte, gab er ihnen mit gleicher Münze zurück.

Man einigte sich schließlich darauf, den Konsum des Biers zu verschieben. Einer der Jungs hatte eine Flasche Härteres dabei, das nicht überschäumte. Sie schoben ein paar Äste zusammen und zündeten sie an. Als das Feuerchen ruhig brannte, ließen sie die Flasche kreisen.

Angewärmt durch den Alkohol begannen sie danach mit dem kreativen Teil des Abends und verpassten den grauen Steinen des Dolmen mit Farbspray einige originelle Dekorationen, von denen sie vermuteten, dass sie den Förster zur Weißglut bringen würden.

Plötzlich zog einer der Kumpels seine Jeansjacke aus und machte ein paar schnelle Schritte zur Seite. Dann warf er sie über etwas im Gras.

»Hey, ich hab sie!«, rief er. »Leute, mal ein ganz neues Vergnügen – Katzengrillen!«

Ein wildes Kreischen ertönte aus der zappelnden Jacke.

»Sucht mal einen spitzen Ast, auf den wir sie spießen können!«

Finn packte das Grauen.

»Ihr habt doch nicht mehr alle Latten im Zaun! Lasst das Tier los!«

»Unser Kekstunker wieder.«

»Mann, was meinst du, was der heilige Nathan spucken wird, wenn er die findet!«

»Der wird so schon genug spucken. Das ist Tierquälerei!«

»Das ist doch nur 'ne räudige Streunerkatze.«

Finn ging auf den zu, der die zappelnde Katze in seiner Jacke festhielt, und griff danach. Der andere entzog sie ihm.

»Du verstehst keinen Spaß, was?«

»Ich find's nicht richtig!«

»Kuschelrocker! Blindgänger!«

»Weichwolli!«

Spott und Häme ergossen sich über ihn.

Und die Katze kreischte.

Klar, er war ein Weichei, klar, sicher. Und eine Niete. Eine Nullnummer, ein Versager.

Und? Fand seine Mutter auch.

Eine Katze quälen konnte er nicht.

Einer der Jungs hatte einen halbmeterlangen Ast gefunden und spitzte ihn mit dem Messer an.

Die grässliche Vorstellung, wie er die Katze damit pfählen würde, ließ einen Knoten in Finn platzen. Er trat seinem Kumpel kräftig gegen das Schienbein.

Der ließ vor Überraschung die Jacke los, und die Katze schoss wie ein grauer Schatten die Eiche neben dem Dolmen hoch.

»Idiot!«, brüllte der Getretene und schlug Finn die Faust in den Magen. Finn knickte ein und rang nach Luft. Jemand zerrte ihn an den Haaren hoch, und eine weitere Faust traf ihn am Kinn. Finn schlug zurück, blind vor Schmerz und Wut. Fiel hin, einer warf sich über ihn. Einer anderer trat. Er versuchte sein Gesicht zu schützen. Schmeckte Blut. Schlug mit dem Hinterkopf auf irgendwas Hartes. Es wurde dunkel um ihn.

Nicht ganz. Das Gehör funktionierte noch.

Jemand sagte: »Hört auf! Da kommt wer.«

Man ließ von ihm ab. Die Motorräder brüllten auf.

Finn versuchte sich aufzurappeln, aber alle Knochen taten ihm weh. Und sehen konnte er nur verschwommen.

Jemand zerrte ihn hoch.

»Was geht hier vor?«, wurde er barsch gefragt.

Antworten konnte Finn nicht – ihm wurde erbärmlich übel. Der Mann ließ ihn los, und der Junge übergab sich, an den Eichenstamm gelehnt.

Danach ging es ihm ein bisschen besser. Na ja, zumindest sehen konnte er halbwegs wieder.

Und was er sah, hob seine Laune nicht. Von den Scheinwerfern des Jeeps beleuchtet trat der Förster gerade das Feuer aus und musterte mit grimmiger Miene die Schmierereien an dem Dolmen.

Dann ihn.

»Prima Freunde! Auf die kann man sich verlassen, was?«

Gott, klang das höhnisch.

»Wie heißen Sie?«

»Geht Sie nichts an.«

»Doch, das geht mich ziemlich viel an. Ihre Papiere, wenn ich bitten darf.«

»Dürfen Sie nicht.«

»Dann werde ich die Kollegen von der Polizei verständigen. Aber ich bin ebenso befugt, Ihre Personalien aufzunehmen, junger Mann.«

Scheiße, aber das war er wohl. Mutter würde dampfen, wenn die Blauen bei ihr vor der Tür ständen. Finn fummelte die Brieftasche aus der Jeans und reichte dem Förster seinen Führerschein. Der setzte sich in seinen Jeep und schrieb sorgfältig die Daten ab. Kurz erwog Finn, sich auf seinen Roller zu werfen und einfach abzuhauen, aber dann trat er doch nur von einem Bein auf das andere und blieb stehen. Verdammt, was taten ihm die Rippen weh. Und die Lippe war auch aufgeplatzt. Und überall war Dreck.

»Hier, Ihre Papiere, Herr Kirchner. Ihnen ist klar, dass diese Verunstaltung eines historischen Denkmals eine Anzeige nach sich ziehen wird? Vielleicht möchten Sie mir die Namen Ihrer – Freunde – nennen?«

»Nein.«

»Gut.«

»Kann ich jetzt fahren?«

»Nein, Herr Kirchner. Das Befahren des Waldes ist Unbefugten nicht erlaubt. Sie können mit einer weiteren Anzeige rechnen, wenn ich Sie dabei beobachte. Ich will mal großzügig sein und annehmen, dass Sie den Roller ebenso hierhin geschoben haben, wie sie ihn auch wieder aus dem Wald schieben werden.«

Es war alles nur Scheiße. Wirklich. Und das wegen dieser dämlichen Streunerkatze.

Der Förster ging zu seinem Jeep, und Finn hinkte zu seinem Roller. Er trat den Ständer los und schob den Roller auf den Pfad.

Der Jeep startete, die Scheinwerfer beleuchteten den Weg, und Finn sah etwas vor dem Vorderrad glitzern.

Vermutlich ein Kronkorken.

Besser, er hob ihn auf, bevor er noch wegen Waldverschmutzung drankam.

Aber es war kein Korken. Es war ein Anhänger. Genau genommen ein Lederband mit einem silbernen Kreuz. Das mochte wohl ein Mädchen hier verloren haben. Finn steckte es ein. Dann schob er mühsam und unter Schmerzen den Roller durch den Wald.

4. Majestät sucht ihr Ankh

Majestät war stinkig.

Majestät saß auf dem schwankenden Ast der Eiche und dünstete brodelnde Wut aus.

So ging man nicht mit ihr um. Niemand. Kein Mensch und kein Tier.

Da unten verprügelten sich die Zweibeiner jetzt gegenseitig. Gut so!

Aber sie saß hier oben und knurrte.

Das Ankh war weg.

Das viel zu lange Lederband war ihr vom Hals gerutscht, der Anhänger ihr aus dem Fang gefallen. Und damit saß sie in der Falle.

Und damit war sie gezwungen, in dieser unwürdigen Gestalt einer kleinen Hauskatze zu verharren.

Und damit war ihr der Weg durch den Dolmen versperrt.

Rattenkacke.

Und zwar ein riesiger Haufen davon!

Immerhin, Mafed hatte es geschafft. Er war vor ihr durch die Steine gesprungen, als die Jungmenschen kamen. Sie aber war mit dem dämlichen langen Lederband in einer Brombeerranke hängen geblieben, weshalb dieser Flachkopf es geschafft hatte, sie in der Jacke zu fangen.

Sie – Bastet Merit, die Königin von Trefélin!

Entwürdigend, so was.

Sie fauchte, und ein Käuzchen im Nachtanflug stürzte vor ihr ab.

Jetzt kam noch so ein Mensch dazu, und die Tröpfe da unten ergriffen die Flucht. Bis auf den, den sie verdroschen hatten.

Der Mann verpasste dem Wurm eine weitere Abreibung, wie es schien, und endlich schob der ab.

Der ältere Mensch ebenfalls.

Majestät wartete noch eine Weile, bis die nächtliche Ruhe wiederhergestellt war und das irdische Tierreich seinen Gewohnheiten nachging. Dann machte sie sich an den Abstieg von ihrem hohen Zufluchtsort.

Es stank unten am Dolmen. Die Farbe, die die Menschen versprüht hatten, verbreitete einen stechenden Geruch, die Motoren ihrer Gefährte einen verbrannten, und der Junge, den sie verprügelt hatten, hatte Angstdunst hinterlassen.

Aber damit kam sie zurecht. Viel wichtiger war es, den Anhänger wiederzufinden.

Sie witterte.

Nichts.

Sie stöberte in der Nähe des Brombeergebüschs, wo sie ihn verloren hatte.

Nichts.

Sie umschlich den Dolmen.

Nichts.

Sie zog immer weitere Kreise um die Stätte herum.

Nichts.

Wo war das Ankh?

Hatte es einer von denen etwa an sich genommen? Eine Katastrophe. Eine unvorstellbare Katastrophe.

Müde setzte Majestät sich auf einen moosigen Baumstumpf und starrte trübe in das Dunkel.

Vielleicht später, bei Tageslicht. Vielleicht würde sie es dann finden, weil es glitzerte. Oder eine diebische Elster …

Bloß nicht dran denken.

Besser darüber nachdenken, was es für positive Aspekte gab.

Ja, das könnte ihr helfen, ihr inneres Gleichgewicht wiederherzustellen.

Das, und die Brust und die Flanken putzen. Das war nicht nur dringend notwendig, sondern beruhigte auch und regte das Denken an.

Also: Mafed war durch den Einschlupf entkommen, und wenn es auch ein ungünstiger Zeitpunkt war, die Grauen Wälder zu passieren, so war er doch ein geübter Pfadfinder und würde den richtigen Weg benutzen. Es sei denn, die Namenlosen fielen ihn an.

Besser nicht vorstellen.

Mafed würde dem Rat berichten, was geschehen war. Da sie nicht nachgekommen war, würde er richtigerweise annehmen, dass sie das Ankh verloren hatte. Amun Hab würde Hilfe schicken.

Aber wann?

Vermutlich erst beim nächsten Vollmond.

Dann musste sie eben so lange hier in der Menschenwelt verharren.

Als kleine, graue Hauskatze.

Ein tiefes Grollen rollte aus ihrer Kehle. Ein nachtjagender Fuchs hetzte in Panik davon.

Die positiven Aspekte, erinnerte Majestät sich.

Nun ja, sie hatte ihre Mission erfüllt. Gesas Seele würde zu den Goldenen Steppen finden, dort, wo Melle sie schon erwartete. Das war gut. Das war sogar sehr gut. Denn so wie Gesa sich ihr Leben lang verhalten hatte, war das der gerechte Lohn für ihre verdienstvolle Hilfe den irdischen Katzenvölkern gegenüber.

Majestät putzte sich die schwarze Pfote.

Da war doch was?

Da hatte sie doch etwas übersehen.

Richtig, der Ohrring. Gesa besaß einen Ohrring. Einen unscheinbaren kleinen Goldring, den sie immer im rechten Ohrläppchen getragen hatte. Aber vorhin war da kein Ohrring gewesen.

Man musste ihn ihr herausgenommen haben.

Majestätens Schwanz peitschte hin und her.

Sie brauchte den Ring. Er war ihre Rettung. Es war zwar nur

ein Verständigungsring, aber ihr würde er die Rückkehr in ihr Land ermöglichen.

Es sah so aus, als müsste sie sich noch einmal auf den Weg zur menschlichen Ansiedlung machen.

Die Morgendämmerung würde bald anbrechen, die ersten Vögel kündeten bereits den neuen Tag. Besser, sie verschob den Besuch bei den Menschen auf die Nacht. Es war ein weiter Weg für eine kleine Katze, und sie war müde nach all dem Ärger und der Aufregung. Majestät kletterte die Eiche wieder empor und legte sich in einer breiten Astgabel zurecht, um den Tag zu verschlafen.

Später trabte Majestät langsam durch die Abenddämmerung. Eine unvorsichtige Haselmaus kreuzte ihren Weg und diente ihr als Zwischenmahlzeit. In einem Garten fand sie eine Schale mit Trockenfutter. Die Markierung der Eigentümerin an der Hausecke ignorierte sie mit königlicher Souveränität und verleibte sich die knusprigen Häppchen ein.

War nicht schlecht.

Dann schlich sie sich geduckt an das Haus heran, das sie am Abend vorher aufgesucht hatte.

Es war alles still hier. Es brannte kein Licht, die Jalousien waren heruntergelassen. Es gab aber eine Katzenklappe. Die hatte Mafed am Tag zuvor genutzt, um einzudringen und ihr den Schlüssel für die Haustür zu bringen. Kleine Tricks, die man sich so im Laufe des Lebens aneignete. Es gab auch noch andere.

Es schien so, als müsste sie die anwenden, denn irgendjemand hatte die Mülltonne außen vor die Klappe geschoben. Majestät suchte nach anderen Einschlüpfen. Auf Kipp gestellte Fenster, Kellerluken, halboffene Balkontüren – alles war ihr recht.

Es gab aber nichts.

Also hieß es warten, bis einer der Bewohner die Tür öffnete, um ungesehen mit hineinhuschen zu können.

Die Gelegenheit ergab sich erst am nächsten Vormittag. Mit zwei Menschen und einem Haufen Gepäck gelangte sie ins Innere des Hauses und machte sich auf die Suche. Gesas Zimmer war leer, ihre Präsenz nicht mehr zu spüren. Aber mit ihren sensiblen Sinnen nahm Majestät die feinen Schwingungen des Ringes auf. Er war im Haus. Vorsichtig, um nicht entdeckt zu werden, folgte sie der Spur.

Sie endete in einem Schlafzimmer. Warum auch immer, hinter einem Blumenbild an der Wand.

Befremdlich.

Sie wollte gerade wieder hinausschleichen, um das Mädchen zu suchen, als eine Frau eintrat, zusammen mit ebendieser Felina, der Enkelin Gesas. Majestät sah sich gezwungen, sich unter dem Bett zu verstecken.

»Die Papiere sind im Tresor, Sabine.«

»Ja, ich weiß, Mama. Ich hab auch Omas Ohrring hineingelegt.«

»Ohrring?«

»Du weißt doch, die kleine Kreole, die sie immer trug. Sie hat sie mir geschenkt. Ich darf sie doch behalten?«

»Ja, ja, sicher. Aber ich möchte nicht, dass du dir Ohrlöcher stechen lässt, Sabine.«

»Mama, kannst du dir nicht endlich angewöhnen, mich Felina zu nennen?«

»Nein, Sabine. Wir haben uns für diesen Namen entschieden, und so heißt du nun mal.«

»Und ich entscheide mich für Felina. Oma hat mich so genannt, und ich möchte so heißen.«

»Und ich möchte meine Tochter weiterhin Sabine nennen.«

»Dann tu das, Mama, aber alle meine Freunde nennen mich jetzt schon Feli. Ihr könnt das sowieso nicht ändern, ihr hängt ja die ganze Zeit in China rum.«

»Sab...«

»Ich höre einfach nicht mehr drauf, okay?«

Sprach's und verließ den Raum.

Mama war ebenfalls aus dem Raum gefegt, und die Tür war hinter ihr zugefallen.

Majestät nickte beeindruckt. Das Mädchen hatte Biss. Nur schade, dass sie den Ring nicht an sich genommen hatte. Mit ihr hätte sie sich schon irgendwie einigen können. Diese Frau, ihre Mutter, dazu zu überreden, den Tresor aufzumachen – das überstieg ihre derzeitigen Fähigkeiten allerdings um ein Vielfaches. Nicht jedoch das Öffnen einfacher Türen. Majestät hängte sich an die Klinke, schaukelte daran, und schon sprang die Tür auf.

Dummerweise stand Mama noch im Flur, und als sie ihrer ansichtig wurde, fing sie an zu lärmen, was die verflohte Streunerkatze hier im Haus wollte. Um den spitzen Absätzen der Frau unbeschadet zu entkommen, rannte Majestät zur Haustür, die ihr von Felina zuvorkommend geöffnet wurde.

Unter einem Busch hielt sie inne, um nach Luft zu schnappen, und stellte sich verwundert die Frage, was Gesa, die Katzenfreundin, da nur für eine unnatürliche Gefährtin für ihren Sohn ausgesucht hatte. Es sah nicht so aus, als ob eine Katze in diesem Haushalt willkommen war, also würde sie wohl doch die nächsten zehn Tage abwarten müssen, bis Hilfe aus Trefélin kam.

Der Wald um den Dolmen herum schien ihr nicht der schlechteste Aufenthaltsort zu sein.

Wenigstens die Mäuse waren dort aromatisch und fett.

5. Prüfung

Im Land Trefélin blühten die Lauben. Über dem ganzen Tal lag ein leichter Blumenduft, und das Summen und Brummen der Hummeln und Bienen übertönte beinahe das Schnurren seiner Bewohner.

Nicht alle lagen indes auf dem weichen grünen Gras zwischen den Lauben, um sich von der Frühlingssonne den Pelz wärmen zu lassen. Nefer, der junge Kater, stupste die dösende Che-Nupet an, die sich genüsslich ihren flauschigen Bauch bescheinen ließ und dabei Vorder- und Hinterbeine in die Luft gestreckt hatte.

»Mafed ist zurück«, sagte er.

Die rotbraune Katze blinzelte ihn träge an.

»Und?«

»Majestät nicht!«

Wusch – schon stand Che-Nupet auf allen vier Pfoten.

»Woher weißt du das?«

Nefer zuckte mit dem Schwanz.

»Hab ihn gesehen. Er ist auf dem Weg zu Amun Hab.«

»Ich auch.«

»Du hast Dienst.«

»Du nicht?«

»Nein.«

Nefer schoss voran. Er war ein sehniger Kater mit kurzem, schwarzem Fell, das im Licht blaue Funken zu versprühen schien. Che-Nupet hingegen neigte zur Molligkeit, was ihr dichtes, langhaariges Fell auch noch betonte. Sie trabte gemächlich, wie es ihre Art war, hinter dem Kater her.

Eigentlich, dachte Nefer, hätte er Che-Nupet gar nicht sagen müssen, dass Mafed alleine aus der Menschenwelt zurückgekommen war. Es war nur so, dass er nie der Versuchung widerstehen konnte, die faule, ewig dösende und sich an den wärmsten Plätzen herumlümmelnde Kätzin zu irgendeiner Bewegung zu veranlassen. Aber was machte es schon, wenn sie sich ebenfalls bei dem Weisen einfand. Amun Hab würde sie schon fortscheuchen, wenn er sie nicht dabeihaben wollte.

Ihm, Nefer, würde er es sicher erlauben; schließlich galt er als einer der besten Scholaren, die der Weise je gehabt hatte.

Nefer selbst würde sich nicht als eingebildet bezeichnen, seine Freunde taten es gelegentlich. Es störte ihn nicht.

Das südliche Laubental zog sich entlang des Mittelgrats, einem langen, schmalen Gebirgszug, der sich vom Süden bis hier in den Norden erstreckte und eben hier seine letzten Ausläufer hatte. Dem nördlichsten Berg, dem Menez Penn, entsprang der Dour Siron, ein klarer Bach, der sich in einem hohen Wasserfall in den Lind Siron ergoss. An diesem beinahe kreisrunden See hatte Amun Hab seine Residenz, die er bewohnte, wenn er und Bastet Merit gemeinsame Beratungen durchzuführen hatten oder Rituale und Zeremonien planten. Oder in Krisenzeiten. Oder wenn sie einfach faulenzen wollten, was sie gerne und oft taten. Auch die Berater des Weisen und einige der Hofdamen hatten hier wohnliche Lauben bezogen. Noch gehörte Nefer nicht zu den Ratgebern; er hatte bisher erst die erste Prüfung abgelegt. Aber man verwehrte ihm selten, den Beratungen beizuwohnen. Allerdings war er klug genug, sich dabei immer schweigend im Hintergrund zu halten.

So auch dieses Mal.

Amun Hab, ein großer, muskulöser Kater, ebenso schwarz wie Nefer und mit ebenso blauen Augen, streckte sich auf seinem Liegeplatz aus und hörte mit gespitzten Ohren dem Seelenführer Mafed zu. Einige andere Kater lagen ebenfalls in der Nähe und lauschten.

»Sie muss bei der Rangelei mit den Menschen das Ankh verloren haben. Sonst wäre sie mir nachgekommen.«

»Könnten sie sie getötet haben?«

»Menschen? Majestät? Nie. Nicht mal als kleine Katze.«

»Nein, wahrscheinlich ist das nicht. Aber es wird sie fuchsen, dort ausharren zu müssen. Als kleine Katze.« Amun Hab sah aus, als müsse er ein Grinsen unterdrücken. Seine Schnurrhaare bebten verdächtig. Aber er wurde wieder ernst und fragte: »Sie wird erwarten, dass wir ihr Hilfe schicken. Kannst du zurückgehen und ihr einen Ring bringen, Mafed?«

»Schwierig. Ich bin in der letzten Zeit ein paarmal zu oft in den Grauen Wäldern gewesen. Mein Ring beginnt stumpf zu werden. Ich kann es auch nur noch an Vollmond wagen.«

In Nefer rumorte es.

Während die anderen beratschlagten, wer auf welche Weise der Königin zu Hilfe kommen sollte, überschlugen sich seine Gedanken. Er stand kurz vor der zweiten Prüfung. Die erste hatte er vor drei Jahren mit Erfolg bestanden. In der Zwischenzeit hatte er seinen Dienst als Grenzhüter geleistet und war mehrmals gelobt worden. Er hatte zwei weitere Reisen ins Menschenland unternommen – kurze nur, doch mit Pflichten verbunden, die er bravourös erfüllt hatte, und nun würde er sich eigentlich die nächste Prüfungsaufgabe selbst suchen müssen. Üblicherweise übernahmen die Anwärter auf die höheren Grade es, einen der begnadigten Namenlosen aus den Grauen Wäldern heimzuholen oder einem Verirrten in den anderen Gefilden den Weg zurück zu weisen. Hier aber tat sich ein höchst lohnenswerter Auftrag auf.

Nämlich Bastet Merit, Königin des Landes Trefélin, hilflos gestrandet in der Welt der Menschen, zurückzuführen.

Nefer wartete einen günstigen Augenblick ab. Man hatte mehrere Möglichkeiten diskutiert, alle als nicht vollkommen nützlich verworfen und sann nun schweigend über neue Wege nach.

Nefer erhob sich und trat zum Lager des Weisen. Demütig, wie es sich gegenüber dem höchsten Lehrer und Ratgeber gebührte, setzte er sich auf die Hinterpfoten und senkte den Kopf.

»Du hast eine Lösung ersonnen, Scholar Nefer?«

»Ja, Amun Hab, großer Weiser.«

Wortgewandt legte er ihm dar, dass es ihm eine Ehre sei, es als Prüfung auf sich zu nehmen, Bastet Merit zu Hilfe zu eilen.

»Sem, Ani und Pepi sind bereit, die Vorprüfung anzutreten, um sich ihre Namen zu verdienen, Amun Hab. Ich würde sie auf ihre erste Reise in die Menschenwelt begleiten«, schlug er dazu noch vor.

Blaue, unergründliche Augen musterten ihn.

Lange.

Nefer wurde es unbehaglich.

»Du nimmst das Maul ganz schön voll«, grummelte der Weise schließlich.

»Andererseits«, ließ sich Imhotep, der Pfadfinder, vernehmen, »bedarf es jugendlichen Mutes, zu den Menschen zu reisen, und jugendlicher Ausdauer, Majestät und das Ankh zu finden. Ich halte den Vorschlag für durchaus bedenkenswert. Die drei jungen Kater, die Scholar Nefer vorgeschlagen hat, sind kräftig, ausdauernd und schnell. Zu viert sollte es ihnen gelingen, zum Silbermond unbeschadet die Grauen Wälder zu durchqueren.«

Unerwartet kam ihm auch Mafed zu Hilfe.

»Ja, zu viert sollten sie auch in der Lage sein, möglichen Angriffen zu begegnen. Ich habe euch ja berichtet, dass sich eine seltsame Aggressivität unter den Namenlosen gezeigt hat. Gebt ihnen einfache Ringe mit, solche, die erst kürzlich an Kraft gewonnen haben. Es kann den jungen Katern nicht schaden, frühzeitig die Erfahrung zu machen, wie man sich als kleine Katze unter großen Menschen zu bewegen hat.«

»Mhrrrm«, sagte der Weise, halb schnurrend, halb brummend. »Mhrrrrm.«

Nefer wagte noch einen Vorschlag zu machen.

»Ich würde mich sogar trauen, schon in den nächsten Tagen …«

»Nein. Nur zum Silbermond!«

Nefer straffte sich, wollte widersprechen, aber neben ihm schnurrte es vernehmlich: »Lass ich ihn bei Silbermond am Durchgangsfelsen passieren, ne?«

»Nun gut. Ja, Che-Nupet, ihn und die drei Gesellen, die ihn begleiten werden. In zehn Tagen. Keinen Tag früher.«

»Nöö, nicht.«

Die Versammlung löste sich auf, und einigermaßen zufrieden machte sich Nefer auf die Suche nach den Kameraden, die er zu seiner Begleitung auserkoren hatte. Er war sich sicher, dass die jungen Kater die Nachricht mit Begeisterung aufnehmen würden. Sie waren vier Jahre jünger als er und steckten mitten in der Grundausbildung der Scholaren. Ganz gewiss würden sie eine Ablenkung von den theoretischen Lerninhalten begrüßen. Nur wenige beschäftigten sich wirklich gerne mit der Geschichte und Mythologie des Landes, der Bedeutung der Namen, dem Rechtswesen und der Weltenverflechtung. Kriegsführung und Kampftechniken jedoch liebten sie alle, und die drei, die er im Sinn hatte, interessierten sich auch für das Menschenwesen. Nach dem dritten, manchmal auch erst nach dem vierten Lehrjahr durften sie ihre Vorprüfungen ablegen. Da diejenigen, die ihren Heimat-Clan verlassen hatten, um sich entweder zum Berater des Weisen oder zum Hofdienst ausbilden zu lassen, nicht der üblichen Namensvergabe durch die Clans-Ältesten unterworfen waren, galt bei ihnen diese Vorprüfung dazu, sich von dem kurzen Kindernamen zu trennen und einen echten Katzennamen zu erhalten. Sem, Pepi und Ani würden auch das zu schätzen wissen.

Und er würde sich nach bestandener Prüfung dann endlich ein Spezialgebiet auswählen dürfen und wäre von diesem langweiligen Grenzhüterdienst befreit.

Außerdem würde er sich der Gnade der Königin erfreuen.

Eine strahlende Zukunft lag vor Nefer.

6. Ein Geschenk

Finns Zukunft erschien ihm nur in den düstersten Farben.

Seine äußeren Blessuren waren zwar verheilt, aber die verschiedenen verbalen Auspeitschungen, die ihm seine Mutter verpasst hatte, die wirkten noch nach.

Der Förster hatte es wahrgemacht und sie angezeigt. Es war ihm auch gelungen, die Namen der Kumpels herauszufinden, und die waren nun geschlossen der Meinung, Finn hätte sie verpetzt.

Bei ihnen lag er also auch im Verschiss.

Finn lag auf seinem Bett und ließ Musik in seine Ohren dröhnen.

Damit störte er wenigstens niemanden.

Das schien derzeit aber auch das Einzige zu sein, was er überhaupt noch machen konnte, ohne gleich einen Peitschenhieb übergezogen zu bekommen. Die Zunge seiner Mutter ersetzte locker eine neunschwänzige Katze.

Verdammt, wenn er nur wüsste, was sie wirklich wollte. Nichts konnte er ihr recht machen. Nichts, aber auch restlos gar nichts. Benahm er sich mal wie ein Mann und prügelte sich, dann war er das letzte unkultivierte Arschloch. Und sofort wurde ihm die Verwandtschaft mit seinem Vater vorgehalten. Der war auch ein unkultivierter Arsch. Klar, der hatte sie sitzen lassen, schon vor zwölf Jahren. Finn konnte sich kaum an ihn erinnern. Er war damals sechs gewesen, als der Alte die Fliege gemacht hatte. Soweit Finn es verstanden hatte, zog er als einsamer Wolf durch die Lande. Irgendwann war er noch mal aufgetaucht, hatte seinen Sohn aber völlig ignoriert. Danach war die Scheidung der Eltern durch gewesen. Die letzte Meldung, die seine Mutter mit ätzendem Unterton hatte verlauten lassen, war, dass Kord, sein Vater, derzeit wegen Körperverletzung einsaß.

Dieses glückselige Schicksal blühte Finn ihrer Meinung nach auch.

Dabei war er eigentlich gar nicht auf Prügeleien aus. So was Bescheuertes! Klar ging er einmal die Woche zum Kickbox-Training. Aber hatte es was genutzt? Na ja, großen Ehrgeiz hatte er bisher nicht an den Tag gelegt. Es war nur, weil ein Mädchen ihn dazu überredet hatte. Aber die fand dann doch einen anderen mal wieder attraktiver.

Was für eine Art Männer wollten die Frauen eigentlich?

Wenn es nach seiner Mutter ging, dann musste ein Mann vor allem eine blendende Figur haben. Außerdem für jedes Problem eine Lösung wissen, zupackend und selbstbewusst auftreten, ein Hirsch im Bett und ein Gentleman in der Öffentlichkeit sein. Und da sie als Redakteurin einer dieser aufgezwirnten Frauenzeitschriften arbeitete, fand sie solche Helden auch immer. Vor allem unter den männlichen Fotomodellen. All ihre Lover wirkten auf den ersten Blick wie Hochglanzbilder, aber dann waren sie plötzlich seichte Langweiler, eifersüchtige Warmduscher, egomanische Stoffel, weil sie ihren eigenen Interessen nachgingen, nicht ständig anbetend zu ihren Füßen lagen oder eben ständig anbetend zu ihren Füßen lagen.

Mit keinem dieser Hohleier hatte Finn bisher auch nur einen vernünftigen Satz gewechselt. Mutter hielt ihn tunlichst fern von ihnen. Ein linkischer Heranwachsender war kein Aushängeschild für eine Karrierefrau.

Er verstand es nicht, warum sie immer auf diese Gestalten zurückgriff, die so ein testosterongesteuertes Machogetue an den Tag legten, denn auf der anderen Seite sollten die Männer in ihren Augen auch ihre Wäsche selbst machen, den Müll entsorgen, ein vernünftiges Essen kochen können und immer gepflegt aussehen.

Außerdem einen akademischen Grad haben, wenn möglich. Und zwar einen, der zu einem Beruf führte, bei dem man sich nicht die Finger beschmutzte. Seine Mutter lag ihm nun schon seit Monaten damit in den Ohren, dass er Jura studieren sollte.

Wollte er aber nicht.

Hatte er nicht gerade eben erst das Abitur gemacht? War das Zeugnis eigentlich nicht wirklich schlecht? Hatte sie ihn dafür vielleicht gelobt?

Aus seiner Düsterkeit riss ihn das Klingeln seines Handys.

Okay, ja, er hätte es fast vergessen.

»Ja, Mutter, ich gehe zur Beerdigung.«

»Ja, Mutter, ich ziehe etwas Ordentliches an.«

»Nein, Mutter, ich vergesse nicht, die Karte zu unterschreiben.«

Er rollte sich vom Bett und musterte seine Habseligkeiten. Schwarze Jeans, weißes Hemd und – nein! – keine Krawatte. Gut, schwarzer Pullover darüber.

Immerhin, es war Felis Oma, die gestorben war, und Feli zuliebe würde er sich auch mal angepasst anziehen. Sie war sicher unheimlich traurig. Sie hatte ihre Großmutter sehr gern gehabt, das hatte er gemerkt. Vor zwei Jahren war Feli ins Nachbarhaus eingezogen, um bei Gesa Alderson zu wohnen. Ihre Eltern waren Techniker oder so was und hatten einen Auftrag in China angenommen – irgendwas mit Klimaschutz, hatte er gehört. War aber auch egal. Feli war es, die von Anfang an seine Aufmerksamkeit erregt hatte. Sie war eine Klasse unter ihm an derselben Schule, und hin und wieder hatte er sie auf dem Hin- oder Rückweg auf dem Roller mitgenommen. Und seine Schwester Kristin hatte sich mit ihr angefreundet.

Mit ihr verstand Feli sich gut, ihn übersah sie meistens.

Wie die meisten Mädchen.

Aber sie war – na ja – eigentlich ziemlich hübsch. Auch wenn sie sich nie so aufstrapste wie Kristin. Sie war eher so ein Jeans- und T-Shirt-Typ. Aber sie hatte so einen süßen Leberfleck links über ihrer Lippe, und ihre Augen waren richtig grün. Trotzdem –

sie konnte mit ihnen so völlig desinteressiert durch einen durchschauen.

Andererseits war sie schon an Männern interessiert. Sie hatte mal einen Freund gehabt, einen Motorradfahrer, angeblich Trainer in einem Tanzstudio.

Finn konnte nicht tanzen.

Besser, er wollte nicht.

Seine Mutter hätte es nämlich gerne gesehen.

Er zog sich Socken und Schuhe an und warf einen Blick aus dem Fenster. Ja, nebenan machte man sich auch auf den Weg. Felis Eltern waren am Tag zuvor aus China eingetroffen. Er erhaschte einen kurzen Blick auf Feli und sah, dass sie im Gegensatz zu den Erwachsenen offensichtlich auch etwas rebelliert hatte. Statt schwarzer Trauerkleider trug sie rote Hosen und ein weißes Shirt, auf das ein großes schwarz-silbernes Ankh gedruckt war.

Das wiederum erinnerte Finn an den kleinen Anhänger, den er gefunden hatte.

Er hatte nicht so genau gewusst, was es sein konnte, aber eine halbe Stunde googeln, und er fand heraus, dass es ein altes ägyptisches Kreuz darstellte, das für das ewige Leben stand.

Vielleicht war das gar nicht so eine abwegige Idee, das bei der Beerdigung zu tragen.

Er holte das Lederband mit dem Anhänger aus der Schublade und steckte beides ein.

Manchmal ergab sich ja etwas.

7. Majestät in der Falle

Majestät hatte die Umgebung des Dolmens etwas genauer erkundet, etliche wohlschmeckende Mäuse verzehrt und sich im trockenen Laub unter einem Holunderbusch einen Ruheplatz zurechtgetretelt. Es war ein recht angenehmer Ort, um auf Hilfe zu warten. Der Wald war zwar nicht ganz so ruhig, wie sie es aus ihrem eigenen Reich gewöhnt war, aber immer noch besser, als sich in einer der Menschenansiedlungen aufhalten zu müssen.

Nicht, dass Majestät etwas gegen Menschen hatte. Im Gegenteil, sie vertrat die durchaus nicht unwidersprochene Meinung, dass diese Geschöpfe mit einer gewissen Intelligenz begabt waren und nicht nur instinkthaft ihren Bedürfnissen nachjagten. Manche unter ihnen waren sogar großer Empathie fähig, wie etwa Gesa und einige andere, wie sie im Laufe ihres beinahe hundertachtzig Jahre währenden Lebens festgestellt hatte. Es konnte auch recht angenehm sein, als Gefährtin eines Menschen in deren Revier zu leben, vor allem, wenn sie sich gut erziehen ließen. Aber als heimatlose Streunerkatze war man zahllosen Unannehmlichkeiten ausgesetzt.

Dann besser in der Wildnis seine eigenen Wege gehen.

Auch wenn die Menschen den Wald für sich beanspruchten.

Wie dieser Förster zum Beispiel. Der zog täglich seine Runden, wobei Majestät ihm zu Gute hielt, dass er es zu Pferd tat und nicht mit diesem glühäugigen, stinkenden Fahrzeug herumfuhr. Das allerdings taten andere, solche, die augenscheinlich unter seinem Befehl standen. Männer, die mit heulenden Sägen unterwegs waren und Bäume schlachteten.

Aber nun gut, es war Menschenwelt, und solange sie ihr mit den Sägen vom Schwanz blieben, war das ihre Sache.

Fünf Tage hatte sie das Treiben im Wald beobachtet, war auf der Suche nach Beute umhergestreift und hatte dabei mit Erstaunen ein paar sehr deutliche Revier-Markierungen an einigen Baumstämmen entdeckt.

Nicht, dass Majestät sie als Warnung betrachtet hätte, das Gebiet nicht zu betreten.

Dem graubraunen Kater allerdings schien das nicht zu gefallen. Er saß neben ihrer Eiche, als sie von dem Rundgang zurückkam, und grollte.

»Kannst du nicht lesen?«

»Doch.«

»Dann verpiss dich!«

»Nein.«

Majestät setzte sich und starrte den Graupelz an.

Der starrte zurück.

»Das ist mein Revier, Streunerin!«, knurrte er drohend.

»Ach.«

Wieder starrten sie einander an.

Der Graupelz plusterte sein Rückenfell auf.

Majestät blieb cool.

Und starrte.

Ganz langsam machte der Waldkater einen Schritt zurück.

Majestät starrte.

Noch einen Schritt zurück, den Bauch fast am Boden.

Majestät zwinkerte.

»Uhh«, sagte der Kater und blieb stehen. Dann zwinkerte er auch.

»Ähm – verzeiht. Ihr seid eine der Ältesten, Ehrwürdigste? Ich habe es nicht bemerkt.«

»So ungefähr. Es sei dir verziehen.«

»Danke, Ehrwürdigste. Ich fühle mich geehrt, dass Ihr mein Revier besucht. Man nennt mich Silvester.«

Majestät nickte hoheitsvoll. »Du nennst den Wald dein Revier?«

»Seit drei Jahren, Ehrwürdigste. Man hat es uns zurückgegeben.«

»Bemerkenswert – zurückgegeben?«

»Wir sind Waldkatzen, Ehrwürdigste«, sagte Silvester und streckte seinen Schwanz zum Beweis hoch. Die Spitze war schwarz. Und stumpf.

Majestät nickte. Hauskatzen hatten spitze Schwanzenden.

»Legen wir uns etwas in die Sonne«, schlug sie dann vor. Dieser Silvester mochte eine angenehme Abwechslung sein. Es war immer eine Bereicherung, sich mit den Katzengeborenen zu unterhalten, wenn sie denn ein ungewöhnliches Leben führten. Sie sprang auf den Dolmen und streckte sich auf der sonnenwarmen Felsplatte aus.

In gebührendem Abstand ließ sich der Waldkater nieder.

»Ich bleibe nicht lange, Silvester. Aber für ein paar Tage würde ich gerne deine Gastfreundschaft in Anspruch nehmen.«

»Gerne, Ehrwürdigste.«

»Und nun berichte.«

Majestät erfuhr also, dass Silvester und einige seinesgleichen in einem von Menschen betreuten Gehege aufgewachsen waren und er zusammen mit zwei Kätzinnen das Waldstück zur Verfügung gestellt bekommen hatte.

»Es gibt nicht mehr viele deiner Art, hörte ich.«

»Nein, nicht mehr viele. Versteh einer die Menschen – erst rotten sie uns fast aus, jetzt wollen sie, dass wir uns wieder ausbreiten.«

»Unterstell ihnen rudimentäre Intelligenz. Zumindest einigen von ihnen.«

»Mhm. Vielleicht wollen sie uns auch wieder nur jagen.«

»Vielleicht. Hat man schon Jagd auf euch gemacht?«

»Nein. Nein, der Grünling achtet sogar darauf, dass wir nicht gestört werden.«

»Der Grünling?«

»Der Mann, der durch den Wald reitet.«

»Der Förster. Ich habe ihn auch schon bemerkt.«

»Gut, Förster. Jäger ist er auch. Aber so einer wie wir. Der ist in Ordnung. Der hat neulich einen anderen Jäger zum Mistkäfer gemacht, weil er eine verirrte Hauskatze erschießen wollte. Ich meine, manchmal gelingt es den Katzen ja, den Menschengehäusen zu entkommen. Aber sie benehmen sich meist sehr unbeholfen, wenn sie in Freiheit kommen.«

Majestät streckte sich lang aus und gähnte.

»Gut zu wissen«, murmelte sie dann und schloss die Augen.

Silvester schwieg achtungsvoll, und als sie wieder blinzelte, war er fort.

Die Sonne war allerdings auch ein ganzes Stück weiter gewandert.

Der April war launisch, hier genau wie in Trefélin, stellte Majestät am nächsten Morgen unwirsch fest. Regen tropfte durch das spärliche Laubdach ihres Holunderbusches und netzte ihr Fell. Ätzend!

Kurz erwog sie, in dem Dolmen Unterschlupf zu suchen, aber das würde beständige Wachsamkeit erfordern. Ohne ihr Ankh fühlte sie sich nicht sicher genug. Missmutig machte sie sich auf die Suche nach einer trockeneren Stelle, aber noch waren die Blätter der Büsche und Bäume zu klein, um ein verlässliches Regendach zu bilden, wie es ihre heimischen Lauben taten. Sie trottete schlecht gelaunt einen ausgefahrenen Weg entlang, fand eine Hütte, die die Menschen zu ihrem eigenen Schutz aufgestellt hatten, und rollte sich hier eine Weile unter einer Bank zusammen. Geweckt wurde sie, als sie das Stapfen des Pferdes hörte. Der Förster war auf seinem Rundritt.

Majestät verspürte einen Anfall kätzischer Neugier. Wäre es nicht ein netter Zeitvertreib, diesen Menschen etwas näher kennenzulernen?

Sie schlich also hinter ihm her, sorgfältig darauf bedacht, nicht gesehen zu werden.

Sehr weit musste sie nicht laufen. Er bewohnte ein großes Haus mit etlichen Anbauten in einer Lichtung. Ställe für Pferd und Fahrzeuge gab es da, einen Schuppen für Werkzeuge und Vorräte, einen Garten mit Obstbäumen und Kräutern, eine Terrasse mit Tisch und Bänken. Sehr wohnlich. Geradezu katzengerecht.

Der Mann führte das Pferd in den Stall, und Majestät stromerte über das Areal. An der Haustür blieb sie stehen, sog die Luft ein, und ihre Schnurrhaare begannen zu vibrieren.

Sehr interessant hier, stellte sie fest.

Geradezu ungewöhnlich interessant.

Sicher war es wert, die Bekanntschaft mit diesem Förster zu vertiefen.

Wie würde er auf sie reagieren?

Sie beschloss, sich ihm zu zeigen. Er kam über den Hof, bemerkte sie auch sofort und hielt in seinen Schritten inne.

»Na, Kleine, hast du dich verlaufen?«

Man musste ihm wohl die unziemliche Anrede nachsehen.

Majestät blieb also sitzen und starrte ihn an. Er ging in die Knie und streckte seine Hand langsam aus, Handrücken zu ihr gewandt.

Sie beschnupperte die Finger.

Pferd, Harz, Leder, Mensch.

»Hungrig?«

Wenn du so fragst…

Gut, er würde nur ein Maunzen hören, aber die Frage war augenscheinlich nicht rhetorisch gemeint. Eine kurze Zeit später stand ein Napf mit ziemlich gut riechendem Futter auf der untersten Treppenstufe.

Majestät haute rein.

Und hätte sich gleich darauf verfluchen können, denn zum zweiten Mal innerhalb weniger Tage wurde sie unter Stoff begraben. Und dann in einen Korb gesteckt.

Da half kein Zappeln, Kratzen, Beißen und Schreien.

»Tut mir leid, Kleine, aber es ist für dich besser, wenn ich dich ins Tierheim bringe. Da finden dich deine Leute eher als bei mir hier draußen.«

Rattenkacke!

Und übermorgen war Silbermond.

Geradezu kosmische Rattenkacke!

8. Suchtrupp

Zufrieden sah sich Nefer um – der Übergang war problemlos vonstattengegangen. Im weißen Mondlicht lag die stille Lichtung vor ihm, und unter seinen Pfoten federte das weiche Gras. Die Perspektive war wie üblich zunächst etwas irritierend. Seine gewöhnliche Größe hatte er verändern müssen, er war nur noch ein Viertel seiner Selbst, was Länge und Höhe anbelangte. Aber das war nun mal notwendig, wenn man sich in der Welt der Menschen bewegte. Sie würden in kreischende Panik ausbrechen, sollte er in seiner wahren Gestalt erscheinen. Und Menschen in Panik konnten gefährlich werden.

Er drehte sich um, um seine Begleiter zusammenzurufen.

Und erstarrte.

»Seid ihr wahnsinnig geworden?«, keuchte er, als er zu den drei nackten Männern aufschaute, die kichernd versuchten, auf die Hinterbeine zu kommen.

»Hey, wir sollen doch Menschel spielen!«

»Ihr solltet als Hauskatzen hier erscheinen«, fauchte Nefer. »Nicht als Zweibeiner.«

»Huch, guck mal, ist der niedlich!«

Sem hatte es geschafft, aufrecht zu stehen und hielt sich vor Lachen an dem Dolmen fest.

»Oh, unser Nefer ein Schmusekätzchen. Wie putzig, der Süße!«

Scratsch!

»Autsch!«

Scratsch!

»Mann, hör auf, Nefer. Ich hab doch kein Fell mehr an.«

»Ist das meine Schuld, du Pfeife?«

»Du hast gesagt, wir müssen uns an die Menschen anpassen!«

»Ja, von unserer Größe her«, knurrte Nefer. »Wir erscheinen ihnen als Katzengeborene.«

»Das hast du nicht gesagt, echt. Nur anpassen!«, begehrte Ani auf.

Nefer setzte sich auf die Hinterpfoten und versuchte, seinen Zorn über die drei Dummköpfe irgendwie in den Griff zu bekommen. Es kostete ihn alle verfügbare Willenskraft. Dann musterte er sie. Alle drei waren schwarzhaarig und bis auf ein bisschen schwarzes Fell an der Vorderseite komplett nackt.

Ansehnlich und wohlproportioniert für Menschen zwar, aber komplett nackt.

Die Bewohner des Landes würden die kreischende Panik kriegen.

Sem, Ani und Pepi musterten sich nun auch gegenseitig und machten sich gegenseitig auf allerlei Kuriositäten aufmerksam. Immer wieder brachen sie dabei in schallendes Gelächter aus.

Nefer indes überlegte fieberhaft. Nur er selbst trug einen der Wandelringe; die drei unreifen Kater hatten – ihrem beschränkten Wissen und Fähigkeiten entsprechend – nur einfache Ringe erhalten, die ihnen ausschließlich beim Übergang halfen, eine adäquate Gestalt anzunehmen. Eben als Hauskatze oder als Mensch. Am liebsten würde er sie zurückschicken. Aber unbeaufsichtigt konnte er die Tollköpfe nicht durch die Grauen Wälder laufen lassen. Er müsste mitgehen. Und damit hätte er seine Prüfung nicht bestanden.

Wiederholen durfte er sie nicht.

Es war zum Verzweifeln.

Er musste irgendwie das Beste draus machen.

Als Erstes brauchten diese Narren Kleidung. Und dann eine Schnelleinweisung in menschliches Benehmen.

Heiliger Sphinx, wenn das nur gutging.

»Schluss jetzt!«, fauchte er die gackernden Idioten an. »Wenn ihr nicht einen Monat lang hier unter dem feuchten Laub begraben liegen und anschließend mit Schmach und Schande bedeckt zurückkriechen wollt, dann hört mir jetzt zu!«

»Ei, Kleiner, sollen wir dich mal am Schwanz aufhängen?«

Scratsch!

»Okay, okay, okay.«

»Jungs, ich habe euch mitgenommen, damit ihr euch euren Namen verdient. Das könnt ihr knicken, wenn ihr nicht auf mich hört. Zufällig bin ich schon häufiger in dieser Welt gewesen. Wenn euch die Menschen so erwischen, dann werden sie ein paar ziemlich scheußliche Sachen mit euch anstellen.«

»Fressen die uns?«

»Nein, sie sperren euch in Käfige und testen ihre Medikamente an euch.«

Das zeigte Wirkung. Die drei wurden nüchtern.

»Scheiße, Mann. Na gut, sag uns, was wir tun müssen.«

»Kleider. Als Erstes Kleider anziehen.«

»Woher kriegen wir die? Wachsen die hier?«

»Wir werden sie stehlen müssen. Kommt mit. Wenn uns ein Mensch begegnet, versteckt ihr euch.«

»Ja, Chef!«

Nefer hatte sich die Gegend von Mafed beschreiben lassen und führte sein Trüppchen zu der menschlichen Ansiedlung. Er hatte eine ungefähre Vorstellung, wie er an etwas zum Anziehen kommen konnte, ohne großes Aufsehen zu erregen. Menschen mussten nämlich ihre Wechselfelle waschen, da sie keine Zungen hatten, um sich zu reinigen. Und die nassen Bedeckungen hingen sie zum Trocknen oft draußen hin.

Es war kurz nach Mitternacht, und in dem Ort herrschte Ruhe. Zwei Gärten waren unergiebig, ein dritter aber brachte schon eine Ausbeute. Auf der Terrasse hingen auf einem Ständer etliche Kleidungsstücke.

»Da – zieht die an, aber leise!«

Das immerhin konnten die Jungs – sich lautlos bewegen wie die Katzen. Sem nahm ein flauschiges, rosafarbenes Gewand vom Ständer und betrachtete es nachdenklich.

»Was macht man mit den Röhren daran?«

»Beine reinstecken?«, schlug Ani vor.

Das war für den Frottee-Morgenmantel nicht die richtige Lösung, aber sie kamen bald drauf, die Ärmel für die Arme zu nutzen.

»Schick!«, flüsterte Pepi und drapierte sich einen Rock um die Schultern. Der umspielte gerade eben seine Hinterbacken.

»So geht das nicht. Der gehört in die Hüfte«, zischte Nefer ihn an.

»Ah. Sehr anmutig.« Pepi drehte eine Pirouette.

»Zieh das Ding da oben drüber.« Nefer wies auf das Jackett, das zum Lüften an einem Wandhaken hing.

Ani hatte in der Zwischenzeit mit einer Jeans herumexperimentiert und sie einigermaßen fachgerecht angezogen. Sie war ihm allerdings deutlich zu weit, und Nefer wies ihn an, sie mit einem Band in der Taille festzuschnüren. Pepi ergriff den Gartenschlauch, biss ein Stück davon ab und reichte es seinem Freund.

»Hey, was ist das?«

Sem hatte die Tür zu dem Schuppen aufgemacht und hielt eine Flasche in der Hand.

»Stell's zurück. Das ist Zeug, das die Menschen trinken.«

»Ich bin jetzt auch Mensch. Ich will das trinken. Wie kriegt man das auf?«

»Hals abbeißen?«, schlug Pepi hilfreich vor. Aber auch wenn sie kräftige Zähne hatten, das Glas hielt ihnen Stand.

»Abbrechen?«

Das gelang. Wein schwappte über den rosa Morgenmantel.

»Und jetzt?«

»Brauchen wir eine Schale.«

Schon hatte Ani die Vogeltränke ausgeleert, und Sem goss den Inhalt der Flasche hinein. Nefer versuchte vergeblich, sie von ihrem Tun abzuhalten, aber die verrückten Kerle knieten schon vor der Schale und schlappten sie mit Begeisterung leer.

»Mehr davon!«, grölte Ani und stolperte zum Schuppen.

Die zweite Flasche wurde geköpft.

Und dann geschah das Unfassbare.

Vier Männer stürmten auf die Terrasse, sagten: »Polizei!«, und alles geriet völlig außer Kontrolle.

Das Einzige, was Nefer tun konnte, war, die Jungs anzuzischen: »Sagt nichts. Sagt kein Wort. Ihr versteht sie einfach nicht!«

Und flehentlich hoffte er, dass das in die trunkenen Hirne seiner Begleiter noch eindringen würde. Dann hetzte er hinter den Polizeifahrzeugen her.

9. Das falsche Ankh

»Natürlich musst du dir die Zehennägel lackieren. Jetzt, wo man wieder Sandalen anziehen kann.«

»Ich zieh keine Sandalen an.«

»Aber du läufst barfuß.«

»Im Garten, da interessiert's keinen.«

Kristin kicherte. »Doch, die Marienkäfer. Ich mach dir auch schwarze Pünktchen drauf.«

Bei der Vorstellung, Marienkäfer mit ihren Zehennägeln zu betören, musste Felina nun doch lachen.

Sie saß mit ihrer Nachbarin und Freundin Kristin in ihrem Zimmer und hatte eigentlich ein Referat vorbereiten wollen, aber Feli war nicht bei der Sache, weil sie sich auf unbestimmte Weise unglücklich fühlte. Zum einen fehlte ihr ihre Großmutter. Klar, sie hatte gewusst, dass sie krank war und sich schon seit Monaten mehr und mehr in sich zurückgezogen hatte. Aber nun war sie fort. Endgültig. Ein Häufchen Asche in einer Urne.

Und dann waren da ihre Eltern, die ihr, seit sie aus China eingetroffen waren, tagein, tagaus in den Ohren lagen, dass sie sich wieder untersuchen lassen sollte, sich endlich für eine Ausbildung entscheiden müsse, sich nicht überanstrengen dürfe und so weiter und so weiter.

Und ihre Tante, die ihr ständig im Nacken hing und ihr erklärte, dass sie mehr für sich tun müsse, nicht so schlaff rumhängen dürfe, mehr Gemüse essen solle.

Dagegen war Kristin mit ihren Schmink- und Frisurtipps sogar noch erträglich. Vor allem bemerkte die wenigstens, dass sie sich nicht so gut fühlte.

»Sag mal, Feli, wie geht es jetzt eigentlich mit dir weiter? Ich meine, musst du jetzt in ein Internat oder so?«

»Das wenn ich's wüsste. Auf jeden Fall bleibe ich noch bis zu den Ferien hier. Wär ja auch bescheuert, jetzt die Schule zu wechseln.«

»Genauso bescheuert, das letzte Jahr an einer anderen Schule zu verbringen.«

»Mhm.«

»Ich frag Nerissa, ob du bei uns bleiben kannst.«

Noch immer zuckte Feli leicht zusammen, wenn Kristin von ihrer Mutter als Nerissa sprach. Aber die hatte das so von ihren Kindern verlangt. Vermutlich hoffte sie, dann als ältere Schwester durchzugehen. Nerissa war schon etwas speziell. Aber Kristins Angebot war lieb gemeint.

»Wenn's ganz dicke kommt, Kristin, dann werd ich dein Angebot wohl annehmen.«

Feli spielte mit der kleinen Katzenstatue, die sie aus Gesas Zimmer zu sich genommen hatte. Es beruhigte sie immer ein bisschen, wenn sie sie in der Hand hielt.

»Die ist putzig, diese Katze«, meinte Kristin plötzlich und streckte die Hand aus.

»Eigentlich nicht wirklich putzig, eher majestätisch«, meinte Feli und reichte sie ihrer Freundin.

»Ja, das stimmt wohl. Und – guck mal, die trägt auch so ein komisches Kreuz um den Hals, genau wie du. Seit wann hast du das eigentlich? Bist du heimlich zu den Bekehrten übergewechselt?«

»Kulturbanausin!«

»Wie das denn nun schon wieder?«

»Das ist ein ägyptisches Henkelkreuz. Das war früher mal ein Zeichen der Unsterblichkeit.«

»Ah, bist du einem Unsterblichen begegnet? Zeig mal deinen Hals!«

Wieder musste Feli lachen.

»Nein, kein Blutsauger an meiner Seite. Auch wenn die dem Vernehmen nach tolle Kerle sind.«

»Seufz!«, sagte Kristin und stellte die Katze wieder auf den Tisch.

»Weit toller, als der, der mir das gegeben hat.«

»Huch – und wer war das?«

»Dein lieber Bruder.«

»Finn? Hat dir einen Anhänger geschenkt?«

»Man kann es nicht eben schenken nennen. Du weißt doch, wie maulfaul der sein kann. Der hat mir das bei Omas Beerdigung wortlos zugesteckt.«

»Mhm.« Kristin langte nach dem Ankh an dem Lederband. »Hat er sich endlich getraut.«

»Wie – getraut?«

»Der schmachtet doch schon seit Monaten hinter dir her.«

»Wer? Finn? Oh Mann, nein!«

»Hast du das nicht gemerkt?«

Feli schüttelte den Kopf. Nein, das hatte sie nicht. Und nach dem Desaster mit dem Trainer aus dem Tanzstudio hatte sie sowieso den Männern abgeschworen.

»Richte ihm aus, er kann sich's abschminken. Ich bin nicht interessiert.« Feli zog das Band über den Kopf und reichte es Kristin. »Gib es ihm zurück.«

»Nein, Feli. Das musst du schon selbst machen.«

Feli hielt das silberne Kreuz in der Hand und betrachtete es unschlüssig. Irgendwie fühlte sich ihr Hals leer an ohne diesen Anhänger. Und je länger sie es ansah, desto mehr schien es vor ihren Augen zu verschwimmen. Sie hörte plötzlich die Stimme ihrer Großmutter. Ungenau, nicht einzelne Worte, sondern nur den Klang, wie sie damals, als sie noch ein Kind war und sie ihr Märchen erzählt hatte. Von einem fernen Land, das von großen, sprechenden Katzen bewohnt war. Von Königinnen und Kriegern, von Stammeskämpfen und dem Bösen unter dem Berg, von goldenen Steppen und klaren Seen, in denen sich die Sterne spiegelten und denjenigen, die hineinblickten, ihr wahres Wesen offenbarten.

»Hallo! Erde an Felina! Hörst du mich?«

»Mhm? Oh – ich … ich habe gerade an meine Großmutter gedacht.« Feli legte sich gedankenverloren das Lederband wieder um. »Doof, nicht? Ich habe mich gerade an die Geschichten erinnert, die sie immer für mich gesponnen hat. Da spielten solche Katzen eine große Rolle.« Sie wies auf die Statue auf den Tisch.

»Das ist nicht doof, Feli. Deine Oma war eine unheimlich nette Frau. Nerissa kam zwar nicht gut mit ihr klar, aber ich hab ein paarmal auf ihre Katze Melle aufgepasst, wenn sie verreist war. Ich hätte auch gerne ein Katze gehabt, aber …«

»Eltern!«

»Richtig. Könnte ja ein Katzenhaar auf dem Sofa kleben bleiben.«

»Oder ich einen allergischen Anfall kriegen. Hab ich aber nie, wenn ich hier war.«

»Weißt du, ich glaube, Finn mochte sie auch. Und wahrscheinlich ist in seinem verschwurbelten Hirn da die Idee gekommen, dass es dich tröstet, wenn du so einen Anhänger trägst. Ich meine, weil das wohl irgendwie mit ihr zu tun hat. Manchmal ist er feinfühliger, als er zugeben will.«

»Feinfühlig. Aha. Vermutlich hat er auch ganz feinfühlig den Dolmen besprayt und sich ganz feinfühlig mit seinen Kumpels geprügelt.«

»Ich sagte doch – manchmal. Manchmal ist er auch ein Idiot. Trotzdem – er ist mein Bruder, Feli, und zu mir ist er ziemlich nett. Aber Nerissa macht ihm die Hölle. Er kann ihr nix recht machen. Klar, bis letztes Jahr hing er mit ein paar abgefahrenen Nerds rum und pokelte an seinem PC. Aber dann bekam er den Roller, und jetzt pokelt er an dem rum und hat sich diesen durchgeknallten Dachdeckern und ihren Proleten angeschlossen.« Kristin grinste. »Obwohl die Jungs schon lecker aussehen. Ich meine, die müssen körperlich richtig ran.«

»Dachdecker.«

»Muss wohl ein Kontrastprogramm sein, denk ich. Diese Computerhirnis hatten meiner Meinung nach alle einen Dachschaden. Die Jungs hier beheben solche wenigstens.«

Wieder musste Feli kichern. Kristin war einfach ein Sonnenschein, auch wenn sie viel zu viel Wert auf Äußerlichkeiten legte.

»Du bist schon eine verdammt liebe Freundin«, sagte sie und gab ihr einen Schmatz auf die Wange. »Komm, Kris, wir fahren in die Stadt und kaufen dir bei Bijou auch so ein Ankh. Ich hab da neulich welche gesehen und mir schon überlegt, ob ich mir nicht eins mitnehmen sollte.«

»Au ja, ich will auch unsterblich werden!«

10. Majestät im Tierheim

»Sie sitzt dort in einsamer Majestät auf dem Kratzbaum, Nathan, und keine der anderen Katzen wagt sich in ihre Nähe«, sagte die Frau zu ihrem Entführer.

Majestät hatte sich – notgedrungen – seit fünf Tagen damit abgefunden, mit einem Haufen Katzengeborener in dem Tierheim eingesperrt zu sein. Es gab kein Entrinnen. Zumindest nicht nach ihren ersten Erkundungen.

»Sie schien mir gar nicht so ungesellig, die Kleine«, hörte sie jetzt den Förster sagen.

»Ungesellig ist schon fast ein Euphemismus. Sie kam hier rein, fauchte einmal kurz, und alle anderen Katzen verdrückten sich. Das ist ein richtiges kleines Alphatier, unsere Mietzi.«

Mietzi, dachte Majestät, und ihr Schwanz peitschte. Mietzi.

»Ich weiß nicht, Ella, der Name passt nicht recht zu ihr. Sie sieht für eine Mietzi viel zu hoheitsvoll aus.«

Ella zuckte mit den Schultern.

»Wenn dir ein Name einfällt, auf den sie zu hören geneigt ist, nenn ihn mir.«

»Hat sich noch niemand gemeldet? Sie ist doch ein edles Tier, oder?«

»Eine Ägyptian Mau, soweit meine Kenntnisse reichen. Aber nicht gechipt, was bei einer solchen Rassekatze ungewöhnlich ist. Und kastriert ist sie auch nicht.«

»Das solltet ihr auch nicht in Erwägung ziehen. Wenn sie eine entlaufene Zuchtkatze ist, könnte euch der Eigner das Fell über die Ohren ziehen.«

Nicht nur der, dachte Majestät. Nicht, dass es einen überhaupt geben könnte.

Ella lachte.

»Nein, erst mal warten wir, ob sich nicht doch noch jemand meldet. Sie kann ja noch nicht lange unterwegs gewesen sein; sie war in einem höchst gepflegten Zustand.«

»Hatte ich auch den Eindruck.«

»Nur ihre gesellschaftlichen Fähigkeiten sind – gewöhnungsbedürftig. Nicht nur, dass sie die ganze Zeit brütend da oben sitzt und jeden mit Laserblitzen aus ihren Augen verscheucht, nein, die anderen akzeptieren das auch vollkommen klaglos. Wenn wir das Futter verteilen, dann gehen sie alle zur Seite, bis Madame gespeist hat und sich wieder auf ihren hohen Sitz verfügt.«

Was ihr gutes Vorrecht unter den Katzengeborenen war, befand Majestät. Immerhin hatte dieser Nathan einen Hauch von Verständnis bewiesen. Sie drehte langsam den Kopf zu ihm hin, um ihn durch das Gitter näher zu mustern. Groß für einen Menschen, dunkle Haare mit einem Hauch von Silber, lang, zu einem Zopf im Nacken gebunden. Das Gesicht eines Menschen, der viel draußen war. Eine Narbe am Kinn. Alt. Helle Augen. Augen, die sahen. Aha – ihre Witterung hatte also nicht getrogen. Und Ella verströmte Lockstoffe in seiner Gegenwart, die er allerdings nicht wahrnahm oder wahrnehmen wollte.

»Wie geht es deinen Schützlingen, Nathan?«

»Offensichtlich gut. Ich habe sogar den Verdacht, dass die Kätzinnen trächtig sind. Hoffentlich nicht von verirrten Hauskatern.«

Sie entfernten sich langsam, und Majestät sah ihnen nach.

Wenn sie doch nur eine Möglichkeit fände, aus diesem verfluchten Heim herauszukommen. Die Menschen kannten hier aber leider alle möglichen Schliche der Katzengeborenen, und keiner von ihnen erwies sich als so unachtsam, dass man zwischen seinen Beinen hätte hindurchschlüpfen können.

Vielleicht musste sie sich doch mit dem einen oder anderen hier verbünden. Alleine und in dieser jämmerlich kleinen Gestalt war sie hilflos.

Sehnsüchtig dachte Majestät daran, was sie mit der dämlichen Tür machen würde, wenn sie ihre wahre Größe zeigen dürfte. Ein Prankenhieb, und das Ding würde nur noch ein Splitterhaufen sein. Ah, und was würden sie kreischen, die Zweibeiner, wenn sie ihre Stimme erhob zum Kampfgesang!

Rattenkacke!

Sie zog sich wieder in ihren dumpf brütenden Zustand zurück.

Ganz gewiss war jemand aus Trefélin gekommen und suchte sie dort draußen. Und sie saß hier fest, ohne Ankh, ohne Ring, ohne Helfer.

Zwei weitere Tage dünstete sie stumme Wut aus, dann wurde plötzlich ihr Interesse geweckt.

Ein Mann mit einem kleinen Jungen tauchte auf, und mit ihm ein Korb, in dem eine Katze saß. Der Junge schien am Rand der Verzweiflung zu sein und steckte immer wieder seine Finger durch das Gitter des Korbes, um mit dem Insassen zu sprechen.

Ella war bei ihnen, betrachtete mitleidig das Menschenkind.

»Sind Sie sicher, dass es keine andere Lösung gibt?«

»Nein, ausgeschlossen. Ich habe einen Auftrag, der mich nach England führt, und da können wir die Katze nicht mitnehmen. Komm, Tommi, verabschiede dich von Mousche. Du bekommst ein anderes Tier, einverstanden?«

»Ich will aber Mousche«, flüsterte der Junge, und eine Träne kullerte über seine Wange. »Und er will bei mir bleiben.«

»Unsinn. Er wird sich hier bei den anderen Katzen gleich ganz wohlfühlen.«

»Nein, Papa. Bitte, können wir …«

»Es geht nicht. Und jetzt reiß dich zusammen. Ein Mann weint nicht!«

»Nun, darüber könnte man geteilter Meinung sein«, sagte Ella trocken und streichelte dem Jungen die Haare. »Ich kümmere mich um deinen Kater, Tommi.« Und zu dem Mann gewandt fragte sie: »Wann kommen Sie zurück?«

»In zwei Jahren.«

»Wenn Sie wollen, kann Mousche hier so lange als Pensionsgast leben.«

»Wir wissen noch nicht, wohin wir dann ziehen werden. Vermitteln Sie ihn weiter, er ist ein edles Tier. Hat damals einen Haufen Geld gekostet. So, und jetzt müssen wir gehen. Auf, Tommi. Ich habe es lange genug herausgezögert.«

Tommi machte den Korb auf, und ein schneeweißer Kater mit buschigem Schweif und Halskragen stieg hinaus. Er schnurrte und drückte sich an die Beine des Jungen. Der kniete nieder und vergrub sein tränennasses Gesicht in dessen Fell.

Majestät durchbohrte den Mann mit ihren Blicken.

Er zuckte zurück und zerrte dann an dem Jungen.

Tapfer schluckte der Kleine, bekam aber kein Wort heraus.

Ella sah den beiden nach und murmelte erbost: »Idiot!« Dann beugte auch sie sich zu dem schönen Tier. »Mousche, wir werden sehen.«

Der Kater setzte sich gelassen nieder und sah sich um.

Seine Barthaare bebten.

Dann sah er hoch, und Majestät schnurrte leise.

»Na, da schau her. Die Mietzi schnurrt! Das ist ja was ganz Neues.«

»Mietzi?«, fragte der Kater, und seine Barthaare zuckten plötzlich.

»Sie weiß es nicht anders.« Majestät sprang von ihrem Kratzbaum und ging auf den Kater zu. »Scaramouche!«

»Bastet Merit. Eine Überraschung.«

»Keine, die ich gutheiße.«

»Was ist passiert? Wo ist dein Ankh?«

»Eine Geschichte. Ich erzähle sie dir. Und du mir deine.«

Sie setzten sich nebeneinander auf eine der vielen Decken und ignorierten die anderen, die neugierig in den Raum schlichen, um sich den Neuankömmling anzusehen.

Majestät schöpfte erstmals wieder Hoffnung. Scaramouche war zwar ein Katzengeborener, aber unter ihnen war er einer der Ältesten. Unzählige Male hatte er den Kreis des Lebens durchlaufen, hatte Wissen und Erkenntnis über die Welt, seine Art und die der Menschen erworben. Und er wusste um das Land Trefélin, auch wenn er selbst dort nie Einlass finden würde. Sie waren einander schon einige Male begegnet, und er wusste auch um ihren Rang und die Macht der Insignien. Weshalb sie ihre Erklärung kurzfassen konnte.

Scaramouche hörte schweigend zu. Dann bedachte er offensichtlich das Gehörte, und Majestät putzte sich zwischenzeitlich den Schwanz. Nicht, dass er es nötig gehabt hätte, aber es war ein beruhigendes Gefühl, mit der rauen Zunge durch das Fell zu fahren.

»Problematisch, Bastet Merit. Problematisch, weil du zwar mit einem Ring zurückkommst, aber ihr braucht die Kraft des Ankh, nicht wahr?«

»Ja, die brauchen wir. Darum muss ich es unbedingt wiederfinden. Kommt noch dazu, dass sich in den Grauen Wäldern einiges tut, das mir nicht gefallen will. Es heißt, dass aus dem Schwarzen Sumpf ein Rinnsal sickert, an dem sich möglicherweise die Namenlosen infizieren. Wir haben erlebt, wie sich zwei bis zum Tod bekämpften. Der Übergang wird schwieriger. Auch mit der Kraft des Ankh.«

»Ja, von einem Rinnsal habe ich auch gehört, aber das werden die Wächter zu beheben wissen. Darüber würde ich mir an deiner Stelle nicht so viele Sorgen machen. Keine Katze wird in das Schmutzwasser treten oder gar davon trinken.«

»Willentlich nicht, aber es kann passieren. Egal wie, ich muss ein Auge darauf haben, es gehört zu meinem Reich. Aber vorrangig muss ich zurück, meinem Volk versichern, dass ich lebe. Und dann einen Suchtrupp nach dem Ankh ausschicken. Wer immer es hat, wird über kurz oder lang merken, dass es seine eigene Macht entfaltet. Ich sähe es beispielsweise nicht gerne am Hals eines Hundes. Oder eines Menschen.«

»Dann werden wir über einen Weg nachsinnen, wie du hier herauskommen kannst.«

»Wirst du mir helfen, Scaramouche?«

»Wenn ich kann.«

»Du kannst. Hier, in dieser Welt, in dieser Gestalt, hast du mehr Möglichkeiten als ich, Ehrwürdigster.«

Scaramouche zuckte amüsiert mit den Ohren.

»Wie förmlich, Majestät.«

»Wenn es nötig ist, kann sogar ich bitten.«

»Die Gabe der Demut sollte man nie unterschätzen.«

Ein leises, höchst undemütiges Grollen bildete sich in Majestätens Kehle. Aber sie unterdrückte es und fragte stattdessen: »Was ist mit dem kleinen Menschen?«

»Tommi? Ein lieber Junge mit guten Anlagen. Ich werde einen Weg zu ihm zurückfinden. Auf die eine oder andere Weise.«

Ja, das würde Scaramouche. Und diese andere Weise war nicht die leichteste Art, das zu erreichen. So viel wusste Majestät. Die Katzengeborenen hatten Möglichkeiten, die den Trefélingeborenen verwehrt waren. Aber sie erwarben ihr Wissen und ihre Fähigkeiten auf einem langen, schwierigen Weg, um den sie sie nicht beneidete.

11. Drei durchgeknallte Typen

Wenigstens hatten die Dummpfoten sich daran gehalten, keinen Ton in menschlicher Sprache von sich zu geben, stellte Nefer fest. Es hatte ihn nicht unbeträchtliche Schliche und Tricks gekostet, seine drei Begleiter zu verfolgen und ungesehen ihrer Vernehmung beizuwohnen. Es hatte allerdings Vorteile, ein kleiner, schwarzer Kater zu sein, der in der Lage war, in Schatten und Ecken beinahe unsichtbar zu werden.

Ani, Pepi und Sem hatten bei der polizeilichen Befragung keine Identität vorweisen können, hatten nur dümmlich vor sich hingegrinst und hin und wieder ein kätzisches Maunzen von sich gegeben. Die Menschen hatten sie für so betrunken gehalten, dass sie sie erst einmal zum Ausnüchtern eingesperrt hatten. Nefer war es gelungen, dank Pepis schwingendem Rock, mit in die Zelle zu schlüpfen.

Die Jungs waren ziemlich schnell ernüchtert, als sie sich in dem ungemütlichen Gelass eingesperrt sahen.

»Werden die jetzt ihre Medikamente an uns ausprobieren?«, hatte Sem ängstlich gefragt.

»Kann schon sein. Umso wichtiger ist es, sich möglichst angepasst zu verhalten.«

»Und wie?«

»Müsst ihr entscheiden. Ich habe keine Ahnung, wie die Menschen mit ihren eigenen Gefangenen umgehen. Vermutlich werden sie unbedingt wissen wollen, wer ihr seid und woher ihr kommt.«

»Können wir ihnen ja sagen!«

Pepi grinste schon wieder.

»Was, Pepi, würdest du mit einem fremden Kater machen, der sich in unser Reich einschleicht und dir erzählt, er sei ein verwandelter Mensch?«

»Klappskraut geben und in eine Höhle einsperren.«

»Siehst du.«

»Ja, aber der Weise oder ein Heiler würde sich um ihn kümmern. Haben die Menschen keine Weisen?«

»Vermutlich schon – auf ihre Art.« Nefer überlegte. Es hatte keinen Zweck, bei den dreien zu bleiben, er musste raus und Erkundigungen einziehen, wie er sie befreien, das Ankh finden und die Spur der Königin aufnehmen konnte. Letzteres hatte unbedingten Vorrang. Die Dummpfoten hier mussten abwarten und sehen, wie sie mit den Menschen klarkamen. Wahrscheinlich war das Beste, sie stellten sich wirklich verwirrt an. Das dürfte ihnen nicht schwerfallen. Vielleicht war Pepis Idee dazu doch nicht so schlecht.

Am nächsten Tag wurde die Tür dann auch wieder aufgeschlossen, und tatsächlich brachten die Menschen einen ihrer Heiler mit, den sie Psychiater nannten.

Nefer, wieder unter Pepis weitem Rock verborgen, hörte zu, wie geduldig der Mann sich ihre für ihn vermutlich vollkommen abstruse Geschichte anhörte, sie seien Verirrte aus dem Reich der Katzen, die ihr Königin suchten. Sie untermalten ihre stockende, hilflose Schilderung dann und wann mit jämmerlichem Maunzen.

Irgendwann wurden sie wieder zurück in ihre Zelle gebracht, aber diesmal blieb Nefer draußen und bemühte sich herauszufinden, wie man nun mit ihnen verfahren würde.

»Unbefugtes Betreten eines Privatgrundstücks, Sachbeschädigung, Trunkenheit, aber keine Gewaltbereitschaft. Sieht mir mehr nach Schabernack aus als nach einer ernsthaften Straftat«, erklärte der Psychiater kopfschüttelnd dem Polizeibeamten. »Entweder sie spielen auf Zeit mit ihrer fantastischen Geschichte, oder sie stehen unter Drogen. Ich weise sie in die geschlossene Allgemeinpsychiatrie ein. Dort sollte man sie wegen Drogenmissbrauchs untersuchen und weiter beobachten. Möglicherweise steckt auch eine Psychose aus dem schizophrenen Formenkreis dahinter. Ihr könnt euch um den erkennungsdienstlichen Kram kümmern.«

»Zu dritt und ohne Papiere, und dann diese Klamotten – sieht mir nach illegalen Einwanderern aus.«

»Kann schon sein. Auf jeden Fall sollte man sie einige Zeit unter Aufsicht halten, damit sie sich nicht selbst gefährden.«

Das hörte sich nicht ganz so bedenklich an, dachte Nefer. Die Menschen kümmerten sich tatsächlich mit einer gewissen Fürsorge um ihresgleichen. Ihm war es ganz recht, dass Ani, Pepi und Sem für eine Weile Anpassung im geschützten Raum lernten. Galt es jetzt noch herauszufinden, wo man sie hinbrachte, dann konnte er seiner eigenen Wege gehen.

Und sich vor allem mal um Futter kümmern.

Das allerdings wurde Nefer durch einen Zufall leicht gemacht, denn einer der Menschen brachte eine Tüte mit Essen herein, legte sie auf seinen Schreibtisch und wurde dann noch einmal weggerufen.

Der Hamburger schmeckte hervorragend.

Das trockene Brot hinterließ er großzügig dem Spender.

Danach verfolgte Nefer den Abtransport seiner Begleiter, die in ein Gebäude namens Krankenhaus gebracht wurden. Sie trotteten gefügig zu dem Wagen, der sie dort hinbringen würde. Nur einmal zwinkerte Pepi ihm zu.

Die hielten das wohl auch noch für ein besonderes Vergnügen.

Man lief sich als kleine Katze wirklich die Pfoten wund, dachte Nefer, als er am Abend endlich wieder weichen Waldboden unter den Sohlen spürte. Dieser Straßenbelag war mörderisch, fast so schlimm wie die Geröllflächen seiner Heimat.

Nachdem er einige Stunden geruht hatte, untersuchte er noch einmal gründlich die Umgebung des Dolmens. Ja, Majestät war hier gewesen. Sie hatte sich eine Kuhle unter einem Holunderbusch getretelt, dort nahm er ihre Witterung auf. Er verfolgte ihre Spuren – etwas mühselig, denn der Regen hatte sie fast verwischt – bis zu der Schutzhütte. Von dort an mischten sie sich mit denen eines Pferdes, was ihn verblüffte, und führten ihn schließlich zum Forsthaus. Hier waren sie noch einmal deutlich zu erkennen, dann aber schien Majestät sich buchstäblich in Luft aufgelöst zu haben.

Der böse Verdacht keimte in Nefer auf, dass der Förster sie womöglich gefangen haben könnte. Er beobachtete das Treiben am Forsthaus einen Tag lang, konnte aber nichts Verdächtiges erkennen. Frustriert machte er sich auf den Weg zurück zum Dolmen. Vielleicht hatte er mit der Suche nach dem Ankh mehr Glück. Wenn Majestät es in der Nähe des Dolmens verloren hatte – und das war es, was Mafed vermutet hatte, denn kurz vor dem Ziel hatte sie es noch zwischen den Zähnen getragen –, dann hätte sie es gewiss selbst wiedergefunden. Also musste sie es verloren und jemand anderes es aufgehoben und mitgenommen haben.

Etwas war am Dolmen geschehen.

Die Markierung des Waldkaters fiel ihm auf.

War sie in einen Kampf mit ihm verwickelt gewesen?

Vermutlich nicht, denn sonst hätte sie nicht den Ruheplatz unter dem Holunder gewählt.

Hatte ein anderes, gefährliches Tier Majestät angegriffen? Ein Hund? Ein Wolf?

Keine Spuren davon. Nur kleine Waldbewohner und Menschen.

Also Menschen.

Nefer legte sich zum Nachdenken in Majestätens Kuhle.

Es gab Menschen, die Freude daran hatten, Tiere zu fangen und zu quälen. Während seiner Ausbildung hatte der Seelenführer Imhotep ihnen das in den entsetzlichsten Farben geschildert. Er musste es wissen, denn er hatte die hochgeachtete Aufgabe übernommen, die Seelen der geschundenen Katzengeborenen zu den Goldenen Steppen zu geleiten. Eines der wenigen Ämter, die Nefer für sich ausgeschlossen hatte, obwohl es sicher höchst verdienstvoll war.

Aber von Imhotep wusste er, dass Menschen Katzen in Laborkäfige einsperrten und ihre gefährlichen Mittel an ihnen ausprobierten, dass sie ihnen Fremdkörper einpflanzten und sie verstümmelten, um ihrer sogenannten Wissenschaft willen. Es gab andere, die einfach Freude am Quälen hatten, die sie zu dunklen Zwecken opferten oder folterten. Wenn jene Katzen in Schmerz und Verzweiflung starben, waren ihre Seelen verwirrt und brauchten Hilfe, um zu jener Stätte zu kommen, wo sie Vergessen und Heilung fanden.

Hatten sich hier an diesem Dolmen Menschen eingefunden, die auf der Suche nach einem Tier waren, das sie quälen konnten? Ist dabei Majestät auf der Flucht vor ihnen das Ankh abhandengekommen? Hat einer dieser Menschen den Anhänger an sich genommen?

Eine Katastrophe!

Wie konnte er herausfinden, wer es jetzt besaß?

Hatte jemand das Geschehen beobachtet?

Nefer kratzte sich am Ohr. Der goldene Ring darin schwankte hin und her. Gut, der befähigte ihn, die Gestalt zu wandeln. Er könnte selbst auch zum Menschen werden, aber so gut kannte er sich mit den Gepflogenheiten der Zweibeiner nun auch wieder nicht aus. Und Gefahr laufen, wie seine Begleiter wegen irrsinnigen Verhaltens eingesperrt zu werden, wollte er nicht.

Vielleicht hatte der Waldkater etwas gesehen?

Nefer erhob sich und setzte eine herausfordernde Markierung neben die des Katers an einen Baum.

Würde der vermutlich als Aufforderung zum Kampf werten. Aber davor hatte Nefer keine Angst. Grenzkämpfe hatte er in den vergangenen Jahren oft genug ausgefochten.

Selbstbewusst streckte er die Nase in die Luft.

Ein Kampf käme ihm derzeit sogar ziemlich entgegen. Der Frust fraß allmählich seine Geduld auf.

12. Aufnahme der geschundenen Seelen

Vorsichtig führte Imhotep die Seele der Kätzin zum Hellen Bach. Seit Stunden schon bemühte er sich, das zerfranste Häufchen aus Qual und Leid in seiner Nähe zu halten, es daran zu hindern, Irrwege einzuschlagen, hatte sich die Jammerlaute angehört, Nachhall der Schmerzen, die man ihrem lebenden Körper zugefügt hatte. Sie war Worten nicht mehr zugänglich, Gedankenbilder drangen nicht mehr zu ihr durch. Er hörte nur den Nachhall ihrer verzweifelten Schreie.

Nun hatte er es aber endlich geschafft, und am grasbewachsenen Ufer des kristallklaren Gewässers gab er dem blutigen, halb zerfetzten Bündel einen letzten, kleinen Schubs.

»Trink, Kleine. Trink, dann wirst du vergessen.«

Noch nicht einmal dazu war sie in der Lage, und so netzte er seine Pfote und träufelte ihr das Wasser auf die Nase. Sie leckte. Dem heiligen Sphinx sei Dank, sie leckte den Tropfen ab. Einen nächsten ließ er fallen, und wieder nahm sie die heilende Flüssigkeit auf. Dann war sie in der Lage, selbst zu schlabbern, wenn auch mühselig.

Das Echo ihrer Schmerzen schwand mit jedem Schlapp, und nach einer Weile hob sie ihren Kopf.

»Wo bin ich?«

»An der Grenze zu den Goldenen Steppen. Komm, es ist Zeit, sie zu betreten. Zeit, den schmutzigen Mantel abzulegen und einen neuen anzuziehen.«

Sie war noch verwirrt, irritiert, desorientiert. Aber das würde sich legen. Über die drei Trittsteine führte Imhotep sie auf die andere Seite, und staunend sah sie sich um.

Selket, die Mantelverwalterin, kam auf sie zu und brummte mitleidig, als sie das blutverkrustete Fell sah. Mit sanften Pfoten nahm sie es an sich und ließ den grauen Pelz der Seelen heilend über dem geschundenen Körper wachsen.

»Was geschieht mit mir?«, flüsterte die Kätzin.

»Du wirst Frieden finden, dort in den Weiten. Schau, golden schimmern die Gräser der Steppe, sonnenwarme Felsen warten dort, auf denen du dich ausruhen kannst. Es gibt fischreiche Bäche und Seen, in den Bäumen Vögel und allerlei Steppengetier. Freunde warten hier auf dich, und wenn du dich von den Strapazen erholt hast, wirst du mit ihnen jagen oder spielen oder in der Sonne dösen wollen.«

»Ja, ist gut.«

»Dann geh, Kleine!«

Vorsichtig setzte die graue Kätzin eine Pfote vor die andere, doch mit jedem Schritt auf den Goldenen Steppen nahm ihr Mut zu, und bald war sie zwischen den schimmernden Gräsern verschwunden.

»Menschen!«, knurrte Imhotep, und Selket nickte. »Manchen möchte man das Herz herausreißen. In kleinen Stücken.«

»Und doch, Imhotep, sie sind nicht alle so. Die meisten Katzenseelen, die ihren Weg selbst hierher finden, wissen Gutes von ihnen zu berichten.«

Imhotep zuckte mit dem Schwanz.

»Ich sehe diejenigen, die es nicht alleine schaffen. Schmerz wiegt schwer, Selket.«

Er drehte sich um und stiefelte steifbeinig über die Trittsteine davon.

»Wär besser, du würdest auch eine Weile hierbleiben und dich ausruhen, mein Freund«, murmelte Selket. Dann widmete sie sich dem zerfetzten Pelz, der dringend der Aufarbeitung bedurfte.

13. Finns Auszug

Im Grunde langweilte Finn sich. Irgendwie fehlte ihm der Unterricht jetzt doch, obwohl er den Tag herbeigesehnt hatte, an dem er die Schule verlassen würde. Er hatte auf Anraten dieses bärbeißigen Försters vor einigen Tagen die Farbe vom Dolmen entfernt, eine mühselige Arbeit, aber da er sich vage schuldig fühlte, war das in Ordnung. Doch seine Freunde wollten noch immer nichts von ihm wissen, die Klassenkameraden waren entweder in ihren Urlaub aufgebrochen, hatten irgendwelche Jobs angenommen oder machten Praktika.

Er hätte auch eins machen können. Nerissa hatte es mit dem Justiziar ihres Verlages vereinbart. Aber zum einen hatte Finn keine Lust, Akten abzustauben – schon gar nicht in dem Laden, in dem auch seine Mutter arbeitete –, und zweitens hasste er es, dass sie das über seinen Kopf hinweg entschieden hatte. Und dass sie ihm permanent damit in den Ohren lag, er solle sich endlich für das Jura-Studium einschreiben.

Warum sie da so eine fixe Idee hatte, begriff er nicht. Himmel, es war sein Leben. Nur, weil in ihren Augen diese Rechtsverdreher mit irgendeiner elitären Aura umgeben waren, musste er doch nicht ein staubiger Notar oder Anwalt werden. Sie wollte sich doch nur mit »mein Sohn, der Staranwalt« brüsten.

Mochte ja sein, dass die in amerikanischen Fernsehserien zu veritablen Helden hochstilisiert wurden, aber Paragraphenreiten gehörte nicht zu Finns bevorzugten Disziplinen.

Heldentum hingegen war schon erstrebenswert.

Weshalb er sich heimlich mit einer Laufbahn bei der Bundeswehr beschäftigte.

Wodurch sich seine Schwester Kristin, die die Unterlagen zufällig entdeckt hatte, zu der hämischen Bemerkung hatte hinreißen lassen, er wolle jetzt wohl mit der Panzerfaust zwischen den Zähnen durch das wilde Dschingusistan robben und der Welt den Frieden bringen.

Keiner verstand ihn.

Missmutig trottete Finn zur Garage, um nach seinem Roller zu sehen. Doch viel gab es daran nun auch nicht mehr zu richten. Darum putzte er nur halbherzig daran herum.

Ein schwarzer Sportwagen hielt vor dem Haus, und als Finn aus der Garage schaute, pellte sich gerade Nerissas neuester Lover heraus. Smart der Kerl. Sonnenbankbräune, leichter Bartschatten, Gel-Locke, weiße Chinos, Seidenhemd, Sonnenbrille. Austauschbar. Finn kannte ihn vom Sehen. Gesprochen hatte er – wie üblich – noch nie mit ihm.

Der Mann schlenderte auf das Haus zu, wirbelte den Schlüsselbund zwischen den Fingern. Dann ging er an die Haustür und steckte den Schlüssel ins Schloss.

»Hey, was machen Sie denn hier?«

Der Hübsche sah milde überrascht aus.

»Muss was abholen.«

»Ach nee? Und da können Sie nicht vorher klingeln? Wer sind Sie überhaupt?«

Betont langsam schob der Typ die Sonnenbrille in die Haare und musterte ihn. Finn wurde sich schlagartig seiner ausgefransten, ölverschmierten Jeans bewusst. Nicht dass er sich seiner Klamotten geschämt hätte, aber der Kerl schaffte es, ihm das Gefühl zu geben, er sei eine dreckige Laus.

»Hättest du irgendeinen Anspruch darauf, das zu wissen?«, näselte dieser Planschbeckentaucher.

»Wenn man es recht betrachtet, bin ich der Herr des Hauses.«

Ein herablassender Blick unter markanten Brauen – gebürstet, gezupft und gefärbt vermutlich – streifte Finn. Er grinste ihn an.

»Überrascht dich, dass Nerissa einen volljährigen Sohn hat, was, Mister?« Diese Bemerkung brachte den Schönling leicht aus dem Konzept. Gott, mit was für Laffen gab sich seine Mutter nur ab. »Wenn meine Mutter irgendwas aus dem Haus braucht, kann sie mich anrufen. Ich bringe ihr das dann schon, klar?«

Mit diesen Worten zog Finn sein Handy aus der Tasche und rief Nerissas Nummer an.

»Was ist, Finn? Ich bin in einer wichtigen Redaktionsrunde!«

»Bist du immer. Hier steht ein Herr, der sich mit – vermutlich deinem – Schlüssel Zugang zu unserem Haus verschaffen will.«

»Oh, Georgie. Ja, er soll mir die Abzüge bringen, die ich heute Morgen vergessen habe.«

»Welche Abzüge und wohin soll ich sie bringen?«

»Finn, stell dich nicht so an. Georgie kann …«

»Ich habe etwas dagegen, wenn deine Freunde ohne vorher zu klingeln durch das Haus schleichen.«

»Finn, ich habe keine Zeit, mit dir darüber zu diskutieren. Lass ihn rein und benimm dich.«

»Ich habe Zeit, mit dir zu diskutieren, Mutter. Und zwar über das Respektieren von Privatsphären.«

Ein Seufzen war die Antwort. »Finn, ich habe *wirklich* keine Zeit!«

»Klar, und Georgie wird *wirklich* nicht unser Haus betreten.« Wütend drückte er die Trenntaste.

»Verschwinde, Georgie.«

»Hör mal, Jungchen …«

Aber Finn war nun *wirklich* auf Krawall gebürstet. Er nahm einen Schraubenschlüssel und ging auf den Mann zu.

»Jungchen ist gut«, knurrte er. »Noch so einen, und ich werd zum Tier. Auch wenn meine Mama das gar nicht gerne mag, dass ich ihre Lover verhaue.«

Wütend starrte er in das fotogene Gesicht.

Georgie bewegte sich vorsichtig rückwärts.

Finn folgte ihm, noch immer seinen Blick fest auf ihn geheftet.

Georgie brabbelte beleidigt etwas vor sich hin, drehte sich um, stakste zu seinem Wagen, knallte mit der Tür und fuhr mit quietschenden Reifen davon.

Finn besah sich den Schraubenschlüssel in seiner Hand. Verrückt. Er hätte nie damit zugeschlagen. Sollte es etwa noch größere Weichwollis geben, als er selbst einer war?

Er gab sich ein paar erfreulichen Tagträumen hin, in denen er aus allerlei brenzligen Situationen als Sieger hervorging. Da Felina nebenan im Garten saß und ihre Hausaufgaben machte, spielte auch die Bewunderung gewisser junger Frauen eine entscheidende Rolle darin.

Finns Hochstimmung hielt nicht lange an. Sie brach in sich zusammen, als er zwei Stunden später in Kristins Zimmer stand, um ihr das Wörterbuch zurückzulegen, das er sich ausgeliehen hatte. Dort fand er nämlich auf ihrem Nachttisch ein Lederband mit einem silbernen Ankh liegen.

So viel zu Felinas Bewunderung. Ganz offensichtlich hatte sie seine gutgemeinte Gabe umgehend seiner Schwester zurückgegeben.

Grimmig nahm er den Anhänger an sich und hängte ihn sich selbst um den Hals.

Und vergaß ihn.

Denn seine Mutter kam nach Hause, und es folgte eine Auseinandersetzung, die sich auf einem Niveau weit unter der Gürtellinie abspielte.

Georgie hatte gepetzt.

Finn war also mal wieder der Stoffel, der Schlägertyp, der unzivilisierte Rabauke, der undankbare Sohn vor allem. Sein Charakter hing in Fetzen von dem Stuhl, auf dem er zusammengesunken saß und die verbale Auspeitschung über sich ergehen ließ.

Bis es ihm zu viel wurde und er seine Rechte einforderte. Wozu vor allem die Frage des Motorradführerscheins gehörte. Dieses Ansinnen wurde wieder einmal rigoros abgelehnt, Hinweise auf Volljährigkeit mit mangelndem persönlichem Einkommen niedergebügelt und noch einmal die Anweisung, einen anständigen Ferienjob in der juristischen Abteilung anzunehmen, nachdrücklich geäußert.

»Nein, nein, und noch mal nein. Nein, Mutter.«

»Und nenn mich nicht ständig Mutter!«

»Meinst du denn, dein Georgie wüsste nicht, dass du zehn Jahre älter bist als er? Nur weil du dich aufbrezelst wie meine Schwester? Mann, du bist über vierzig!«

Das war dann auch voll unter der Gürtellinie, und die Angelegenheit eskalierte. Sie eskalierte so weit, dass Finn schließlich weiß vor Wut aufstand und mit für ihn selbst überraschend kühlem Ton sagte: »Ich gehe. Wenn ich mir mein Geld schon selbst verdienen soll, dann werde ich das auch tun. Es gibt genügend Jobs, wenn man sich nicht scheut, sich die Finger dreckig zu machen.«

Damit verließ er das Wohnzimmer und stürmte nach oben. Hier packte er seinen Rucksack, und als Kristin vorsichtig die Tür öffnete, knurrte er sie nur an.

»Ist ja gut, Finn. Sie nervt. Aber du kannst mich doch nicht mit ihr alleine lassen.«

»Kann ich doch. Du wirst schon mit ihr fertig.«

Seine Schwester ließ sich auf seinem Bett nieder.

»Nimm mich mit.«

Es klang so flehentlich, dass Finn im Packen innehielt und sich zu ihr setzte. Er legte ihr den Arm um die Schulter und drückte sie kurz an sich.

»Du hast deine Freundinnen, Kris. Bei denen kannst du deinen Frust abladen, wenn es dick kommt. Ich hab niemanden.«

»Du lässt ja auch keinen an dich ran.«

»Ja, kann sein. Vielleicht muss ich gerade deshalb weg.«

»Wie Papa?«

»Fängst du jetzt auch noch damit an?«

»'tschuldigung, das war echt Scheiße. Nein. So bist du nicht.«

Und dann zupfte sie an dem Lederbändchen an seinem Hals.

»Hat Feli dir das zurückgegeben?«

»Was? Oh – nein. Ich dachte, sie hätte es dir gegeben. Es lag auf deinem Nachttisch.«

»Oh«, Kristin lachte. »Nein, nein, sie hat ihrs behalten. Ich glaube, sie fand das eigentlich ganz nett von dir. Aber ich wollte auch so ein Ankh haben. Ich hab es bei Bijou gekauft. Aber – Finn, wenn du schon gehst, dann behalte es.«

Finn war gerührt. Er streichelte seine Schwester und kniff ihr dann in die Nase.

»Du, ich geh ja nicht für immer. Nur ein paar Wochen. Um – ach, ich weiß nicht. Irgendwie, um herauszufinden, ob ich vielleicht doch ein Mann bin.«

»Mhm. Gut. Sagst du mir, wo ich dich finden kann? Ich meine, nur so zur Not. Ich schwöre auch, dass ich es niemandem weitersage.«

Seine Schwester mochte ihre Fehler haben und manchmal auch ein bisschen überdreht sein, aber verlassen konnte er sich auf sie.

»Ich denke, ich suche mir einen Job als Erntehelfer. Erdbeeren pflücken kann ja nicht so schwer sein.«

»Gute Idee. Vor allem darfst du davon vermutlich so viele essen, bis du platzt.«

Finn grinste schief. »Ich fürchte, nach einer Woche werde ich eine lebenslange Aversion gegen Erdbeeren entwickelt haben. Aber wahrscheinlich brauche ich das jetzt mal.«

»Dann mach hinne.«

Sie gab ihm einen Schmatz und ließ ihn alleine.

Am nächsten Morgen, als Nerissa aus dem Haus war, schwang Finn sich auf seinen Roller, um die Welt der Erdbeeren zu erobern.

Sein Wunsch, herauszufinden, ob er ein Mann war, sollte in Erfüllung gehen. Allerdings auf höchst befremdliche Weise.

14. Erfolgreiche Spurensuche

Nefer leckte sich die verschorften Kratzer. Der Kampf mit dem Waldkater hatte Spuren hinterlassen. Allerdings nicht nur bei ihm. Dieser Silvester war ein harter Gegner gewesen, rau, stark, schnell. Nefer jedoch war geübter und gewandter – drei Jahre unter Hauptmann Anhor an den Grenzen zu den Witterlanden und dem Kratzforst hatten ihn etliche weit härtere Scharmützel bestehen lassen.

Die Wunden, die die scharfen Krallen des Waldkaters hinterlassen hatten, würden heilen, das Fell die Narben bedecken. Es war kein Kampf auf Leben und Tod gewesen, das wussten sie beide. Und als Nefer, der, weil er sich auf fremdem Territorium befand, allmählich in Bedrängnis geraten war, sich gezwungen sah, seine wahren Fähigkeiten einzusetzen, hatte sein Gegner sich geschlagen gegeben. Eigentlich, so grinste Nefer in sich hinein, hatte er nur seinen Schatten ein wenig vergrößert. Aber das konnte schon recht bedrohlich wirken, wenn man damit nicht rechnete.

Kurzum, Silvester hatte aufgegeben, und er hatte Gnade walten lassen. Anschließend waren sie ins Gespräch gekommen, und das sich endlich als fruchtbar erwies. Der Kater hatte mit Majestät gesprochen. Nefer atmete heimlich auf. Majestät schien unverletzt und wartete ganz offensichtlich auf Hilfe. Und wenn Silvester auch nicht klar war, dass sie und er selbst Trefélingeborene waren, so hatte er doch ihre Überlegenheit anerkannt. Das Geschehen am Dolmen zum Zeitpunkt des Übergangs hatte er leider nicht beobachtet, aber seine Gefährtin war in der Nähe gewesen. Von ihr schließlich hörte Nefer etwas über die vier Menschen, die in jener Nacht Krawall am Hügelgrab veranstaltet hatten. Sein Verdacht war also richtig – Majestät war von ihnen angegriffen worden, hatte sich zwar befreien können, doch das Ankh war dabei verloren gegangen. Einer der Menschen musste es an sich genommen haben, denn sonst hätte sie es mit großer Sicherheit gefunden. Mit ihm hätte sie jederzeit und in jeder Gestalt nach Trefélin zurückkehren können.

Die Spur eines dieser Menschen hatte Nefer möglicherweise auch schon gefunden, denn angeblich hatte einer der Rüpel vor ein paar Tagen die Farbe von den Steinen der Übergangsstelle entfernt. Seine Witterung war noch deutlich wahrzunehmen, und Nefer hatte sich, als seine Muskeln und Gelenke nicht mehr von der Rauferei schmerzten, auf den Weg gemacht, sie zu verfolgen. Sie führte, wie nicht anders zu erwarten, in die menschliche Ansiedlung und hier in ein Haus mit Garten, der recht gute Verstecke bot. Und die eine oder andere Maus.

Nefer beobachtete also das Geschehen im Haus. Ein auf die Beschreibung passender junger Mann lebte dort, ein Mädchen und eine Frau, vermutlich die Mutter der beiden. Der junge Mann wurde Finn gerufen und schien zumindest die Reviergrenzen zu verteidigen, denn einen Eindringling hatte er recht wirkungsvoll davongescheucht. Am nächsten Tag aber war er mit höchst grimmigem Gesicht auf seinen Roller gestiegen und davongeknattert. Von seinem Posten oben in einem Apfelbaum hatte Nefer jedoch gemeint, für einen kurzen Augenblick etwas Silbernes am Hals des jungen Mannes aufblitzen zu sehen.

Dieser Umstand war der näheren Untersuchung wert, und er hatte auch schon einen Einschlupf in das Haus ausgemacht, um die nähere Umgebung des Jungen zu untersuchen, doch dummerweise kam der Kerl nicht wieder zurück. Drei Tage hatte Nefer gewartet, dann fand er es an der Zeit, sich wieder um seine Begleiter zu kümmern.

Etwas mühselig war es, den Weg zu diesem Gebäude zu finden, das man Krankenhaus nannte. Es blieb ihm nichts anderes übrig, als menschliche Gestalt anzunehmen. Wobei er das aber weitaus geschickter anstellte als die Jungkater. Er hatte den Einschlupf durch das Kellerfenster genutzt, sich in Finns Zimmer geschlichen, als das Haus leer war, hatte sich an dessen Kleidern bedient und sich dann so unauffällig wie möglich zu dem Krankenhaus durchgefragt und dort durch Schmeicheleien bei den anwesenden Frauen auch herausgefunden, wo er Sem, Pepi und Ani finden konnte.

Niemand nahm Anstoß an seinem Benehmen, also musste er die Menschen wohl recht gut nachahmen können.

Es gelang ihm, seine Begleiter in einer Abteilung aufzustöbern, die sich Wohnstation nannte. Sie empfingen ihn in äußerst gedämpfter Stimmung, trugen allerdings inzwischen passendere Kleider, so wie er auch – Jeans, Sweatshirts und sogar Schuhe an den Füßen.

»Das war vielleicht eine mäuseschissige Sache hier«, erzählte Ani. »Die haben wirklich ihre blöden Medikamente an uns ausprobiert. Die wollten, dass wir uns nicht mehr richtig bewegen konnten. Sem konnte plötzlich nur noch trippeln, und Pepi kriegte Knoten in die Zunge. Mir hat's aber nichts ausgemacht. Na, wir haben uns eben so friedlich wie möglich verhalten.«

»Öhm – nachdem dich drei Pfleger ans Bett gefesselt haben, Ani!«

»Na, du konntest doch nichts anderes mehr als dumm herumhoppeln, und Pepi lallte nur noch.« Ani grinste. »Wenn ich gewollt hätte, hätten anschließend die drei Männer zusammengeschnürt auf dem Bett gelegen.«

»Und euch hätten sie in einen dunklen Kerker geworfen«, knurrte Nefer.

»Ja, ja, wir sind eben ganz zahm geworden. Darum durften wir am nächsten Tag auch in diese netten Zimmerchen und bekamen super Futter. Aber, hey, die essen hier vielleicht komisch.«

»Menschen benutzen ihre Finger.«

»Kannste pfeifen, die benutzen Werkzeuge. Und den Fisch verderben sie auch! Die fanden das fies, dass wir den roh gegessen haben.«

»Na ja, aber das richtige Essen haben wir dann auch gelernt. Und du glaubst gar nicht, wie hübsch wir den Tisch decken können.«

»Ja, und ganz tolle Bilder malen«, prustete Sem. »Da ist so ein Weibchen, das uns bunte Farben gibt. Darf man auch nicht mit den Fingern verschmieren, obwohl das auf dieser felllosen Haut ziemlichen Spaß gemacht hat.«

»Die hatte was dagegen, dass wir uns ausgezogen haben.«

»Ich weiß nicht, Ani. Dich hat sie ziemlich rollig angeguckt.«

Nefer schüttelte den Kopf. »Passt bloß auf, Jungs. Das kann schwer danebengehen.«

»Schon klar. Wir haben uns – auch da – ganz zahm angepasst. Und gelauscht.«

»Ja, war lehrreich, was die anderen hier so quatschen.«

»Wir haben jetzt eine hübsche Geschichte für uns zusammengebastelt. Willste hören?«

»Erzählt. Kommt ihr damit hier raus?«

»Ich denke schon. Also, da sind ein paar Typen, die stammen aus den hiesigen Anderländern. Also, die sind nicht von hier. Die haben uns auf den Dreh gebracht. Wir sind jetzt Flüchtlinge aus Jemen, da sind wir wegen unserer Religion verfolgt worden. Weshalb wir illegal eingereist sind, in einem Container versteckt.

Und als wir hier rauskamen, haben wir einen Kulturschock gekriegt und sind ausgetickt.«

»Ist ziemlich nah an der Wahrheit, die Geschichte«, murmelte Nefer.

»Ja, klasse, nicht? Jedenfalls haben wir noch immer eine Wahnsinnsangst, wieder abgeschoben zu werden. Deshalb kümmert sich die süße Sozialarbeiterin jetzt auch ganz besonders um uns.«

»Die guckt uns alle drei rollig an«, warf Ani ein. »Aber wir sind standhaft.«

»Ah ja.«

»Doch, Nefer. Obwohl das auch als Mensch nicht ganz einfach ist.«

»Erzählt weiter!«

»Ja, also, die Süße sagt, sie kennt sich mit Flüchtlingsorganisationen aus – was immer das ist –, und sie kriegt Papiere für uns und einen Platz in einem Asylbewerberheim.«

»Und dann seid ihr hier raus?«

»Jau, morgen oder übermorgen.«

»Gut, ich habe dann eine Aufgabe für euch.«

Als die Gebrüder Sem, Ani und Pepi Katz bezogen die drei also am übernächsten Tag eine kleine Wohnung und nahmen natürlich auch gleich einen kleinen schwarzen Kater bei sich auf.

Nefer hatte sich entschieden, weiterhin in dieser unscheinbaren Gestalt herumzulaufen, weil es die unauffälligen Ermittlungen einfacher machte. Aber er hatte den dreien seine Erkenntnisse weitergegeben, und nun beratschlagten sie bei einer großen Portion rohem Fisch, wie sie weiter vorgehen sollten. Die zwei Wochen Gefangenschaft hatten bei ihnen Spuren hinterlassen, fand Nefer. Sie waren, trotz all dem Übermut, sich jetzt der Ernsthaftigkeit ihrer Mission bewusster geworden. Und bereit, angestrengt mitzuarbeiten.

»Dieser Finn hat sich also mit dem Muttertier gezofft und ist ab, sich ein eigenes Revier zu suchen, richtig?«, fasste Ani die Sache zusammen.

»Muss man wohl annehmen.«

»Und das Wurfgeschwister ist noch dageblieben.«

»Ich glaube nicht, dass das junge Weibchen ein Wurfgeschwister ist. Sie ist vermutlich jünger als er und braucht die Mutter noch. Bei Menschen dauert das lange, bis sie das Revier verlassen.«

»Ob sie seine Witterung aufnehmen könnte?« Pepi leckte sich nach dem Essen gründlich die Finger ab. Das hatte er sich noch nicht abgewöhnen können.

»Menschen können nicht riechen.«

»Aber quatschen. In diese kleinen Dinger, die sie sich immer ans Ohr halten.«

»Ja, das haben sie uns auch erzählt, da in dem Wohnbereich. Handy nennen sie es, oder Telefon.« Ani stellte die Teller zusammen und brachte sie zur Spüle. Reinlich waren die drei, fand Nefer. Wie Katzen eben. Und als Mensch machte einem der Kontakt mit Wasser auch nicht so viel aus.

»Du meinst also, dieses Geschwister könnte wissen, wo dieser Finn sein neues Revier hat?«

»Ich denke schon. Wir wissen doch auch in etwa, wo sich unsere Geschwister herumtreiben.«

Nachdenklich putzte Nefer sich den Schwanz. Die drei sahen ihn erwartungsvoll an.

»Am einfachsten wird es wohl sein, wenn man sie fragt«, meinte er schließlich. »Sie ist ein hübsches Weibchen und verwendet reichlich Lockstoffe. Also, ein Mann könnte ihr sicher die Information abschmeicheln.«

»Oh, dürfen wir?«

»Einer von euch. Der beste Schmusekater«, sagte Nefer und grinste. »Sem, du bist nicht unbeliebt bei den Kätzinnen. Meinst du, du kannst ein Menschenmädchen betören?«

Sem schien um einige Zentimeter größer zu werden, die beiden anderen fauchten leise.

»Ich denke schon. Darf ich sie in den Nacken beißen?«

»Das, Junge, lass man lieber. *Das* machen die Menschen auch ein bisschen anders.«

»Schade.«

»Es geht darum, herauszufinden, wo ihr Bruder ist, nicht um die Befriedigung deiner Triebe!«

Womit das Fauchen der beiden anderen in schadenfrohes Grinsen überging.

Immerhin brauchte Sem nur zwei Tage. Er hatte Kristin auf dem Heimweg von der Schule abgepasst und sie in ein Gespräch verwickelt. Nefer bewunderte, wie er sie auf charmanteste Katzenart umwarb und umschwänzelte. Sie erglühte schon, als sie ihm am Nachmittag wieder begegnete, und als Sem dann auch noch das Nasenküsschen an ihr ausprobierte, schmolz sie förmlich dahin. Nefer musste ihm einen warnenden Kratzer an der Wade verpassen, damit er sich nicht doch noch gehen ließ.

Am nächsten Tag hatte er das Mädchen dann wirklich davon überzeugt, dass er ein Bekannter eines Freundes ihres Bruders war und ihn unbedingt besuchen wollte.

»Fünf Kilometer südlich von hier, Erdbeerfelder. Dort arbeitet er, um Geld zu verdienen, was immer das für ein Zeug ist.«

»Ein Tauschmittel, Sem, Menschen leben in einer Tauschgesellschaft – schenken tut dir hier niemand was.«

»Doch, uns haben sie Essen und Kleider geschenkt.«

»Ihr wart ja auch Bedürftige. Lange machen sie das nicht. Irgendwann fordern sie alles wieder zurück.«

»Na, egal. Wir wissen jetzt, wo er ist. Und jetzt?«

»Werden wir Geld verdienen. Das heißt – ihr. Ich bleibe ein kleiner, schwarzer, unscheinbarer Kater.«

»Und du glaubst, wir füttern dich durch?«

»Klar.«
»Wir fordern es aber irgendwann zurück, Kleiner.«
Scratsch!
»Autsch!«

15. Die Seele der Tiere

»Der ist ja sooo ein süßer Junge, der Sammy, echt, Feli!«

Kristin schwärmte Felina nun schon seit einer halben Sunde von ihrem neuen Flirt vor und ließ keine Einzelheit aus. Da sie aber derartige Anfälle von Anhimmelei ungefähr zweimal im Monat hatte, hörte Feli nicht sonderlich konzentriert zu. Bis sie sagte: »Ich weiß aber nicht – eigentlich war das wohl doch nicht ganz richtig, dass ich ihm gesagt habe, wo er Finn treffen kann. Ich hoffe, der ist mir jetzt nicht böse, wenn Sammy bei ihm auftaucht.«

»Mhm? Finn?«

»Och, Feli, du kriegst aber auch gar nichts mehr mit. Finn hatte Krach mit Nerissa und ist letzte Woche von zu Hause weggegangen.«

»Jetzt wo du es sagst – stimmt, ich habe ihn schon seit Tagen nicht mehr mit seinem Roller rumknattern gehört. Wo ist er denn hin und was macht er?«

»Ich hab ihm versprochen, niemandem etwas zu sagen.«

»Dann hättest du es auch diesem Sammy nicht weitersagen dürfen.«

»Nein, eigentlich nicht. Aber ich glaube, Finn will nur nicht, dass Nerissa es weiß. Und der sag ich es nicht. Auf gar keinen Fall. Und wenn sie mir Daumenschrauben anlegt.«

»Aber sie macht sich doch sicher Sorgen um ihn. Meine Eltern würden ausflippen, wenn ich einfach abhauen würde.«

»Ach, weißt du, erstens ist meine Mutter mit ihrem neuen Lover beschäftigt, und zweitens habe ich ihr dann doch gesagt, dass ich weiß, wo er ist und dass sie ihn mal in Ruhe lassen soll. Sie hat zwar gemault und was von Undankbarkeit gemurmelt, aber wahrscheinlich denkt sie, dass er schon bald wieder mit eingekniffenem Schwanz zurückgewinselt kommt.«

»Vielleicht tut er das auch nicht.«

»Hoffentlich nicht. Nerissa kann manchmal ganz schön biestig sein.«

»Weshalb das vielleicht keine so gute Idee ist, wenn ich zu euch ziehe. Aber … meine Tante hat mir angeboten, bis zu meinem Abi hier wohnen zu bleiben.«

»Na klasse!«

»Na ja.«

»Wieso – ist doch besser als Internat, oder?«

»Du kennst Iris nicht«, antwortete Felina düster. »Die ist so *gesund*!«

Kristin gluckste.

»Das verstehst du nicht, Kris.«

»Dann erklär es mir.«

»Ach, ich weiß nicht. Na ja, Iris hat zusammen mit einer anderen Frau ein Unternehmen, das sich auf solche Wanderurlaube spezialisiert hat. Aber nicht solche, wo man gemütlich von einem Hotel ins nächste schlappt, sondern sich so mit Rucksack und Buschmesser durch die Wildnis schlägt.«

»Trekkingtouren also.«

»Ja, genau. Sie macht die auch mit, sie ist fürchterlich zäh, verstehst du?«

»Mhm. Vielleicht sollte Finn mal bei ihr anheuern. Der will ja unbedingt ein raues, wildes Leben führen.«

»Er kann sie ja mal fragen. Na, jedenfalls will sie ihre Einsätze etwas reduzieren, damit sie hier auf mich aufpassen kann. Aber sie und meine Eltern sind völlig unterschiedlicher Meinung. Iris hält mich für eine Hypochonderin und meine Eltern für halb Behinderte.«

»Und für was hältst du dich?«

»Weiß nicht. Es ist ja wahr, ich krieg immer Herzrasen, wenn mich was aufregt. Und wenn ich mich anstrenge. Und dann bekomme ich immer Angst, dass irgendwas mit meinem Herz nicht stimmt.«

»Warst du denn schon mal beim Arzt?«

»Einmal? Bei einem? Mann, ich kenne jede kardiologische Untersuchungsmethode einzeln.«

»Und, hast du einen Herzfehler?«

»Man findet nichts Richtiges. Aber bei meiner Großmutter haben sie auch nichts gefunden. Und sie ist trotzdem gestorben.« Felina drückte ihre Hände auf den Brustkorb. »Jetzt fängt es wieder an«, keuchte sie.

»Tief Luft holen!«

»K... kann ich n... nicht.«

Kristin sprang auf und rannte zur Tür. Gleich darauf kam sie mit Iris zurück. Sie brachte eine Flasche Mineralwasser und ein Glas mit.

»Trink das, Mädchen«, sagte die barsch. »Jeder hat mal Herzklopfen.« Sie reichte ihr das Glas mit dem eiskalten Wasser.

»K... kann nicht!«

»Du kannst. Reiß dich zusammen, Felina!«

Feli keuchte.

»Sollten Sie nicht besser den Notarzt rufen?«, fragte Kristin besorgt.

»Nein, den Affentanz will sie doch nur.«

»Ist... nicht... wahr!«

»Dann trink das kalte Wasser!«

Sie tat es, und es half erstaunlicherweise.

Nach einer Weile atmete sie tief durch.

Ihre Tante hatte sich zu ihnen gesetzt und sah sie nun an.

»Je mehr Angst du davor hast, desto heftiger wird es, Felina. Das Dumme ist, dass man dich immer in Watte gepackt hat. Du treibst viel zu wenig Sport.«

»Darf ich doch nicht.«

»Darfst du schon. Du musst ja nicht gleich Hochleistung erbringen.«

»Aber Mama ...«

»Ja, deine Mama macht sich Sorgen. Aber jetzt sind deine Eltern erst mal wieder unterwegs. Was hältst du davon, nachher eine Stunde mit mir durch den Wald zu gehen?«

Felina schüttelte den Kopf.

»Wir haben morgen eine Diskussionsstunde, auf die ich mich vorbereiten muss. Und – Iris – du hast gesagt, nicht gleich Hochleistungssport.«

»Eine Stunde durch den Wald zu gehen erfordert keine Hochleistung.«

»Mit dir schon.«

Ihre Tante schüttelte den Kopf. »Kristin, überreden Sie Feli dazu.«

»Ich? In den Wald? Mit den Schuhen?«

»Meine Güte, was seid ihr für Zimperliesen.«

Mit diesen Worten verließ Iris den Raum, und Feli stöhnte.

»Das meinte ich mit gesund.«

»Ja, verstehe. Aber mit dem Wasser, da hatte sie eine gute Idee!«

»Na ja, besser als der Notarzt war es schon. Aber nun lass uns über die Diskussionsstunde morgen reden.«

Frau Grünthal, gerne auch Grünchen genannt, stellte den Anwesenden Pfarrer Bormann vor, und Kris, die sich neben Feli gesetzt hatte, flüsterte »Dornenvögel«.

»Und vermutlich ebenso verklemmt«, zischelte Feli zurück. Der Pfarrer sah allerdings wirklich unverschämt gut aus und wusste das wohl auch. Ihr hingegen gefiel – so auf den ersten Blick – der zweite Gast etwas besser, den Grünchen mit Nathan Walker, Nachname englisch ausgesprochen, einführte. Leiter des hiesigen Forstamts. Gegen den zurückhaltend elegant gekleideten Geistlichen wirkte er rustikal, und seine Stiefel wie sein Gesicht zeigten gewisse Verwitterungsspuren. Anders als Pfarrer Bormann trug er auch kein verbindliches Lächeln auf den Lippen, sondern nickte nur kurz in die Runde.

Es ging um Ethik, um Umweltschutz und vor allem um Tierschutz. Gernot trug sein Referat vor, in dem er über die Zustände in Hühner-KZs und Schlachthöfen berichtete. Das war ziemlich gruselig. Es entspann sich darauf eine Diskussion über die Achtung des Lebens, auch die Achtung tierischen Lebens, wobei Pfarrer Bormann sich kräftig auf die Wunder der Schöpfung bezog und Tierquälerei in den Katalog der Sünden stellte. Der Förster sagte nichts dazu, sah sich aber unaufdringlich um. Schon bald tauchte die Frage auf, ob Tiere ein Bewusstsein und eine Seele hätten. Hier wurde es nun lebhaft.

»Ohne Zweifel spüren Tier Schmerz, und selbstverständlich wissen sie sich anzupassen. Doch alles das dürfen wir nicht vermenschlichen. Es werden gerne eigene Gefühle in das Verhalten der Tiere hineingedeutet. Das aber bedeutet noch lange nicht, dass sich Tiere ihrer selbst oder ihrer Handlungen bewusst sind.«

»Aber Herr Bormann, es gibt Untersuchungen, dass beispielsweise Schimpansen sich im Spiegel erkennen. Man hat das als wissenschaftlichen Beweis ausgelegt, dass sie sich ihrer selbst bewusst sind«, sagte jemand aus der hinteren Reihe.

»Na, ich weiß nicht. Ich erkenne mich morgens manchmal auch nicht selbst im Spiegel«, warf ein Witzbold von links ein.

»Es hat ja auch noch nie jemand behauptet, dass du mehr bist als ein dressiertes Pantoffeltierchen, Kevin«, bemerkte eine andere, und alles lachte. Sogar Grünchen. Aber die sorgte dann gleich wieder für Ruhe.

»Als gültiger Beweis für ein Bewusstsein erscheint mir das allerdings auch zu wenig«, ließ Pfarrer Bormann sich vernehmen. »Dazu gehört weit mehr als das Wiedererkennen im Spiegel. Kommunikationsfähigkeit, die Gabe, eigene Taten zu reflektieren, antizipatives Verhalten ...«

»Herr Bormann, mein Hund kann sehr wohl mit mir kommunizieren«, sagte ein Mädchen. »Er kennt meine Worte und meine Körpersprache, und ich kann sein Bellen, Jaulen, Kläffen und so weiter auch ganz gut unterscheiden.«

»Blindenhunde und Spürhunde können ebenfalls auf sehr hohem Niveau kommunizieren«, warf ein anderer ein.

»Ohne Zweifel sind Tiere lernfähig«, gab der Pfarrer zu. »Man kann ihnen beeindruckende Leistungen andressieren. Aber das repetitiv Erlernte darf man doch nicht mit eigener Erkenntnis gleichsetzen.«

»Von uns wird aber auch verlangt, dass wir Fakten und Regeln und Vokabeln auswendig lernen.«

»Eben, aber Sie wenden sie anschließend selbstständig an, um eine mathematische Aufgabe zu lösen oder eine fremde Sprache zu sprechen. Ein Hund, der einen Puschen zu apportieren lernt, wird seinem Herren nie ein paar neue Hausschuhe kaufen, wenn die alten verschlissen sind.«

»Ist ja wohl auch nicht seine Aufgabe – als Hund, meine ich. Jetzt sind Sie derjenige, der menschliches Verhalten auf Tiere überträgt.«

»Wer sagt Ihnen denn, dass Tiere nicht ihre Taten reflektieren? Nur weil wir ihre Form der Kommunikation nicht kennen.«

»Reflektieren der Taten würde ein moralisches Gewissen voraussetzen, und das ist etwas, das nur dem Menschen eigen ist. Nur der Mensch erkennt den Unterschied zwischen Gut und Böse. Und damit die Sünde.«

»Und im Gegensatz zu den Menschen glauben die Tiere nicht an Gott!«

»Die heilige Lotti«, fauchte Feli leise und umklammerte das Ankh an ihrem Hals.

»Sie will sich doch nur bei dem schönen Dornenvogel einschleimen.«

»Bei dem Förster hat sie damit nicht gepunktet.«

Feli merkte, wie ihr Puls sich beschleunigte. Lotti hatte sie schon häufiger verärgert. Sie hatte so eine besserwisserische Art, anderen zu erklären, was Gottes Wille war. Eine richtige Halleluja-Schwester, die ihr mit ihrem Gutmenschengehabe auf die Nerven ging.

»Trink Wasser, Feli!«

Kris schob ihr die Flasche zu.

Feli schüttelte den Kopf.

Der Pfarrer nahm auch sogleich Lottis Argument auf und bekräftigte es.

»Das ist natürlich ein weiterer Effekt, den man beachten sollte. Nur der sich selbst erkennende und reflektierende Mensch ist sich einer Herkunft bewusst und seiner unsterblichen Seele. Religio – die Rückverbindung zum Göttlichen – dazu ist ein Tier nicht in der Lage.«

»Tiere haben also keine Seele, Herr Pfarrer?«, fragte jemand.

»Nun, Mensch und Tier unterscheiden sich durch den Geist, das heißt, der Mensch hat dem Tier seinen Willen und seine Vernunft voraus. Darum ist der Mensch in der Lage, zu denken und zu lernen. Dagegen bleiben die Tiere auf der Stufe des triebhaften, unbewussten Lebens.« Der Pfarrer sah sich siegesgewiss um. »Ein weiteres Merkmal des menschlichen Geistes ist das Gewissen. Wenn Tiere ein anderes Tier umbringen, um zu überleben, empfinden sie keine Gewissensbisse. Dagegen können Gewissensbisse den Menschen in den Wahnsinn treiben. Daraus können wir schließen, dass das Tier keine Seele nach der Art des Menschen besitzt. Es kann Schmerz, möglicherweise auch Freude empfinden, ist aber von seinen Instinkten und Trieben gelenkt.

Nichtsdestotrotz sollten wir immer daran denken: ›Quäle nie ein Tier aus Scherz, denn es fühlt wie du den Schmerz!‹«

Feli hatte nun doch einen Schluck Wasser getrunken, aber das Herzklopfen hörte nicht auf. Noch einmal umfasste sie das Ankh, und dann hörte sie sich plötzlich selbst sprechen.

»Menschliche Babys können weder sprechen noch denken, noch können sie planen, noch zwischen Gut und Böse unterscheiden. Also haben Menschen bei ihrer Geburt nach Ihrer Definition auch keine Seelen.«

»Der Mensch hat dem Odem …«

»Quatsch. Der Mensch hat ja angeblich auch seine Erbsünde mit auf den Buckel geschnallt bekommen und kriegt die nur los, wenn er ordentlich betet und beichtet. Wer gibt Ihnen eigentlich das Recht, Herr Pfarrer, zu beurteilen, was Tiere denken oder glauben? Könnte es nicht sein, dass die Tiere untereinander sehr wohl eine Sprache und eine Kultur entwickelt haben, die wir Menschen mit unserem verblödeten Krone-der-Schöpfung-Dünkel nur nicht zu sehen bereit sind? Könnte es nicht sein, dass auch die Tiere eine Religio – eine Rückverbindung zu dem haben, was sie als ihren höheren Geist anerkennen? Könnte es nicht sein, Herr Pfarrer, dass beispielsweise die Katzen sehr wohl eine katzenköpfige Göttin anerkennen? Könnte es nicht sein, dass die alten Ägypter der tierischen Seele da weit mehr Verständnis entgegengebracht haben als wir ach so frommen Christen?«

Schweigen herrschte im Klassenraum.

Feli stürzte drei große Schlucke Wasser hinunter.

Nathan Walker erhob seine ruhige, tiefe Stimme.

»Ich komme tagtäglich mit den Tieren des Waldes zusammen, nicht domestizierte Tiere, wohlgemerkt. Und ich bin dabei jeden Tag aufs Neue beeindruckt davon, mit welcher Klugheit sie sich an die ständig wechselnden Umgebungssituationen anzupassen in der Lage sind. Wir haben beispielsweise ein Projekt begonnen, die beinahe ausgestorbene Waldkatze wieder auszuwildern. Sie werden in geschützten Gehegen großgezogen und dann in für sie artgerechten Revieren ausgesetzt.«

Er erzählte gut und fesselnd, und die Diskussion wandte sich wieder dem Tierschutz zu.

Felis Herz hatte sich beruhigt, und allmählich traute sie sich auch wieder, die Augen zu heben. Der schöne Pfarrer saß angespannt hinter dem Tisch und wartete offensichtlich darauf, noch einmal seinen Standpunkt vertreten zu können, aber Grünchen hatte die Moderation nun wieder fest im Griff, und schließlich erklang die Glocke, die das Ende der Stunde bekannt gab. Danksagung und Verabschiedung erfolgten, und die heilige Lotti heftete sich sofort an Herrn Pfarrers Jackett.

Feli stand ebenfalls auf und ging mit Kris in die Pause.

»Du warst klasse!«, flüsterte ihre Freundin.

»Ich weiß nicht. Das kam plötzlich über mich. Ich bin doch sonst gar nicht so patzig.«

»Ich fand dich mutig. Und ich wäre auf den Vergleich mit den Babys nicht gekommen. Der war echt gut!«

»Ich bin nur froh, dass der Förster angefangen hat, über die Waldkatzen zu reden. Ich glaube, wenn Seine dornenvögelige Scheinheiligkeit irgendwas erwidert hätte, hätten mir die Worte gefehlt.«

»Dir doch nicht.«

Feli zuckte mit den Schultern und sah zum Parkplatz hinüber. Herr Walker stand noch da und sprach mit dem Bio-Lehrer. Sie fasste sich plötzlich ein Herz.

»Warte auf mich, Kris. Ich muss noch was erledigen.«

Noch einmal griff sie unwillkürlich an das Ankh, merkte es und ließ die Hand sinken. Komisch, dass sie immer damit herumspielte. Dann hatte sie den Förster erreicht. Er verabschiedete eben den Lehrer und sah ihr entgegen.

Feli spürte seinen intensiven Blick und schluckte. Aber dann räusperte sie sich und sagte: »Danke, Herr Walker.«

»Wofür, junge Frau?«

»Dass Sie über die Waldkatzen gesprochen haben.«

Plötzlich zuckte ein Lächeln in seinem Mundwinkel auf.

»Bedanken sollte sich lieber der Pfarrer. Seine unsterbliche Seele, oder besser, seine Haut habe ich mich zu retten bemüht.«

»Bitte?«

»Sie sahen aus wie eine Wildkatze auf dem Sprung, junge Frau. Eine Jägerin, bereit, ihm mit Krallen und Reißzähnen das Fell über die Ohren zu ziehen.«

»Ich?«

»Haben Sie eine Katze?«

»Ähm – nein.«

»Sie sollten eine zu sich nehmen. Ich glaube, sie würden einander gut verstehen. Einen schönen Tag noch.«

16. Entführung

Nefer saß auf dem Dach des Containers, in dem seine Begleiter und der Jungmensch namens Finn hausten. Derzeit waren sie auf den Feldern und pflückten, zusammen mit einer buntgemischten Mannschaft, Erdbeeren. Ein übles Geschäft, wenn man Sem glauben durfte, und mehr als einmal hatten sie Nefer einen Feigling genannt, weil er als Kater seine Tage in der Sonne verfaulenzen konnte. Andererseits hatten sie ja auch zwei Wochen zuvor gefaulenzt, während er sich die Pfoten wund gelaufen hatte.

Immerhin, Finn war ein Glücksgriff. Er trug wahrhaftig das Ankh um den Hals. Zwar hatte er gelogen und behauptet, seine Schwester habe es ihm geschenkt, aber das ließen sie ihm durchgehen. Wenn es so weit war, würden sie es ihm schon abnehmen.

Und in dieser Nacht war es so weit.

Es war Silbermond, die Heimkehr stand kurz bevor.

Wo immer Majestät sich verborgen hielt, sie würde sich vermutlich am Dolmen einfinden. Und er selbst würde dafür sorgen, dass ihr das Ankh wieder um den königlichen Hals gelegt wurde.

Und dann hätte er seine Prüfung bestanden.

Nefer sonnte sich in dieser Vorstellung.

Sem, Pepi und Ani hatten sich auch einigermaßen anständig verhalten und gingen hier in dieser gemischten Gesellschaft als Menschen unbehelligt durch. Einzig ihre Vorliebe für alkoholische Getränke stimmte ihn etwas kritisch. Aber ab morgen würde sich das auch legen. In Trefélin gab es kein Bier, kein Wein und – mhm – leider auch keinen Eierlikör. Das Zeug hatte Finn für ihn besorgt, und er hatte nach den ersten zwei Schlapp durchaus ein gewisses Verständnis für die Jungs. Es machte so schön warm im Bauch, und all die Sorgen und Probleme wurden mit so einem matten Schleier überzogen. Aber gesund war das nicht.

Nein, es war deutlich besser, wenn er seine Sinne beisammenhielt. Vor allem in den nächsten Stunden.

Sie waren hier eine ordentliche Strecke von dem Dolmen entfernt, ein Fußmarsch für Menschen von gut drei Stunden. Daher hatten sie beraten, wie man am schnellsten dort hinkommen konnte. Nefer hatte vorgeschlagen, Finn schon in der Nacht zuvor das Ankh abzunehmen und sich zu verdrücken, aber das hatte nicht geklappt. Er war aufgewacht, und Ani hatte eine ziemlich lahme Ausrede gebraucht, um zu erklären, warum er an seinem Hals herumgefummelt hatte. Also würden sie heute die allgemeine Freude an den berauschenden Getränken nutzen, um ihn so beduselt zu machen, dass er ihnen den Anhänger freiwillig gab. Wie es aussah, hatte übermäßiger Genuss alkoholischer Getränke auch die Wirkung, dass der Konsument keine klare Erinnerung an die Vorgänge in Trunkenheit mehr hatte. Das war ein wesentlicher Vorteil dieses Plans, hatten seine drei Begleiter argumentiert.

Eine Abschiedsfeier wollten sie veranstalten, da sie am morgigen Tag abreisen mussten.

So weit war das also nicht hergeholt.

Außerdem hatten sie sich Fahrräder beschafft. Wie, das wollte Nefer lieber nicht so genau wissen. Aber eines davon hatte einen Korb vorne am Lenker, und in den hatte, trotz seiner lauten Proteste, Finn ihn gesteckt und war mit ihm über die Feldwege gehetzt. Zuerst hatte er, für einen schwarzen Kater kaum vorstellbar, schreckensbleich die Augen geschlossen in Erwartung von Tod oder Verstümmlung. Doch dann war ihm der Wind durch den Pelz gezogen, ganz so, als ob er selbst mit höchster Geschwindigkeit über die Steppe gerannt wäre. Er hatte die Augen geöffnet, und – tja – es genossen, dass ihm die Ohren nach hinten gedrückt wurden und die Barthaare flatterten. Finn beherrschte diese Maschine offensichtlich, und Sem, Ani und Pepi hatten es auch ziemlich schnell heraus, damit umzugehen. Kurz war Nefer versucht, sich zu verwandeln, und den Spaß auch zu genießen.

Aber die Vernunft siegte.

Mit diesen Fahrrädern würden sie heute Abend zum Dolmen fahren.

Die Sonne war vorangeschritten, und Nefer suchte sich einen weniger schattigen Platz. Noch war die Luft verhältnismäßig kühl. Auf der Garage, in der die großen Maschinen standen, fand er ein passendes Eckchen, von dem aus er einen guten Überblick hatte.

Die Arbeitszeit näherte sich dem Ende, die Pflücker auf den Feldern stellten ihre Körbe an den Sammelstellen ab und schlenderten zu den Containern. Sie würden sich anschließend mit Wasser begießen, sich ihr Essen in der Küche holen und dann ihren Vergnügungen nachgehen.

Nefer beobachtete, wie Finn mit seinen drei Freunden alberte.

Er war ein anständiger Kerl, wenn auch noch sehr jung und

unbedarft. Das war vermutlich sein Problem. Immerhin, Majestät hatte er bei dem Überfall auf sie am Dolmen gerettet, und das rechnete er ihm hoch an. Er war nur zwei Jahre jünger als er selbst, doch Nefer fühlte sich bei Weitem überlegen. Menschen brauchten so lange, um erwachsen zu werden. Trefélingeborene waren zwar langsamer als Katzengeborene dieser Welt – die Kleinen mussten schon nach sechs Monaten selbstständig für sich sorgen –, aber deren Leben war auch bedeutend kürzer als das seines Volkes. Bei ihnen in Trefélin verließen die Jungkatzen das Mutterrudel nach sieben Jahren, bereit, mit einem Rudel Gleichaltriger ein eigenes Revier innerhalb der Clangrenzen zu suchen und zu verteidigen. Viele ließen es dabei, andere suchten sich nach einiger Zeit besondere Aufgaben. Und einige wenige beschlossen, sich weiter ausbilden zu lassen. So wie er und seine drei Begleiter. Dann verließ man seinen angestammten Clan und seine Heimat, um sich dem Weisen oder dem Hofstaat anzuschließen.

Finn war erst jetzt bereit, sein Geburtsrevier zu verlassen und sich eine Aufgabe zu suchen, und was er so recht wollte, wusste er augenscheinlich noch nicht. Nun, das war nicht Nefers Problem.

Er musste ein wenig eingedöst sein, denn die Sonne hatte sich bedenklich dem Horizont zugeneigt, als er seinen Namen rufen hörte. Nefer sprang vom Dach und setzte sich auf einen Palettenstapel, um auf Augenhöhe mit Pepi zu sein.

»Wir fahren jetzt zum Wald, Nefer. Willst du in den Korb oder in den Rucksack?«

»Lieber in den Korb. Ist Finn bereit mitzukommen?«

»Klar. Allerdings will er nicht mit seinem Roller fahren. Er sagt, das mag der Förster nicht. Er hat deswegen schon mal Stress mit ihm gehabt. Also haben wir für ihn auch ein Rad geliehen.«

»Geliehen?«

»So heißt das hier.«

Sie erreichten den Platz im Wald ohne Hindernisse, und da sie mit den menschlichen Gepflogenheiten vertraut waren, hatten Ani, Sem und Pepi für ausreichend Vorräte gesorgt. Erdbeerpflücken machte hungrig, und die Verpflegung, die der Bauer reichte, war nicht ganz ausreichend für junge Männer. Und erst recht war es der kalte Tee nicht, den er ihnen als Getränk anbot. Nefer war zwar ein wenig nervös und hatte Probleme damit, seinen aufgeregten Schwanz unter Kontrolle zu halten, der ständig hin und her peitschen wollte. Aber noch verlief alles so, wie sie es geplant hatten, und wenn der Mond den Zenit erreicht hatte, würden sie aufbrechen.

Eigentlich konnte er stolz auf sich sein, befand Nefer. Trotz der anfänglichen Schwierigkeiten hatte er die Aufgabe hervorragend gemeistert. Fehlte nur noch Majestät. Hin und wieder sog er prüfend den Atem ein, ob er eine Spur von ihr entdecken konnte. Aber bisher lag nichts in der Luft. Allerdings, das fiel ihm jetzt ein, mochte Majestät die Ansammlung von männlichen Jungmenschen auch wohl eher misstrauisch betrachten. Vermutlich würde sie erst im allerletzten Moment auftauchen.

»Komm, Nefer, für dich einen Happen Käse?«

Finn hielt ihm ein Stückchen Camembert hin. Das Zeug war erste Sahne, wirklich. Und es konnte nicht schaden, davon ein wenig zu naschen. Es würde lange genug dauern, bis er wieder einen solchen Leckerbissen zwischen die Zähne bekam.

Er bekam auch noch einen zweiten und dritten Happen, und das Schälchen Eierlikör schlappte er auch noch aus. Das besänftigte wenigstens seinen nervösen Schwanz.

Sem, Pepi und Ani hielten sich, wie er bemerkte, gehorsam mit den Getränken zurück, so wie er es befohlen hatte. Nur Finn schenkten sie immer weiter nach.

Nefer riskierte ein zweites Schälchen Eierlikör. Es schmeckte etwas strenger als das erste, und eine gewisse Leichtigkeit machte sich in ihm breit. Ja, geradezu eine lässige Verantwortungslosigkeit. Es würde schon alles gut gehen. Er machte sich immer viel zu viele Sorgen.

Finn hatte ihn auf den Schoß genommen und kraulte ihm den Nacken. Auch das war etwas, das er ungeheuer genoss. Mochte einem zu Hause auch jemand das Fell bürsten, das Kraulen menschlicher Finger war damit nicht zu vergleichen.

Nefer schnurrte beglückt.

Und schlappte noch ein Schälchen Eierlikör.

Danach verschob sich die Realität ein wenig für ihn.

17. Majestät auf der Flucht

Majestät saß am Rand der Autobahn und warf einen kritischen Blick zum Himmel. Es wurde Zeit.

»Wir müssen vorsichtig sein, Bastet Merit«, sagte Scaramouche. »Sie sind so ungeheuer schnell. Es muss wirklich eine große Lücke sein. Und wir dürfen nicht stehen bleiben.«

»Das leuchtet mir ein. Nur – wann kommt hier mal so eine Lücke?«

»Abwarten. Irgendwann.«

»Irgendwann. Ich habe keine Zeit bis irgendwann.«

Es hatte sowieso verdammt lange gedauert, bis sie eine Gelegenheit gehabt hatten, aus diesem Tierheim zu entkommen. Majestät murrte vor sich hin, befand aber, dass sie ungerecht war. Ohne Scaramouche hätte sie es überhaupt nicht geschafft.

Sie bewunderte seine Art, wie er mit den Katzengeborenen umging. Sie erkannten ihn meist sofort als das an, was er war – einer der Ehrwürdigsten unter ihnen. Nur die ganz Unerfahrenen wussten nicht recht, warum sie ihm Respekt zu zollen hatten. Man belehrte sie ziemlich schnell. Sie selbst aber hatte gleich zu Beginn einen Fehler gemacht, das hatte sie inzwischen verstanden. Dadurch, dass sie ihre Autorität unbegründet geltend gemacht hatte, war sie zwar ungestört geblieben, aber Freunde und Verbündete hatte sie damit nicht gewonnen. Im Gegenteil, sie hatte tiefes Misstrauen bei den Katzengeborenen erzeugt, und keine unter ihnen war so ohne Weiteres bereit gewesen, ihr zu helfen. Es hatte, das erkannte sie bedingungslos an, Scaramouche einiges an Überzeugungsarbeit gekostet, die Scharade zu organisieren, mit der sie die naive Praktikantin hatten überlisten können. Bei den anderen Mitarbeitern des Heims wäre es ihnen ohnehin nicht gelungen. Die Frau war herzensgut und leicht zu beeinflussen, aber sie kam nur zweimal in der Woche zum Dienst. Den hatten sie abgepasst, und dann hatte sich auf Scaramouches Befehl hin eine schöne Perserkätzin einem Schwächeanfall hingegeben. Kaum aber hatte die Frau die Tür geöffnet, um nach ihr zu sehen, hatten sich sechs Kater Scheinkämpfe geliefert, die vornehmlich aus ohrenbetäubendem Kreischen und wüsten Drohgebärden bestanden. Die arme Praktikantin wusste nicht, was sie zuerst tun sollte, und in dem Getümmel waren Scaramouche und Bastet Merit aus der angelehnten Tür geschlüpft. Sie hatten noch etwas Verstecken mit den Tierheimmitarbeitern spielen müssen, um schließlich in den Außenbereich zu gelangen, waren über den hohen Zaun geklettert und endlich wieder in Freiheit.

Das war vor zwei Tagen gewesen. Als sie nach draußen gekommen waren, hatte Majestät allerdings einige Orientierungsschwierigkeiten, da sie in einer Kiste vom Forsthaus zum Tierheim gebracht worden war. Auch hier war der Ehrwürdige ungemein hilfreich, da er mit den Gepflogenheiten der Menschen und Katzengeborenen weit besser vertraut war als sie. Vor allem bekam er Auskünfte von seinesgleichen. Sie hatten Gärten durchquert, ein Industriegebiet – was einfach grässlich war –, ein großes Feld mit jungem Getreide und waren schließlich an jener breiten Straße gelandet, hinter der sich das Waldgebiet erstreckte. In ihm befand sich der Dolmen, den sie erreichen musste.

Unablässig rauschten die glühäugigen Fahrzeuge vorbei, und Majestät knurrte leise: »Als sie noch Kutschen benutzten, war es leichter.«

»Wohl wahr«, meinte Scaramouche, und es hörte sich an wie ein Lachen. »Aber damals gab es auch noch nicht das schöne Dosenfutter.«

»Magst du das Zeug?«

»Manchmal. Wir können uns regelmäßiger ernähren, jetzt, wenn wir einen Dosenöffner haben.«

»Da ist was dran.«

»Aufgepasst, wir schaffen es bis zum Mittelstreifen!«

Sie hetzten mit weiten Sprüngen los und erreichten den Grasstreifen zwischen den Fahrbahnen. Und schon brandete der Verkehr aufs Neue um sie herum. Hier war es sogar noch unheimlicher als am Ufer der Autobahn, fand Majestät. Hier wirbelte die Luft in unterschiedlichen Richtungen, kleine Steinchen prasselten auf sie ein, vor allem, wenn diese riesigen Brummer an ihnen vorbeizogen. Und übersichtlicher war es auch nicht geworden.

»Es ist grauenvoll hier.« Majestät wurde von einem geradezu schmerzhaften Anfall von Heimweh nach ihrem stillen Trefélin überwältigt.

»Geduld, Majestät, Geduld.«

»Nicht meine Kardinaltugend.«

Aber auch Scaramouches Schwanz peitschte unruhig hin und her.

»Jetzt!«

Sie rannten los.

Majestät erreichte den Seitenstreifen.

Ein Lastwagen donnerte vorbei.

Der Sog erfasste den weißen Kater.

Er wurde zur Seite gedrückt.

Ein Fahrzeug schoss vorbei.

Er flog über den Seitenstreifen, landete in einem Graben.

Majestät hetzte zu ihm.

»Scaramouche?«

Vorsichtig schnupperte sie an seiner Nase.

Blutgeruch.

Dann sah sie es. Sein Leib war aufgerissen.

Noch war ein Hauch von Leben in ihm.

Majestät sammelte ihre Kräfte, die auch ohne das Ankh nicht unbeträchtlich waren.

»Mouche, nimmst du mich noch wahr?«

Seine Gedanken antworteten ihr.

»Tommi!«

»Ja, wenn du zurückkommst.«

»Geh!«

»Nein, Mouche. Ich bleibe. Du wirst nicht einsam sterben.«

Sie setzte sich zu ihm und bürstete ihm mit der Zunge sanft das Fell zwischen seinen geschlossenen Augen.

»Bastet.«

»Ja, mein Freund?«

»Botschaft. Schnell.«

Majestät bürstete weiter. Doch ihre Gedanken rasten. Heiliger Sphinx! Doch es würde gehen.

»Amun Hab. Ich warte hier auf Hilfe. Bei Nathan, dem Förster. Er sieht.«

»Gut.«

Ein Zittern ging durch Scaramouches Körper, und Majestät drückte ihre Nase an die seine. Mit ihrem Atem nahm sie seinen letzten auf, und ein schöner, ehrwürdiger Kater verließ diese Welt, um in den Goldenen Steppen zu wandeln.

»Rattenkacke!«, sagte Majestät und legte ihren Kopf erschüttert an seine erschlaffte Flanke. Nicht der Tod war schlimm, es war das Sterben. Und wie es den Katzengeborenen eigen war, mussten sie es wieder und wieder erdulden.

Der Mond wanderte weiter, erreichte seinen Zenit, und noch immer saß sie bei ihm. Erst als die Dämmerung anbrach, zog sie seinen langsam erstarrenden Leib unter einen Busch und machte sich mit schleppenden Schritten auf, um in dem großen Waldgebiet den Dolmen zu suchen, an dem in dieser Nacht ihre Helfer auf sie gewartet hatten.

Sie erreichte das Hügelgrab um die Mittagszeit, müde und niedergedrückt. Allerlei Spuren deuteten darauf hin, dass sich hier wiederum Menschen versammelt hatten. Ausgesprochen nachlässige sogar. Flaschen lagen herum, vier Fahrräder lehnten an den Bäumen, der Boden war zertrampelt, von einer niedergebrannten Feuerstelle wehte ein Wölkchen Asche auf. Und doch – es lag auch der Geruch nach Katze in der Luft. Hier, ja, genau hier an den Wurzeln der Eiche wurde er besonders stark. Kater, trefélingeboren! Es war also einer hier gewesen und hatte auf sie gewartet. Kater. Mhm. Und etwas anderes. Süßlich, nach Eiern, Sahne, Zucker. Stechend – Alkohol.

Heiliger Sphinx! Menschen tranken das Zeug, um dusselig zu werden, was immer sie daran gut fanden. Aber ein Kater? Einer ihres Volkes? Was für ein Gezücht hatte der Weise hergeschickt? Oder stand das in irgendeiner Weise mit dem schwarzen Rinnsal in Zusammenhang?

Irritiert beschnüffelte Majestät die Gegend weiter. Die Spur des Katers zeigte ihr, dass er nicht durch den Übergang verschwunden war, sondern im Morgengrauen in den Wald aufgebrochen sein musste. Unsicher auf den Pfoten, vermutlich wirr im Kopf. Nutzloser Rattenschwanz, der.

Erschöpft ließ Majestät Fährte Fährte sein und rollte sich im trockenen Laub zusammen, um in tiefen Schlaf zu sinken.

Zweiter Teil

Ein Katerleben

18. Erwachen

Finn war sich nicht ganz sicher, ob er wirr träumte oder ob er sich schon im Delirium befand. Eines aber wusste er ganz genau.

Es war ihm gottserbärmlich übel.

Er blinzelte. Schloss sehr schnell wieder die Augen. Er musste draußen sein. Die Sonne schien gnadenlos hell.

Wieso draußen?

Er schlief normalerweise im Container mit den drei Jungs zusammen.

Und wieso so hell? Sie mussten doch schon im Morgengrauen raus, Erdbeeren pflücken.

Ein gequälter Laut drang aus einer Kehle. Es hörte sich wie ein jämmerliches Jaulen an. Kein Wunder, so wie er sich fühlte.

Ganz mühsam versuchte er die Puzzelsteine der Erinnerung in eine einigermaßen stimmige Ordnung zu bringen.

Draußen.

Richtig, sie waren zum Wald geradelt, er, Pepi, Sem, Ani und dieser ulkige Kater, den sie Nefer nannten.

Wald war aber dämmrig, Laub und Geäst, oder?

Ein weiteres Blinzeln zeigte ihm verschwommen einzelne Grasbüschel, Geröll und blauen Himmel.

Sie mussten ihn auf eine Lichtung geschleppt haben.

Sie hatten Abschied gefeiert, das war's. Richtig. Sie hatten Brot und Käse und Wein dabeigehabt. Und Eierlikör. Weil dieser verrückte Kater den so gerne aufschlappte.

Der war auch irgendwie betrunken gewesen nach dem dritten Schälchen und tief und fest in seinen Armen eingeschlafen.

Komisch – und dann? Filmriss.

Angestrengt suchte Finn nach weiteren Anhaltspunkten. Da war was mit Schmerz.

Hatten sie sich geprügelt?

Nein, eigentlich nicht. Die Jungs waren zwar rau, aber nicht gemein. Und Streit hatten sie auch nicht.

Schmerz.

Ah, es war wegen der Abreise. Stimmt, da hatten sie rumgesponnen. Gott, was für eine abstruse Geschichte hatten sie ihm da aufbinden wollen, als er sie gefragt hatte, wohin sie denn reisen würden. Nach Trefélin. Klar, hatte ja jeder schon von gehört. Aber so richtig genau konnten sie nicht beschreiben, wo das lag. Hörte sich ein bisschen keltisch an. Vielleicht. Oder Lateinisch? Aber sie konnten nicht einmal die Himmelsrichtung angeben. Ob es im Süden oder Norden oder so lag. Nein, sie bestanden mit irgendwie dümmlichem Gelächter darauf, dass es hinter einem grauen Wald lag. Das hörte sich ziemlich nach Schneewittchen an, hinter den sieben Bergen und so.

Sie wollten es ihm vermutlich nicht verraten. Es war ihm dann und wann aufgefallen, dass sie sich etwas geheimnisvoll gaben. Ob sie irgendwelche Undercover-Ermittlungen betrieben? Oder – da sei der Himmel vor – waren sie möglicherweise Terroristen?

Finn spürte, wie sich sein Magen weiter verkrampfte.

Scheiße.

Dann saß er wirklich tief in derselben.

Aber eigentlich hatten sie ja nur rumgealbert, oder? Bis Sem dann auf die Idee mit dem Ticket kam. Richtig, das war es. Sie wollten, dass er mitkam. Und dazu brauchte er ein Ticket.

Schmerz.

Kurz, aber heftig.

An seinem rechten Ohr.

Genau, das war es. Sie hatten ihm einen Ohrring ins rechte Ohrläppchen gestochen.

Das sei sein Ticket.

Er sei jetzt einer von ihnen, hatten sie gesagt.

Und dann?

Und dann waren sie – mhm – aufgebrochen. Hatten einen Spaziergang durch den nächtlichen Wald gemacht. Genau. Aber wohin waren sie gegangen?

Er kannte sich nicht aus, aber die Jungs wussten, wohin sie zu gehen hatten. Komisch, ihren kleinen Kater, den hatten sie nicht mitgenommen. Er erinnerte sich, dass sie ihn in eine Blätterkuhle gelegt hatten. Na, der würde sauer sein. Der war so ulkig, dieser Kater, und die Jungs sprachen mit ihm wie mit einem Menschen. Manchmal hatte Finn sogar den Eindruck gehabt, dass der Katerich sie verstand.

Warum hatten sie ihn da zurückgelassen?

Wo war er eigentlich?

Und wo waren die Jungs?

Und – was gäbe er für einen Eimer Wasser!

Nicht zum Waschen – bloß nicht. Um ihn auszusaufen. Um diesen Pelz von der Zunge zu waschen.

Noch einmal öffnete Finn vorsichtig die Augen. Und stellte mit panikartigem Entsetzen fest, dass der Pelz nicht nur seine Zunge bedeckte.

Ein grau-schwarz getigertes Fell bedeckte seinen ganzen Körper.

Finn fiel in Ohnmacht.

19. Überfürsorgliche Eltern

»Wir haben mit deinem Klassenlehrer gesprochen, Sabine…«

»Papa, alle nennen mich Felina. Sogar mein Klassenlehrer!«

Ihr Vater seufzte. »Kind.«

»Egal, aber nicht Sabine!«

Er schüttelte den Kopf, ihre Mutter wollte etwas sagen, aber ihr Vater legte ihr die Hand auf das Knie.

»Also gut, wir haben mit Herrn Haseneck gesprochen, und er meinte, dass es für dich von Vorteil wäre, das letzte Schuljahr am hiesigen Gymnasium zu verbringen. Deine Leistungen lassen anscheinend hoffen, dass du einen überdurchschnittlich guten Abschluss machen wirst, was bei einem Schulwechsel vermutlich schwieriger würde. Also haben wir uns entschlossen, das großzügige Angebot deiner Tante Iris anzunehmen.«

Felina nickte. Sie hatte es erwartet, und gegen einen Schulwechsel hätte sie sich mit Händen und Füßen gewehrt.

»Gut. Kommen wir zum nächsten Punkt.«

Ganz der Manager, dachte Feli und setzte sich aufrechter hin.

»Wir haben bedauerlicherweise nur wenige Tage Zeit, um ausführlich über deine Zukunft zu sprechen. Morgen müssen wir nach München, und danach fliegen wir wieder zurück nach Peking. Deine Mutter und ich haben uns aber einige Gedanken über deinen weiteren Werdegang gemacht. Wie uns dein Lehrer mitteilte, hast du eine besondere Begabung in den Fremdsprachen. Wir würden es begrüßen, wenn du dich für eine Ausbildung in diesem Bereich entscheiden könntest. Gerade bei unseren Auslandsaufenthalten erweist es sich immer von großem Vorteil, gute Dolmetscher zu haben.«

Ihre Mutter fügte hinzu: »Und, Sab…«

Feli griff mit der Hand nach dem Ankh. Ruhe überkam sie. Sie stand wortlos auf und wollte aus dem Raum gehen.

»Ähm – äh – Felina!«

Als ihr Vater sie so nannte, ging sie zurück und setzte sich wieder. Ihr Herz hoppelte zwar wie ein wild gewordener Hase, aber sie zwang sich, tief einzuatmen.

»Ja, Papa?«

»Deine Mutter wollte etwas sagen.«

»Natürlich.«

Mama sah sie streng an, bezwang aber wohl ihre Missstimmung.

»Es scheint mir auch im Hinblick auf deine Gesundheit recht sinnvoll, eine Sprachausbildung zu machen. Es gibt vor Ort verschiedene Institute, was günstig ist, weil du hier die Ärzte und Krankenhäuser kennst.«

Wieder fasste Feli an das Ankh. Und wieder, beinahe noch stärker, durchströmte sie Ruhe und Gelassenheit. Ihr Herz verwandelte sich in das eines gemütlich mümmelnden Häschens.

»Und was wäre, wenn ich etwas ganz anderes studieren möchte, Mama?«

»Das hielte ich nicht für eine gute Idee.«

»Aber es ist mein Leben, nicht wahr? Ich muss doch einen Beruf ausüben, in dem ich gerne arbeiten würde.«

»Sicher, damit hast du recht. Was wäre denn deine Wunschvorstellung?«, fragte ihr Vater.

»Das weiß ich noch nicht so genau, Papa. Ich möchte doch nur einfach die Wahl haben.«

»Das scheint mir berechtigt. Lege uns deine Gründe vor, und wir werden darüber entscheiden.«

Das Ankh schien Wellen der Kraft auszuströmen, und von sich selbst überrascht antwortete Feli: »Ihr dürft mich gerne beraten, Papa, aber ihr werdet darüber nicht entscheiden. In zehn Monaten bin ich volljährig. Und ich darf *selbst* entscheiden.«

»Wir bezahlen das Studium, Sab… Felina.«

»Sicher, wenn ihr möchtet, Mama.« Feli dachte an Finn, der

als Erntehelfer arbeitete. »Andererseits könnte ich, wie viele andere Studenten auch, mir mein Studium selbst finanzieren. Es wird schon Möglichkeiten geben.«

»Das werden wir nie erlauben. Bei deinem schwachen Herzen …«

»Mein Herz ist nicht schwach. Ich bin kein Invalide. Ich muss nicht in Watte gepackt werden. Ich bin es leid, ständig bevormundet zu werden. Aus die Maus.«

Jetzt war sie wirklich wütend geworden.

Aber ihr Herz schlug munter im gemächlichen Mümmeltakt weiter.

Ihr Vater sah sie prüfend an und wandte sich dann an ihre Mutter.

»Elli, die Ärzte haben keinen Befund festgestellt. Wir sollten tatsächlich nicht ständig darauf herumreiten.«

Die zusammengekniffenen Lippen ihrer Mutter zeigten Feli, dass diese nur mit Mühe ihre Bemerkungen zurückhielt. Mochte ja sein, dass sie sich große Sorgen um sie machte, aber Fürsorge fühlte sich eben auch manchmal wie ein Käfig an.

»Ich denke darüber nach, was ich studieren möchte. Sprachen sind sicher nicht so schlecht, und wahrscheinlich hat Chinesisch große Zukunft. Gebt ihr mir Zeit bis nach den Sommerferien?«

»Natürlich. Das müssen wir nicht übers Knie brechen. Womit wir aber schon beim nächsten Thema sind. Wie hast du dir vorgestellt, die Ferien zu verbringen?«

»Mit Iris wandern gehen.«

»Das ist …«

»Das ist eine gute Idee, Elli«, sagte ihr Vater und schaute ihre Mutter durchdringend an. Die kniff die Lippen möglicherweise noch fester zusammen. »Meine Schwester wird ja sicher nicht gleich eine Trekkingtour durchs wilde Kurdistan planen.«

»Nein«, Feli kicherte. »Sie nimmt noch immer sehr viel Rücksicht auf meine schlappe Kondition. Ich brauche selten mehr zu tragen als ein paar Waldblümchen.«

Eine Stunde später trabte Feli dann auch an der Seite ihrer Tante durch den Forst. Es hatte geregnet, von den Blättern tropfte es noch, und die Wege waren voller Pfützen, aber das war ganz offensichtlich keine Entschuldigung, den Gang zu verschieben. Seit der verblüffenden Kaltwassertherapie hatte Feli zugestimmt, an ihrer körperlichen Ausdauer zu arbeiten, und – wenn sie ehrlich war – es machte ihr sogar Spaß.

Sie hatten diesmal einen Pfad abseits von den Spazierwegen gewählt, und Iris machte sie auf allerlei Pflanzen und Insekten aufmerksam, erklärte ihr die unterschiedlichen Vogelstimmen und die Spuren, die eine Horde Wildschweine in einem feuchten Tümpel hinterlassen hatten.

»Da vorne hat sich aber offensichtlich eine andere Art von Schweinen gesuhlt«, meinte Feli, als sie an den Platz kamen, wo Flaschen, Pappteller und vier Fahrräder wild durcheinanderlagen.

»Eindeutig menschliche Schweine! Und das an einem alten Hügelgrab. Widerlich!«

Und schon machte Iris sich daran, den Müll einzusammeln; Feli schnappte sich eine der herumliegenden Plastiktüten und half ihr, das Zeug hineinzustopfen.

Der Hufschlag ließ sie innehalten, und als sie aufschaute, sah sie hoch oben auf dem braunen Pferd den Förster sitzen. Er blickte missbilligend auf sie hinunter.

»Guten Tag, Herr Walker«, grüßte sie ihn freundlich. »Das haben nicht wir so hinterlassen.«

Er stieg von seinem hohen Ross und sah sich um.

»Nein, das glaube ich auch nicht. Sie sind doch die streitbare junge Dame, die die Seele der Tiere verteidigt hat, nicht wahr?«

»Ja, Herr Walker. Ich bin Felina Alderson, und das ist meine Tante, Iris Alderson.«

Ihre Tante begrüßte den Förster mit einem kurzen Nicken.

»Ich kann das nicht leiden, wenn irgendwelche Trottel ihren Dreck in die Natur schmeißen.«

»Ich auch nicht, Frau Alderson. Und da ich eine gewisse Vorstellung davon habe, wer die Übeltäter waren, werde ich sie auch zur Verantwortung ziehen. Stellen Sie die Beutel hier hin, ich entsorge den Müll.«

»Danke. Sie halten Ihr Revier in guter Ordnung, das ist mir schon aufgefallen, seit ich hier wandere.«

Feli stutzte, denn ihre ansonsten recht bärbeißige Tante zeigte plötzlich ein gewinnendes Lächeln.

»Danke, ja, ich bemühe mich, den Vandalismus in Grenzen zu halten.«

»Und naturnahe Forstwirtschaft zu betreiben, nicht wahr?«

»Auch das. Sie verstehen etwas davon?«

»Meine Tante organisiert Trekking- und Wandertouren, Herr Walker.«

»Und sie bildet Sie gerade aus?«

»Na ja. Ausbilden wohl nicht. Sie schleift mich durchs Unterholz.«

Nun lächelte auch der Förster.

»Haben Sie Lust, eine wirklich ungewöhnliche Beobachtung zu machen, meine Damen?«

»Aber immer doch.«

»Sie können sich vermutlich einigermaßen lautlos bewegen?«

»Versuchen wir es.«

»Dann folgen Sie mir.«

Feli bemühte sich wirklich, auf kein knackendes Ästchen zu treten, als sie den schmalen Pfad hinter den beiden herschlich. Der Förster bewegte sich wie ein lautloser Geist durch das Unterholz, und auch ihre Tante schaffte es, trotz ihrer klobigen Wanderstiefel, kaum ein Geräusch zu machen. Eine Weile marschierten sie so schweigend voran, dann tat sich eine Lichtung auf. Etliche Bäume waren hier vor ein paar Jahren bei einem Sturm entwurzelt worden, und man hatte die Stämme liegen lassen. Sie waren jetzt bemoost, und zwischen ihnen wuchsen Gras und niedrige Sträucher. Mit einem Handzeichen gab Walker ihnen zu verstehen, dass sie anhalten sollten, nahm dann das Fernglas, das an einem Riemen von seinem Hals hing, und reichte es Iris. Mit dem Finger wies er die Richtung. Sie stellte es ein und suchte die Gegend ab. Feli blinzelte in die Sonne, die inzwischen wieder strahlend hell schien und alles wie frisch gewaschen erscheinen ließ. In der angegebenen Richtung bemerkte auch sie etwas, doch genau konnte sie es nicht erkennen. Auf dem einen Baumstamm bewegte sich ein Tier.

Sie erhielt schweigend das Fernglas und schaute hindurch. Fast wäre ihr ein kleiner Juchzer entschlüpft. Ja, ein Tier war es, das sich mit geradezu unbändigem Genuss in der Sonne badete. Eine Katze, grau und braun und kaum von der Umgebung zu unterscheiden. Sie räkelte sich in der Sonne, und nun begann sie, ihren schwarzen, geringelten Schwanz zu putzen. Feli hätte gerne noch länger zugeschaut, aber der Förster tippte ihr wieder auf die Schulter und wies sie an, zurückzugehen. Diesmal brauchten sie, nachdem sie die Lichtung hinter sich gelassen hatten, nicht ganz so vorsichtig zu sein.

»Man sieht sie äußerst selten, die Waldkatzen.«

»Das sind die, von denen Sie neulich in der Schule gesprochen haben, nicht wahr?«

»Das ist der Kater. Er hat hier sein Stammrevier. Weshalb ich diese Sauereien, die Sie vorgefunden haben, überhaupt nicht schätze.«

»Aber Sie hätten nichts dagegen, wenn einige disziplinierte Gruppen Ihr Revier besuchen würden, Herr Walker?«, fragte Iris plötzlich.

»Was haben Sie im Sinn?«

»Ich bin hier gestrandet. Felis Eltern haben einen Auftrag im

Ausland, und bis sie das Abitur gemacht hat, bleibe ich bei ihr. Aber ich kann nicht untätig herumsitzen.«

»Was hätten Sie denn anzubieten?«

Und Iris erzählte von ihrem Unternehmen und den Touren, die sie gewöhnlich veranstaltete.

»Darüber lässt sich reden«, meinte Walker, als sie wieder am Dolmen angekommen waren. Er nahm die Zügel seines Pferdes in die Hand. »Sie finden mich im Forsthaus, rufen Sie mich an, wir machen einen Termin aus. Aber jetzt muss ich weiter, meine Pflichten warten.«

Er schwang sich in den Sattel und ritt davon.

»Mhm!«, sagte Iris.

»Ja, interessant, nicht?«

»Ziemlich. Nun, wir werden sehen.« Und dann lächelte ihre Tante. »Meine Mutter hätte es sehr gefreut, zu wissen, dass sich hier wieder Waldkatzen angesiedelt haben.«

»Ja, das hätte Oma glücklich gemacht. Du, Iris – könnte ich nicht auch eine Katze haben?«

»Von mir aus gerne, nur was ist nächstes Jahr? Ich habe meinen Job, und du wirst irgendwo studieren. Um ein Haustier muss man sich kümmern.«

»Ja, ich weiß.« Feli war nicht uneinsichtig. »Ich muss nur manchmal an Melle denken, Iris. Sie und Oma verstanden sich so gut. Fast wie Freundinnen.«

»Ja, meine Mutter und ihre Katze. Ich hatte auch oft das Gefühl, dass sie sich mehr als andere nahestanden.«

»Meinst du, Iris, dass Oma vielleicht … also, dass es möglich wäre, dass sie an gebrochenem Herzen gestorben ist?«

Abrupt blieb ihre Tante stehen.

»Komische Idee. Man stirbt nicht an gebrochenem Herzen.«

»Ja, aber …«

»Ja, aber«, sagte Iris nun auch. »Ja, zumindest hat sie zutiefst um sie getrauert.«

»Wer war eigentlich die Dame, die an dem Abend zu ihr gekommen ist, als sie starb?«

»Welche Dame?«

»Na, die in dem schwarzen Seidenanzug. Du hast sie doch reingelassen.«

»Ich habe niemanden reingelassen. Was meinst du damit?«

Verunsichert fasste sich Feli an den silbernen Anhänger. Hatte sie sich den Besuch nur eingebildet? Oder war das irgendeine Erscheinung gewesen? Vermutlich so etwas. Nur, wenn sie das sagte, dann würde ihre Tante wohl an ihrem Verstand zweifeln. Iris war so ganz von dieser Welt.

»Oh, ich weiß nicht, es kann auch sein, dass ich eingenickt war. Wahrscheinlich habe ich das im Halbschlaf geträumt, oder so. Oder Oma hat an eine Freundin gedacht. Ich meine, man sagt doch, dass komische Dinge passieren, wenn man stirbt.«

»Dazu kann ich wenig sagen, Feli. Ich bin noch nicht einmal gestorben und habe es auch noch lange nicht vor.«

»Nein, besser nicht, sonst müsste ich doch noch ins Internat.«

»Ah, so weit bin ich also noch nützlich für dich.«

Feli drückte ihre Wange einmal kurz an Iris' Schulter. Ihre Tante mochte keine überschwänglichen Gefühlsbekundungen. Aber diesmal tätschelte sie ihre Hand.

»Schon gut, Feli. Ich vermisse sie auch.«

»Ja. Und du, Iris?«

»Ja?«

»Sie hat mir an dem Nachmittag ihren kleinen goldenen Ohrring geschenkt. Darf ich mir ein Ohrloch stechen lassen? Ich würde ihn gerne anziehen.«

»Solange du ihn nicht als Nasenring oder im Bauchnabel tragen willst, ist mir das egal. Aber lass es von einem Fachmann machen.«

20. Der verletzte Kater

Nefer humpelte, und seine Laune war alles andere als rosig. Sie war, um es farblich auszudrücken, schwärzer als sein Fell.

Vor drei Tagen war er im Morgengrauen aufgewacht und hatte sich gefühlt, als hätte er den legendären Schwarzen Sumpf ausgesoffen. Als sein Erinnerungsvermögen wieder so ganz langsam einsetzte, wusste er, dass nicht Sumpfwasser, sondern Eierlikör für sein körperliches Unbehagen verantwortlich war. Und dass er sich nicht in den Grauen Wäldern verirrt hatte, sondern sich noch immer im frühlingsgrünen Wald der Menschenwelt befand. Das war zudem ärgerlich. Vollends sauer wurde er, als er feststellte, dass Sem, Pepi und Ani verschwunden waren und auch von Finn keine Spur zu finden war. Der größte Schock aber traf ihn, als er sich fragend mit der Pfote am Ohr kratzte und feststellen musste, dass der Ring fehlte.

Es machte ihn für eine Weile derart fassungslos, dass er wie gelähmt vor dem Dolmen saß und einfach nur in das Dunkel darin starrte.

Weshalb er den Marder nicht bemerkte, der sich hinterrücks an ihn herangeschlichen hatte.

Ein Marder war eigentlich kein Gegner für einen Kater, schon gar nicht für einen Kämpfer wie Nefer. Umso größer empfand er die Demütigung darüber, dass es diesem Mistvieh gelungen war, ihn nicht nur mit seinem Angriff zu überraschen, sondern ihn auch noch in die linke Hinterpfote zu beißen. Klar hatte er dem Stinker die Kralle gezeigt, klar war der mit einigen Löchern und Schrammen im Pelz abgezogen. Aber Nefer humpelte nun.

Und es tat richtig weh.

Das alles zusammen war der Grund für die nachtschwarze Laune eines nachtschwarzen Katers, eines Scholaren, der als einer der Besten seit Jahrzehnten galt, eines Katers auf dem Weg zur Weisheit.

Mäusepisse!

Nefer humpelte weiter. Er hatte nur noch eine vage Hoffnung – nämlich, dass er diesen Finn wiederfinden würde. Denn vermutlich hatte der ihm den Ohrring gestohlen. Zu den Erdbeerfeldern war es weit, weshalb er zunächst an dem Haus haltmachen wollte, in dem er Finn das erste Mal gesehen hatte.

Er brauchte fast einen ganzen Tag dafür. Alles tat ihm weh, nicht nur die zerbissene Pfote. Er fühlte sich auch mehr und mehr benommen. Die Wunde hatte begonnen zu pochen, und als er endlich die menschliche Ansiedlung erreicht hatte, war er so erschöpft, dass er sich unter dem nächstbesten Busch zusammenrollte, der ihm Deckung bot. Dort schlief er erst einmal ein.

Seine Träume waren wild und voller Kämpfe. Kämpfe, die er beständig verlor. Sie waren auch voller Hunger, weil ihm das Wild, das er jagen wollte, ebenfalls ständig entfloh.

Irgendwann wurde er wach, und sofort spürte er die Bedrohung.

Eine schreckliche Bedrohung durch ein menschliches Wesen, das sich über ihn beugte.

»Na, wer bist du denn?«, fragte das Wesen, und er spannte die Muskeln an, um zu fliehen.

Ein gewaltiger Satz, und er wäre aus der Reichweite dieses Geschöpfs.

Der Satz wurde nichts, seine Hinterpfote versagte ihm den Dienst.

Er landete auf der Nase.

Heiliger Sphinx, wie entwürdigend.

»Du bist ja verletzt, Kleiner!«

Kleiner. Oh Mann!

Noch ein Versuch. Da, durch den Zaun.

Wurde auch nichts. Er taumelte, seine Sicht war getrübt.

Der Mensch griff nach ihm. Er tatzte.

»Lass das, Süßer!«

Süßer? Das nahm ja Formen an!

»Bleib ruhig, Kätzchen. Ich helfe dir.«

Ruhig? Kätzchen?

Decke drüber.

Das durfte doch alles nicht mehr wahr sein.

Nefer schrie und kreischte und zappelte und jaulte und wurde weggeschleppt.

»Iris, ich hab eine verletzte Katze im Garten gefunden. Ich glaube, wir müssen sie zum Tierarzt bringen.«

»Besser zu ihren Besitzern.«

»Ich weiß aber nicht, wem sie gehört. Ich hab sie hier noch nie gesehen. Und sie kann kaum noch kriechen.«

»Ist ja schon gut. Ich hole Melles Korb aus dem Keller.«

Nefer wurde in eine Kiste verpackt, und als er sich endlich aus der Decke befreit hatte, kroch die blanke Panik unter seinen Pelz. Man verschleppte ihn. Er sah nicht, wohin, er befand sich in einem schaukelnden Gefährt, das gefährlich roch, wurde weitergeschleppt, mehr Menschen um ihn herum redeten, es stank nach Angst und Schmerz und Tod.

Würden sie ihre Medikamente an ihm ausprobieren?

Noch einmal nahm er all seine Kraft zusammen und schrie.

Und schrie.

Und schrie!

Es piekste etwas.

Es wurde dunkel um ihn.

Als er aus einem grauen Dämmer auftauchte, glaubte er sich zunächst in den Grauen Wäldern. Verirrt in den Schatten, wandernd durch einen endlosen Nebel.

Ein Schemen tauchte auf. Wurde zu einer Katze. Einer vertrauten, etwas rundlichen Gestalt.

Wieso war Che-Nupet hier?

Sie sprach nicht mit ihm, aber als er sich an ihren Schwanz heftete, sah er, dass sich der Dämmer lichtete.

Dann war sie fort.

Und er wieder da.

In einem Korb, auf einer Decke.

Mit einem gefesselten Bein.

Heiliger Sphinx, was war ihm übel. Das war ja schlimmer als nach drei Schälchen Eierlikör!

Was hatten sie mit ihm gemacht? War das Schlimmste eingetreten, was einer Katze passieren konnte? War er in einem Labor gelandet, wo die Menschen Versuche mit ihm anstellten? Imhoteps Schilderungen wurden Nefer gegenwärtig.

Grauen übermannte ihn.

»Er wacht jetzt allmählich auf, Felina. Die Wunde ist versorgt, es müsste ihm bald wieder besser gehen. Ich habe meine Karteikarten durchgesehen, zumindest zu meinen Patienten gehört er nicht. Vielleicht sollten Sie Zettel in Ihrer Gegend aushängen, dass Ihnen ein schwarzer, unkastrierter Kater zugelaufen ist.«

»Ja, mach ich.«

»Nehmen Sie ihn erst mal mit, aber lassen Sie ihn nicht nach draußen.«

»Nein, Frau Doktor. Ich kümmere mich um den armen Kerl.«

Nefer ließ den Kopf auf die Pfoten sinken. Erleichterung durchflutete ihn. Kein Labor. Nur ein menschlicher Heiler.

»Wenn Sie ihn behalten wollen, dann sollten Sie ihn bei Gelegenheit vorbeibringen, damit wir ihn kastrieren können.«

Nefer explodierte. Mit allen vier Pfoten kratzte und schlug er kreischend gegen die Korbwände.

»Himmel«, sagte die Tierärztin. »Gehen Sie von dem Korb weg. Mein Gott, ich habe ihm doch nur die ganz normale Aufwachdosis gegeben.«

»Vielleicht hat er das mit dem Kastrieren nicht gerne gehört, Frau Doktor. Ich glaube, Männer sind da manchmal sehr eigen.«

Die Frau lachte glucksend.

Nefer beruhigte sich etwas, um weiter zuhören zu können.

»Wenn er uns verstehen könnte, wäre das vermutlich eine nachvollziehbare Reaktion.«

»Wer sagt Ihnen, dass er es nicht versteht? Ich meine, vielleicht nicht die Worte, sondern die Absicht.«

»Ja, da ist was dran. Manchmal habe auch ich den Eindruck, dass meine Patienten sehr wohl wissen, was wir denken und vorhaben.«

»Dann würde ich vorschlagen, wir vergessen das mit der Kastration.«

»Natürlich. Prüfen Sie erst mal, wohin er gehört. Mag sein, dass er ein Zuchtkater ist, und dann würde es ohnehin Ärger geben.«

Zuchtkater. Na, wenn das seine Rettung war, dann würde er sich auch darum kümmern, schloss Nefer. Der Wutausbruch hatte ihn ziemlich geschwächt, und als er davongeschaukelt wurde, döste er ein.

Es roch nicht schlecht in diesem Revier, stellte er fest, als das Menschenweibchen ihn aus dem Korb hob. Jetzt war seine Sicht auch wieder klarer, und er erkannte in ihr das Mädchen, das er bei seinen Erkundungen nach Finn im Garten gesehen hatte. Also war er gar nicht so weit von seinem eigentlichen Ziel entfernt gelandet. Er musste nur noch aus dem Haus herauskommen. Er probierte einen wackeligen Schritt und knickte ein.

Also, so schnell noch nicht.

»Komm, hier ist ein Korb für dich, Kater. Den hat früher Melle bewohnt. Die war auch schwarz. Und ihre Decke. Vielleicht riecht die sogar noch nach ihr.«

Tat sie. Ganz entfernt steckte noch der Geruch einer Kätzin

in dem weichen Stoff. Stärker aber war der Geruch nach Futter.

Sein Magen meldete sich.

Es schmeckte. Danach fühlte Nefer sich kräftiger und humpelte langsam durch das Zimmer. Das Mädchen saß an einem Schreibtisch und kratzte auf Papier herum. Sie sah harmlos aus. Schmal und groß, mit braunem, halblangem Kopffell, das sie zu einem kleinen Büschel im Nacken zusammengebunden hatte. Er setzte sich neben ihr Bein und nahm ihren Geruch auf. Menschlich, irgendwie auch blumig, ein bisschen nach Wald und Erde.

»Na, geht es dir besser? Ich weiß, ist immer blöd bei Ärzten. Ich hasse das genauso. Aber du hattest eine vereiterte Pfote, und die wird jetzt wieder gut, glaub mir.«

Sie sprach mit ihm, erklärte ihm seinen Zustand, als sei er ihresgleichen. Erstaunlich. Das taten Menschen gewöhnlich nicht, so hatte man es ihn gelehrt. Dazu waren sie nicht intelligent genug.

Er sah zu ihr hoch, und sie lächelte.

»Ich bin Felina. Und wie es aussieht, werden wir eine Weile zusammenbleiben. Ich meine, wenn du möchtest. Irgendwie müsstest du mir deinen Namen verraten, Kater.«

Tja, hätte er noch den Ring im Ohr gehabt, wäre das kein Problem gewesen. Nur – vermutlich würde sie schlichtweg in Ohnmacht fallen, wenn er sie in menschlicher Sprache anredete.

Was ihn wieder zu seinem ursprünglichen Problem führte. Was war mit dem Ohrring geschehen? Hatte Finn ihm den entfernt? Wo war der jetzt?

Er wollte sich gerade mit seinen wiedererstarkten Denkfähigkeiten an dieser Frage abarbeiten, als Felina sich zu ihm beugte, um ihm über den Kopf zu streichen. Dabei rutschte ihr ein Anhänger aus dem Ausschnitt ihrer Bluse.

Nefer wollten fast die Augen aus dem Kopf springen.

Das Ankh! Hier war es gelandet!

Heiliger Sphinx und Mäusescheiß.

Aber möglicherweise wendete sich nun doch noch alles zum Besten.

21. Waschbären-Narreteien

Finn kämpfte mit seiner Fassung.

Seit drei Tagen kämpfte er unablässig darum, irgendeinen Sinn in dem Horrortrip zu finden, auf den man ihn geschickt hatte.

Erst hatte er feststellen müssen, dass er nicht mehr von menschlicher Gestalt war. Seine Hände waren Pfoten, seine Beine Hinterläufe, ein langer Schwanz zuckte und peitschte hinten an seinem anderen Ende, und überall war Fell. Seine Kleider waren irgendwo im Nirwana verschwunden. Sein rechtes Ohr schmerzte noch etwas.

Was war mit ihm geschehen?

In was für einem Film war er gelandet?

Nicht nur, dass er sich selbst nicht wiedererkannte, nein, auch die Gegend war ihm vollkommen fremd. Kein Wald, kein Hügelgrab, keine Fahrräder – was immer er jetzt mit so einem Gerät anfangen konnte. Und es war geradezu unheimlich still. Er sah sich um und fand sich auf einer kiesigen, mit Grasbüscheln bewachsenen Anhöhe, von der aus man über ein weites Tal blicken konnte. Wiesen mit üppigem Laubgehölz dazwischen lagen vor ihm, und sollten in dieser Welt die Himmelsrichtungen noch Gültigkeit haben, dann schimmerte im Süden davon das breite Band eines Flusses, hinter dem sich ein dichter Wald erstreckte. Im Osten, nahe bei, erhob sich ein Gebirge, das nach Süden hin immer mächtiger zu werden schien. Direkt neben ihm aber ragte eine Felsnadel empor, blankes, schroffes Gestein, das unangenehm bedrohlich wirkte.

Was jedoch vollkommen fehlte, waren Wege. Keine Straßen, keine Autobahnen, keine Schienenstränge, keine Hochspannungsleitungen – nichts. Auch keine Kondensstreifen am Himmel oder das leise Brummen von Flugzeugen. Was die unheimliche Ruhe erklärte.

Die Vögel allerdings waren sehr laut.

Wo war er nur gelandet? Und wieso? Mit diesen Problemen musste er sich jetzt wohl auseinandersetzen.

Finn hatte sich, nachdem er aus seiner vom Schock verursachten Bewusstlosigkeit aufgewacht war, bemüht, sich in seinem neuen Körper zurechtzufinden. Anfangs ein verzweifeltes Unterfangen, da er immer wieder versucht hatte, aufrecht zu gehen. Schließlich hatte er es drangegeben und die Bewegung auf vier Beinen improvisiert. Das ging schon besser.

Aber die darauf folgenden Wahrnehmungen hatten ihm eine neue Welle panischer Erkenntnisse beschert. Er mochte ja wie eine Katze aussehen, sich wie eine Katze bewegen und auch die Sinne einer Katze besitzen, aber er war eine *riesengroße* Katze. Von einer Größe, die in seiner Vorstellung allenfalls mit einem Tiger vergleichbar war. Aber ein Tiger war er nicht. Zumindest vermutete er das.

Und dann hatte er den Waschbären entdeckt.

Waschbären waren putzig. Der hier war es nicht, der war nichts anderes als ein spottgewordener Alptraum. Er hampelte um ihn herum und schien sich wahrhaftig den Bauch vor Lachen zu halten.

»Dummkatz, Dummkatz!«, sang er dabei und gab quieksende Laute von sich, die wohl hämisches Lachen bedeuteten.

Finn, schon ausreichend genervt davon, in einer fremden Haut zu stecken und sich in einer unbekannten Gegend zu befinden, staunte gar nicht erst darüber, dass er den Waschbären verstehen konnte. Er richtete sich auf und holte aus, um ihm eine Ohrfeige zu verpassen.

Nicht eben die beste Übung für eine Katze, die ihr Gleichgewicht noch nicht gefunden hatte.

»Dummkatz! Dummkatz!«

»Verpiss dich«, knurrte Finn, wieder auf allen vieren.

Das zumindest schien das Viech zu verstehen, es huschte davon.

Noch immer erschüttert trabte Finn einmal um die Felsnadel. Wie mochte er hierhin gelangt sein? Das Letzte, woran er sich erinnerte, war der gemeinsame Spaziergang mit Sem, Ani und Pepi durch diesen nebeligen Wald. Und das war auch alles ziemlich verschwommen. Wald… Der Wald, den er von hier aus sehen konnte, lag ziemlich weit weg hinter dem Fluss. Er hätte doch merken müssen, wie er hier hoch gekommen war.

Wo waren die drei Kumpels, verflucht noch mal? Die waren ihm eine Erklärung schuldig. Was war das für ein Streich, den sie ihm hier gespielt hatten?

Und noch mal – wie hatte er sich in eine Katze verwandeln können? In eine riesige Katze?

Es drehten sich die Gedanken wieder um und um, und wie ausgelaugt legte Finn sich im Gras nieder und blickte über das liebliche Tal zu seinen Pfoten.

Magie. Es musste Magie im Spiel gewesen sein.

Aber Magie gab es nur in Fantasybüchern oder Filmen. Magie war nicht echt.

Seine Pfoten waren echt. Es tat weh, wenn er hineinbiss.

Sein Geist haderte mit den neuen Realitäten, die Sonne wanderte weiter, und es wurde Nacht. Es wurde auch wieder Tag, und nichts hatte sich geändert. Sein Fell war noch immer grauschwarz getigert, die Krallen an den Pfoten scharf, eine nicht unbeträchtliche Anzahl Schnurrhaare verursachte ein seltsam prickelndes Gefühl dort, wo vielleicht mal seine Oberlippe gewesen war.

Und sein Magen knurrte.

Der erste Hauch von Assimilierung brachte ihn zu der Feststellung, dass eine Maus diesen Hunger nicht stillen würde.

Es sei denn, in dieser Welt waren die Mäuse so groß wie Hühner.

Waren sie aber wohl nicht, der Waschbär, wenn er denn keine Halluzination war, hatte ganz normale Waschbärengröße gehabt.

Ob ihm Waschbär wohl schmecken würde?

Sein Magen zog sich zusammen. Um einen Waschbären zu essen, müsste er ihn erst einmal töten. Konnte er ein Tier töten, das sprechen konnte? Himmel, wenn hier sogar die Mäuse der Sprache mächtig waren …

Er sollte wohl Vegetarier werden. Katzen fraßen doch auch Gras, oder?

Er versuchte es.

»Lass es, Junge, das bekommt dir nicht!«

Finn blieb der letzte Grashalm zwischen den Zähnen hängen.

Der Anblick, der sich ihm hier bot, war mehr als grotesk. Ein Kater, so groß wie er selbst; von wuscheligem Pelz, grau und weiß, stand am Fuß der Felsnadel. Das wäre noch nicht einmal besonders überraschend, Finn hatte sich sowieso schon gefragt, ob es andere Katzen wie ihn gab. Nein, das Verrückte an diesem Tier war, dass es ein grün und gelb gestreiftes Kopftuch nach Art der ägyptischen Pharaonen trug. Doch durch zwei Löcher oben auf dem Kopf ragten die Ohren des Katers.

Der Grashalm fiel Finn aus dem offenen Maul.

»Willkommen in Trefélin, dem Heim der Katzen, mein Junge.«

»Äh – ja – äh – danke.«

»Hungrig, mein Junge?«

Finn nickte, noch immer geblendet von der ungewöhnlichen Erscheinung.

»Dann werde ich mal sehen, was ich für dich tun kann. Du sollst ja nicht den Eindruck haben, dass wir nicht gastfreundlich sind.«

Sprach's und verschwand.

Finn sah ihm nach und verdaute.

Das Heim der Katzen.

Plötzlich wurde ihm einiges klar. Wenn er das Unwahrscheinliche akzeptierte, dann hatten die Bewohner hier die Möglichkeit, ihre Gestalt zu wandeln. Das würde eine ganze Menge komischer Verhaltensweisen erklären, die Sem, Ani und Pepi an den Tag gelegt hatten. Waren sie sprechende Riesenkatzen, die sich zu einem Besuch in seiner Welt in Menschen verwandelt hatten?

Scharf!

Und – ja, klar, mit Nefer hatten sie gesprochen wie mit einem Kumpel. Sie hatten ihn wirklich verstanden.

Wow!

Und sie hatten ihn, Finn, mitgenommen in ihre eigene Welt. Warum nur hatten sie ihn alleine gelassen?

Der Kopftuchkater kam angetrabt und hielt ein großes gefiedertes Tier im Maul. Er ließ es vor ihm fallen und rupfte mit Pfoten und Zähnen die Federn aus.

»Truthahn«, murmelte er zwischen den herumstiebenden Federn.

»Können die sprechen?«

»Häh? Beute spricht nicht!«

»Oh, gut.«

Der Kater blinzelte ihn listig an.

»Hast du was getötet, das sprechen kann?«

»Ich war nah dran, einen Waschbären umzubringen.«

»Ah – Waschbären. Komisches Völkchen. Anoki war hier, was?«

»Der hat auch einen Namen?«

»Ist ein Sonderfall. So, fertig.« Der Kater schubste den nackten Vogel zu ihm hin. »Mich nennt man übrigens Shepsi. Und wie heißt du?«

»Finn. Freut mich, dich kennenzulernen.«

»Höflich, höflich. Aber nun iss.«

Finn beäugte den Vogel. Roh? Es ging wohl nicht anders. Und wieder kam die Erinnerung an seine drei Freunde, die mit Begeisterung rohen Fisch verschlungen hatten. Zaghaft biss er in das Fleisch. Ein bisschen fade schmeckte es schon, aber weit weniger fürchterlich, als er vermutet hatte. Den zweiten Happen nahm er mit größerer Begeisterung. Schließlich war er sehr hungrig geworden. Shepsi sah ihm eine Weile zu, dann streckte er die Pfote aus und krallte sich ein Bein des Vogels.

»In Gemeinschaft schmeckt's noch besser«, schmatzte er.

Schweigend verzehrten sie die Reste, und wohlig gesättigt legte Finn sich nieder. Dieser Shepsi war nett. Er hoffte, er würde bleiben und ihm einige Fragen beantworten. Der Kater ließ sich dann auch neben ihm nieder und putzte sich ausgiebig die Pfoten und die Schnurrhaare.

»Putz dich auch. Das gehört sich so.«

»Ja, ist in Ordnung.«

Finn lernte die erstaunlichen Fähigkeiten seiner Zunge kennen. Rau wie eine Bürste war sie, und das Gefühl, mit ihr durch das Fell zu streichen, war gar nicht übel.

»Shepsi, weißt du, wo Sem, Ani und Pepi hingegangen sind?«, eröffnete er schließlich das Gespräch, als der Kater sich gemütlich ausgestreckt hatte.

»Ach, die drei jungen Narren! Imhotep hat sie hier am Felsen empfangen und natürlich sofort zusammengestaucht. So ein Irrsinn, dich mit hierher zu schleppen. Sie sollten nur das Ankh mitbringen. Er hat sie zum Strafdienst an die Grenze zum Witterland geschickt.«

»Das Ankh?«

»Das Ding, das du um den Hals hattest. Deshalb brauchten wir ja Anoki. Er hat Hände, verstehst du?«

»Hände?«

»Hände. Waschbären haben Hände, mit denen sie etwas anfassen können, wie Menschel. Er hat es dir abgenommen.«

»Aber das war doch bloß ein kleiner Anhänger, den mir meine Schwester geschenkt hat.«

»Für dich, ja. Aber für uns war es wichtig. Es ist eine der Insignien unserer Königin. Nur – dummerweise ist das, was du dabeihattest, wirklich nur Menschentand. Auch das hat Imhotep fürchterlich wütend gemacht.«

»Ist Imhotep euer König?«

»Aber nein, nein. Wir haben immer nur Königinnen. Bastet Merit ist die derzeitig amtierende. Aber sie ist uns leider auch verloren gegangen. Vor einigen Wochen ist sie zu euch übergewechselt, um eine Freundin zu besuchen, und auf dem Rückweg scheint es Probleme gegeben zu haben. Darum wurden Nefer und die drei Jungs ausgeschickt, sie wieder zurückzuholen. Aber sie haben ihre Spur verloren, und Nefer hat dieses falsche Ankh an deinem Hals für echt gehalten.«

Finn dämmerte plötzlich etwas.

»Mist, Shepsi, ich glaube, ich habe das richtige Ankh tatsächlich gefunden!«

»Ups? Wann, wie, wo?«

»Der – mhm – Übergang nach Trefélin, der ist an einem alten Hügelgrab, richtig?«

»Einer der Eingänge zu den Grauen Wäldern, ja. Die Königin hat ihn benutzt, weshalb Nefer hoffte, dass er sie dort antreffen würde.«

»Genau da habe ich vor einiger Zeit so einen silbernen Anhänger an einem Lederband gefunden. Ich dachte, den hätte ein Mädchen verloren. Na ja, und dann war Feli bei der Beerdigung ihrer Großmutter so traurig, da habe ich ihn ihr geschenkt.«

»Feli – ein Menschenweibchen?«

»Ja, sicher.«

»Interessant.«

»Sie gibt es mir bestimmt wieder, wenn ich ihr erkläre – uff – na ja, ich müsste ihr irgendeine erfundene Geschichte erzählen. Das hier würde sie mir nie glauben.«

»Das kriegen wir schon geregelt, Finn. Überlass das nur uns. Wir müssen ja auch Nefer wieder zurückholen. Und der wird einiges zu erklären haben. Denn was Sem, Ani und Pepi getan haben, wäre ja sogar noch zu verzeihen gewesen, aber dass er dir seinen Ring gegeben hat, setzte allem die Krone auf.«

»Ring?«

»Ohrring. Wandelring.«

Der Schmerz am Ohr. Finn tastete mit der Pfote nach dem Ohr.

»Hat Anoki dir auch abgenommen. Der steht dir nicht zu.«

»Aber der hat mich verwandelt, richtig?«

»So ungefähr.«

»Ja, aber … Was soll ich denn jetzt machen?«

Finn bemerkte selbst den weinerlichen Ton in seiner Stimme, konnte ihn aber nicht verhindern. Shepsi lächelte ihn wohlwollend an.

»Jetzt lernst du erst einmal jagen. Sonst verhungerst du nämlich.«

Damit stand er auf und entfernte sich mit großen Sprüngen.

»Jagen. Ich?«, flüsterte Finn. »Mensch!«

22. Majestät im Forsthaus

Majestät hatte sich einigermaßen schnell wieder erholt und die Mäusepopulation am Dolmen dezimiert. Danach hatte sie gegrübelt.

Sie hatte ihre Freiheit wieder, was ein unschätzbarer Vorteil war. Scaramouche hatte ihre Botschaft mitgenommen, was eine selten großmütige Tat war. Die Seelen der Katzengeborenen wanderten zu den Goldenen Steppen, das Land, in dem ihre Wunden heilten, in dem sie ausruhten und sich, wenn sie wollten, auf ihr nächstes Leben vorbereiteten. Aber auch die Trefélingeborenen hatten Zugang zu diesen Gefilden, jedoch zu ihren Lebzeiten. Trefélingeborene besaßen nur ein Leben, wenn auch ein sehr langes. Scaramouche würde, wenn er den Hellen Bach überquert hatte, nicht dessen Nass trinken. Er würde nicht vergessen, sondern sich erinnern. Einmal, weil er zu dem kleinen Jungen Tommi wieder zurückkehren, zum andern, weil er die Nachricht überbringen wollte, dass Bastet Merit hier am Dolmen auf den nächsten Silbermond wartete. Und dann gab es noch ein paar weitere Gründe, die nur er kannte.

Majestät hoffte, dass jene, die hier am Dolmen auf sie gewartet hatten, wenigstens das Ankh gefunden und zurück nach Trefélin gebracht hatten. Mehr als hoffen aber konnte sie nicht. Was sie jetzt brauchte, war eine sichere Unterkunft. Der Müll, der sich rund um das Hügelgrab angesammelt hatte, lud nicht gerade zum Verweilen ein. Die Idioten, die sie letzthin geschnappt hatten, konnten jederzeit wiederkommen. Außerdem respektierte Majestät auch Silvester, den Waldkater. Für ein paar Tage mochte er sie in seinem Revier dulden, aber bis zum nächsten Silbermond – das wollte sie ihm nicht zumuten.

Aber da war noch der Mann, der Förster, der sich Nathan nannte, und der so einen bestimmten Blick hatte. Er würde zumindest eine interessante Abwechslung zu den langweiligen Mäusen in dieser Welt bieten. Und noch einmal würde sie sich nicht von ihm einfangen lassen. Da war sie nun gewarnt.

Majestät machte sich auf den Weg zum Forsthaus. Es war ein schöner Tag, der in einen noch schöneren Abend überging. Die Sonne stand schon tief, die Vögel schmetterten ihre Nachtgesänge, ein Rudel Rehe kreuzte ihren Weg, was ihr das Wasser im

Mund zusammenlaufen ließ. Aber um diese Tiere zu jagen, gebrach es ihr nun leider an Größe. Sie durchstreifte den Garten des Forsthauses, vorsichtig witternd, ob sich nicht ein Jagdhund irgendwo verbarg, aber offensichtlich hatte Nathan außer seinem Pferd keine Tiere. Sie näherte sich auf leisen Pfoten der Terrasse.

Er war da. Er lag auf einer Liege aus Holz, ein Glas und eine Flasche neben sich, eine Zeitschrift war auf den Boden geglitten, er selbst hatte die Augen geschlossen. Majestät umkreiste ihn, sprang dann auf den Tisch und beäugte ihn näher.

Die Königin der Trefélingeborenen war eine Katze von großen Gaben. Das Ankh, das sie bei der Übernahme ihres Amtes erhalten hatte, war nicht nur Abzeichen ihrer Königswürde, sondern barg auch eine geheimnisvolle Macht, über die sie mit diesem Amulett zu gebieten in der Lage war. Manches davon betraf die Angelegenheiten des Reiches, anderes gehörte zu dem Gebiet der Geheimen Künste. Vor allem aber verstärkte es ihre natürlichen Fähigkeiten.

Das Ankh hatte sie verloren, doch die Fähigkeiten – derentwegen sie unter anderem auch gekürt worden war – besaß sie noch, wenn auch nicht in dem Ausmaße wie sonst.

Es waren kätzische Fähigkeiten, und eine davon setzte sie nun ein.

Majestät war in der Lage, in die Träume anderer Wesen zu blicken und sie zu beobachten. Mit dem Ankh zusammen hätte sie sogar eingreifen, das Traumgeschehen lenken oder bestimmen können. Aber an diesem Abend und bei diesem Mann reichte es ihr, sich erst einmal kundig zu machen.

Sie setzte sich gemütlich hin, sodass sie seine Stirn fixieren konnte, und öffnete ihren Geist.

Nathan Walker wanderte. Durch eine ebene Landschaft, ein Gebiet, das ihr unerwartet bekannt vorkam. Das überraschte sie. Blühendes Heidekraut, violette Glöckchen in dunklem Grün breitete sich auf einer weiten Fläche aus. Gelb leuchteten Ginsterbüsche, düster ragte der Wacholder auf. Weiße Schmetterlinge tanzten über den Blüten, und Bienen summten um ihre Kelche. Nathan beachtete jedoch die Farbenpracht nicht. Er wanderte, ziellos vielleicht, um etwas zu suchen. Mal hielt er hier an, mal dort, lauschte und beschattete seine Augen, um in die Ferne zu schauen. Doch wen immer er erwartete, er erschien nicht.

Majestät fühlte seine Enttäuschung.

Nach einer Weile zog er weiter, überquerte einen Bach und betrat den Wald am anderen Ufer. Die Umgebung veränderte sich, war nicht mehr die, die Majestät erwartet hatte. Nein, es war derselbe Wald, der hier in der Menschenwelt existierte. Die Sehnsucht schwand aus Nathans Traum, wurde zu einem fernen Ziehen in seinem Herzen, wich den kleineren Sorgen um kranke Bäume, neue Wildwechsel, die versteckte Höhle der Waldkatzen, Stapel von Nutzholz. Es war nun der friedliche Traum eines von der Tagesarbeit müden Mannes. Majestät vermutete, dass nun alles, was er sah, Teil von dem war, was er in der letzten Zeit erlebt hatte. Er schien zufrieden mit seinem Leben zu sein, gelassen und souverän in seinem Revier. Majestät beruhigte das. Doch nun änderte der Traum sich wieder.

Der Wald wurde dichter, das Unterholz verfilzte sich, der Pfad, den Nathan verfolgt hatte, war kaum mehr sichtbar. Ranken wucherten ihm entgegen, dornige Äste verhakten sich in seinen Kleidern. Er machte sich los, noch immer ohne Aufregung. Dennoch spürte Majestät die aufkommende Bedrohung. Er war so seltsam lautlos, dieser Traum. Knorrige Wurzeln legten sich schweigend vor seine Füße, wanden sich wie lebende Schlangen, ein heißer Windhauch fuhr durch das trockene Laub, das aber nicht raschelte. Und dann roch sie es.

Feuer.

Plötzlich hörte sie es auch.

Es knisterte, knackte, fauchte.

Warum floh er nicht? Alle Lebewesen flohen doch vor dem

Feuer? Doch er verharrte, versuchte, die Flammen vor seinen Füßen auszutreten. Majestät spürte seine Verzweiflung. Nicht Angst, nicht Panik. Nackte Verzweiflung hielt ihn in ihren Klauen.

Er stöhnte.

Brennende Äste brachen nieder, Blätter wirbelten im Funkenflug auf, die Schreie der eingeschlossenen Tiere hallten durch seinen Traum, und noch immer versuchte er ganz allein der Feuersbrunst Einhalt zu gebieten. Mit bloßen Händen riss er brennende Äste auseinander, trat Glutnester aus, warf Erde auf lodernde Büsche. Das Inferno umtoste ihn, seine Haare fingen Feuer, seine Kleider brannten.

Majestät hätte gerne dem Traum eine andere Wendung gegeben, doch das lag außerhalb ihrer Möglichkeiten.

Nicht außerhalb ihrer Möglichkeiten aber lag es, den Mann zu wecken.

Sie trat vorsichtig vom Tisch auf seine Brust und setzte sich zurecht. Er rührte sich nicht, und sie betrachtete sein zuckendes Gesicht. Dort am Kinn befand sich eine fast verblasste Narbe, die die Haut rau erscheinen ließ.

Und als ihre Zunge sie berührte, erkannte sie, dass der Traum einst Wirklichkeit gewesen war.

Sanft leckte sie darüber, zweimal, dreimal. Und dabei sammelte sie alles, was an Schnurren in ihr war, in ihrem Bauch, ließ es durch ihre Kehle fließen und hüllte den Träumer in einen Kokon aus Vibrationen.

Eine Hand legte sich um ihr Hinterteil, und Nathan öffnete die Augen.

Verwirrung lag darin, der Abglanz des geträumten Waldbrandes, dann Staunen und Unglauben.

»Du?« Er zwinkerte. »Ich habe dich doch ins Tierheim gebracht.«

»Brrrip!«, sagte Majestät. Hätte sie ihr Ankh getragen, hätte er die Bestätigung und die Erklärung verstanden.

»Bist du ausgebüxt?«

»Mau!«

Er schüttelte die Nachwirkungen des Traumes ab und rieb sich mit der freien Hand über die Augen. Dann sah er Majestät wieder an. Sie erwiderte seinen Blick. Und sie legte, soweit es ihrem königlichen Charakter möglich war, eine Bitte hinein.

»Na, ist wohl nicht so schlimm. Wenn dich bis jetzt niemand gesucht hat, dann ist er es auch nicht wert, eine so edle Katze zu haben wie dich.«

Majestät war es zufrieden. Sie brummte noch etwas und legte sich dann gemütlich auf seiner Brust zurecht.

»Erstaunlich – menschenscheu bist du nicht. Und dass ich dich eingefangen habe, trägst du mir wohl auch nicht mehr nach.«

Wenn ich jetzt deine Gastfreundschaft in Anspruch nehmen darf.

Ihr leises Grummeln schien Nathan zumindest sinngemäß übersetzen zu können.

»Es scheint, als gefällt dir mein Revier. Na gut, dann bleib hier. Wenn im Tierheim jemand nach dir fragt, können sie die Leute ja an mich verweisen.«

Er verweilte mit ihr auf seiner Brust, bis die Dämmerung zur Dunkelheit wurde, dann setzte er sie auf den Boden und lud sie ein, ihm ins Innere des Hauses zu folgen.

Majestät nahm die Einladung an und sah sich neugierig um. Menschenbehausungen waren ihr nicht ganz fremd, sie beurteilte sie aber weniger nach innenarchitektonischen Gesichtspunkten, sondern mehr nach Fluchtmöglichkeiten und Verstecken. Außerdem nach Gerüchen. Es war eine fremde Welt, in der es sich zu orientieren galt. Nachdem sie das ausgiebig getan hatte, stromerte sie in die Küche, wo Nathan herumwerkelte, und sprang auf das Fensterbrett, um den Überblick zu behalten.

»Du siehst sehr königlich aus, Majestätchen, so wie du da sitzt.«

Bitte? Majestätchen? Wollte er ihre Gunst verspielen?

»Möchtest du das hier probieren?«

Wollte er wohl nicht. Das Zeugs roch köstlich.

Majestät leckte einen Happen Leberwurst von Nathans Finger. Und sich dann genießerisch die Lippen.

»Gut, heute Leberwurst, aber ab morgen Katzenfutter.«

Egal, Hauptsache heute Leberwurst. Und eine Schüssel Sahne.

Die war gut.

Also dann eben Majestätchen für ihn. Hörte ja sonst keiner.

Sie sprang von ihrem Sitz und gab ihm zu verstehen, dass sie den Außenbereich noch einmal erkunden wollte, und er öffnete ihr gehorsam die Tür. Die ersten Nachtstunden liebte Majestät. Es wurde dann so ruhig in dieser Welt, und es erinnerte sie mehr an ihre Heimat.

Sie strich durch den Garten, markierte hier und da ihr neues Revier, wandte sich zu den Ställen, ging dem Pferd um die Beine, dann schlenderte sie wieder zurück.

Es war an der Zeit, die Neuigkeiten zu überdenken.

Auf ihr herrisches Maunzen hin öffnete Nathan. Er schien aber zu Bett gehen zu wollen, denn bis auf das bisschen Stoff um seine Mitte war er ohne Kleider. Majestät musterte ihn neugierig und stellte ihn sich als Kater vor. Nicht schlecht, das Bild. Sehnig, ausdauernd, graubraun wie eine Waldkatze. Möglicherweise gefährlich, aber nicht auf gewöhnliche Weise.

»Genug gesehen, Majestätchen?«

»Mirrr.«

»Gut, ich gehe jetzt schlafen. Du kannst im Haus bleiben. Aber erwarte nicht, dass ich mitten in der Nacht aufstehe und Fenster oder Türen für dich aufmache.«

Nicht?

Majestät drehte ihm ihr Hinterteil zu.

Menschen waren üblicherweise leicht zu erziehen. Und sie verfügte über zusätzliche – Gaben. Man würde also sehen.

Zunächst aber ließ sie ihn wirklich zu Bett gehen, und als sie sicher war, dass er schlief, sprang sie ebenfalls in die Kissen und rollte sich neben ihm zusammen. Nicht um zu schlafen, sondern um nachzudenken.

Über Menschen.

Auch wenn es Fraktionen in ihrem Volk gab, die mit der Menschheit so wenig wie möglich zu tun haben wollten, waren sie in ihren Augen ein lohnenswertes Forschungsgebiet. Einst, vor vielen tausend Jahren, waren ihre Welten eins gewesen. Dann aber hatte eine Gruppe weiser Katzen beschlossen, für sich einen Teil abzuspalten und einen eigenen Weg der Entwicklung zu nehmen. Anfangs waren die Übergänge noch fließend gewesen, der Wechsel jederzeit möglich. Aber je höher sich die Trefélingeborenen entwickelten, desto seltener wurden die Verbindungen, bis sie jetzt nur noch an wenigen Orten vorhanden waren. Inzwischen hatten sich die Grauen Wälder weiter und weiter ausgebreitet, und gefahrlos durchqueren konnte man sie nur noch mit den Ohrringen, die das Volk von Trefélin hütete. Oder eben mit dem Ankh der Königin.

Menschen war es so gut wie gar nicht möglich, nach Trefélin zu gelangen.

Es sei denn, ganz bestimmte Umstände führten dazu.

Und das war es, was Majestät an Nathan stutzig gemacht hatte.

Es gab Menschen, die ihr Land besucht hatten. Gesa war einer von ihnen. Gesa, die zu jenen bemerkenswerten Personen gehörte, die sie, Bastet Merit, einst gerettet hatte.

Es war in jenen schrecklichen Jahren gewesen, als die Menschen sich gegenseitig massenhaft umbrachten, ihre Städte in Trümmer legten, ihre Vorräte vernichteten und die Welt mit Blut, Brand und Entsetzen überzogen. Krieg hatte geherrscht, und als er endlich ein Ende gefunden hatte, beherrschten Chaos und Hunger das Land.

Die Trefélingeborenen beobachteten das Treiben, und weil sie sich für ihre kleineren Verwandten, die Katzengeborenen, verantwortlich fühlten, sandte die damalige Königin einige Mitglieder ihres Hofstaates aus, um ihnen in den Zeiten des Elends beizustehen. Vor allem, weil die Kunde umging, die hungernden Menschen würden sich nicht scheuen, Katzen zu töten und sie zu verzehren.

Majestät war damals noch die Hofdame Merit gewesen, und sie hatte sich für den Dienst in der Menschenwelt gemeldet. Sie wurde sofort mit entsetzlichen Zuständen konfrontiert. Katzen streunten durch verbrannte Ruinen, hausten in staubigen, zusammengebrochenen Trümmern, darbten, starben – vergiftet, hungrig, gehetzt. Merit sorgte dafür, dass sie sich in Rudeln sammelten, zeigte ihnen sichere Horte, mögliche Futterstellen. Oder stand ihnen im Sterben bei.

Auf einem zerbombten Grundstück aber traf sie die junge Frau, die, obwohl selbst mager und erschöpft, tagtäglich Näpfe mit Fleisch und Schüsseln mit sauberem Wasser aufstellte. Und nicht nur das, sie versuchte sogar, den verletzten oder von Parasiten befallenen Tieren zu helfen, soweit es in ihrer Macht stand. Merit brachte, wen immer sie fand, zu ihr. Doch das alleine war es nicht, warum sie sich einst zu erkennen gegeben hatte.

Es war ein grauer Regentag gewesen, und das Rudel hatte Unterschlupf im Keller eines zerstörten Gebäudes gefunden. Gesa kannte ihr Versteck und war mit ihren Futtergaben zu ihnen gekommen. Während sich alle um die Näpfe versammelt hatten, begann plötzlich ein furchtbares Knirschen und Rumpeln. Wasser brach durch eine geborstene Wand, Schlamm, schoss hervor, Mörtel brach von der Decke. Gesa scheuchte die Katzen hinaus, trug einige selbst durch das steigende Grundwasser, kehrte zurück, um auch Merit zu retten, doch da brach der Ausgang zusammen, und Trümmer versperrten ihr den Weg.

Es versperrte Gesa den Weg nach draußen, nicht aber Merit den Weg zu den Grauen Wäldern. Denn just unter der Ruine befand sich eine der Übergangsstellen. Es war mehr als wagemutig, was sie getan hatte. Es grenzte an das Undenkbare. Und vielleicht war es auch nur möglich, weil sie große Gaben, oder weil auch Gesa gewisse Gaben hatte. Sie war verletzt, sie blutete, sie war kaum noch bei Bewusstsein und nur noch in der Lage zu kriechen, aber Merit gelang es, sie durch die Grauen Wälder zu bringen. Sie selbst trug einen der Ringe, wieso Gesa es ohne Ohrring geschafft hatte, wusste sie bis heute nicht. Aber deshalb war sie als Mensch nach Trefélin gekommen. Eine der Heilerinnen kümmerte sich um sie, und als sie wieder genesen war, zeigte sie unerwartet wenig Erstaunen darüber, dass sie sich im Heim der Katzen befand.

Merit hatte der damaligen Königin von Gesas Hingabe zu den hungernden Katzen berichtet. Sie erlaubte es der Menschenfrau daraufhin, einen der Verständigungsringe zu tragen und eine Weile in Trefélin zu bleiben, um sich von ihren Wunden und Strapazen zu erholen.

Sie blieb zwei Jahre, und Merit und sie wurden Freundinnen.

Freundinnen, die einander bedingungslos vertrauten, und so erfuhr Merit, dass Gesa schon von Kindheit an von Trefélin geträumt hatte. Sie war über die Heide der Witterlande gewandert, hatte den Kratzforst durchquert, den Sonnengau besucht und an den Windgestaden geweilt. Katzen faszinierten sie, die Katzengeborenen vertrauten ihr instinktiv. Katzen waren ihre Familie, denn sie selbst hatte schon sehr früh ihre Eltern verloren.

Gesa fühlte sich wohl in Trefélin, aber dann gab es Veränderungen, und aus der Hofdame Merit wurde Bastet Merit, die Königin ihres Volkes.

Gesa beschloss, in ihre Welt zurückzukehren, und als Abschiedsgeschenk verlieh Majestät ihr den Ohrring auf Lebenszeit. Er machte es ihr möglich, durch die Grauen Wälder zu reisen, und er verlieh ihr die Gabe, Katzen auf ganz besondere Weise zu verstehen.

Das wiederum hatte Gesa mit großem Nutzen für das Volk der Katzengeborenen eingesetzt. Und weil sie so lange Freundinnen waren, war Majestät an ihrem Todestag zu ihr gekommen, um an ihr gutzumachen, was sie den Ihren geschenkt hatte.

Gesa war einer der außergewöhnlichen Menschen.

Nathan war ebenfalls einer, der anders war.

Er schlief jetzt ruhig, traumlos.

Aber vorhin, als sie ihren Geist geöffnet hatte, hatte Majestät gesehen, dass auch er in ihrem Land wanderte. In den Witterlanden, dem Heidegebiet, dem Revier der fel'Landa, dem Clan, dem auch ihre Mutter angehört hatte.

Und er hatte dort nach jemandem Ausschau gehalten.

Das war noch viel interessanter.

Sie würde es weiter beobachten müssen, vor allem, in welcher Absicht er sich mit einem der Bewohner ihres Reiches traf. Wenn es auch nur den Hauch eines Anscheins gab, dass er spionierte, dass er mit jemandem konspirierte, der Schaden verursachen konnte, dann würde er nicht lange überleben.

Wenn er aber harmlos war oder gar hingebungsvoll wie Gesa – nun, dann würde man sehen.

Vielleicht gab es da sogar Möglichkeiten, ihre derzeit missliche Lage zu verbessern.

Zufrieden mit ihren Schlussfolgerungen drehte sich Majestät auf die andere Seite. Eine Hand legte sich um die Rundung ihres Rückens. Sie schnurrte sich leise in den Schlaf.

23. Der Ohrring

Felis Eltern waren wieder nach China abgereist. Nicht ohne ihr noch einmal ins Gewissen geredet zu haben, ihre Arzttermine einzuhalten und sich über ihre weitere Ausbildung Gedanken zu machen.

Ihre Tante hatte sich allerdings höchst konspirativ verhalten, was den schwarzen Kater anbelangte. Da ihre Mutter keine Haustiere duldete, hatten sie ihn auf den Dachboden gebracht, und erstaunlicherweise hatte er den ganzen Tag lang keinen Mucks von sich gegeben. Er schien auch nicht übermäßig schlecht gelaunt zu sein, als Feli ihn wieder zu sich ins Zimmer ließ. Allerdings unterzog er sich einer ausgiebigen Katzenwäsche, während sie an ihrem PC saß und sich einige Informationen für den Biologieunterricht heraussuchte.

»Na, Kater, alle Flöhe aus dem Pelz entfernt?«, fragte sie, als er fertig war und zu seinem Korb tigerte. Der Hinterlauf schien gut zu verheilen, er humpelte nicht mehr. Allerdings traf sie ein vorwurfsvoller Blitz aus seinen blauen Augen.

»Na gut, keine Flöhe. Aber wir müssen mal über einen Namen für dich nachdenken. Ich kann dich ja nicht einfach Kater nennen.«

Der Kater blieb stehen, drehte sich um und setzte sich aufrecht hin.

»Mhm. Sag mal, irgendwie habe ich den Eindruck, dass du mich verstehst.« Sie stand auf und kniete sich neben ihm nieder. »Darf ich dich streicheln, oder haust du mich dann?«

Er sah sie an, blieb aber ruhig sitzen. Sie brachte ihre Hand vorsichtig in seine Nähe und strich dann versuchsweise über seinen Rücken. Er ließ es sich gefallen. Sie durfte auch seinen Nacken streicheln und ihn ein wenig zwischen den Ohren kraulen. Aber dann hatte er genug und erhob sich.

»Na gut, ein harter Mann steht nicht so auf Schmusen, was? Gut, kümmern wir uns mal um deinen Namen.«

Feli setzte sich wieder an ihren PC, aber sie tippte nichts ein, sondern ihr Blick blieb an der kleinen Statue hängen, die sie aus dem Zimmer ihrer Großmutter an sich genommen hatte.

»Die hier sieht dir ziemlich ähnlich«, meinte sie, und der Kater kam wieder näher. Er sprang auf den Polsterhocker neben dem Schreibtisch und nahm die Haltung der ägyptischen Katze an.

»Aha, ein ägyptischer Name soll es also sein. Nun, dann googeln wir mal.« Feli klickte sich durch ein paar Seiten und murmelte ein paarmal vor sich hin, bis sie etwas Passendes gefunden hatte.

»Ah, hier. Lass mal sehen. Also … Anubis schließen wir wohl aus, der Kerl sieht mir zu sehr nach Hund aus. Und Bastet wollen wir der Göttin überlassen. Was ist mit Penu?«, fragte sie und grinste ihn an. Der Kater schaffte es, äußerst verächtlich in die andere Richtung zu schauen.

»Okay, Maus passt ja auch nicht. Wohl auch nicht Imhotep, der in Frieden kommt, denn du siehst mir wie ein ziemlicher Raufer aus.«

Der Schwanz zuckte.

Feli kicherte. Dann klickte sie weiter.

»Oh, das würde mir gefallen. Shepsi, der Herrliche!«

Wenn ein Kater »Pffft!« sagen könnte, dann hätte er das wohl jetzt getan, fand Feli und musste schon wieder kichern.

»Gefällt dir nicht? Gut, versuchen wir es weiter. Ta-Miut wird dir auch nicht gefallen, ein junges Kätzchen bist du ja nicht mehr. Aber hier, oooch, hier, das gefällt mir. Kater, das gefällt mir richtig. Ich werde dich Nefer nennen. Nefer, der Schöne.«

Rumms!

Der Katerkopf knallte an ihr Knie.

»Hey, was soll das?«

Der Katerleib wickelte sich um ihre Beine. Und ein dröhnendes Schnurren belohnte sie.

»Ich hab's getroffen, Nefer? Sieht ganz so aus. Uch, komm her, mein Schöner, mein Nefer, mein schwarzer Freund.«

Feli hob ihn hoch. Er stemmte seine Pfoten gegen ihre Schulter und stieß ein protestierendes Jaulen aus, als sie mit ihm durch den Raum tanzte.

»Ist ja gut, ist ja gut.«

Feli setzte ihn wieder ab und fuhr ihm noch einmal über den Kopf. Nefer trottete zu seinem Korb und rollte sich zusammen.

Sie hingegen nahm die Katzenstatue zur Hand und betrachtete sie wieder einmal intensiv. Eine schlanke, schwarze Katze von königlicher Haltung, aufrecht sitzend, die Vorderpfoten zierlich nebeneinandergestellt, den schmalen Schwanz elegant um Leib und Pfoten geschlungen. Der Künstler musste sein Modell geliebt und verehrt haben. Und nicht nur er, sondern viele andere auch. Feli hatte sich schon das eine oder andere über die Katzenverehrung im alten Ägypten angelesen. Katzen waren den Menschen wichtig, denn sie hielten die Mäuse und Ratten von den Vorräten und Kornspeichern fern. Das war es aber nicht alleine. Sie schienen sie auch als Haustiere, als Freunde zu betrachten, gar als Mitglieder der Familie. Denn wenn die Katze des Hauses starb, dann wurde sie ebenso betrauert wie ein Mensch. Und wie einen Menschen balsamierten sie auch ihren Körper ein, damit er für das Leben nach dem Tode erhalten blieb. Tausende von Katzenmumien hatte man gefunden. Es gab eine Stadt, Bubastis, die einen riesigen Katzenfriedhof besaß. Und Bastet, die katzenköpfige Göttin mit dem Körper einer schönen jungen Frau, wurde als fürsorgliche, mütterliche und liebevolle Hüterin des Lebens verehrt.

Mit den Fingerspitzen fuhr Feli über den schwarzen Marmor der kleinen Replik jener geliebten Katzen und tupfte dann an den winzigen Ring, der an ihrem Ohr baumelte. Auch das war ein Ausdruck der Liebe und Verehrung. Die Ägypter hatten ihre Katzen mit goldenen Halsbändern und Ohrringen geschmückt. Diese Figur hier trug um den Hals eine Kette mit einem Ankh.

Feli fasste sich an den Hals. Der Anhänger fühlte sich warm und vertraut an. Der Schlüssel des Lebens, so nannte man ihn. Und plötzlich stand Gesas Gesicht vor ihr, jung und heiter, wie sie sie im Leben nie gesehen hatte. Sie lächelte ihr zu, aufmunternd und mit einem Zwinkern in den Augen. In ihrem Ohr glitzerte der goldene Ohrring.

Feli rieb sich über die Augen. Nein, das war keine Erscheinung, das war einfach nur ein inneres Bild. Vermutlich hatte sie einmal ein Jugendfoto ihrer Großmutter gesehen.

Sie ließ das Ankh los und drehte an dem kleinen Stecker, der in ihrem Ohrläppchen befestigt war. Natürlich hatte ihre Mutter sie gerügt, dass sie sich Löcher hatte stechen lassen, aber Iris hatte ihr recht kühl erklärt, dass sie selbst dafür gesorgt habe, dass sie von einem Fachmann gemacht worden waren. Drei Tage war das her, und vielleicht konnte sie jetzt schon mal probieren, Gesas Ring anzuziehen.

Nefer öffnete träge ein Auge, als sie aus dem Raum ging, rührte sich aber nicht. Aus dem Tresor im Schlafzimmer holte sie die Schmuckschatulle und nahm den Ohrring hinaus. Er war unauffällig, Kristin würde wieder nur rumnölen, dass sie Omaschmuck trug. Aber Feli war das egal. War eben Omas Schmuck. Etwa so groß wie die Kuppe ihres kleines Fingers war der Ring, aus Gold, doch nicht glatt, sondern er wirkte wie gehämmert. Die Schließe war eine einfache Öse, die über den leicht gebogenen Steckdraht gezogen wurde. Misstrauisch öffnete und schloss Feli sie ein paarmal und fragte sich, ob das wohl halten würde. Aber andererseits hatte ihre Großmutter diesen Ring getragen, solang sie denken konnte. Sie nahm ihn also mit ins Badezimmer, um vor dem Spiegel die große Operation durchzuführen. Mit spitzen Fingern knispelte sie den medizinischen Stecker aus dem Ohrläppchen und bemühte sich dann, den gebogenen Draht durch das Löchlein zu schieben. Es klappte nicht gleich, und es floss auch ein Tröpfchen Blut, aber dann saß der Ring, und sie hakte die Schließe zu.

Unauffällig, aber hübsch, befand Feli, als sie den Spiegel konsultierte. Sie ging zurück, um ihre vernachlässigten Hausaufgaben fertig zu machen. Es wurde allmählich Zeit, denn in einer Stunde wollte sie sich mit Kristin und ein paar anderen Freundinnen zum Eisessen treffen.

Kaum saß sie an ihrem Schreibtisch, kam Nefer aus seinem Korb. Wieder sprang er auf den Polsterschemel und sah ihr zu.

»Tut mir leid, jetzt habe ich keine Zeit für dich, mein Schöner. Ich muss das hier endlich fertig machen.«

»Felina?«

»Mhm?«

Und dann krachte die Erkenntnis über sie herein.

»Waaas?«, gickste sie.

»Du hast den Ring angezogen. Woher hast du den?«

Ihr Herz raste. Es hoppelte nicht nur wie ein durchgeknallter Hase, es galoppierte wie eine ganze Herde Wildpferde. Feli schnappte nach Luft und drückte sich die Faust auf die Brust.

»Hör auf mit dem Scheiß. Du machst dich nur selbst verrückt.«

Feli keuchte. Ihr wurde schwarz vor Augen.

Plötzlich fühlte sie den Kater auf ihrem Schoß. Er schnurrte. Er schnurrte, und es dröhnte in ihren Ohren wie ein Jumbo-Jet im Landeanflug.

Aber es hatte die Wirkung, dass ihr Herz sich allmählich beruhigte.

»Spinne ich?«, fragte sie sich selbst.

Dummerweise bekam sie Antwort.

»Nein. Aber du hast den Ohrring an.«

Mit einem Satz sprang Feli von ihrem Stuhl auf, Nefer flog auf den Boden. Sie hastete ins Badezimmer und fummelte sich mit fliegenden Fingern den Ohrring wieder aus dem Ohr. Es blutete, darum ließ sie den Stecker lieber weg. Den goldenen Ring aber hielt sie minutenlang in der Hand und starrte ihn an. Dann nahm sie ihn mit und legte ihn ganz vorsichtig auf ihren Schreibtisch.

»Mirrip?«, sagte Nefer. Feli rieb sich die heißen Wangen. Gut, die Welt war wieder in Ordnung.

»Mirrip!«

Nefer sah bedrückt aus und trottete näher.

»Geh in deinen Korb.«

Das tat er nicht, er blieb vor ihr sitzen und sah sie geradezu flehentlich an.

»Okay, du kannst nichts dafür, dass ich Halluzinationen habe«, murmelte sie.

Er rieb seinen Kopf an ihrem Knie. Sie streichelte ihn und seufzte: »Ob das mit meinem Herzfehler zusammenhängt? Das war doch bestimmt eine Bewusstseinsstörung.«

»Mirr, mirr.«

Nefer sprang auf den Schreibtisch und setzte sich neben die Katzenstatue. Mit der Pfote berührte er ganz leicht den Ring in deren Ohr. Und wieder lag ein seltsames Flehen in seinen Augen. Dann stupste er den goldenen Ring in Felis Richtung.

Sie sah den Kater an, die Statue, den Ohrring.

Gesa, die mit Melle wie mit einer Freundin gesprochen hatte.

Gesa, die mit Katzen wie mit Menschen umgegangen war.

Gesa, die jahrzehntelang Streunerkatzen betreut hatte.

Großer Gott!

Feli fasste an das Ankh. Es war warm, geradezu heiß. Verblüfft ließ sie es los.

Nefer schnurrte.

Er wollte, dass sie den Ohrring wieder anzog, eindeutiger konnte er es ihr kaum zeigen.

So viel zu Tier und Bewusstsein und Seele und so.

Ob sie es wagen sollte?

Es war der schiere Irrsinn, oder?

Aber schon hielten ihre Finger die kleine Kreole fest.

Nefer schnurrte lauter.

Na gut, dann war es eben der totale Irrsinn.

Diesmal tat es weh, als sie den Ohrring befestigte, aber kaum war er drin, kam der Kater auf ihren Schoß gesprungen, reckte seinen Hals und leckte mit der weichen Spitze seiner Zunge ihr Ohrläppchen ab. Dann stieg er auf den Schreibtisch und setzte sich so, dass er auf Augenhöhe mit ihr war.

»Also dann. Noch mal langsam«, sagte sie und sah ihn streng an. »Du kannst sprechen, Nefer?«

»Schon immer. Aber jetzt kannst du mich verstehen, weil du einen Verständigungsring trägst.«

»Okay, Verständigungsring. Magie?«

»Ganz normale Übersetzungs-Software, wie ihr sagen würdet.«

»Ähm. Davon hab ich ja noch nie was gehört.«

»Ist hierzulande auch nicht gebräuchlich. Woher hast du den?«

»Von meiner Großmutter geerbt.«

Nefer sah aus, als würde er tief in Gedanken versinken. Dann leuchteten seine blauen Augen plötzlich auf.

»Ich verstehe. Deine Großmutter war die Freundin unserer Königin. Majestät wollte zu ihr, weil sie gehört hatte, dass sie im Sterben lag.«

»Königin, aha.«

»Bastet Merit.«

»Eine grauhaarige Frau im schwarzen Seidenanzug?«

»Wie sie als Mensch aussieht, weiß ich nicht. Aber sie trug dieses Ankh um den Hals. Weißt du, wo sie ist? Sie ist nämlich nicht zurückgekehrt.«

Es klingelte an der Tür, und Feli schreckte zusammen. Ein Blick auf die Uhr sagte ihr, dass es vermutlich Kristin war, die sie abholen wollte. Aber das Eisessen mit ihren Freundinnen hatte auf einmal jeden Reiz verloren.

»Entschuldigung, Nefer, ich muss nur gerade mal fürchterliche Kopfschmerzen bekommen. Ich bin gleich zurück.«

Kristin war nicht ganz so leicht abzuwimmeln, aber schließlich hatte Feli es doch geschafft und lief in ihr Zimmer zurück. Nefer saß noch immer auf ihrem Schreibtisch, allerdings starrte er auf den Bildschirm.

»Jetzt sag nicht, dass du auch lesen kannst.«

»Doch, klar. Aber erst meine Fragen, Felina. Wo ist die Königin Bastet Merit?«

»Keine Ahnung. Sie tauchte auf, verabschiedete sich von meiner Großmutter und verschwand grußlos. Ziemlich unhöflich, wenn du mich fragst.«

»Sie ist die Königin. Sie muss nicht höflich sein.«

»Ach nee?«

»Nein. Wie bist du an das Ankh gekommen? Wo ist dieser verdammte Finn?«

»Und du bist der King und musst auch nicht höflich sein, was?«

Feli fasste sich an das Ohrläppchen und tat so, als wollte sie den Ring wieder abnehmen.

Nefer fauchte.

»Is was?«

»Lass den Ring drin.«

»Und wenn nicht?«

Er zeigte ihr die Kralle.

»Gut, es gibt noch immer das Tierheim.«

Die Krallen zogen sich zurück.

»Felina, mein Land ist in großer Not.«

»So so.«

»Ja, ja, ich war unhöflich.«

»Arrogant, anmaßend und unverschämt.«

»Das sind Kater nun mal.«

»Gut, und ich bin eigensinnig, verstockt und ausgesprochen harthörig.«

»Nein, bist du nicht. Dazu bist du zu sehr ein Schissermädchen.«

Feli fuhr auf.

»Ein *was*?«

»Du hast doch ständig Angst, dass dein Herzchen bumpert. Und dann bumpert es auch.«

Feli fiel der Unterkiefer runter. Mochte sie ihre Eltern auch für übervorsichtig halten, das hier war ja noch derber als die ruppigen Therapien ihrer Tante.

»Die Wahrheit hörst du wohl nicht gerne, was, Felina? Man kann seine Feigheit ja so schön hinter seinen Befindlichkeiten verstecken.«

»Tierheim!«, krächzte Felina.

»Dazu musst du erst mal den Mut aufbringen, mich zu packen«, fauchte er.

Nefer sah tatsächlich gefährlich aus. Seine Ohren hatte er an den Kopf gelegt, die Barthaare zeigten nach hinten, seine Augen schienen zu glühen. Vermutlich würde ihr die Haut in Fetzen von den Armen hängen, wenn sie ihn jetzt anfasste. Vorsichtig sah sie sich nach einer Decke um.

Ihre Lederjacke hing über der Stuhllehne. Noch besser! Sie schnappte sie sich und warf sie über den Kater. Er wollte entwischen, sie packte fest zu. Schwanz und Kopf hingen aus der Jacke.

»Oder Tierarzt und kastrieren. Du hast die Wahl.«

Nefer gab einen Laut von sich, der sich wie ein unterdrücktes Lachen anhörte.

»Gut gemacht«, schnurrte er dann.

»Mann, Nefer.«

Feli setzte ihn wieder auf den Schemel.

»Und jetzt sag mir doch bitte, wo Finn ist.«

»Bitte sage ich dir das. Erdbeeren pflücken.«

»Das war gestern. Wo ist er jetzt?«

»Keine Ahnung, ehrlich. Ich hab ihn seit Wochen nicht mehr gesehen.«

»Und woher hast du dann das Ankh?«

»Das hat er mir bei der Beerdigung meiner Großmutter gegeben.«

»Und das, was er am Hals hatte?«

»Hat ihm seine Schwester geschenkt. Wir haben es eigentlich für sie gekauft, aber als er wegging, hat sie es ihm mitgegeben.«

»Zeckenbiss und Krätze, dann haben wir jetzt wohl ein richtiges Problem.«

»Das du mir sicher erläutern wirst.«

»Werde ich wohl, denn ich brauche deine Hilfe, Feli.«

»Und auf einmal Feli?«

»Alles, was du willst, Süße.«

»Cool. Dann schieß los!«

Nefer erzählte es, und für Felina tat sich eine neue Welt auf.

Die Welt, die sie aus den Märchen kannte, die ihre Großmutter ihr erzählt hatte.

Das Land der Katzen existierte wirklich, und es nannte sich Trefélin. Und dummerweise war ihnen gerade ihre Königin abhandengekommen.

24. Anpassung

Finn starrte wie benommen auf den Toten. Ein älterer Mann, grauhaarig, bärtig. Um seine Hüften hatte er ein weißes Fell gewickelt. Jetzt war es blutig von dem langen Kratzer, der ihm die

Kehle samt Brustkorb aufgerissen hatte. Das alleine war schon entsetzlich genug, aber noch entsetzlicher war es, dass es in diesem Land, das angeblich nur von Katzen bewohnt wurde, doch Menschen lebten.

Obwohl – Mensch? Ja, es war ein Mensch, aber ein außergewöhnlich kleinwüchsiger. Er mochte eben einen halben Meter groß sein. Aber irgendwas war anders. Kleinwüchsige, wie Finn sie kannte, hatten große Köpfe und kurze Gliedmaßen. Dieser Mann hier aber war wohlproportioniert. Wie eine Puppe sah er aus.

Vielleicht war es eine Puppe?

Sacht berührte Finn ihn mit der Nase.

Nein. Haut, Muskeln, Blutgeruch.

Das war ja grauenvoll. Was war dem Ärmsten passiert? Die entsetzliche Krallenspur deutete auf Katze hin. Dass er mit seinen Tatzen den Tod bringen konnte, hatte Finn in den letzten paar Tagen gelernt. Verstört schaute er sich um. Aber es gab kein Anzeichen einer weiteren Katze.

Auch nicht von diesen kleinen Menschen.

Jagten die Katzen sie etwa? Dann konnte er ja nur heilfroh sein, dass seine Freunde ihn nicht in seiner wirklichen Gestalt mitgenommen hatten.

Noch immer von Grauen durchdrungen sah er den Toten an. Den konnte man doch hier nicht so liegen lassen, war sein nächster Gedanke. Er befand sich auf einem Geröllfeld am Fuße der Berge, und mit einiger Mühe trug er im Maul ein paar Steine zusammen, um sie über dem Mann aufzuhäufen.

Er mühte sich gerade wieder mit einem Brocken ab, als er eine Katze auf sich zukommen sah. Irritiert beobachtete er sie. Irgendwas stimmte nicht mit der. Sie schwankte und humpelte und fiel auf die Schnauze. Kam wieder auf die Pfoten, winkelte das rechte Vorderbein an und hoppelte drei Schritte, winkelte dann das andere Bein an, hoppelte wieder und – fiel auf die Schnauze. Es war sowieso ein ungewöhnliches Tier, fand Finn. Der Pelz schimmerte in allen Braunschattierungen von fast schwarz bis rot. Eine Hinterpfote jedoch war hell, und um den Hals zog sich ebenfalls ein fast weißer Streifen, der sich unter dem Kinn verbreiterte. Es sah aus wie eine Halskette mit Anhänger. Außerdem war diese Katze ziemlich rundlich um die Mitte. Finn fragte sich, ob sie verletzt oder einfach betrunken oder gedopt war. Wieder kam sie angewankt, sah ihn, stolperte und – fiel auf die Schnauze.

Sie sah aus waldseegrünen Augen zu ihm auf und kicherte.

»Klappt nicht. Passgang auf drei Beinen, mein ich. Hat so Tücken, ne?«

»Äh.«

Finn fiel der Stein aus dem Maul.

»Wollt ich's mal ausprobieren. Kommst du zurecht?«

»Äh – nein.«

»Liegen Steine ziemlich schwer im Magen, ne?«

»Wollt ich nicht ausprobieren. Es ist nur, weil …« Er wies mit der Nase auf den halb zugedeckten Toten. Die Katze kam näher, jetzt in ganz normaler Gangart.

»Oh, ein totes Menschel. Hast du umgebracht?«

»Nein, nein, um Gottes willen.«

»Wär auch nicht gut. Die sind kostbar.«

»Kostbar.«

»Ah, du bist nicht von hier. Bist du Mitbringsel, ne? Von den drei Narren.«

»Mitbringsel?«

Finn schüttelte den Kopf. Er wurde langsam zum Einwort-Echo. Was nicht eben auf geistige Überlegenheit deutete.

Wieder kicherte die Katze, dann stupste sie mit ihrer Nase an seine.

Finn machte einen Satz rückwärts.

»Ooch, wollt ich dich nur nett begrüßen.«

»Äh – ja. 'tschuldigung.«

»Ich bin Che-Nupet. Und du?«

»Finn. Wo sind Sem, Pepi und Ani?«

»Schieben Dienst. Hungrig?«

»Ich hab ... ich hab ein Kaninchen und so.«

»Ah, gut. Kümmern wir um das hier, ne?«

Che-Nupet ging an ihm vorbei und besah sich den Toten. Schnupperte an ihm, schob noch ein paar Steine zur Seite und blieb dann mit offenem Maul sitzen. Es sah ziemlich dümmlich aus, fand Finn, aber er traute sich nichts zu sagen. Diese dicke Katze schien nicht sehr helle zu sein.

»Mhm«, sagte sie dann. »Mhm! Komisch.«

»Was hast du gemacht?«

»Geflehmt.«

»Ge – was?«

»Kannst auch. Musst du durch den Mund atmen. Schmeckt man mehr Geruch.«

»Ah so. Und was hast du geschmeckt?«

»Panther.«

Grelle Panik flammte in Finn auf. Er hörte sich schon wieder echoen: »Panther?«

»Leben hier in den Bergen. Haben Wohnrecht, aber keinen Einfluss, ne.«

»Ja, das sieht man.«

»Das ist was anderes. Keine Angst, Raubkatze ist weg. Hast du noch mehr Menschel gesehen?«

»Nein, keine Menschen hier.«

»Nicht Menschen, ne. Das hier ist Menschel.«

»Ist mir egal, ich werde ihn jetzt trotzdem begraben.«

»Ja, gut. Helfe ich dir. Machen die das so, mit ihren Toten, ja?«

Che-Nupet erwies sich als sehr geschickt, lose Steine mit den Pfoten zu ihm zu rollen, sodass er sie nur aufnehmen und über den Toten legen musste. Dann war er bedeckt, und Finn setzte sich neben den Steinhügel. Die Kätzin sprang ohne Abschied davon, und er wollte sich gerade darüber ärgern, als sie zurückkam und ihm ein Kaninchen vor die Pfoten legte.

»Teilen wir uns, ja?«

»In Ordnung.«

»Hast du den ersten Biss.«

Da er sich dabei noch immer ziemlich dämlich anstellte, nahm er es ihr nicht übel, als sie kopfschüttelnd eingriff und ihm zeigte, wie man das Tier mit der Kralle aufschlitzte.

»Ja, das scheint praktisch«, meinte er und nahm den ersten Bissen. Dann überließ er das Tier ihr. Erstaunlicherweise nahm sie nur einen zierlichen Happen.

»Muss ich auf meine Figur achten. Nimm den Rest.«

Finn fraß weiter, dann putzte er sich, wie er es gelernt hatte, ordentlich Pfoten und Gesicht.

»Diese Menschel …«, begann er.

»Menschel leben wild dort unten im Scharrwald. Andere sind Haustiere bei Katzen, ne. Wie Katzen bei euch. Wir brauchen sie.«

»Hände, ich weiß.«

»Ja, Ringe und Kopftücher und die Lauben und so. Braucht vor allem der Hofstaat sie. Der hier gehört der Königin.«

»Das heißt, es wird Ärger geben mit den Panthern?«

»Nein. Mit den Menscheln. Weiß nicht, wie der hergekommen ist. Bis zum Lind Siron ist weit für die.«

»Woher weißt du, dass er zur Königin gehört?«

»Hat er das weiße Fell um seine Hüfte. Das tragen nur ihre Menschel. Man wird sich kümmern müssen.«

Che-Nupet versank in Sinnen, und Finn tat es ihr gleich.

Dieses Land, wo immer es lag, schien komplexer zu sein, als er es bisher erwartet hatte. Diese Katzen waren keine einfachen Tiere. Nicht so, wie er Katzen kannte. Andererseits hatte er sich mit Katzen noch nie sonderlich befasst. Sie gehörten eben dazu,

Haustiere, von manchen gehätschelt, von anderen geduldet und von manchen – wie seinen Kumpels neulich – als Objekte zum Quälen betrachtet.

Was ihn wieder auf die Ereignisse am Dolmen zurückführte.

»Eure Königin – ist die eine kleine, grauschwarze Katze?«

»Mhm?« Che-Nupet schien von weit her zurückzukommen. »Oh, ja, grau mit schwarzen Flecken. Aber nicht klein. Oder – ach ja, hast du sie getroffen, ne? In eurer Welt, ja?«

»Ich glaube, ja.«

»Erzähl.«

Etwas stockend berichtete er von den Misshandlungen, die seine Kumpels vorhatten. Che-Nupet hörte schweigend zu, und ihm wurde unbehaglich zu Mute. Aber als er fertig war, nickte sie nur.

»Wird Zeit. Bring ich dich zu Amun Hab«, sagte sie schließlich.

»Und wer ist das?«

»Unser Weiser.«

»Ich würde eigentlich lieber zurück in meine Welt gehen. Und zwar als Mensch, wenn du verstehst, was ich meine.«

»Tu ich, tue ich. Geht aber jetzt nicht. Wirst du warten bis Silbermond, ne?«

»Was ist Silbermond?«

»Runde Scheibe, ja? Gut für jagen. Andere ist Schwarzmond. Bei dem ist schlecht für wandern.«

»Warum denn das?«

»Ist gefährlich in den Grauen Wäldern.«

Wieder versank sie in Sinnen.

Und Finn wurde ungeduldig. Immer diese halben Informationen, diese dumpfen Warnungen, diese vagen Andeutungen.

»Hör mal …«, herrschte er die rundliche Katze an, die Anstalten machte, sich zu einem Schläfchen auszustrecken.

»Ich höre mal. Ach, Glitschwurm!« Sie rappelte sich auf.

»Glitschwurm? Ich bin kein Glitschwurm.«

»Nein. Aber lästig. Na gut, gehen wir gleich. Ist nicht gemütlich, der Boden hier. Hab ich lieber weich, ne.«

Finn trabte eine Weile schweigend neben der Dicken her, weil sie ganz offensichtlich nicht mehr sagen wollte. Der flache Geröllhang ging in eine federnde Wiese über, die sich angenehm unter seinen Pfoten anfühlte. Vor ihnen erhoben sich grünende Gehölze, und einmal vermeinte er, andere Katzen zwischen ihnen liegen zu sehen. Katzen mit bunten Kopftüchern. Beklommen fragte er sich, wie die ihn wohl aufnehmen würden. Waren Katzen nicht sehr bedacht auf ihr Revier und bekämpften jeden, der die Grenzen überschritt? Er hatte zu Hause hin und wieder das Geschrei gehört, wenn sich die Kater in den Gärten balgten.

»Wohin gehen wir, Che-Nupet?«

»Zum Lind Siron. Sagt dir nichts. Ist der See, wo Amun Hab seine Residenz hat.«

»Das sagt mir auch nicht viel mehr. Speis mich doch nicht immer mit solchen Halbheiten ab!«

Che-Nupet blieb stehen und sah ihn langmütig an.

»Bist du zu ungeduldig. Wie Mensch eben. Brauch ich meine Ruhe, damit ich meine Gedanken ordnen kann, ne.«

Nein, die Hellste war diese dicke Katze wirklich nicht. Aber sie war seine einzige Ansprechpartnerin, also brummte Finn nur resigniert.

Sie hingegen kicherte.

Grässlich. Wie diese Hühner, die Kristin ihre Freundinnen nannte. Die kicherten auch ständig aus völlig undurchsichtigen Gründen. Vermutlich über ihn. Wie diese hier auch.

»Gehen wir trinken. Ich hab Durst. Ist ein nettes Bächlein da drüben, ja?«

Missmutig trottete Finn hinter Che-Nupet her.

Der kleine Wasserlauf entsprang wohl dem Gebirge. Er plätscherte mit einiger Geschwindigkeit über rundgewaschene

Steine. Sein Ufer war mit einigen alten Bäumen bestanden; welchen, das wusste Finn nicht. Immerhin sahen sie so ähnlich aus wie Bäume in seiner Welt. Es dämmerte ihm allmählich, dass sein Wissen über die Natur mehr als nur lückenhaft war, was sein Unbehagen mehrte. Statt an Computerprogrammen und seinem Motorroller zu basteln, hätte er möglicherweise wohl mal den einen oder anderen Blick in die Bio-Bücher werfen sollen. Mochte der Himmel wissen, was es an giftigen Pflanzen und Tieren so gab.

»Ist hier eine flache Stelle. Bitte, du zuerst.«

Che-Nupet wies auf den mit Gras und Moos bewachsenen Platz hin, der sich dem Bächlein zuneigte. Er machte einen Schritt vor und – tja, was sollte er jetzt machen? Bisher hatte er das Wenige, was er an Flüssigkeit gebraucht hatte, durch seine Beute bekommen. Wasser zu trinken erschien ihm verlockend, vor allem dieses kristallklare, sprudelnde Nass.

Das Kichern hinter ihm ließ ihn zusammenfahren. Er rutschte aus und landete mit der Schnauze im Bach.

Igitt!

Er kam wieder auf die Pfoten und schüttelte sich, dass die Tropfen flogen.

Che-Nupet machte einen erstaunlich geschwinden Satz zur Seite.

»Ist leichter, wenn du dich hinhockst. Nimmst du Zunge zum Schlappen, ne«, sagte sie nüchtern. Finn sah sie an. Es war weder ein Kichern in ihrer Stimme noch ein amüsiertes Blitzen in ihren Augen. Nur so etwas wie – Verständnis?

Er folgte also ihrem Rat, und diesmal ging es besser. Das Wasser schmeckte wirklich köstlich. Dann trat er zurück und überließ der Kätzin die Tränke.

»Und jetzt ruhen wir eine Weile, ja? Komm mit.«

»Ich will nicht ruhen. Du wolltest mich zu dem komischen Weisen bringen. Ich will endlich Antworten!«

»Huhuhu. Kriegst du ja. Muss ich aber ruhen!«

Che-Nupet sprang über den Bach und durchquerte das Ufergehölz. Knurrend sprang Finn hinterher. Er holte sie erst ein, als sie eine Stelle im Gras abschnüffelte, sich ein paarmal um sich selbst drehte und sich in die entstandene Kuhle legte.

»Mach auch.«

»Ich will ...«

»Antworten, weiß ich. Leg dich.«

Er ließ sich neben ihr nieder. Warum mussten einen Frauen eigentlich immer so bevormunden.

»Fehlt dir Gelassenheit, ne, Finn?«, schnurrte die dicke Katze.

»Was?«

Che-Nupet gab keine Antwort, sondern blinzelte in die Sonne. Dann drehte sie sich auf den Rücken und breitete Vorder- und Hinterpfoten aus. Finn starrte sie fassungslos an. Sie sah aus wie ein gigantischer Bettvorleger.

»Bauchlüften«, brummelte die Katze.

Gott, war das eine schräge Gestalt!

Andererseits fühlte sich die warme Sonne ausgesprochen angenehm an, und für eine Weile versank auch Finn, eingelullt durch das anhaltende Schnurren, in ein wohliges Dösen.

»Ist hier Trefélin, wird regiert von Königin Bastet Merit. Und dem Schwesternrat. Berät sie auch der Weise. Der kennt die alten Dinge und hat Befehl über die Kämpfer.«

Hatte er geträumt, oder sprach sie mit ihm? Finn schüttelte den Kopf und zwinkerte. Die dicke Kätzin bildete noch immer einen Fellteppich mit geschlossenen Augen. Aber sie schnurrte nicht mehr. Und ihre Vorderpfoten kneteten die Luft über ihr. Es sah irrwitzig aus.

»Kämpfer«, wiederholte Finn das letzte Wort, das er zu verstehen gemeint hatte.

Ein grüner Blick streifte ihn wohlwollend.

»Ja, werden die Reviere bewacht. Sind die Clans nicht immer

freundlich miteinander, ne? Und gibt noch Wildkatzen in den Bergen und die Hunde in den Anderländern, ne. Auch Grenzen.«

»Aber keine Menschen?«

»Nein, verirren sich nicht viel hierher.«

Sie war also wach und sprach wirklich zu ihm.

»Und was hat es mit den putzigen Kopftüchern auf sich?«

»Och, die zeigen Status, ne? Manche brauchen die, manche nicht. Und andere dürfen sie nicht.«

»Brauchst du nicht oder darfst du nicht?«

»Will nicht.«

»Ach so. Und welchen Status muss man haben, um sie tragen zu dürfen?«

»Musst du ein Amt haben. Hofdienst machen oder bei dem Weisen.«

»Und was für ein Amt hat Shepsi?«

»Shepsi … der bildet Menschel aus.«

»Menschel ausbilden?«

»Ja, fängt er wilde Menschel ein und macht sie lernen, ne.« Und nun kicherte diese unsägliche Katze schon wieder. »Macht ihr Menschen auch mit Tieren, ne? Glauben viele von uns, ihr habt auch Intelligenz. Wissen aber die Katzengeborenen, man kann euch leicht erziehen, ne?«

»Katzen erziehen Menschen nicht.«

»Meinst du.« Noch ein grässliches Kichern, dann stand Che-Nupet auf und tupfte ihn mit der Pfote an. »Ist genug gefaulenzt. Haben wir noch einen weiten Weg vor uns, ne.«

25. Aufklärung und Pendel

Endlich hatte sich wirklich das eine oder andere zum Besseren gewendet. Nefer tretelte die Bettdecke unter seinen Pfoten zurecht und schaute aus dem Fenster in die sternenklare Nacht. Bis zum nächsten Silbermond waren es noch drei Wochen hin, aber er hatte ein sicheres Heim, das Ankh gefunden, und das Mädchen besaß doch tatsächlich einen Verständigungsring. Außerdem war sie die Enkelin von Gesa, einer Freundin der Königin, die ihr bereits von seinem Land Trefélin erzählt hatte. Dass sie die Geschichten mit ihrem schlichten Menschenverstand nicht hatte glauben wollen, sah er ihr nach. Immerhin hatte sie sich offen für die Art ihrer Verständigung gezeigt. Jetzt musste er sie nur noch überreden, ihr den Ring und das Ankh zu übergeben und ihn am besten sogar zu dem Dolmen zu bringen, damit er nach Hause zurückkehren konnte. Noch besser allerdings wäre es, wenn er die Königin auch noch finden würde. Aber ihre Spur war nun wirklich erkaltet. Er konnte nur hoffen, dass Majestät sich an Vollmond wieder an der Übergangsstelle einfinden würde, wo immer sie jetzt Schutz gesucht hatte. Und dass ihr, das möge der heilige Sphinx verhüten, kein Leid widerfahren war.

Felina drehte sich im Bett um und schnaufte leise. Eine Hand streifte seinen Rücken. Sein Schwanz zuckte, doch dann begannen ihre Finger, seinen Nacken zu kraulen. Und er unterdrückte den Impuls, aus dem Bett zu fliehen. Es war ein wunderlich angenehmes Gefühl.

Nefer war schon dreimal zuvor in der Menschenwelt gewesen, einmal in Begleitung eines Scholaren, der ihm den Weg durch die Grauen Wälder gezeigt hatte, damals, als er im zweiten Jahr seiner Ausbildung war und noch nicht einmal seine Vorprüfung abgelegt hatte. Sie hatten sich einen Monat lang in einem kaum von Menschen besiedelten Gebiet aufgehalten, und er hatte gelernt, sich in diesem kleinen Körper mit den Katzengeborenen zu verständigen. Das zweite Mal war er, ähnlich wie Sem, Pepi und Ani, zu seiner Vorprüfung in die andere Welt gewechselt und hatte in einer Ansiedlung die Menschen beobachtet, war ihnen aber nicht näher gekommen. Die Aufgabe, die er sich damals gestellt hatte, war, drei der wichtigsten Gefahren durch die Menschen für Trefélingeborene zu benennen, die in dieser Welt existierten. Autos, Plastiktüten und Giftköder hatte er entdeckt. Und hatte damit die Vorprüfung mit Bravour bestanden, was ihn selbst allerdings wenig überraschte. Er war sich seiner überlegenen Auffassungsgabe durchaus bewusst und hatte sich eine extra schwere Aufgabe gesucht. Kaum einer der Scholaren wechselte vor der ersten Prüfung die Welt. Damals hatte Amun Hab selbst ihm den Namen Nefer verliehen. Er war nicht ganz glücklich damit, als »der Schöne« zu gelten, ein martialischerer Name wäre ihm lieber gewesen. Seine Schönheit sah man ihm an, die musste man nicht noch betonen. Das dritte Mal hatte er die Menschenwelt zum Zwecke seiner ersten Prüfung betreten und auch hier die ihm gestellte Aufgabe elegant gelöst und dabei viel über die Bewohner gelernt.

Dennoch – dieses Mädchen hatte Instinkt bewiesen. Einen für Menschen bemerkenswerten Instinkt, dass sie seinen Namen erraten hatte. Auch das floss in die positive Bewertung ein.

Und kraulen konnte die …

Als Nefer wieder zu sich kam, zwitscherten die Morgenkünder schon ihre Lieder, und der Himmel färbte sich blassblau. Felis Hand war von seinem Fell geglitten und lag neben ihm. Er erhob sich, stemmte die Beine in die Unterlage, machte einen Buckel und streckte sich dann. Die verletzte Hinterpfote war so gut wie neu. Immerhin schienen die Menschenheiler einiges von der Kunst zu verstehen, auch wenn sie anders war als die seines Volkes.

Er sprang vom Bett, schlenderte durch die angelehnte Tür in die Küche und putzte den Napf leer, den Feli abends noch aufgefüllt hatte. Auch ein Vorteil dieser Unterkunft. Dann kehrte er zurück in Felis Zimmer und setzte sich ans Fenster. Hier fiel ihm das Nachdenken leichter als in der weichen, warmen Schlafstätte.

Er linste zu der Schlummernden hinüber. Das Lederbändchen mit dem Ankh lag auch nachts um ihren Hals. Es müsste eigentlich ein Leichtes sein, es durchzubeißen und den Anhänger an sich zu nehmen. Nur durfte er ihn dann nicht wieder aus den Zähnen lassen. Gefährlich. Noch schwieriger aber war es, ihr den Ring aus dem Ohr zu bekommen. Sicher, er könnte ihn notfalls mit den Krallen abreißen. Oder sich als Mensch umwandeln und ihn ihr abnehmen. Aber wenn sie dabei erwachte, würde sie vermutlich fürchterlich zu kreischen beginnen. Trotzdem, er brauchte diesen Ring, um durch die Grauen Wälder zu kommen. Das Ankh hatte zwar auch einige Kräfte, aber welche das wirklich waren und wie man sie kontrollierte, das wusste nur die Königin. Oder vielleicht noch der Weise.

Besser wäre es also, wenn Feli kooperieren würde.

Finn putzte sich die Flanken. Eine nützliche Beschäftigung, wenn man an einer Problemlösung arbeitete.

Schließlich hatte er sich eine gewisse Klarheit erbürstet, und sein Fell glänzte.

Felina schien eine gewisse Sympathie für Katzen zu empfinden. Er hatte ihr natürlich nicht alles erzählt, nur dass er und seine Freunde gekommen waren, um Ankh und Königin zu retten. Herzlich gelacht hatte sie über die Schwierigkeiten, in die seine Begleiter geraten waren, aber ihr Ungeschick hatte auch ihr Mitgefühl geweckt.

Sie war von Natur aus hilfsbereit, war seine Schlussfolgerung. Und ihre Unterstützung würde er wohl am besten durch seinen nicht unbeträchtlichen Charme erlangen. Die Kätzinnen in seinem Land waren bisher immer anfällig dafür gewesen, wenn er sie umworben hatte. Mochte seine Schönheit sich ihm hier wohl mal als nützlich erweisen.

Felina räkelte sich, gähnte und machte die Augen auf.

»Guten Morgen«, schnurrte er und hüpfte neben sie. »Gut geschlafen?«

Er wollte ihr einen sanften Nasenstups geben, aber sie rümpfte die Nase.

»Bäh, du stinkst nach totem Fisch.«

»Das ist das Futter, das du mir hingestellt hast.«

»Sicher. Aber es verursacht Mundgeruch.«

»Glaubst du denn, dass du besser riechst?«

»Habe ich dich eingeladen, an mir zu schnuppern?« Sie setzte ihn auf den Boden und strampelte sich aus der Decke frei. »*Ich* geh mir jetzt die Zähne putzen.«

Verdutzt sah Nefer ihr hinterher. Das war beleidigend. Äußerst beleidigend. Ein Mensch mit seinem verkümmerten Geruchssinn wagte es, ihm, einem sauberen Kater, vorzuwerfen, er stinke nach totem Fisch.

Wasser plätscherte, Zitronenduft schwebte durch die Türritze, dann Pfefferminze, dann irgendwas Süßliches. Alles nicht echt, alles chemisches Menschenzeug.

Nefer grollte.

»Siehst du, mein Schöner, jetzt bin ich sauber, und ich rieche jetzt gut.«

»Das meinst auch nur du.«

»Wenn dir das nicht gefällt, dann verpiss dich!«

Sie hielt ihm die Tür auf.

Falsch, alles ganz falsch. Er brauchte ihre Kooperation. Sie trug Ankh und Ring.

Nefer hasste es, wenn er klein beigeben musste. Aber es musste sein.

Also setzte er sich neben ihr Bein und schaute zu ihr hoch.

»Fehlstart, was?«, fragte sie.

Er rieb seinen Kopf an ihrer Wade.

»Gut, also, noch mal von vorne. Wir müssen uns wohl noch ein bisschen aneinander gewöhnen.«

»Du duftest wie eine Blumenwiese und siehst aus wie ein Schälchen Sahne.«

»Sahne, die nach Blumen riecht. Netter Vergleich. Aber wahrscheinlich liegt das an der Lotion mit Vanilleduft.«

Felina wirkte belustigt.

Aber Sahne sah doch hübsch aus und war lecker. Das hatte sie gestern selbst gesagt.

»Na, komm mit, du bekommst dein Schälchen Sahne, aber dann muss ich zur Schule.«

»Ich muss mit dir reden, Felina.«

»Das muss bis heute Nachmittag warten. Und jetzt sei still! Meine Tante erklärt mich für bekloppt, wenn ich mich mit dir unterhalte.«

Nefer hatte sich seine Erklärungen zurechtgelegt, als Feli zurückkam, und erfreulicherweise hörte sie ihm auch aufmerksam zu.

»Ja, Nefer, ich verstehe, dass du Ring und Anhänger brauchst. Ich kann dir auch den Ring ins Ohr stecken und der Königin das Ankh umhängen. Aber was ist, wenn sie nicht kommt? Ich meine, sie ist ja hier nur eine ganz normale Katze. Es – mhm – gibt Gefahren!«

Diese entsetzlichen Gedanken hatte Nefer sich auch schon gemacht.

»Dann muss ich das Ankh auf jeden Fall zurückbringen, Feli. Es ist zu wichtig für uns.«

»Wichtiger als die Königin?«

»Ich fürchte, ja.« Er überlegte, ob er ihr wirklich erklären konnte, *wie* wichtig es war. Vermutlich war es die einzige Möglichkeit, sie zu überzeugen. »Felina, dieses Amulett hat – Kräfte.

Kräfte, die sich auf die Ringe auswirken. Warum das so ist, kann ich dir nicht genau sagen, aber diese Ohrringe verlieren im Laufe der Zeit ihre Wirkung. Und dann müssen sie in einer geheimen Zeremonie mit dem Ankh zusammengebracht werden, damit sie gefahrlos benutzt werden können.«

»Aha. Also irgendwie wieder aufgeladen werden.«

»Ja, so ungefähr. Das übernimmt normalerweise die Königin. Aber wenn sie … verschollen bleibt, wird man eine Nachfolgerin wählen. Sie kann aber das Amt nur ausfüllen, wenn sie das Ankh trägt.«

»Ja, ich verstehe. Wenn die Königin also nicht zum Dolmen kommt, musst du das Ankh im Maul tragen. Denn wenn es wirklich so ist, dass du so groß wie ein Tiger bist, dann würde dich das Halsband erwürgen. Oder es würde reißen und abfallen.«

Sie hatte den Schwachpunkt ziemlich schnell erkannt.

»Ich krieg das schon hin.«

»Was ist, wenn es dir in den Grauen Wäldern herunterfällt?«

Eine Vorstellung, die er lieber nicht näher in Betracht ziehen wollte. Es hatte auf dem Hinweg eine seltsam bedrohliche Stimmung geherrscht, und Mafeds Schilderung der Namenlosen, die sich gegenseitig umbrachten, sollte man nicht außer Acht lassen. Kam dazu, dass er den ersten Teil der Wanderung in seiner kleinen Gestalt vornehmen musste. Erst kurz vor dem Übergang erfolgte die Anpassung.

Er putzte vehement seinen Schwanz.

»Kristin hat gesagt, ihr Bruder meldet sich seit Tagen nicht mehr, Nefer.«

»Was?«

»Er geht nicht mehr an sein Handy.«

»Was heißt das?«

»Er ist seit dem letzten Vollmond verschwunden. Und du, Nefer, hattest doch bestimmt einen dieser Ringe in deinem Ohr, sonst wärst du gar nicht hierhergekommen.«

Schrecklich logisch, dieses Mädchen. Man unterschätzte die Menschen wohl gelegentlich.

»Wo ist dein Ring geblieben, Nefer?«

Er knurrte.

»Könnte es wohl sein, dass Finn ihn dir abgenommen hat? Und könnte es wohl sein, dass Finn jetzt einen Ausflug mit deinen Kumpels in das schöne Land Trefélin macht?«

Zu diesem Schluss war er auch schon gelangt.

»Mit dem falschen Ankh um den Hals?«

Grässliche kleine Pute.

»Und was werden sie dort mit ihm machen, Nefer, mein Schöner, wenn sie es merken?«

»Worauf willst du hinaus, Felina?«

»Dass ihr ganz schön Scheiß gebaut habt. Und ich soll das jetzt ausbügeln, indem ich dir meinen Ring, das Erbe meiner Großmutter, und das Ankh, das ich geschenkt bekommen habe, übergebe.«

Nefer ärgerte sich über sich selbst, dass seine Pfoten verlegen das Polster kneteten. Ja, sie – und insbesondere er – hatten Scheiß gebaut.

»Vermutlich, Nefer, bin ich derzeit die Einzige, die überhaupt weiß, wo Finn ist und wie man ihn zurückbringen kann, denn mit Wohlwollen wird man ihn nicht empfangen, so wie ich die kätzische Natur einschätze.«

Es kam ziemlich selten vor, dass Nefer um eine Antwort verlegen war.

Das Flöten von Felis Handy enthob ihn einer gestammelten Erklärung.

»Langsam, Kristin, langsam«, sagte Feli und schüttelte den Kopf. Dann sagte sie in ganz bestimmtem Ton: »Nein, Kristin, das mache ich nicht.«

Diese Kristin schien einem hysterischen Anfall ziemlich nahe zu sein, wenn man dem aufgeregten Gequake in dem Hörer glauben konnte.

»Nein, nein, nein! Aber wenn du willst, komme ich rüber und helfe euch suchen.«

Feli steckte das kleine Gerät in ihre Hosentasche und sah ihn an.

»Nefer, ich muss rüber zu Kristin. Ihre schusselige Freundin Jenni hat einen Ohrring von Nerissa im Garten verloren.«

»Was für einen Ohrring?«, fuhr Nefer auf.

»Keinen solchen, wie du meinst. Einen Diamantstecker.«

»Und du sollst den finden?«

Jetzt sah Feli ein bisschen betreten aus.

»Sie glaubt, ich könnte das.«

»Warum kann sie das nicht selber?«

»Sechs Augen sehen mehr als vier, vor allem, wenn zwei davon verheult sind.«

»Du lügst.«

Nefer starrte Feli an, und Feli starrte zurück.

Sie hatte hübsche braune Augen, flog ihm durch den Sinn. Und sie verbarg etwas vor ihm.

»Ich komme mit. Ich kann auch suchen«, sagte er.

»Meinetwegen. Aber halt bloß die Klappe! Die kriegen 'nen Föhn, wenn wir miteinander reden.«

»Mich verstehen sie nicht. Du bist diejenige, die die Klappe halten muss.«

»Grrrr!«

»Deine Aussprache in Hochkätzisch lässt noch zu wünschen übrig.«

»Charmebolzen!«

Aber sie grinste, und eigentlich war sie ganz verträglich. Er heftete sich an ihre Fersen, als sie zum Nachbarhaus ging.

»Schau, so sieht der aus«, sagte Kristin und zeigte ein kleines Glitzerding vor.

»Und warum hat Jenni den verloren?«

»Sie wollte unbedingt Nerissas Klunker sehen und anprobieren. Und dann sind wir hier raus und haben Musik gehört und getanzt. Irgendwann ist mir aufgefallen, dass nur noch ein Brilli in ihrem Ohr steckte.«

»Ziemlicher Mist. Der sieht teuer aus.«

Jenni schniefte.

Nefer schnüffelte an ihr.

»Ihhh, ich hab eine Katzenallergie.«

»Nefer, lass Jenni in Ruhe.«

Nefer setzte sich ruhig auf die Hinterpfoten. Es gab Momente, in denen man besser daran tat zu gehorchen. Nicht oft und nicht gerne, aber das hier war so einer. Er wollte ja etwas herausfinden.

»Ist das der verletzte Kater von neulich?«, fragte Kristin und kniete sich zu ihm nieder. Er ließ es sich gefallen, dass sie ihn einmal kurz über den Kopf streichelte, dann zog er sich aber zurück. Zu viel Vertraulichkeit durfte man den Menschen nicht gestatten.

Die drei Mädchen machten sich daran, den Garten zu durchkämmen, und er selbst sprang auf das Polster eines Gartenstuhls und sah ihnen zu. Diese Kristin und die Jenni strahlten eine Panik aus, die beinahe greifbar war. Einige Zeit verstrich, und wieder fingen die beiden an zu betteln, Feli möge ihnen helfen.

»Meine Mutter bringt mich um, Feli. Die Dinger sind mehrere Tausend Euro wert.«

Feli schien zu zögern, wurde schwankend und meinte dann: »Gut. Aber erzählt bloß niemandem davon. Nicht, dass die blöde Patty mich wieder in ihren abgedrehten Hexenzirkel zerren will oder unsere heilige Charlotte mir mit Teufelsaustreibung droht.«

»Nein, großes Ehrenwort. Aber bitte, bitte hilf uns.«

»Ich brauche einen Faden. Und am besten den anderen Brilli.«

Kristin drückte ihr das Glitzerding in die Hand.

»Pass bloß darauf auf!«

»Ja, ja.«

Das Mädchen verschwand im Haus, Jenni setzte sich schniefend und schnupfend auf die Gartenbank, und Nefer sprang auf, um sich zu Feli zu gesellen.

»Was wirst du tun?«

»Pendeln. Das ist so was …«

»Du kannst Strömungen fühlen?«

»Äh – ja.«

»Nimm das Ankh.«

Die hübschen braunen Augen sahen ihn erst überrascht und dann plötzlich unendlich wissend an.

»Oh ja, vermutlich ein guter Tipp«, sagte sie leise und zog das Lederband über den Kopf. Sie schlang es um die Finger der linken Hand, mit der rechten hielt sie den Brillanten umklammert. Dann schloss sie die Augen, und schon begann der Anhänger zu schwingen. Nefer folgt der Richtung. Feli ging ihm nach. Verweilte wieder, drehte sich ein Stückchen nach links. Beruhigte das Pendel, ließ es erneut ausschlagen. Drei Schritte noch. Das Ankh begann zu kreisen.

Nefer schnüffelte unter einem buschigen Ginster.

»Hier.«

Feli beugte sich zu ihm. Der Stecker hatte sich an einem Ästchen verfangen, sodass der Diamant nach unten zeigte. Sie hätten ihn sicher durch ein Glitzern sofort gefunden, wenn er umgekehrt dort gehangen hätte.

»Kristin, ich hab ihn«, rief Feli, als ihre Freundin auf die Terrasse trat.

Der Dankesorgie entzog Nefer sich und fing stattdessen eine Maus. Abwechslung auf dem Speisezettel musste auch mal sein.

»Du bist eine Finderin«, stellte Nefer am Abend fest, als Feli endlich zu Bett gegangen war.

»Und das willst du dir jetzt zu Nutze machen?«

Sie hatte das Ankh abgenommen und spielte damit.

»Ich weiß nicht. Aber vielleicht könntest du die Königin damit finden.«

»Gute Idee. Es verleiht besondere Kräfte, nicht wahr?«

»Ich glaube, ja. Aber das ist ein Wissen, das streng gehütet wird.«

»Ich habe nicht viel Übung damit. Ich habe nur mal bei so einem komischen Spieleabend gemerkt, dass ich mit einem Pendel Dinge finden kann. Aber die Leute haben ziemlich bescheuert darauf reagiert, also habe ich mich nicht weiter damit beschäftigt.«

»Herzrasen gekriegt?«

»Mhm.«

»Heute nicht.«

Sie schwieg. Dann sagte sie mit einer kleinen Verwunderung in der Stimme: »Nein, heute nicht.«

»Versuch's.«

»Gut.«

Wieder wickelte Feli sich das Ankh um die Finger und schloss die Augen. Nur hing diesmal der Anhänger unbeweglich nach unten.

»Tut sich nichts, Nefer.«

»Vielleicht besser draußen?«

»Probieren wir es.«

Aber auch hier war ihr nur ein Misserfolg beschieden.

»Ich müsste wohl etwas haben, das mich mit deiner Königin in Verbindung bringt. Ein Bild, ein Schnurrhaar oder so was.«

»Du hast das Ankh.«

»Ja. Aber wie es scheint, funktioniert das so nicht.«

Nefer ließ den Kopf hängen. »Ich weiß so wenig darüber«, murmelte er. Ein Eingeständnis, das ihm unsäglich schwerfiel.

Feli nahm ihn auf den Arm. Erst wollte er sich zappelnd befreien, aber dann kraulten ihre magischen Finger wieder seinen Nacken, und er konnte nicht anders, als sich schnurrend an sie zu schmiegen.

»Wir finden eine Lösung, Nefer, mein Schöner. Das Land der

Katzen soll seine Königin und ihre Ankh zurückbekommen. Versprochen.«

»Brrrmmmmm.«

26. Ringklau

Finn lauerte geduckt vor dem Gebüsch. Er hatte inzwischen recht gut gelernt, geduldig seine Beute zu beobachten und dann mit einem kraftvollen Sprung zuzuschlagen. Diese Beute aber wollte er unverletzt.

Es raschelte ganz leise, ein Blättchen bewegte sich.

Gleich würde er seine Nase herausstrecken.

Finn atmete kaum noch, die Augen fixiert auf das Ziel, die Ohren nach vorne gedreht.

Da, noch ein Rascheln.

Der Wind stand von vorne; er würde Finn nicht riechen.

Und sein Opfer war neugierig.

Sein Fehler.

Der Waschbär streckte den Kopf vor.

Finn sprang.

Anoki quiekte.

Er hielt seinen Nacken mit den Zähnen umfangen und zerrte ihn aus dem Gebüsch in den Schatten eines Baumes.

»Gutkatz! Gutkatz! Nicht fressen«, jammerte seine Beute.

Finn legte den Waschbären auf den Boden, doch bevor der sich rühren konnte, hatte er ihn auch schon auf den Rücken gedreht und seine Vorderpfote auf dessen Hals gedrückt.

»Gutkatz. Nicht fressen.«

»Du bist viel zu ungenießbar, Anoki. Ich möchte viel lieber mit dir spielen.«

In den schwarzen Augen flackerte Panik auf. Der Waschbär wusste wohl, dass Katzen überaus raue Spiele mit ihren Opfern veranstalteten.

»Soll ich, Anoki? So ein bisschen Herumwerfen vielleicht? So ein wenig Krallentennis?«

»Gutkatz, ganz gut, ganz gut. Ist gegen Abmachung.«

»Ach ja? Eine Abmachung?«

»Gutkatz nicht töten Waschbär. Hände!«

Anoki grapschte mit seinen Händchen nach Finns Fell. Der drückte die Krallen aus der Pfote.

Anoki quiekte.

»Nicht pieken!«

»Ach ja, das ist ja gegen die Abmachung. Und das Aufschlitzen sicher auch?«

Der Waschbär zitterte erbärmlich.

»Ich glaube, es ist auch gegen die Abmachungen, einem Kater den Ohrring abzunehmen, nicht wahr?«

»Nicht ich.«

»Doch, du.«

Finn fauchte noch einmal zur Abschreckung und zeigte Anoki die Zähne. Der winselte.

»Was hältst du von einer Abmachung?«, schlug er dem verängstigten Waschbären dann vor.

»Oh ja, Abmachung. Gutkatz. Gutkatz.«

»Schön. Du arbeitest für mich, und ich lasse dich leben. Bis auf Weiteres.«

»Ja, ja, ja! Cheffe!«

»Ich lasse dich jetzt los. Wenn du versuchst abzuhauen, bist du tot.«

»Ja, ja, Cheffe!«

Vorsichtig hob Finn die Tatze. Es war leichter gegangen, als er dachte. Dieser jämmerliche Wurm entlockte ihm nur Verachtung. Natürlich blieb Anoki sitzen und tastete mit seinen Händchen das gezauste Fell ab. Ein bisschen Blut sickerte über seine Brust.

Händchen waren das, was Finn brauchte.

Denn Händchen konnten ihm einen Ring verschaffen.

Che-Nupet hatte ihn vor zwei Tagen zu dem Laubengebiet gebracht, das sich um den See zog. Der von einem Wasserfall von den Ausläufern des Gebirges gespeist wurde, das sie Mittelgrat nannten. Hier hätte er Amun Hab treffen sollen, den Weisen, der über seinen Aufenthalt und vielleicht auch seine Rückkehr befinden konnte. Aber Amun Hab war nicht anwesend. Offensichtlich hatte es ein größeres Problem mit der Dienerschaft gegeben. Che-Nupet hatte Finn zur Geduld geraten und ihn ebenfalls verlassen. Es blieb ihm auch nichts anderes übrig, denn die Bewohner der Ansiedlung – so musste man diese labyrinthartigen Laubengänge wohl bezeichnen – mieden ihn. Aber immerhin hatte Finn einiges durch Lauschen erfahren. Diese Menschel, von denen er eines tot gefunden hatte, waren samt und sonders ausgerückt. Die einen verdächtigten sie der Rebellion, die anderen vermuteten eine Entführung. Auf jeden Fall schien es dem Hofstaat und den Scholaren ziemlich viel an Unannehmlichkeiten zu verursachen. Finn hatte etliche verrutschte Kopftücher bemerkt.

Dass er Anoki wiedergetroffen hatte, entsprang aber auch dem Umstand, dass die Menschel abgehauen waren. Denn ein paar der Katzen hatten die Waschbären zu sich gerufen und ihnen die Aufgaben der Dienerschaft übertragen. Besonders zufrieden waren sie aber nicht mit dieser Notlösung.

Das berührte Finn allerdings wenig. Viel interessanter fand er die Erkenntnis, dass so ein Ohrring tatsächlich so etwas wie ein Ticket zu sein schien, wie er es in seinem trunkenen Zustand gehört zu haben meinte. Mit diesen Ringen durchquerte man die Grauen Wälder und nahm dann auch wieder die Gestalt an, die in der jeweils anderen Welt die richtige war.

Anoki war also genau der Helfer, den er brauchte, um sich einen solchen Ring zu beschaffen. Die Katzen, die sich in dieser Ansiedlung aufhielten, trugen vielfach derartigen Ohrschmuck.

Es kostete ihn noch einige Drohungen und Faucher, bis er den Waschbären so weit hatte, dass er bereit war, einer schlafenden Katze heimlich den Ring abzunehmen und ihn in sein Ohr zu praktizieren.

Am nächsten Tag ergab sich eine solche Gelegenheit. Auf einem abgelegenen Plätzchen mit weichem Gras lag eine prachtvolle weiße Perserkatze mit einem gelb gepunkteten, zartrosa Kopftuch. Gold glitzerte in ihrem wuscheligen Ohr. Die Sonne schien sie abgrundtief schläfrig gemacht zu haben.

»Die da, Anoki. Deren Ring will ich haben.«

»Ja, Gutkatz, Cheffe.«

Bereitwillig schlich der Waschbär sich an die Katze heran. Finn blieb zurück im Schatten der Lauben. Er hatte schon bemerkt, dass sein grauschwarz getigertes Fell ihn in solchen Bereichen fast unsichtbar machte.

Anoki schaute sich vorsichtig um, hob witternd die Nase und schlich dann weiter. Die Schlafende schien ihn nicht zu bemerken. Er hatte ihren Kopf erreicht, stellte sich jetzt auf die Hinterbeine und versuchte, an den Verschluss des schmalen Goldreifs in ihrem Ohr zu gelangen.

Die Kätzin drehte sich in einer fließenden Bewegung um und schlug ihre Krallen in Anokis Nacken.

»Diebe!«, kreischte sie.

Es raschelte rund herum, und ein gutes Dutzend Katzen, fast alle mit Kopftüchern, erschienen auf der Szene.

»Was ist passiert, Meschenet?«, fragte ein dunkler Kater.

»Dieser kleine Wicht wollte an meinen Ohrring.«

»Waschbär!«, spuckte der Kater.

»Nicht ich, nicht ich. Cheffe will!«

Anoki zappelte und wand sich unter dem harten Griff der Perserkatze.

»Welcher Cheffe?«

»Der Cheffe, der da, der Finn aus Anderland. Dummkatz.«

Alle Blicke richteten sich auf Finn. Und dann kamen sie näher. Und näher und näher.

Scheiße.

Das war's dann wohl.

Oh Gott, er wollte nicht sterben. Nicht in diesem Pelz. Nicht in diesem Land. Und schon gar nicht jetzt.

Das Winseln kam nicht aus seiner Kehle, oder?

Doch. Kam es.

»Aus dem Anderland«, zischte einer.

»Ein Mensch«, fauchte ein anderer.

»Ein Eindringling«, knurrte ein dritter.

»Bringt ihn vor den Rat!«, sagte eine kühle Stimme. Sie gehörte der Kätzin mit dem gepunkteten Kopftuch. Anoki hatte sie wohl inzwischen laufen lassen.

Zwei muskulöse Kater mit langem Fell nahmen Finn zwischen sich. Er ging folgsam mit, denn er war sich sehr sicher, dass jeder Widerstand äußerst schmerzhaft geahndet werden würde.

Sie geleiteten ihn zu einer Erhebung, einer Felsplatte, flach, mannshoch, um die herum das Gras kurz und flachgetreten schien.

»Setzen!«, befahl einer seiner Wächter.

Finn setzte sich.

»Warten!«

Finn wartete. Und zwar ziemlich lange. Und während dieser Zeit wuchs seine Angst ins schier Unermessliche.

Erst als die Dämmerung sich über die Laubenstadt senkte, kamen auf leisen Pfoten zwölf Kätzinnen zu dem Rund. Sie sprangen anmutig auf die Felsplatte und setzten sich nieder. Sie blieben nicht alleine, mehr und mehr andere Katzen und Kater kamen herbei und ließen sich vor ihnen im Gras nieder.

»Der Rat der Schwestern«, erklärte sein Wächter grimmig.

Eine Katze, weiß mit grauen und roten Flecken, trat vor die Schwestern.

»Die Vorsitzende!«, hörte Finn. Er wagte einen Blick zu der Kätzin. Sie sah streng aus, und ihre Augen funkelten rachsüchtig.

»Finn aus dem Anderland, Mensch, gewandelt durch die Macht des Ringes. Du bist unaufgefordert in unser Land eingedrungen.«

»Ich habe nicht…«

»Du hast allerdings nichts zu sagen. Du hast das Land Treféllin ohne Einladung betreten. Du trugst einen Ring bei dir, den du dir unrechtmäßig angeeignet hast. Man hat ihn dir hier abgenommen. Und nun hast du einen Waschbären dazu angestiftet, Meschenet den ihren zu entwenden. Diebstahl in zwei Fällen. Auf Diebstahl steht Landesverweis. Auf zweimaligen Diebstahl Exil in den Grauen Wäldern. Auf Ringdiebstahl aber steht der Tod! Außerdem sind, seit du hier angekommen bist, die Menschel der Königin verschwunden. Dich hat man an der Leiche eines ihrer Diener gefunden. Auch auf Mord an unseren Menscheln steht die Todesstrafe.«

Diesmal brauchte Finn sich nicht zu fragen, aus wessen Kehle der Jammerlaut kam.

Die Vorsitzende sah ihn verächtlich an.

Er fühlte sich wie ein Wurm.

Wie der letzte Glitschwurm.

»Wir beraten!«

Die Schwestern bildeten einen Kreis, sodass er nur noch ihre Rücken sehen konnte. Die Beratung verlief seltsamerweise lautlos, nur die Schwänze peitschten hin und wieder oder zuckten wild in die Luft.

Endlich, endlich löste sich die Runde auf, und die Vorsitzende trat wieder vor.

»Unsere Königin ist den Menschen sehr wohlgesinnt. Es wäre ihr vermutlich nicht recht, wenn wir einen dieser Spezies ohne ihr Wissen hinrichten würden. Du, Finn aus den Anderlanden, wirst daher von uns gefangen gehalten, bis Königin Bastet Merit unverletzt und gesund wieder zurückgekommen ist und selbst darüber befindet, welches Strafmaß dir gebührt.« Sie nickte den Wächtern zu. »Abführen!«

Eine Höhle, kaum größer als das Innere eines Kleinwagens, wurde Finns Gefängnis.

27. Majestät schließt Freundschaft

Majestät schlich zum Tisch. Nathan hatte sich Brote gerichtet, aber dann hatte das Telefon geklingelt, und er war aus der Küche gegangen, um ein Gespräch zu führen. Eigentlich, das wusste Majestät, war es entwürdigend, was sie hier tat, aber der Duft war so verlockend, dass ihr der Geifer sich im Maul sammelte. Also gab sie der Gier nach, sprang auf den Tisch und beugte sich über den Teller. Ihre raue Zunge raspelte gründlich die Leberwurst vom Brot.

Köstlich.

Die Scheibe Schinken nahm sie dann auch noch mit, sprang wieder nach unten und verzehrte sie mit leisem Schmatzen unter dem Stuhl. Dann putzte sie sich ausgiebig.

»Ich glaub es nicht!«

Ups – das hörte sich nicht freundlich an.

Kalte graue Augen fixierten sie.

Sie starrte zurück. Stand ihr doch zu, oder? Was hatte er seine Beute auch verlassen?

Er starrte weiter, und sein Blick fühlte sich an, als ob er ihr Gehirn durchdringen wollte. Höchst unangenehm. Aber Majestät unterdrückte gewaltsam ein entschuldigendes Schnurren.

»Gierschlund!«

Heiliger Sphinx, es klang verächtlich.

Aber sie starrte weiter. Es konnte nur einen geben!

Plötzlich lächelte Nathan, und unwillkürlich zwinkerte sie.

Rattenschiss, verloren!

Hatte aber trotzdem gut geschmeckt.

Das Zusammenleben mit Nathan war, bis auf derartige Niederlagen, verhältnismäßig angenehm. Majestät verbrachte den Tag meistens im Wald, so wie er auch, doch in ganz anderen Gebieten. Sie hatte herausgefunden, dass eine der Waldkätzinnen vier Junge geworfen hatte und sie in einer Baumhöhle großzog. Sehr vorsichtig hatte sie sich ihr genähert, wohl wissend, dass die Mutter ein Recht auf ihre Ruhe hatte. Aber da die Kätzin noch nicht jagen konnte, hatte sie ihr eine Waldtaube geschlagen und ganz in die Nähe ihres Lagers gebracht. Die Taube war, bis auf ein paar Federn, am nächsten Tag verschwunden gewesen, und die Kätzin hatte freundlich gebrummt. Seither versorgte sie sie jeden Tag mit etwas Wild.

Die drei Waldkatzen lebten in den unzugänglicheren Gebieten des Waldes, und Majestät hielt sich, von ihnen geduldet, auch lieber fern von den Spazier- und Wirtschaftswegen auf. Weder Wanderern mit Hunden noch Forstarbeitern mit Sägen wünschte sie zu begegnen.

Abends aber kam sie mit Nathan zurück und erhielt ihr Futter. Er sagte wenig, zog sich meist in sein Büro zurück; später las er oder machte den Fernseher an. Dass sie sich zu ihm auf das Sofa setzte, duldete er auch ohne Worte.

An diesem Abend aber ging die Türglocke.

Nathan ließ eine Frau ein, und Majestät machte sich unsichtbar. Oben vom Schrank aus, hinter einem mit dünnem Leder bezogenen Reif, beobachtete sie lauschend die Zusammenkunft.

Die erste Überraschung erlebte sie, als Nathan seinen Gast als Frau Alderson anredete und sie ihn bat, sie Iris zu nennen.

Iris Alderson – Gesas Tochter.

Vor vielen Jahren, einige Zeit, nachdem Gesa Trefélin verlassen hatte und sie selbst bereits Königin war, hatte sie ihre Freundin noch einmal besucht. Zwei kleine Kinder hatte sie damals gehabt, einen Jungen und ein kleineres Mädchen, das gerade krabbeln lernte.

Zeit verging – das kleine Mädchen war eine stämmige Frau geworden, durch deren dunkle Haare sich erstes Grau zog. Was wollte sie hier?

Wie es aussah, Bier trinken.

Und dem Förster das Revier abschwatzen.

Schwatzen konnte sie gut, bemerkte Majestät, und Nathan hörte ihr sogar aufmerksam zu.

»Ich denke, wir können da eine Möglichkeit finden, Iris«, sagte er schließlich und faltete einen Plan auseinander. Sie sprachen über Routen und Pfade und Zeiten und Markierungen. Das war beinahe kätzisch. Auch in ihrem Land einigte man sich, wie auch die Katzengeborenen in dieser Welt, über Revierhoheiten, sprach Zeiten ab, zu denen man sie unbehelligt durchqueren durfte, vereinbarte Stellen, an denen Markierungen – Botschaften aller Art – hinterlassen wurden, legte Durchgangswege und Grenzen fest. Es sprach für Nathan und Iris, dass sie derartig intelligente Regelungen zu treffen in der Lage waren.

»Ich würde gerne in den Sommerferien mit den ersten Gruppen Führungen unternehmen. Sind Sie damit einverstanden?«

»Sprechen wir die Termine ab. Ich biete in den Ferien ebenfalls Kurse für Kinder und Jugendliche an, die einige Tage im Wald verbringen wollen.«

»Die Junior-Ranger. Ich habe die Angebote gesehen. Eine Maßnahme, die ich nur gutheißen kann.«

»Schlagen Sie Ihrer Nichte vor, sich uns anzuschließen. Sie hat auf mich einen interessierten Eindruck gemacht.«

»Felina – ja, eine gute Idee. Sie ist viel zu lange verhätschelt worden. Ich werde es ihr ans Herz legen.«

Iris stand auf und sah zum Schrank hoch. Majestät zog sich noch etwas weiter hinter den Reif zurück.

»Das ist eine Schamanentrommel da oben, nicht wahr?«

»Ja.«

»Und das dort eine Rassel.«

»Ja.«

Nathan wurde aber sehr einsilbig. Iris registrierte das auch.

»Ich nehme nicht an, dass Sie zum Stamm der Wannabees gehören.«

Ein trockenes Lachen antwortete ihr.

»Nein.«

»Sie sind ein interessanter Mann, Nathan.«

»Nicht mehr oder weniger als andere, Iris.«

»Ich habe einige Trekkingtouren durch sehr abgelegene Gebiete gemacht und eine Reihe außergewöhnlicher Menschen kennengelernt. Ich achte ihre Fähigkeiten.«

»Ich auch.«

Jetzt lachte Iris leise auf.

»Und ich bin eine neugierige Frau, Nathan.«

»Sie wollen wissen, wie ich zu diesen Instrumenten gekommen bin, ohne ein Wannabee zu sein?«

»Ja.«

»Eine unrühmliche Geschichte. Aber wenn sie Sie unbedingt hören wollen …«

»Will ich.«

Majestät spitzte ebenfalls die Ohren.

»Ich war nicht eben ein netter Junge. Meine Eltern hatten reichlich Ärger mit mir.«

»Dazu gehören immer zwei Seiten.«

»Sicher. Meine Mutter war Lehrerin, mein Vater Finanzbeamter.«

»Was nichts aussagt. Ich habe sowohl aufgeschlossene Lehrer als auch kreative Finanzbeamte kennengelernt.«

»Soll es geben. Meine Eltern gehören nicht dazu. Sie sind konservativ bis zur Verknöcherung. Sie leben jetzt in Südspanien, ich sehe sie selten. Aber ich habe es ihnen auch nicht leicht gemacht. Als Jugendlicher habe ich beständig gegen sie rebelliert. Iris, Sie haben neulich diesen Müll an dem Hügelgrab gesehen, den die Vandalen hinterlassen haben. Mit ähnlichen Gesellen bin ich auch herumgezogen. Wir fanden uns großartig, wenn wir getrunken hatten, und haben groben Unfug angestellt. Ich bin ein paarmal auffällig geworden, habe Verwarnungen und Strafen kassiert. Es hat mich alles wenig beeindruckt.«

»Junge Männer müssen sich austoben. Nicht dass ich diese Art gutheiße, aber es steckt in ihrer Natur.«

»Ja, in gewisser Weise war man nachsichtig mit mir. Meine Eltern jedoch nicht.«

»Sagte ich ja, zwei Seiten.«

»Einsicht, Iris, wird weder durch Nachsicht noch durch Strafe und Repressalien bewirkt. Ich brauchte eine Katastrophe dazu.«

»Wenn man sie überlebt, ist das meist wirkungsvoll.«

»Oh ja. Ich hätte sie beinahe nicht überlebt. Wir hatten uns wieder einmal zu einem Besäufnis im Wald getroffen. Nicht hier. In meinem Heimatort. Es war ein trockener Sommer, das unprofessionelle Lagerfeuer geriet außer Kontrolle. Der Wald brannte. Ich wurde eingeschlossen.«

»Ein traumatisches Erlebnis.«

»Feuerwehrleute retteten mich, wie, weiß ich nicht mehr. Der Rauch hatte mich bereits bewusstlos werden lassen. Ich verbrachte Wochen im Krankenhaus, ohne Stimme, von Brandwunden übersät, mit Medikamenten vollgepumpt. Und in ständigen Albträumen gefangen. Das war schlimmer als die Schmerzen. Sie brachten mich fast um den Verstand.«

»Nicht über das Erlebnis sprechen zu können, macht die Verarbeitung schwer.«

»Das und das Bewusstsein der Schuld.«

»Wie alt waren Sie damals?«

»Siebzehn.«

»Wie Felina jetzt auch. Aber sie ist das Gegenteil von einem Rebellen. Ich wünschte manchmal, sie würde etwas mehr Initiative ergreifen. Aber das ist eine andere Geschichte. Wie ist ein siebzehnjähriger Brandstifter zu der Schamanentrommel gekommen?«

»Indem er seine Sachen gepackt und mit achtzehn ohne große Abschiedsschmerzen sein Elternhaus verlassen hat. Ich war zu dem Schluss gekommen, dass nur Wiedergutmachung mich möglicherweise von meinen furchtbaren Träumen erlösen konnte. Wiedergutmachung weit entfernt von allem, was ich kannte. Ich kam bis nach Kanada. Ich jobbte, um mir meinen Lebensunterhalt zu verdienen. Vor allem aber versuchte ich, dort in den Wäldern Arbeit zu finden. Ich wurde kräftiger, konnte zupacken, wurde Handlanger bei einem Trupp Waldarbeiter, die es mit der Arbeitserlaubnis nicht so ernst nahmen. Körperliche Erschöpfung half gegen die Träume von Feuer und Tod, aber eben nicht immer. Eines Tages lernte ich einen Mann kennen, der mein Problem erkannte. Er schickte mich auf die Reise. Und als ich zurückkam, konnte ich mit den Träumen umgehen.«

»Das Letzte war eine bemerkenswerte Kurzfassung.«

»Die Langfassung ist nicht für die Öffentlichkeit.«

»Ich verstehe. Und heute bilden Sie junge Leute zu Rangern aus.«

»Nicht nur Jugendliche. Sondern auch Natur- und Landschaftspfleger, wie das Wortungetüm für die Berufs-Ranger heißt.«

»Und wildern Waldkatzen aus.«

»Eines unserer Projekte, ja.«

»Ich werde mich bemühen, sie nicht zu stören. Und nun, Nathan, da Sie mir nicht mehr anvertrauen wollen, werde ich mich auf den Heimweg machen. Ich schicke Ihnen die ausgearbeiteten Touren zu, damit Sie sie prüfen und genehmigen können. Und Felina werde ich Ihnen auch auf den Hals hetzen.«

»Tun Sie das.«

»Du kannst hinter der Trommel hervorkommen, sie ist fort.«

Hatte er sie also doch bemerkt.

Vorsichtig arbeitete Majestät sich das Bücherbord hinunter. Das, was sie von ihm erfahren hatte, erklärte ihr einige Dinge, die sie bisher nur vermutet hatte. Ein Wanderer, anders als Gesa, aber einer, der nicht zufällig umherstreifte, sondern gelernt hatte, sich seine Ziele zu suchen. Was aber hatte er in ihrem Land gesucht? Auf wen hatte er gewartet? Woher kannte er es überhaupt?

Was hatte ihn jener Mann gelehrt, der ihm geholfen hatte, die Angstträume zu beherrschen?

Traumbeherrschung war eine urkätzische Fähigkeit, die nur selten bei Menschen zu finden war. Aber gerade jetzt wurden ihre Überlegungen auf gemeinste Weise sabotiert.

Nathan stellte ein Schälchen Sahne neben ihren Futternapf.

»Nightcap«, sagte er.

Schlapp!

Nach dem ausgiebigen Putzen des Milchbarts war Nathan bereits zu Bett gegangen, und Majestät besann sich wieder auf ihre Vorsätze. In den vergangenen Nächten hatte er wenig Bemerkenswertes geträumt, und darüber war sie selbst auch in tiefen Schlummer gesunken. Diesmal wollte sie sich nicht von den Schlafwellen überwältigen lassen, sondern weiter in seinen Träumen nach verdächtigen oder nützlichen Hinweisen Ausschau halten.

Er schlief unruhig, stellte sie fest, als sie sich auf seiner Bettdecke einrollte. Einmal stöhnte er sogar leise auf. Sie machte sich bereit, Einblick in seine Träume zu nehmen.

Wirr waren sie. Bildfolgen liefen durcheinander, ergaben für sie keinen Sinn. Ein Frauengesicht, jung, hübsch, aber irgendwie verzerrt. Eine lange Straße, eine wilde Fahrt. Landschaft flog vorbei. Eine Küche, nicht diese hier. Regen, kalter Wind. Ein kleiner Junge, der in eine Decke gekuschelt lag. Leere Gläser.

Wieder das leise Stöhnen.

Und dann der Stein, rund, von Wind und Sand abgeschliffen. Wogendes, gelbes Gras, trocken, vereinzelt hartlaubiges Kraut. Eine weite Ebene, hier und da Bäume, ihre Kronen ebenfalls vom ständigen Wind geformt. Die Halme flüsterten, über den blauen Himmel eilten Wölkchen. Das Land Wolkenschau, südlich der Witterlande. Auch das kannte er also. Und mehr noch, er hatte es betreten an einer Stelle, die er gar nicht hätte benutzen dürfen. Es gab in Trefélin nur noch einen Übergang – die Felsnadel am Mittelgrat. Nur sie wurde überwacht. Die anderen Portale waren schon seit Jahrtausenden verschlossen.

Das war beängstigend.

Und ebenfalls beängstigend war es, dass kein Lebewesen zu sehen war. Die Steppe bot gewöhnlich unzähligen Weidetieren Nahrung. Wo waren die Herden? Wo waren die Vogelschwärme? Wo waren die Jäger?

Was war mit ihrem Land geschehen?

Kalte Furcht schlich sich in ihr Herz. Sah Nathan, wie es wirklich war, oder sah er nur eine Landschaft seines Traumes?

Anders als beim ersten Mal, als er die Witterlande besucht hatte, bewegte er sich nicht durch das Gebiet, blickte er sich nicht suchend um. Es war, als ob er in vollkommene Ruhe versinken wollte, die Welt um ihn herum nur ein unbewegtes Bild.

Er schlief nun auch ruhig, in die Tiefen versunken, in die Majestät ihm nicht mehr folgen konnte. Fast hatte er sie mit hinuntergezogen, doch dann hörte sie plötzlich das Flüstern.

»Shaman!«

Wie der Wind in den Halmen klang es.

»Shaman!«

Wie das Rascheln der Zweige.

»Shaman!

Wie das Rieseln von Sand.

»Shaman!«

Der Träumer erwachte in seinem Traum und ließ seinen Blick suchend wandern. Majestät folgte ihm. Sie spürte Nathans Freude, bevor sie erkannte, wen er erblickte.

Und als sie erkannte, wer ihn gerufen hatte, zuckte Majestät vor Überraschung zusammen und fiel aus dem Bett.

Das Band war gerissen.

28. Weises Urteil

Das Entsetzlichste war nicht die Enge, waren nicht die grimmigen Wächter, der Hunger und der Dreck – das Entsetzlichste war die Ungewissheit. Nicht zu wissen, wie dieses Katzenvolk dachte, nicht zu wissen, wer etwas zu sagen hatte, an wen man sich wenden konnte, wer einem überhaupt Gehör schenken würde. Sie konnten ihn hier verrotten lassen.

Finn hatte sich zusammengerollt und haderte mit seinem Schicksal. Sie hatten ihn gegen seinen Willen hergeschleppt, sie hatten ihn schutzlos in einer fremden Haut und einer fremden Welt alleine gelassen. Sie hatten sich nicht mal angehört, warum er den Ring haben wollte. Er hatte doch keinem etwas zu Leide getan. Außer diesem blöden Waschbären. Die Pfeife hatte ihn prompt verraten.

Die Sonne ging auf, und die Sonne ging wieder unter. Die Wächter vor dem engen Eingang wechselten, einer hatte ihm einen toten Fisch zugeworfen. Der roch schon recht reif, aber

Hunger und Durst ließen Finn den Ekel überwinden. Dann ging die Sonne wieder auf und irgendetwas hatte sich verändert.

Vor dem Eingang saß kein Wächter mehr.

Finn blinzelte in den grauen Tag. Nebel lag über dem Land und Feuchtigkeit tropfte von den Blättern. Vorsichtig machte er einen Schritt nach draußen. Niemand hielt ihn auf. Da er unsäglich durstig war, leckte er erst einmal das Nass vom Laub, dann streckte und reckte er sich.

Und jetzt?

Mit einem Plumps landete ein weiterer Fisch vor seinen Pfoten. Sehr frisch. Er zappelte noch. Mit einem weiteren Plumps landete Che-Nupet daneben.

»Oh Mann, du?«

Noch nie war Finn so froh gewesen, eine dicke Katze zu sehen.

»Ja, ich. Friss frischen Fisch, Finn! Finn frischt fischen Fiss! Fissen Frisch finnt Fisch!«

»Äh?«

»Muss man üben. Friss frischen Finn, Fisch!«

Er fraß.

Sie saß daneben und plapperte Zungenbrecher vor sich hin.

Wirklich ein bisschen abgedreht, aber er war dennoch froh, dass sie zurückgekommen war. Wie auch immer, vielleicht konnte sie ihm helfen.

»Danke, Che-Nupet. Das war sehr freundlich von dir.«

»Putz dich, riechst du nicht gut, ne.«

Das hatte er auch schon bemerkt. Und während er zu bürsten begann, fing sie an, wie beiläufig zu erzählen: »Diese Waschbären – die sind schon komisch. Kamen irgendwie her, ne, ohne Ring, ohne Plan, ohne alles. Muss so zehn Jahre her sein. Haben irgendwie durch die Grauen Wälder gefunden. Kleine Gruppe, sechs oder sieben. Wurde die Übergangsstelle in den Rock Mountains gesperrt. Wollten manche sie jagen, aber dann hat wer gemerkt, dass sie Worte verstehen. Und Hände haben, ne? Kriegten sie ein kleines Revier im Osten vom Halbmondplateau. Ist karstig da und höhlig. Nett zum Wohnen. Aber sind sie zufrieden damit? Nein! Leben nicht zusammen, streunen lieber einzeln herum. Ein paar haben den Menscheln was abgeguckt. Gibt ein paar Katzen, die halten sie als Diener, ne? Ist aber nicht sehr vornehm.«

Finn hörte auf, seine Brust zu bearbeiten, und fragte leicht verunsichert: »Und warum erzählst du mir das alles?«

»Damit du verstehst. War dumm, Waschbären zu benutzen.«

»Versteh ich aber nicht.«

»Doch, verstehst du. Waschbären machen Tricks. Denken nur an ihren Vorteil.«

Das allerdings war ihm inzwischen auch klar geworden.

»Ich zieh diesem Anoki das Fell ab, wenn ich ihn wiedertreffe«, grollte er.

»Nein, nicht. Haben wir eine Vereinbarung. Wir tun ihnen nichts. So, wie wir auch den Menscheln nichts tun, ne?«

»Aber er hat mich verraten.«

»Eben. Weißt du jetzt, du kannst ihnen nicht trauen, ne?«

Diese verdrehte Logik leuchtete Finn zwar nicht besonders ein, aber er ließ es darauf beruhen. Es gab Wichtigeres in Erfahrung zu bringen.

»Bin ich jetzt wieder frei, Che-Nupet?«

»Weiß nicht.«

»Ja, aber …«

»Weiß nur der Weise. Triffst du heute bei Sonnenuntergang.«

Finn sah zu dem dicht bewölkten Himmel auf.

»Das ist noch einige Zeit hin.«

Che-Nupet linste auch nach oben.

»Ja? Weiß nicht.«

»Was weißt du überhaupt?«

Sie kicherte.

»Ooch, vergess ich die Zeit oft, ne? Ist nicht so wichtig, ne?

Zockel ich immer so vor mich hin. Merke ich mir das nicht so, welche Tageszeit ist.« Sie putzte ihren Brustlatz mit Hingabe, hörte plötzlich auf, setzte sich aufrecht hin und starrte mit glasigem Blick über die Landschaft. Dabei hing ihr die Zungenspitze aus dem Maul. Es sah ungeheuer belämmert aus, fand Finn. Eine Weile wartete er, und als sie sich noch immer nicht rührte, fragte er: »Äh – lüftest du jetzt deine Zunge?«

Schlupps.

Sie war verschwunden.

»Nö, passiert mir nur, wenn ich nachdenken muss.«

Nachdenken schien diesem unsäglichen Geschöpf wohl außerordentlich schwerzufallen.

»Wo soll ich denn den Weisen treffen?«

»Am Gerichtsplatz. Weißt schon.«

Oh ja, er wusste noch.

»Und was will er von mir?«

»Weiß nicht.«

»Che-Nupet, merkst du eigentlich nicht, dass du nervst?«

»Doch.«

Es war zum Mäusemelken mit dieser hohlköpfigen Dickmamsell!

»Weiß ich nicht, wo ich mit anfangen soll. Musst du ein bisschen was verstehen, ja?«

»Vielleicht von vorne?«

Sarkasmus perlte an ihr ab.

»Ja, gute Idee. Dann!« Sie legte sich gemütlich nieder und fing mit geradezu einschläfernder Stimme an zu erzählen. »Habt ihr Katzengeborene in eurer Welt. Die sind anders als Trefélingeborene. Sie haben viele Leben. Geht eines davon zu Ende, wandern ihre Seelen zu den Goldenen Steppen. Trinken sie da vom Hellen Bach, vergessen ihr Leid, ne? Ruhen aus. Sind sie bereit für nächstes Leben, kriegen sie einen neuen Mantel und kehren zurück.«

»Was soll der Blödsinn?«

»Och nö, ist kein Blödsinn für sie.«

»Das meine ich nicht, Che-Nupet. Ich meine, warum erzählst du mir den Blödsinn?«

»Um dir die Zeit zu vertreiben?«

Finn knurrte.

»Sei nicht so garstig, Finni.«

Sie raubte ihm wirklich den allerletzten Nerv. Resigniert streckte er sich aus und schloss die Augen.

»Ja, so ist es viel besser. Haben die Katzengeborenen viele Leben. Manche sind so alt, stammen aus der Zeit, als die Welten eins waren. Sind die Erhabenen, ne? Haben wir große Achtung vor ihnen. Gibt vier, die sind älter als die Welt. Sind reich an Wissen, mehr als alle anderen Wesen. Ormuz, der Weise, Seraphina, die Verständige, Nimoue, die Gütige, und Scaramouche, der Barmherzige. Scaramouche kam am selben Tag auf die Goldenen Steppen wie du hier.«

Jetzt hatte sie doch seine Aufmerksamkeit erregt, Finn blinzelte sie an.

»Ich habe ihm nichts getan.«

»Nein, du nicht. Ein Auto hat ihn erwischt. Wollten sie eine der großen Straßen überqueren, Bastet Merit und er. Waren auf dem Weg zur Übergangsstelle – dort, wo Nefer und seine drei Freunde und du auf sie gewartet haben.«

»Gott, ist die Königin auch tot?«

»Nein, hat sie es über die Straße geschafft, aber blieb sie bei dem sterbenden Kater, ne. Hat sterben geholfen. Hat er dafür ihre Botschaft an uns überbracht.«

Finn war hellwach.

»Wie das?«

»Gehen ein paar von uns manchmal zu den Goldenen Steppen, tun dort ihren Dienst.« Che-Nupet sah ihn an, und es lag etwas Untergründiges in ihren waldseegrünen Augen. »Tragen wir Verantwortung für die Katzengeborenen, ne? Nahm Selket Nachricht von Scaramouche entgegen und brachte sie zu Amun Hab. Wissen wir so, dass sie lebt, ne? War sie im Tierheim gefangen. Hat Scaramouche geholfen, rauszukommen. Aber war sie zu spät dran für den Übergang, ne. Hat euch verpasst. Wartet sie nun bei dem Förster auf den nächsten Silbermond.«

»Wahnsinn!«

»Wissen wir auch von dem Ehrwürdigen, dass ihr sie mal gefangen habt, ne? Und umbringen wolltet.«

»Au Scheiße. Echt. Aber ich nicht, Che-Nupet. Ich wollte das nicht.«

»Weiß ich.«

Finn zitterte.

»Ist gut. Weiß Amun Hab das jetzt auch.«

»Warst du bei ihm?«

»Mhm. Hatte Angelegenheiten zu machen. Besser, du hättest Geduld gehabt. Auf mich gewartet, ne? Besser, statt mit Waschbären rummachen. Wär alles glatt gegangen, ne?«

Finn legte die Schnauze auf die Vorderpfoten. Wahrscheinlich war die dicke Katze doch nicht ganz so doof, wie sie immer tat. Zumindest hatte er jetzt verstanden, was sie ihm erklären wollte.

»Du meinst, er wird nicht gleich das Todesurteil über mich sprechen?«

»Weiß nicht.«

»Wird er mich wenigstens anhören?«

»Weiß nicht.«

»Che-Nupet!«

Sie kicherte.

»Nerv ich dich?«

»Und wie!«

»Kann ich gut, ne?«

»Unübertroffen.«

Plötzlich musste Finn auch grinsen. Das war wirklich eine eigene Sorte, diese Che-Nupet. Und dann fiel ihm etwas ein.

»Sag mal …«

»Mal!«

»Grrr!«

Wieder kicherte sie.

»Ich habe da eine Verständnisfrage, Che-Nupet.«

Vielleicht klappte es ja auf dem förmlichen Weg.

»Stell die Frage, ja? Versteh ich sie vielleicht, ne.«

»Die – mhm – Katzengeborenen, sagst du, haben viele Leben. Neun Leben hat die Katze, heißt ein Sprichwort.«

»Ist falsch, sind mehr.«

»Ja, habe ich jetzt auch kapiert. Aber wie sieht es mit euch großen Katzen aus?«

»Trefélingeborene haben nur eins. Aber ist es ziemlich lang.«

»Aha. Was kann man unter ziemlich lang verstehen?«

»Na, so ein paar Hunderter.«

»Ein paar hundert Jahre, richtig?«

»Ja.«

Ein trüber Verdacht dämmerte Finn.

»Und wie alt bist du, Che-Nupet?«

Sie rollte sich auf den Rücken und streckte die Pfoten in die Luft. Die Krallen kamen heraus. Je fünf vorne, je vier hinten. Dann zog sie die hinteren wieder ein und wedelte mit den Vorderpfoten.

»Achtundzwanzig?«

»Weiß nicht. Ungefähr, ne. Kann die nicht einzeln ausklicken. Muss ich noch üben. Vielleicht auch mehr.«

»Also genau weißt du es nicht.«

»Ist das wichtig für dich?«

»Nein, mir reicht ein ungefährer Wert.«

»Mir auch.«

Finn hätte gerne noch mehr gefragt, aber Che-Nupet gab ihm zu verstehen, dass es an der Zeit war zu ruhen.

»Musst du gut drauf sein, heute Abend, Finn. Nicht plappern, nicht rumdrucksen, nicht ängstlich wirken, ne? Schlaf ein bisschen.«

»Das scheint ja wohl dein Allheilmittel zu sein.«

»Och nö. Ich schlafe wenig. Grübele ich nur immer ein bisschen und so.«

Klar, grübeln und so.

Trotzdem, kaum hatte er sich wieder ausgestreckt, überwältigte ihn Che-Nupets Schnurren, und er sank in einen tiefen, überaus erholsamen Schlaf.

Die Abenddämmerung war hereingebrochen, als er wach wurde. Che-Nupet putzte sich wieder einmal gründlich und trottete dann auf ihn zu. Schlapp und nochmal schlapp haute sie ihm ihre Zunge um die Ohren.

»Sieht besser aus so, ne? Und nun komm.«

Zum zweiten Mal stand Finn vor dem flachen Stein, doch diesmal war nicht der Schwesternrat darauf versammelt, sondern eine kleine Gruppe sehr schlanker Siamkatzen mit dezenten Kopftüchern. Ohne Kopftuch aber thronte ein schwarzer Kater in ihrer Mitte. Allerdings war er nicht schlank, sondern wirkte muskulös und sehnig. Seine blauen Augen leuchteten in seinem schmalen Gesicht, und ein goldener Ring schimmerte in seinem Ohr. Ohne Zweifel war er der Anführer dieser Gruppe.

»Amun Hab, ist Finn aus der Welt der Menschen, gewandelt durch den Ring von Nefer«, sagte Che-Nupet und ließ ihn dann alleine vor dem hohen Stein stehen. Wieder hatte sich ein Ring von Zuschauern versammelt, und Finn spürte einige höchst feindselige Blicke, die dazu führten, dass sich sein Fell zu sträuben begann.

»Berichte, Finn, wie du in unser Reich gekommen bist!«, forderte der Weise ihn auf.

Finn hatte einige Anfangsschwierigkeiten, sich zu artikulieren, aber schließlich wurde sein Bericht flüssiger. Niemand unterbrach ihn, niemand grollte, und auch die Feindseligkeit schien sich zu mildern. Er fügte also freimütig sein Schuldgeständnis an, dass er sich mit Anokis Hilfe einen Ring für die Rückkehr hatte beschaffen wollen, und schwieg schließlich.

Der Weise sah ihn abgründig an.

Dann sagte er nur zwei Worte.

»Dumm gelaufen!«

Ein kollektives Brummen der Zustimmung erklang.

Amun Hab nickte und sagte: »Diese verdammten Jungs haben mich in ein Dilemma gebracht, das ist euch hier allen klar, nehme ich an. Einen Menschen ohne sein Wissen zu entführen und ohne Betreuung alleine zu lassen, gehört sich schlichtweg nicht. Andererseits ist Ring-Diebstahl ein todeswürdiges Verbrechen. Das eine wiegt das andere nicht auf, aber ich will einen Kompromiss schließen. Finn kann sich einen Ring für den Übergang verdienen. Dass er die Menschel der Königin entführt und getötet haben sollte, kann nicht bewiesen werden und scheint mir auch unsinnig. Aber möglicherweise sind seine Menschenkenntnisse hilfreich, um eine Spur unserer Menschel zu finden, die seiner Art ähnlich sind. Kann sein, dass sie von den fel'Derva zurückgeholt worden sind. Du wirst unter Hauptmann Anhor deine Aufgaben bei den Grenzschutz-Kämpfern übernehmen. Bewährst du dich, steht dir die Rückkehr in die Menschenwelt frei, doch deine Erinnerung an Trefélin wird gelöscht.«

Erleichterung durchflutete Finn, als er das Urteil hörte. Meinetwegen Katzengrenzschutz und späterer Gedächtnisverlust, alles besser als von den Krallen aufgeschlitzt zu werden oder in einem Felsloch zu verrotten.

29. Zerstörung des Übergangs

Die Nacht war dunkel, Wolken verhüllten das sternglitzernde Firmament, der Mond befand sich in seiner schwarzen Phase. Ein noch dunkleres Schemen huschte leichtpfotig über den Geröllhang dorthin, wo die hohe Felsnadel aufragte. Seine kätzischen Sinne halfen ihm, den Ort zu finden, der zu dieser Zeit unbewacht blieb. Niemand, der nicht selbstmörderische Absichten hatte, wagte es, bei Schwarzmond auch nur eine Kralle in das finstere Portal zu stecken.

Niemand, selbst jene nicht, die die Kunst der Geomantie beherrschten, das Aufspüren bestimmter Kraftlinien.

Und selbst jene, die die Gabe besaßen, wussten nicht, was sie wirklich damit bewirken konnten. Bis auf einen. Bis auf den, der die Erkenntnis gewonnen hatte – auf Wegen, die unerlaubt, kaum gesehen und von niemandem gebilligt waren.

Ein leises Vibrieren summte aus der Kehle des dunklen Schemen, und dann verschmolz er mit der Finsternis des Portals. Barthaare, Tasthaare an den Pfoten, ein sensibles Gehör, die feinfühligen Ballen – sie halfen dem Eindringling, den Pfad durch die schweigenden Grauen Wälder zu finden. Sie und das feine Summen seines Ohrrings lenkten die Schritte zu dem Dolmen in der Menschenwelt. Wer immer sich in den Nebeln versteckte, verkroch sich hinter den Stämmen, verbarg sich tiefer im Wabern der dunstigen Schwaden, duckte sich und wandte den Blick ab von den glühenden Augen des einsamen Wanderers.

Der aber, als er den Dolmen erreicht hatte, stimmte einen uralten Gesang an, und eine Mauer aus Düsternis versiegelte den Eingang.

Nicht für immer, dazu hätte es einer ganzen Gruppe Wissender bedurft. Doch für einen Mond lang würde an dieser Stelle kein Durchkommen sein. Weder mit Ring noch mit Ankh noch mit Todesmut.

Einen Mond lang – von Schwarzmond zu Schwarzmond: Das würde reichen, um Macht zu gewinnen.

Und wenn nötig musste man noch einmal diesen dunklen Weg gehen, auch wenn der Ring dadurch blind wurde.

Es gab ja noch andere Ringe, die nicht auf diese Weise genutzt wurden.

Leise und ungesehen kehrte der Zerstörer zurück, trat aus dem Portal in die nächtliche Welt Trefélins und huschte heimwärts.

Ungesehen vielleicht, doch nicht unbemerkt.

Bemerkt von Wesen, die Wache hielten.

Deren Aufmerksamkeit nichts von dem entging, das sich in ihrem Reich ereignete.

Von jenen, die schwiegen.

Von den Sphingen, die den Schwarzen Sumpf hüteten.

30. Planung des Übergangs

Feli beugte sich über das große Blatt Papier, auf dem sie die Umrisse einer sitzenden Katze von hinten gezeichnet hatte. Nefer saß neben ihr auf dem Schreibtisch und gab ihr Anweisungen.

»Den Schwanz nach rechts gelegt, um den Hintern.«

»So?«

»Ja, gut. Und jetzt im Nacken – hier«, er verdrehte sich und deutete mit der Zungenspitze auf die Stelle, »hier einen Stern einzeichnen.«

Feli tippte mit dem Bleistift auf die vermutete Stelle, Nefer drückte den Stift ein Stückchen weiter nach unten.

»Gut.«

»Das ist der Sternberg, der Sitz der Königin.«

Sie schrieb es daneben.

»Ein Stückchen weiter nach unten, dann die Wirbelsäule einzeichnen.«

Nefer drehte sich und sträubte ein wenig das Fell entlang seinem Rücken. Mit einer schwungvollen Linie legte Feli den Verlauf fest.

»Das ist der Mittelgrat, ein Gebirgsmassiv, Wasser- und Wetterscheide.«

»Wie hoch?«

»Hier«, er tippte an das südliche Ende, »hat es so um die dreitausend Meter, schätze ich, nach Norden wird es flacher. Dort endet es.«

Die Kralle ruhte kurz unterhalb des Sterns.

»Der letzte Berg ist der Menez Penn. Ihm entspringt der Dour Siron, der Fluss, der von ihm in einem hohen Wasserfall hinabstürzt und den Lind Siron bildet.«

»Scheint eindrucksvoll«, meinte Feli, die so was wie die Niagarafälle vor Augen hatte.

»Es ist die schönste Gegend meines Landes, Feli. Es ist das Laubental, eine leicht geneigte Ebene, geschützt vor den rauen Winden, durchzogen von klaren Bächen, mit blühenden Gehölzen, saftigen Wiesen, Fischen, Vögeln, fetten Herdentieren. Ja, es ist schön dort, und darum haben sich viele von uns dort angesiedelt. Eigentlich alle, die zum Hof oder zu den Scholaren gehören. Selbst die Königin hat am See eine Laube, und Amun Hab hält sich oft dort auf.«

»Beste Villenlage also. Und die weniger Privilegierten? Wo hausen die?«

»Privilegiert? So kann man es nicht sehen. Sie haben alle verantwortungsvolle Aufgaben zu erfüllen. Weit mehr als die Clans, die die anderen Gebiete bewohnen.«

»Also gut, Regierungsviertel.«

»So ungefähr. Und jetzt markiere das hier!«

Eine Krallenspitze deutete auf einen Punkt links neben dem Ende des Mittelgrats.

Feli machte ein Bleistiftkreuzchen.

»Roc'h Nadoz, der Übergangsfelsen.«

»Tatsächlich.«

»Ja, die einzige Stelle, von der aus wir in die Grauen Wälder gelangen.«

»Warum die einzige?«

»Ich denke mal, weil sie besser zu kontrollieren ist. Es hat anfangs wohl mehrere gegeben, in jedem Gau eine. Aber da immer weniger von uns Interesse hatten, in die Menschenwelt zu reisen, hat man sie nach und nach geschlossen. Außerdem hatten sich die Grauen Wälder ausgebreitet, und man wollte vermeiden, dass sich Unbedarfte darin verirrten.«

»Aber in dieser Welt hier gibt es mehrere Einschlüpfe, hast du gesagt.«

»Ja, allerdings ist das Wissen darüber bei den Menschen verloren gegangen. Nur wir kennen sie – wir halten sie offen, denn es sind unsere Fluchtwege.«

»Oh, ich verstehe.«

»Und einen davon müssen wir jetzt finden.«

»Und wie, mein lieber Kater?«

»Mit dem Ankh, dem Ring und deiner Gabe, Felina.«

Felina nickte. Gestern hatten sie und Nefer eine entsetzliche Entdeckung gemacht. Es war zunächst ihre Idee gewesen, zu dem Hügelgrab im Wald zu radeln – Nefer liebte es, im Lenkerkorb zu sitzen und sich den Wind durch die Barthaare wehen zu lassen –, um sich die Stelle einmal gründlich anzusehen. Es war auch ihre Idee gewesen, und darauf war Feli richtig stolz, Nefer vorzuschlagen, dort eine deutliche Markierung für seine Königin zu hinterlassen. Falls sie sich in der Nähe aufhielt, sollte sie wenigstens wissen, dass Hilfe nahe war.

Nefer hatte die Umgebung gründlich abgeschnüffelt, hier und da seine Botschaften hinterlassen, indem er sein Mäulchen an Stein und Borke rieb und hier und da etwas Urin verspritzte.

Dann war er in den Dolmen gekrochen und schon nach kurzer Zeit zurückgekommen.

»Da stimmt was nicht. Gib mir den Ring!«

»Das glaubst du doch selber nicht. Dann verschwindest du sang- und klanglos und lässt mich hier sitzen.«

»Sei doch nicht blöd. Ich lass doch das Ankh nicht hier.«

»Très charmant!«

»Felina!«

»Ich lasse dich auch gerne alleine hier, mein Süßer – ohne Ring, ohne Ankh, ohne Fahrrad!«

Er hatte sie in die Wade getatzt.

Sie hatte wortlos das Blut abgetupft und sich auf ihr Rad geschwungen.

Dieser Kater konnte namenlos arrogant sein. Sie war stinkend sauer auf ihn.

Allerdings war sie nach hundert Metern wieder umgekehrt. Immerhin hatte sie versprochen, ihm zu helfen.

Nefer saß mit dem Rücken zu ihr auf dem Deckstein des Dolmens und machte einen verlorenen Eindruck.

»Was hältst du von dem Wörtchen ›Bitte‹?«, fragte sie und strich ihm über den Nacken.

Er linste schief zu ihr hoch.

»Ich lerne dessen Wert gerade zu schätzen.«

»Aha.«

»Da im Dolmen scheint eine Barriere zu sein. Ich kann das aber nur überprüfen, wenn ich einen Ring im Ohr trage. Weißt du, diese Ringe sind so was wie Wegweiser. Sie – mhm – schnurren irgendwie.«

»Schnurren?«

»Oder summen oder sirren. Das hat was mit den Pfaden zu

tun. Vermutlich so ähnlich wie das, was du mit dem Pendel spürst.«

»Interessant.«

»Ich komme wieder, in die Pfote versprochen!«

Feli knispelte den Ring aus dem Ohr, und Nefer drehte ihr das seine zu. Ein kleines Löchlein zeigte ihr, wo sie ihn anbringen musste.

Dann schlüpfte er noch einmal in den Dolmen.

Und kam verstört zurück.

»Maumirr. Mirrip!«

Feli hatte sich schon so daran gewöhnt, den Kater zu verstehen, dass sie ihn erst einmal irritiert ansah. Erst als er wild mit der Pfote gegen sein Ohr schlug, machte sie ihm den Ring ab und steckte ihn sich wieder an.

»Große Rattenscheiße, Feli. Jemand hat den Eingang versiegelt. Von der anderen Seite vermutlich.«

»Jemand will nicht, dass du zurückkommst?«

»Jemand will nicht, dass irgendwer zurückkommt.«

»Die Königin nicht.«

»Ein furchtbarer Gedanke. Verdammt.«

»Aber sie brauchen das Ankh, hast du gesagt.«

»Jemand weiß, wo es ist, und jemand wird kommen und es holen.«

»Finn. Finn weiß, dass ich es habe.«

Nefer nickte, und die Wut bildete eine schwarze Wolke um ihn.

»Sie scheint Feinde im eigenen Land zu haben, eure Königin.«

»Sieht ganz so aus«, grollte er.

»Dann müssen wir also jetzt auf jemanden warten, der mir den Anhänger abschwatzen will und dem dann die Kehle zerfetzen, oder?«

»Ich, nicht du.«

»Scherzkeks!«

Sie setzten sich beide an den Dolmen und versanken in Nachdenken. Dabei stahlen sich Felis Finger in Nefers Nacken und kraulten ihn sacht. Nach einer Weile schnurrte er leise, und die düstere Wolke verflüchtigte sich.

»Wir können nicht einfach abwarten, bis jemand kommt. Das ist zu gefährlich, Feli«, brummelte er schließlich.

»Nein, das können wir nicht. Als Erstes solltest du eine Warnung an deine Königin hinterlassen. Und zweitens – tja, Nefer, wenn jemand herkommen kann, um mir das Ankh wegzunehmen, dann muss es ja wohl noch einen anderen Durchgang geben.«

»Gibt es. Ich muss einen Plan machen.«

Damit war er aufgestanden und hatte noch ein paar Pfützchen am Dolmen hinterlassen.

»Silvester kriegt die Krise, wenn der das riecht«, murrte er leise.

»Silvester?«

»Der Waldkater.«

»Ah.«

»Nach Hause. Bitte.«

»Oh, aber gerne, mein höflicher Kater.«

Der Plan, den Nefer und sie gemacht hatten, beinhaltete einen Plan – ebenjenen, den sie gerade zeichneten. Denn auch wenn der eigensinnige Kater sich zunächst widersetzt hatte, so hatte ihm schließlich doch eingeleuchtet, dass er weder mit dem Ankh zwischen den Zähnen alleine zurückkehren noch das Ankh bei Feli lassen konnte.

Und Felina wollte mit.

Zumal sie absolut keine Lust hatte, sich dem Vorschlag ihrer Tante zu beugen und während der Ferien mit einer Horde Zehn- bis Zwölfjähriger unter Nathan Walkers Aufsicht durch den Forst zu krauchen.

»Es ist aber gefährlich für dich, Felina. Viel gefährlicher, als Waldspaziergänge mit dem Förster zu machen.«

»Meine Großmutter war auch dort.«

»Und es ist sehr anders als hier.«

»Meine Großmutter war auch dort.«

»Und das Essen ist auch anders.«

»Meine Großmutter war auch dort.«

»Warme Duschen und Toiletten gibt's da nicht.«

»Meine Großmutter war auch dort.«

»Deine Argumente sind ziemlich eintönig.«

»Aber wirksam. Also, was muss ich alles wissen?«

Sie hatten den Plan des Landes Trefélin gezeichnet, und nun brütete Nefer über dem Problem, wie sie dorthin gelangen konnten.

»Eine offene Übergangsstelle würde ich finden, wenn ich den Ohrring tragen würde. Aber dann verstehst du mich nicht. Ich weiß nicht, ob du dieses Sirren auch hören würdest.«

»Vielleicht ja. Aber ich kann doch nicht tagelang durch die Gegend streifen und auf das Sirren lauschen. Wer weiß, wo sich so ein Einschlupf befindet? Das kann doch Kilometer von hier entfernt sein. Es muss doch noch andere Anhaltspunkte geben, Nefer. Sind es immer Dolmen oder so was?«

»Nein, nein. Ich kenne zwei andere. Einer liegt in einem anderen Land, mehr im Süden, ziemlich menschenleer und staubig. Dort gibt es eine alte Katakombe. Der andere in einer großen Stadt in einem Autokeller.«

»Du weißt nicht, in welcher Stadt?«

»Doch, in Köln. Da, wo die alte Wasserleitung der Römer ins Dom-Parkhaus mündet.«

»Schräg! Da könnten wir schon noch hinkommen. Das ist nur eine knappe Stunde Bahnfahrt.«

»Wann? Wir müssen es vorher prüfen. Nicht, dass das auch versiegelt ist.«

»Bist du bereit, dich in einer Tasche tragen zu lassen? Bahnfahren und Bahnhöfe und Städte und Verkehr – da gerät eine kleine Katze schnell unter die Räder.«

»Mhm – wenn es sein muss.«

Feli hob den sich sträubenden Kater hoch und drückte ihn an sich.

»Nefer, mein Schöner, ich will dich nicht verlieren.«

»Mhrrrr.«

»Siehst du?«

»Du bist ganz schön eigensinnig für ein Menschenweibchen«, grummelte er und schmiegte sich an sie.

Feli setzte ihn vorsichtig auf dem Schreibtisch ab.

»Nefer«, sie drückte ihre Stirn an die seine, »ich bin immer so ein Schissermädchen gewesen. Aber seit du bei mir bist, geht es mir so viel besser.«

Eine Weile hielt der Kater seinen Kopf an den ihren gedrückt, dann brummte er: »Wann fahren wir?«

»Morgen, ja?«

»Gut. Und was wirst du deiner Tante erzählen, wenn der Eingang frei ist?«

»Oh, wann würden wir gehen?«

»Bei Silbermond. In zwei Wochen.«

»Prima, da haben die Ferien schon angefangen. Dann muss ich ja jetzt nur noch eine Reise planen. Am besten etwas, wovon Iris hellauf begeistert ist. Und wo ich nicht jederzeit erreichbar bin. Zumindest wohl einen Monat lang nicht.«

»Dabei kann ich dir nicht helfen, Feli.«

»Aber der hier«, Felina klopfte auf den Bildschirm. »Wandern oder, noch besser, eine Trekkingtour, nicht zu anstrengend, mit Gleichaltrigen – das wird sie überzeugen. Sie will ja immer, dass ich selbstständig werde.«

Einige Stunden später hatte Felina einige passende Angebote gefunden, Anfragen abgeschickt und Antworten bekommen.

In zwei Gruppen gab es noch freie Plätze. Mit den Unterlagen suchte sie ihre Tante auf und erklärte ihr, was sie vorhatte. Es gab ein paar Bedenken auszuräumen, aber schließlich beugte Iris sich ihren eigenen Argumenten.

»Gut, ich kann verstehen, dass die Junior-Ranger zu jung sind und dass du nicht in meinen Wandergruppen begluckt werden willst. Dieser Anbieter ist seriös, ich kenne die Leute. Also mach, was du willst, aber sieh zu, dass du eine vernünftige Ausrüstung mitnimmst.«

»Würdest du mir dabei helfen, Iris?«

»Natürlich.«

»Fein, danke.«

Ihre Tante brummelte etwas, und Feli tat es schon fast leid, dass sie sie belügen musste. Aber die Wahrheit – oh Mann, wenn sie ihr die Wahrheit sagte, würde sie sie vermutlich in die Klapse einweisen lassen. Und wie es da zuging, hatte ihr Nefer in leuchtenden Farben geschildert.

Blieb nur zu hoffen, dass das Portal unter dem Dom auch wirklich noch offen war.

Und dann würde sie ein gigantisches Abenteuer erleben!

31. Grenzwache

»Zumachen, sage ich euch. Sogar den Roc'h Nadoz. Wir müssen uns mit dem Geschleim nicht abgeben.«

»Wirklich nicht. Reicht, dass diese Menschel hier von manchen gepäppelt werden.«

»Kann gar nicht verstehen, dass die Königin so nachsichtig ist. Wer will schon was mit diesen Katzenschändern zu tun haben!«

Finn wollte den Mund aufmachen und protestieren, aber Sem knuffte ihn in die Seite.

Er hielt still. Vermutlich war das auch besser so.

»Ich hab 'nen Freund, der hatte 'ne Freundin, und die hat rübergemacht, und wisst ihr, was die mit der gemacht haben? Den Bauch ham sie ihr aufgeschlitzt, damit sie keine Jungen mehr kriegen kann.«

»Ja, und die Welpen, die stecken sie in Säcke und ersäufen sie!«

»Und den Katern schneiden sie die Eier ab!«

»Und ich hab 'nen Freund, der hat sich mal mit wem unterhalten, der wo auf den Goldenen war. Mann, die können vielleicht Lieder singen. Ja, der Roc'h Nadoz gehört zugemacht. Aus. Schluss. Und Ende.«

»Aber …«, begann Finn und bekam einen zweiten, kräftigen Knuff.

Er hielt still. Aber es kochte in ihm.

Seit sechs Tagen gehörte er einer Gruppe junger Kater an, die unter Hauptmann Anhor die Grenze zum Scharrwald kontrollieren und dabei auf Spuren von Menscheln achten sollten. Sie waren insgesamt zwölf, und der einzige Lichtblick war, dass Ani, Sem und Pepi auch zu diesem Trupp gehörten. Anfangs hatte er sie sehr kühl behandelt, aber die drei hatten sich so wortreich bei ihm entschuldigt, dass ihm nicht viel anderes übrig geblieben war, als ihre Freundschaft zu akzeptieren. Sie waren es auch, die ihm geraten hatten, vollkommenes Stillschweigen über seine Herkunft zu wahren. Sie selbst schwiegen sich vor den anderen über ihr Abenteuer bei den Menschen ebenfalls aus. Und wie Finn schon bald merkte, aus gutem Grund. Die Krieger waren überwiegend den Menschen gegenüber äußerst feindselig gestimmt. Warum das so war, hatte er noch nicht herausfinden können. Wann immer das Gespräch auf dieses Thema kam, waren es nurmehr Gerüchte und an den Haaren herbeigezogene

Gräueltaten, von denen sie aus dritter oder vierter Pfote gehört hatten.

So vermutete er wenigstens.

Derzeit saßen sie bis auf die vier, die Patrouille gingen, über einem Wildrind zusammen, das er mit Sem zusammen gejagt hatte. Sie beide waren für die Verpflegung der Truppe zuständig, und Finns Achtung vor Sems jägerischem Geschick war ordentlich gestiegen.

»Wenn die Königin wieder auftaucht, wird sie auch unserer Meinung sein«, tönte jetzt ein anderer. »Was meint ihr, was die mit der anstellen.«

»Ja, wird sie sicher lehren, nicht Liebmenschel zu machen.«

»Falls sie zurückkommt.«

»Ja, vielleicht ham sie sie schon umgebracht. Vergiftet und so.«

»Ja, und dann wählen die hoffentlich eine, die die Klappe endgültig zumacht!«

»Was giften die nur so?«, fragte Finn Sem leise über einem Stück Rinderbrust.

»Später.«

Es fiel ihm schwer, sich zurückzuhalten, und mit einem Mal dämmerte ihm, dass es auch in seiner Welt derartiges unqualifiziertes Rumgehetze gab. Er hatte sich sogar selbst dann und wann daran beteiligt. Unter seinem Pelz vermeinte er rot zu werden.

Hass auf Fremde, auf das, was man nicht kannte, auf die, über die man sich ein Vorurteil gebildet hatte. Und das blindlings und breitflächig übertragen auf eine Gesamtheit. Wie ätzend das war, ging einem erst auf, wenn man zu den anderen gehörte und sich nicht gegen die Ungerechtigkeit wehren konnte.

Schöne Scheiße das!

Die Sonne war nun untergegangen und die Futterpause vorbei. Zwei andere verscharrten die Überreste ihres Mahls, und Sem gesellte sich an Finns Seite.

»Gehen wir zusammen die Grenze ab.«

»In Ordnung.«

Sie durften sich ihre Strecken und Begleitung selbst einteilen, solange es keine Streitereien darüber gab. Hauptmann Anhor gab nur die Anweisung, wo und wann patrouilliert werden sollte, und hörte sich am Morgen die Meldungen an.

Sie nahmen die westliche Route entlang des Avos Kaer, dem Grenzfluss zwischen Laubental und Scharrwald. Der Eichenwald bildete hier auch noch einen schmalen Streifen am Laubental-Ufer. Ein gefallener, bemooster Baumstamm lag über dem Gewässer, sodass sie es trockener Pfote überqueren konnten. Erst als sie einige Entfernung hinter sich gebracht hatten, wagte Finn wieder zu reden.

»Die Jungs gehen mir auf den Senkel, Sem. Ich geb ja zu, es gibt Widerlinge unter den Menschen, aber wir sind doch nicht alle nur Katzenschänder.«

»Nein, seid ihr nicht. Ich hab zwar nicht viel mitbekommen, aber Nefer fanden sie in dem Erdbeerpflücker-Camp alle ziemlich putzig, nicht?«

»Die meisten, die sich Katzen halten, verwöhnen sie sogar richtig. Haben die Jungs hier eigentlich eigene schlechte Erfahrungen gesammelt?«

»Die haben das Land noch nie verlassen. Aber es hat schon immer Katzen gegeben, die die Welten völlig trennen wollten. Hey, ich fänd das nicht gut. Ich will da wieder hin. Mir hat's gut gefallen – das mit dem Futter und den Weibchen und dem Fahrradfahren. Oder vielleicht sogar mal ein Motorrad. Und dann das Bier! Geil, das!«

»Mhm.«

War auch eine etwas unreife Vorstellung von einem Schlaraffenland, fand Finn in plötzlicher Einsicht. Aber besser das als diese Hasstiraden.

»Was macht ihr, wenn die Königin wirklich nicht zurückkommt?«

»Eine neue wählen.«

»Und wer wählt die?«

»Der Rat der Schwestern und der Rat der Scholaren, glaub ich. Hab nicht so genau zugehört, als sie uns das erklärt haben.«

»Und wie stehen die zu den Menschen?«

»Uh, was weiß ich? Mit den hohen Herrschaften kommen wir doch nicht zusammen.«

Finn hielt in seinen Schritten inne und schnüffelte.

Sem tat es ihm gleich.

»Menschel waren hier«, stellte er fest. »Still jetzt. Und schleichen.«

Es war nur eine ganz leicht Duftspur, der sie folgen konnten. Sie führte sie tiefer in den Wald hinein, wurde stärker, und plötzlich schnüffelte Finn noch einmal.

»Rauch!«

»Scheiße, das dürfen die nicht.«

»Was?«

»Feuer anzünden. Wir müssen Alarm geben.«

»Erst nachschauen. Sonst fliehen sie. Wenn es die Diener …«

»Schon gut!«

Es war wirklich von Vorteil, eine Katze zu sein, wenn es darum ging, sich lautlos durch den Wald zu bewegen. Nach einigen Schritten wurde der Rauchgeruch stärker, und sie sahen den Qualm von einem Lagerfeuer aufsteigen. Darum hatten sich etliche der kleinen Menschen versammelt, die offensichtlich ein Palaver hielten.

»Kannst du die verstehen?«, flüsterte Sem.

»Psst!«

Die Sprache war ihm nicht geläufig, Grunz- und Schnatterlaute überwogen. Aber sie waren aufgebracht. Ihre Gesichter hatten sie mit Erdfarben bemalt, und ihre Haare schienen sie mit Kalk oder so was eingerieben zu haben. Sie wirkten auf Finn wie eine Truppe aufgeschminkter Steinzeit-Freaks.

Er zog sich etwas zurück und raunte dann: »Verstehe sie nicht, aber sie wirken nicht wie diese Diener. Der, den ich gesehen hatte, sah viel – äh – zivilisierter aus.«

»Glaub auch, dass das Wilde sind. Wir lassen sie in Ruhe. Aber das Feuer müssen wir ausmachen.«

Sie sprachen sich ab, stürzten von zwei Seiten auf die Versammlung. Kreischend und schimpfend stob die Gesellschaft auseinander. Nur einer, der mit allerlei Perlen und Amuletten behängt war, blieb einmal stehen, deutete mit seinem Speer auf sie und schrie: »Böskatz! Böskatz!« Dann gab auch er Fersengeld.

Sem scharrte schon heftig, und Finn beteiligte sich, Erde auf das Feuer zu werfen.

»Warum dürfen die kein Feuer machen?«

»Feuer ist gefährlich. Die haben damit schon ziemlichen Schaden angerichtet. Vor einigen Jahren haben sie Shepsis Laube abgefackelt.«

»Die wilden Menschel?«

»Nein, seine Diener und die, die er ausbilden sollte.«

»War das Absicht oder Nachlässigkeit?«

»Keine Ahnung. Jedenfalls haben wir ihnen untersagt, das Feuer zu nutzen, auch wenn sie gerne ihre Beute damit verderben.«

»Ach, so ein schöner Grillbraten …«

Sem grinste. »Ja, ich weiß.«

»Was ist dieser Shepsi eigentlich für ein Typ? Der saß ja bei mir, als ihr abgehauen seid. Immerhin war er nicht unfreundlich zu mir, obwohl er wusste, dass ich eigentlich ein Mensch bin.«

Sie hatten ihren Kontrollgang wieder aufgenommen und trabten Seite an Seite den Fluss entlang.

»Der ist ein komischer Kerl, der Shepsi. Vom Namen her müsste er die dritte Prüfung bestanden haben, aber er hat eigentlich keinen hohen Status.«

»Dritte Prüfung?«

»Erkennt man daran, dass jemand einen der Alten Namen trägt.«

»Immer diese Halbheiten. Erklär mir doch mal einer, was das nun wieder zu bedeuten hat.«

Eine Weile schwieg Sem, offensichtlich schlecht gelaunt. Dann aber grummelte er: »Es ist blamabel für uns, dass wir noch immer die Kindernamen führen müssen.«

»Wer?«

»Ani, Pepi und ich. Wir sollten eigentlich mit der bestandenen Vorprüfung einen Erwachsenen-Namen erhalten, aber dann haben wir ja Mist gemacht. Weil wir dich mitgeschleppt haben.«

»Fair war das auch nicht.«

»Nein, war's nicht. Jetzt müssen wir ein Jahr warten, bis wir die nächste Chance haben.«

»Und dann?«

»Bekommen wir einen sprechenden Namen. So wie Nefer oder Sheba oder so. Erst danach werden wir zur ersten Prüfung zugelassen.«

»Aha. Und was ist man dann?«

»Dann bekommt man die ersten Aufgaben, die man selbstständig lösen muss. Und bereitet sich auf die zweite Prüfung vor. Wenn man die bestanden hat, gehört man schon zum Rat. Und nach der dritten erhält man von dem Weisen oder der Königin einen der Alten Namen und gehört zu den Würdenträgern.« Und düster fügte Sem hinzu: »Werd ich wohl nie schaffen. Mir liegt das Lernen nicht so.«

»Ist nicht viel anders als bei uns, Sem. Nur dass wir keine Namen, sondern Titel verliehen bekommen. Ich hab auch gerade eine Prüfung bestanden. Nennt sich Abitur.«

»Und was machst du damit?«

»Weiterlernen. Meine Mutter will, dass ich Jura studiere – Gesetze und Rechtswesen.«

»Trockener Scheiß!«

»Mhm.«

»Kannst du auch was anderes machen?«

»Eine ganze Menge. Aber ich weiß nicht, was. Ich wollte vielleicht Soldat werden.«

»Soldat?«

»Krieger.«

»Das ist doch nicht schlecht. Machen hier viele.« Und wieder grinste Sem. »Wir raufen halt gerne.«

»Scheint mir auch so.«

Finn hatte schon einige Erfahrungen darin gesammelt; kaum ein Patrouillengang lief ohne eine Auseinandersetzung ab. Die Clan-Katzen forderten sie gerne heraus, indem sie ihre Reviergrenzen verletzten.

»Nefer hat also seine Vorprüfung bestanden?«, wollte er aber jetzt wissen.

»Nefer, der Streber, hat sogar die erste schon bestanden und wollte als zweite Prüfung die Königin und das Ankh zurückbringen. Hat er aber jetzt wohl versemmelt.«

»Er kann doch beim nächsten Vollmond zurückkommen.«

»Kann er. Hoffentlich tut er es auch. Und zwar mitsamt der Königin.« Wieder wurde Sems Miene düster. »Ich mag nicht der Gelehrteste sein, Finn, aber irgendwas schmeckt mir in der letzten Zeit nicht. Irgendwie sind die Jungs bösartiger mit ihren Bemerkungen geworden.«

»Und die Menschel sind auch abgehauen.«

»Könnte damit zusammenhängen.«

»Und die, die wir eben verscheucht haben, waren auch nicht eben gut auf uns zu sprechen, wenn man ›Böskatz‹ richtig deutet.«

»Haben die das gekreischt? Verstehst du die?«

»Irgendwie so ein bisschen. Ist aber eine komische Sprache. Sozusagen rudimentär.«

»Ah, rudimentär.«

Finn war sich nicht ganz sicher, ob Sem das verstanden hatte, also sagte er nichts weiter dazu. Sie trabten schweigend durch die Nacht, die ein fingernageldünner neuer Mond beschien.

Zwei Jungkatzen kreuzten ihren Weg und mussten über die Reviergrenze zurückgeschickt werden. Einmal wurden sie aus dem Hinterhalt mit Steinen beworfen und lehrten daraufhin einer weiteren Gruppe bemalter Menschel mit Fauchen und Grollen das Fürchten, fanden ein paar beleidigende Duftmarken, die sie mit gleichermaßen beleidigenden Antworten überdeckten, und machten sich in den frühen Morgenstunden hungrig auf die Jagd. Der Fluss war reich an Fischen, und nach zwei fetten Forellen legten sie eine Ruhepause ein.

Finn erwachte, weil ein betörender Duft seine Nase umspielte. Nicht nach Futter, sondern nach – oh, Mann – nach Weib!

Und da saß sie auch schon. Eine schlanke beigebraune Katze mit einem braun und schwarz gestreiften Kopftuch, die ihn mit ihren großen grünen Augen unergründlich ansah. Dann erhob sie sich, drehte sich um und streckte den Schwanz nach oben.

Gott!

Finn stand auf und folgte ihr.

»Lass es, Finn!«, fauchte Sem.

Er stellte sich taub. Die Kätzin schaute über ihren Rücken zu ihm und gurrte leise.

»Finn, lass sie gehen!«

Völlig taub! Nur dieses Weib zählte. Er schlich sich näher. Der Duft war berauschend. Noch nie hatte eine Frau ihn dermaßen eingeladen, sich ihr zu nähern.

Sie lief ein paar Schritte voraus. Er hinter ihr her.

»Finn!«

Das Gurren wurde sinnlicher, die Kätzin streckte ihr Hinterteil noch etwas höher in die Luft. Der Schwanz fiel zur Seite.

Drauf!

Etwas ungeschickt packte Finn ihr Nackenfell, um sich daran festzubeißen.

Himmel!

Wow!

»Au!«

Kaum hatte er sie losgelassen, knallte die nun gar nicht mehr freundliche Kätzin ihm die Krallen um die Ohren. Verdattert ließ er sich verprügeln, bis Sem dazwischensprang und der Kätzin ebenfalls die Pfote auf den Kopf schlug.

»Verschwinde, Pachet!«, zischte er sie an.

»Was maßt du kleiner Lümmel dir eigentlich an?«, fauchte sie zurück, und schon war eine wüste Balgerei im Gange.

Finn saß noch immer verwirrt auf seinem Hintern und sortierte seine Gefühle.

Sie waren verletzt. Und zwar zutiefst.

Aber dann dämmerte ihm, dass Sem so allmählich der Unterlegene in dem Kampf war. Er blutete schon aus mehreren Wunden und hatte einen derben Kratzer auf der Nase.

Wut kochte in ihm hoch, und er warf sich ins Getümmel.

Pachet mochte eine geübte Kriegerin sein, aber gegen die zwei musste sie dann doch aufgeben. Mit verrutschtem Kopftuch entfloh sie mit weiten Sprüngen in den Wald.

»Du Idiot«, keuchte Sem und begann, seine Wunden zu lecken. Auch Finn begutachtete sein zerschrammtes Fell.

»Ja, ich war ein Idiot.«

»Gut, dass du es einsiehst. Pachet ist eine Kriegerin aus dem Schwesternrat«, erklärte Sem. »Egal, was die macht, gleichgültig, wie rollig die ist, der hast du dich nicht zu nähern.«

»Und zu verprügeln wohl auch nicht.«

»Nein.«

»Du hättest dich raushalten müssen.«

»Ging nicht.«

»Nicht?«

»Bist mein Freund«, brummte Sem.

Ein Schnurren drängte sich durch Finns Kehle.

Sie brachten ihr Fell in Ordnung, putzten das Blut ab und hinkten dann zurück zu ihrem Lager. Verspätet natürlich, und Hauptmann Anhor zeigte ihnen, dass er die Verletzung der Disziplin durchaus zu strafen wusste.

Ruhepausen waren bis auf Weiteres gestrichen. Und der unbeliebte Scharrdienst wurde verdoppelt. Zur Freude der anderen Grenzwächter.

Dritter Teil

Trefélin

32. Felis Übergang

Nefer saß auf einem Autodach und sah Felina beschwörend an.

»Du machst jetzt nicht schlapp!«

»Ich weiß nicht. Es ist…« Ihr klapperten die Zähne. Es war kühl, und über ihr flackerte eine unruhige Beleuchtung nervös vor sich hin. Es roch nach Beton, Abgasen, Gummi und Regen. Die Riemen des Rucksacks lasteten ihr plötzlich auf den Schultern, und das Brummen der Ventilation dröhnte in ihren Ohren.

Ihr Herz raste.

»Lass uns umkehren«, keuchte sie.

»Nein, Feli, das bringst du jetzt nicht. Wir haben alles ganz genau durchgesprochen.«

»Kann ja sein, aber ich hab Angst.«

Mehr als Angst. Panik!

»Feli, leg deine linke Hand auf meinen Rücken. Komm schon!«

Sie zögerte, tat aber dann doch, was der schwarze Kater ihr befahl. Kaum lagen ihre Finger auf dem seidigen Pelz, begann er zu schnurren. Sein ganzer Körper vibrierte, und diese Schwingungen übertrugen sich über ihren Arm und erreichten ihr hoppelndes Herz.

Es beruhigte sich.

Die Panik legte sich etwas.

»Besser?«, brummelte Nefer.

»Ja, wird besser.«

»Wiederhole es mir noch mal.«

»Mirr für nein und Mau für ja, und Mirrmau für weiß nicht. Birrip für rechts und Mirrip für links und ein Kchch für Stop. Richtig?«

»Sehr gut. Und gut auf Ohren, Schwanz und Schnurrhaare achten, ja? Vergiss nicht, ich verstehe dich.«

»Ja, Nefer.«

»Wenn dir irgendwas unheimlich vorkommt, musst du das Ankh anfassen. Ganz fest halten und deine Kraft sammeln.«

»Ja, Nefer.«

»Und nun den Ohrring, Feli. Bitte.«

Irgendwo hallten Schritte durch das nächtliche Parkhaus, und ein Motor wurde gestartet. Feli wischte ihre feuchten Hände an der Jeans ab und löste dann den kostbaren Ring aus dem Ohr, um ihn in das bereit gehaltene Katzenohr zu stecken. Kaum baumelte er darin, rieb Nefer seinen Kopf in ihrer Hand.

Er konnte höchst charmant sein, der schwarze Halunke.

Er maunzte leise und sprang vom Autodach. Dann schnellte sein Schwanz wie eine Standarte nach oben, und er schritt energisch auf die alte römische Wasserleitung zu.

Felina umklammerte das Amulett und folgte ihm. Die Gitterstäbe, die den Eingang verschlossen, verschwammen zitternd vor ihren Augen, dann betrat sie das Zwielicht. Kein Parkhaus mehr, kein Neonlicht, kein Betonboden. Weicher Humus federte unter ihren Füßen, graue, glatte Stämme ragten vor ihr auf, ein schmaler, kaum sichtbarer Pfad öffnete sich vor ihr.

Das Ankh in ihrer Hand schien wärmer zu werden.

Nefer drehte sich um, und seine Augen leuchteten gespenstisch im Dämmer. Sie nickte ihm zu, obwohl sie sich beklommen fühlte. Dann folgte sie ihm.

Sie hatten sich in den vergangenen zwei Wochen gründlich vorbereitet und an alle möglichen Dinge gedacht, einschließlich der Tatsache, dass sie ihr Handy in ihrem Zimmer »vergessen« und einer Chat-Freundin einen Briefumschlag mit einer Ansichtskarte gesandt hatte, die sie in einigen Tagen an Iris abschicken sollte. Es war Feli nicht ganz wohl gewesen, die Scharade zu inszenieren, aber bevor ihre Tante eine Vermisstenanzeige aufgab, war es wohl besser, sie in, wenn auch falscher, Sicherheit zu wiegen. Immerhin hatte sie ihr mit großer Freude geholfen, eine ordentliche Wanderausrüstung zusammenzustellen. Feli hatte sogar daran gedacht, ein übergroßes Shirt und Bermudas für Finn mitzunehmen, weil der nichts anderes anzuziehen hatte als das, was er bei seinem Übergang am Körper getragen hatte. Der Rucksack war schwer geworden, zumal sie allerlei Energieriegel eingepackt hatte. Die Versorgungslage in Trefélin, so hatte Nefer ihr erklärt, war zwar hervorragend, aber vornehmlich auf Fleischfresser abgestimmt.

Die Grauen Wälder wirkten seltsam still und eintönig. Es fehlte das Blätterrauschen, es fehlte vor allem aber das Zwitschern der Vögel. Nur ihre Füße verursachten auf altem Laub und trockenen Zweigen ein leises Knistern. Weit sehen konnte sie auch nicht; es war, als habe sich eine Nebelwolke zwischen den Bäumen eingenistet, sodass man kaum ihre Kronen erkennen konnte. Dann und wann aber fühlte Feli mehr, als sie es sah, einige Gestalten zwischen den Bäumen lauern. Die Namenlosen, hatte Nefer erklärt. Verbannte, denen man die Identität genommen hatte, die hier ihre Verbrechen büßten. Sie hatte es als ziemlich milde Strafe angesehen, als er ihr davon erzählte. Selbst die schlimmsten Untaten wurden nur mit dem Entzug des Namens geahndet. Doch jetzt, in diesem schattenlosen, verschwommenen Einerlei der Grauen Wälder begann sie zu verstehen, dass dieser Dämmerzustand vor allem unerträglich langweilig sein musste.

Das Gelände senkte sich leicht, und der Pfad teilte sich. Nefer blieb stehen, dicht an ihr Bein gedrückt. Er hob die Nase, witterte, seine Barthaare sträubten sich. Dann sagte er: »Birrip« und wählte den rechten Weg.

Das Ankh wurde wärmer in Felis Hand.

Es gab etliche Pfade durch die Grauen Wälder, hatte Nefer ihr erklärt. Sehr alte Pfotenspuren, die offenbar nie überwucherten, aber zu Sackgassen wurden, weil die früheren Ausgänge versiegelt oder verschüttet waren. Oder sie führten zu Stellen in diesem zwielichtigen Bereich, die man besser nicht betreten sollte. Sümpfe gab es, Quellen, deren Wasser man besser nicht berührte, angeblich auch grausame Wächter, die unbefugt Eindringende verschwinden ließen. In der Vollmondnacht jedoch war es leicht, den direkten Weg zum Übergangsfelsen zu finden. Er zog die Wanderer, die einen Ring trugen, in die richtige Richtung. Und wer das Ankh bei sich hatte, würde sie immer finden.

Ein Rascheln schreckte sie beide auf.

»Kchch!«, fauchte Nefer. Felina blieb stehen.

Zwei Paar silbrig schimmernde Augen leuchteten links zwischen den Stämmen, zwei graue Schemen kamen näher, stellten sich drohend vor sie auf den Pfad.

Nefers Fell sträubte sich. Er gab eine grelle Beschimpfung von sich, die in ein schrilles Kreischen überging.

Die beiden großen Katzen zuckten zusammen, blieben aber auf dem Pfad.

Kaltes Entsetzen packte Feli – die Tiere waren so groß wie ausgewachsene Tiger, Nefer dagegen ein winziges, harmloses Hauskätzchen.

Er ging auf sie zu, zischend und fauchend.

Der eine wich zurück, der andere hob drohend die Tatze.

Nefer sprang.

Seine Kralle fetzte dem überraschten Kater über die Nase.

Er heulte auf.

Feli umklammerte das Ankh so fest, dass es ihr in die Hand schnitt. Aber als der Große zu einem neuen Angriff übergehen wollte, packte sie die Wut. Das war unfair. Ihren kleinen Nefer durfte der nicht verletzen. Sie fühlte die Hitze des Anhängers durch ihren ganzen Körper steigen und machte einen drohenden Schritt auf den Angreifer zu. Was sie ihm antun konnte, wusste sie nicht. Es schlich sich ein verrückter Gedanke durch ihren Kopf. Einen Tiger mit bloßen Händen erwürgen gehörte zwar nicht eben zu ihren Kernkompetenzen. Dennoch formte sich ihre Rechte zu einer Krallenhand, und ein Knurren grollte aus ihrer Kehle.

Wie erstarrt verharrte der große Kater vor ihr. Dann kam ein leiser Jammerlaut, und er drehte sich um und jagte in langen Sätzen davon. Noch hörte man das Rascheln und Knacken. Dann herrschte wieder Stille im Wald.

Nefer rieb sich an ihrer Wade, sie beugte sich nach vorn und hob ihn hoch.

»Mann, was war das denn?«

»Maumirr!«

»Na klasse. Hoffentlich haben wir bald diese scheußliche Gegend hinter uns.«

»Mau!«

Er zappelte, und sie setzte ihn wieder auf den Boden. Mit eiligen Schritten lief er voran. Nun stieg das Gelände an, der Pfad verbreiterte sich, der Nebel wurde, so schien es Feli, allmählich lichter.

Und plötzlich geschah es.

Nefer blieb stehen. Sah sie an, schnurrte leise und begann zu wachsen. Erst wie ein Schatten, dann füllte sein Körper diesen Schatten aus, und vor ihr stand ein großer, schlanker, äußerst muskulöser schwarzer Kater, dessen Kopf ihr bis an die Brust reichte.

»Nefer!«, keuchte sie.

»Maumau!«

Dann stupste er sie leicht mit der Nase an und wies nach vorne.

Ein Lichtschein war zu erkennen, ein halbrunder Ausgang. Sie eilten darauf zu.

Nefer trat zuerst durch das Portal, dann machte auch Feli den mutigen Schritt in das unbekannte Land.

»Trefélin!«, murmelte sie ergriffen, als sie über die mondbeschienene Landschaft blickte. Sie ließ den Rucksack von den Schultern gleiten und stellte ihn erleichtert ab.

Wälder, das silberne Band eine Flusses, ein weites Tal mit Wiesen und kleinen Gehölzen, in der Ferne ein Gebirgszug.

Nefer kreischte. Feli wurde umgeworfen. Etwas Großes, Pelziges stürzte sich auf sie. Ein Raubtiergebiss mit langen Reißzähnen näherte sich ihrem Hals. Sie riss die Arme schützend vor. Das Kreischen wurde greller, die Katze verschwand. Feli rappelte sich auf, sah Nefer mit einer riesigen Tigerkatze kämpfen. Eine andere Tigerkatze sprang auf sie zu. Sie versuchte fortzulaufen. Das Tier setzte ihr nach, sprang ihr in den Nacken, packte sie an der Jacke und zerrte sie weiter. Ihr Kopf schlug an einen Stein.

Es verlöschte ihre Sicht.

Ihr Gesicht wurde mit einem feuchten, warmen, etwas rauen Lappen gewaschen.

Felina blinzelte.

Der Lappen war rosa und hing aus dem Maul einer großen, rotbraunen Katze. Dann verschwand er, und sie hörte das Schnurren.

»Wo …?«

»Murmrrip brmripps.«

»Oh!«

Feli schloss die Augen wieder. Ihr Kopf tat weh. Ihr Rücken auch, und wenn sie es recht betrachtete, auch ihre Handflächen und das rechte Knie.

Trefélin. Zwei Katzen hatten sie angegriffen. Riesige Katzen.

Sie tastete nach dem Anhänger.

Weg!

Entsetzt riss sie die Augen auf und starrte die Katze neben sich an.

»Murrips!«

Die hob ein zerbissenes Lederbändchen hoch und machte einen unglücklichen Eindruck.

Scheiße, da war was passiert. Und wo war Nefer?

»Nefer?«, fragte Feli. Die Katze wies mit der Nase hinter sich. Dort kam der schwarze Kater angelaufen. Sie rappelte sich auf und sah ihm entgegen. Er trabte auf sie zu und fegte mit der Pfote an sein Ohr. Der Ring blitzte auf.

»Ja, scheint wohl das Beste.«

Feli betrachtete ihre zerschundenen Hände. Die Haut war aufgeschrammt und blutete, aber die Finger konnte sie noch bewegen. Umständlich löste sie den Ohrring aus Nefers Ohr und legte ihn selbst an.

»Was ist passiert?«

»Rattenscheiße!«

»Und genauer?«

»Das waren zwei Kriegerinnen. Ich kenn sie nicht. Du, Che-Nupet?«

»Nein, seh nur ihre Schwänze verschwinden. Wer ist das Mädchen, Nefer? Dein Mitbringsel?«

»Die Trägerin des Ankh. Oh großer Sphinx, es ist weg.«

»Sieht so aus.« Feli nahm das Lederband und betrachtete es. »Durchgebissen. Ich kann wohl froh sein, dass die meinen Hals nicht gleich mit durchgebissen haben.«

»Wir müssen zum Rat.«

»Ist das weit? Mir tut ziemlich viel weh.«

»Gib mir den Rucksack, den trage ich.«

Feli nickte, stöhnte leise auf und tastete nach ihrem Hinterkopf.

»Da ist eine Beule.«

»Zeig mal«, forderte die rotbraune Katze sie auf. Und dann

strich wieder die raue Zunge darüber. Erstaunlicherweise tat es nicht weh, sondern es linderte sogar den Schmerz. Aber Feli flog doch ein milder Ekel an. Sie mochte nicht so abgeleckt werden.

»Gibt es hier irgendwo Wasser?«

»Hast du Durst?«

»Nee, ich will mich waschen.«

»Mit Wasser? Igitt!«

»Na, besser als mit deiner Zunge.«

Che-Nupet kicherte. »Die ist aber ganz sauber. War nur in meinem Maul! Weiß man, was im Bach rumschwimmt?«

»Mir egal.«

»Na dann.«

Nefer war einmal um den Felsen gestrichen und packte nun ihren Rucksack. Er trug ihn im Maul wie eine riesengroße Maus. Feli humpelte hinter ihm her. Die rotbraune Katze hielt sich neben ihr und meinte: »Setz dich auf meinen Rücken. Kann dich tragen – ein Stückchen, ne?«

»Geht schon.«

Schweigend verließen sie die Anhöhe. Felinas Gedanken mochten nicht so recht in eine Ordnung finden, während sich die Morgendämmerung allmählich hob und am Himmel die Wolken rosige Säume bekamen. Sie hatte den Eindruck, dass einiges durcheinanderpolterte. Die Grauen Wälder, die namenlosen Schemen mit den glühenden Augen, die unheimliche Bedrohung – das alles hatte sie doch ganz gut gemeistert. Aber es war so unwirklich, hier mit diesen Riesenkatzen. Von denen auch wieder zwei sie so urplötzlich angefallen hatten.

Und ihr Hals fühlte sich so nackt an, seit das Ankh fort war.

»Guckst du! Da vorne ist dein Wasser.«

Che-Nupet stupste leicht an ihre rechte Hand.

Erlen säumten den Lauf des Gewässers, das sich von den Bergen durch die Wiesen schlängelte. Sie führten sie an eine grasbewachsene Stelle, und Feli nahm Nefer den Rucksack ab, um sich einen Lappen und ein Handtuch daraus zu holen. Das kalte Wasser linderte das Brennen ihrer aufgeschürften Hände, kühlte die Beule und die verschiedenen Prellungen. Nefer hatte sich mit der rotbraunen Katze im Hintergrund gehalten, die beiden schienen über irgendwas zu konferieren. Ihr war das im Augenblick gleichgültig. Aus den hohlen Händen trank sie einige Schlucke und setzte sich dann, an einen Baumstamm gelehnt, in das weiche Gras. Sie schloss die Augen und fiel in einen erschöpften Schlummer.

Wieder weckte sie die feuchte, raue Zunge, die diesmal ihr rechtes Knie bearbeitete, über das sie ihr Hosenbein hochgerollt hatte.

»Was soll das, Che-Nupet? Ich hab das gewa…«

»Wasser macht Menschen sauber, aber Zunge heilt, ne?«

»Zunge heilt?«

»Machen wir hier so. Doch, wirklich.«

Das Knie war blau und rot, aber nicht mehr so geschwollen. Es tat auch nicht mehr so weh, aber das mochte auch daran liegen, dass sie es nicht belastete.

»Gib deine Hand, Felina.«

Sie zögerte, dachte an Bazillen und Speichel und Infektionen. Und drehte dann die Handfläche nach oben. Vorsichtig leckte die Katze darüber. Ganz weich, mit der Zungenspitze. Es kitzelte ein wenig, aber es fühlte sich sehr sanft an.

»Hab ich von einer Heilerin gelernt. Gut, ne?«

»Ja, fühlt sich gut an. Bist du eine – mhm – Heilerin?«

»Ich nicht, nö. Ich pass nur auf.«

»Du passt auf?«

»Da oben, am Roc'h Nadoz. Am Portal. Dass sich keiner reinverirrt und so.«

»Ach so. Darum warst du auch da.«

»Ja. Mein Dienst. Dachten wir, dass vielleicht die Königin kommt.«

»Ach Gott, ja, die Königin. Die Ärmste. Hat Nefer dir erzählt, was wir entdeckt haben?«

»Der Dolmen ist zu. Ja, hat er gesagt. Darum müssen wir zum Rat.«

»Aber wenigstens ist das Ankh nun ihn eurem Land, nicht wahr?«

In den waldseegrünen Augen der Katze glomm ein seltsames Licht auf und verschwand wieder.

»Ja«, sagte sie aber nur kurz.

Felis Gedanken aber wanderten schon wieder weiter.

»Du, sag mal …«

»Mal!«

»Häh? Oh.« Feli musste kichern, und Che-Nupet stimmte ein.

»Okay, dumme Formulierung. Ist noch ein anderer Mensch hier – vor einem Monat angekommen?«

»Meinst du den Finn? Den haben drei Narren mitgebracht, ne?«

»Wenn du mit den drei Narren Nefers durchgeknallte Begleiter meinst – ja, Finn.«

»Der ist hier.«

»Warum habt ihr den Dummkopf nicht zurückgeschickt?«

»Weil er ein Dummkopf ist.«

»Könnt ihr das hier auch heilen?«

»Weiß ich's?«

Irgendwie war die putzig, fand Feli und rappelte sich auf.

»Wo ist Nefer?«

»Schon vorgelaufen.«

Die Sonne stand inzwischen recht hoch, und Felinas Magen knurrte. Ein Müsliriegel stillte ihren ersten Hunger, dann wies Che-Nupet auf die gegenüberliegende Seite des Bächleins.

»Schaff ich das mit einem Sprung. Und du?«

»Nicht. Aber ich hab ja auch keine Angst vor Wasser.«

Feli band ihre Schuhe zusammen, steckte die Socken hinein

und rollte auch das andere Hosenbein hoch. Dann griff sie nach dem Rucksack und watete durch das knietiefe Wasser.

Als sie sich umsah, watete auch Che-Nupet durch das Bächlein.

»Ich dachte, du wolltest springen?«

»Nein, wollte auch mal Wassertreten üben. Ist gar nicht ganz so schlimm.«

Sie schüttelte sich, und Feli wurde von oben bis unten nassgespritzt.

»Igitt!«

»Siehste!«

Damit packte Che-Nupet den Rucksack und trabte los. Feli zog ihre Schuhe wieder an und folgte ihr. Die diversen Verletzungen hatten aufgehört zu schmerzen, und selbst ihr Kopf wurde wieder frei. Leider war die Unterhaltung mit ihrer Begleiterin nicht möglich, da die das Maul voll Rucksack hatte. Darum vertrieb sie sich die Zeit damit, die Landschaft zu betrachten, durch die sie wanderten, und im Geiste mit dem Plan zu vergleichen, den sie mit Nefers Hilfe erstellt hatte. So wie es aussah, stieg rechts von ihnen der Ausläufer des Mittelgrats auf, die Westseite des Gebirges, das die Wirbelsäule der sitzenden Katze bildete. Die weite Ebene musste das Laubental sein, die blühenden Gehölze, die kunstvoll gezogenen Unterkünfte der Bewohner. Hier und da sah sie einige der großen Katzen in der Sonne liegen oder gemächlich zwischen den Lauben wandeln. Einmal aber jagte eine schlanke Katze in weiten Sprüngen über die Wiesen Richtung Süden. Che-Nupet legte ihre Last ab und sah ihr nach.

»Bote.«

»Bote?«

»Mhm. Die sind wichtig. Amun Hab wird sie ausgesandt haben.«

»Wegen mir?«

»Weiß ich nicht.«

»Nein, vermutlich nicht. So wichtig bin ich nicht.«

»Weiß ich auch nicht.«

Feli musste schon wieder kichern.

»Und was weißt du, Che-Nupet?«

»Och – dies und das.«

»Ja, das denk ich mir.« Damit zauselte sie die rotbraune Kätzin zwischen den Ohren, bückte sich, um noch einen Energieriegel aus der Tasche zu nehmen, und meinte dann: »Gehen wir weiter, damit wir rausfinden, was wichtig ist.«

»Gut.«

33. Majestät am Dolmen

»Was machst du denn wieder hier, Ehrwürdigste?«, fragte Silvester Majestät, die trübsinnig auf dem Hügelgrab hockte.

»Mich ärgern.«

»Ja, das tue ich auch. Dieser verdammte Kater hat hier überall seine Marken hinterlassen. Wenn ich den treffe, dann zieh ich ihm den Pelz vom Schwanz!«

»Den wirst du nicht mehr treffen.«

Silvester grollte vor sich hin und setzte auf Nefers Marken seine eigenen. Sie rochen sehr durchdringend.

»Und du, Ehrwürdigste?«

Sehr ehrerbietig hörte sich das nicht an.

»Ich weiß nicht.«

Majestät hatte keinen Biss mehr. Majestät war in eine dunkle Wolke gefallen und blies Trübsal.

»Ich brauche mein Revier für den Nachwuchs.«

»Ja, ich weiß. Ich verschwinde auch wieder.«

»Und sag dem Kater, dass er sich hier nicht mehr blicken lassen soll. Er, und dieses Menschenmädchen auch nicht!«

»Menschenmädchen?« Jetzt merkte Majestät doch auf.

»Menschenmädchen. Er hat sich an sie rangeschleimt. Widerlich, so was.«

»Groß, dünn, braunes Kopffell, grüne Augen, kleinen Klecks über der Lippe?«

»So ungefähr. Kennst du die etwa auch?«

»Flüchtig.« Aber das erklärte den anderen Geruch hier am Felsen. Gesas Enkelin, zusammen mit Nefer. Majestät ging es etwas besser.

Aber nicht viel.

Silvester grollte noch ein wenig herum, trollte sich aber, als sie keine weiteren Antworten gab. Die Ehrwürdigsten hatten den Ruf, etwas verschroben zu sein, und wirklich vertreiben würde er sie wohl nicht.

Sie sann weiter über das Desaster nach, das sich seit der Silbermondnacht vorgestern für sie aufgetan hatte. Zunächst schien alles glatt zu gehen. Sie hatte sich bei Nathan auf ihre Weise bedankt, indem sie ihm zwei schöne Mäuse brachte. Dann hatte sie ihm noch einmal ein langes Schnurren geschenkt und war in der Dämmerung Richtung Dolmen gelaufen.

Dort hatte sie die Nachrichten gefunden. Gut, sehr detailliert waren die Duftmarken nicht, sie dienten mehr der Revierabgrenzung, den Durchgangszeiten und ähnlichen praktischen Themen. Aber hier war eine überdeutliche Warnung hinterlassen worden, und als Majestät sich vorsichtig dem Eingang des Hügelgrabs näherte, wurde ihr mit jedem Schritt klarer, dass irgendetwas nicht stimmte. Sie fluchte herzhaft darüber, dass sie das Ankh nicht bei sich hatte. Selbst ein simpler Verständigungsring hätte ihr mehr Aufschluss gegeben. Aber alles in allem hatte sie sowieso beschlossen, den Übergang ohne jedes Hilfsmittel zu wagen, sollte sich kein Helfer einfinden.

Es kam kein Helfer, und als der Mond sein Licht auf den Dolmen warf, hatte sie sich ein Herz genommen und den ersten Schritt ins Dunkel gewagt.

Und war prompt zurückgeprallt.

Zu!

Noch zweimal hatte sie versucht, die Barriere zu durchdringen, dann hatte sie es aufgegeben. Seither saß sie oben auf dem Hügelgrab und gab sich unheilvollen Gedanken hin. Jemand in ihrem eigenen Reich wollte verhindern, dass sie zurückkam. So schlicht lautete ihre Schlussfolgerung. Sie ging im Geiste ihre Gefolgschaft durch. Hatte sie sich Feinde gemacht? Hatte es eine Gruppe Intriganten gegeben? Bisher hatte sie geglaubt, dass ihre Hofdamen loyal waren, selbst wenn sie nicht immer ihre Meinung teilten. Aber einige waren ehrgeizig. So sehr, dass sie jemanden überzeugt hatten, dass ihre Rückkehr zu verhindern sei? Jemanden, der die Macht hatte, Durchgänge zu versiegeln? Das konnten nur sehr wenige.

Oder war es noch viel schlimmer – hatten die Namenlosen eine Möglichkeit gefunden, die Übergänge zu beeinflussen? Das wäre entsetzlich. Das schwarze Rinnsal fiel ihr wieder ein.

Sie hätte sich weit früher darum kümmern müssen!

Düsterer und düsterer wurden Majestätens Gedanken. Sie verspürte zwar ein Hungergefühl, war aber viel zu niedergeschlagen, um zu jagen. Sie saß einfach da und quälte sich mit Schreckensszenarien und üblen, ganz üblen Schuldgefühlen. Sie hatte Verantwortung für ihr Land, für ihre Untertanen. Sie hatte versagt.

Und sie hatte Heimweh. Schmerzhaftes, unerträgliches Heimweh.

Sie registrierte den Hufschlag, aber sah nicht auf. Sie sah auch nicht hoch, als Nathan abstieg und sich leise näherte.

»Hier bist du also!«, sagte er sanft. »Ich habe mir schon Sorgen um dich gemacht, Majestätchen.«

Sie starrte weiter auf den Baumstamm vor sich.

Die raue Hand strich über ihren Rücken.

»Dir fehlt doch was. Bist du krank?«

Er stand eine Weile neben ihr, und sie blickte ihn dann schließlich doch an. Er wirkte besorgt, aber unschlüssig.

»Ich werde dich nach Hause bringen.«

Oh ja, nach Hause.

Sie ließ es zu, dass er sie hochhob, und als sie in seinem Arm lag, krallte sie die Vorderpfoten in seine Schulter. Er summte und brummte eine eintönige Melodie, die ihrem Schmerz die Schärfe nahm. Darum schmiegte sie ihren Kopf an seinen Hals und ließ sich von ihm tragen. Sie rührte sich auch nicht, als er sich auf das Pferd schwang, und sie rührte sich nicht, als es sich in Bewegung setzte. Er summte und brummte weiter, und erstmals seit drei Tagen wurden ihre Gedanken ein wenig ruhiger.

Dann wurde sie ins Haus getragen und auf ihre Decke auf dem Sofa gelegt.

Nathans Hände tasteten ihren Leib ab. Dann griff er ihr an den Kiefer. Sie fauchte.

»Schon gut. Noch alle drin, nichts entzündet.«

Er verschwand in der Küche, und sie roch das Futter, das er in ihren Napf füllte. Sie roch auch die Sahne in dem Schälchen. Aber sie konnte sich nicht aufraffen, etwas zu fressen. Sie fühlte sich so dermaßen schlapp.

Nathan drängte sie nicht, sondern kümmerte sich draußen um was immer er sich zu kümmern hatte. Der Tag neigte sich dem Ende zu; er kam zurück, setzte sich wieder zu ihr und streichelte ihren Rücken.

»Kein Appetit?«

Nein, keinen.

Er ließ sie in Ruhe, aß selbst etwas, las die Zeitung.

Die Türglocke ging, und er stand auf, um zu öffnen.

»Ah, Nathan, ich hatte gehofft, Sie zu Hause anzutreffen.«

»Kommen Sie rein, Iris. Ihre erste Wandertour war erfolgreich?«

»Sehr, und dabei sind mir noch ein paar Ideen gekommen, die ich mit Ihnen durchsprechen wollte. Haben Sie Zeit, oder störe ich?«

Nathan hielt ihr die Tür zum Wohnzimmer auf.

»Ich habe Zeit.«

»Danke. Ich muss mich auch für Felina entschuldigen. Sie hat es vorgezogen, in die Fremde zu ziehen, statt an Ihrem Projekt teilzunehmen.«

»Verständlich, oder?«

»Vermutlich. Sie ist mit einer Jugendgruppe auf einer Wandertour durch Österreich. Dummerweise hat sie ihr Handy in ihrem Zimmer vergessen. Ich habe es erst vorhin bemerkt.«

»Kids vergessen ihr Handy nicht. Aber machen Sie sich deshalb keine Sorgen. Sie wird ihre Unabhängigkeit ausprobieren wollen.«

»Dazu habe ich sie immer bringen wollen, aber jetzt ist mir nicht wohl dabei.«

»Es ist eine geführte Wanderung durch ein zivilisiertes Land, Iris.«

»Ja, ja, schon gut. Oh, und Sie haben eine Katze!«

»Sie ist mir zugelaufen. Schon vor einigen Wochen. Als Sie neulich hier waren, hat sie sich dort oben hinter der Trommel versteckt.«

»Aber nun ist sie zutraulicher geworden?«

»Nein. Ich denke, sie ist krank. Ich habe sie vorhin im Wald gefunden. Drei Tage war sie fort.«

Majestät blieb in sich gekehrt, als Gesas Tochter sich neben sie setzte. Iris hatte aber gute Manieren. Sie reichte ihr die Finger mit nach unten gedrehter Handfläche, sodass sie daran schnuppern konnte. Erde, Seife, Gesas-Clangeruch.

»Was fehlt ihr?«

»Keine Ahnung. Ich habe sie abgetastet. Keine Verletzungen, keine Schwellungen oder Verhärtungen. Abgemagert ist sie, aber auch Zähne und Zahnfleisch sind okay.«

»Gift?«

»Ihre Augen sind klar, Schmerzen scheint sie nicht zu haben. Aber sie frisst nicht.«

Iris' Hand lag nun leicht in ihrem Nacken.

»Ein wunderschönes Tier. Eine ungewöhnliche Zeichnung. Ich habe noch nie eine getupfte Katze gesehen.«

»Agyptian Mau, sagten sie mir im Tierheim. Dort habe ich sie nämlich schon einmal abgegeben, weil ich sie für eine entlaufene Hauskatze hielt. Aber von dort ist sie ausgebüxt.«

»Und wieder zu Ihnen gekommen? Erstaunlich.«

»Ja, das dachte ich auch. Und dann verschwand sie vor drei Tagen.«

»Vollmond!«

»Ja. Aber es muss etwas passiert sein, dass sie so ungewöhnlich apathisch ist.«

Iris' Hand kraulte ihren Nacken. Majestät legte das Kinn zwischen die ausgestreckten Pfoten und schloss die Augen. Eigentlich hätte sich ein Schnurren bilden müssen, aber auch das wollte sich nicht einstellen.

»Mit welchem Namen rufen Sie sie?«

»Mit keinem. Sie hat ihn mir nicht genannt.«

»Und es hat sich niemand nach ihr erkundigt?«

»Im Tierheim? Nein. Es hat mich gewundert.«

»Mich nicht. Nathan – meine Mutter hatte eine Katze, zu der sie ein höchst inniges Verhältnis pflegte. Ich fand es immer etwas überzogen, aber, nun ja, so war sie eben. Melle starb vor einem guten halben Jahr im gesegneten Katzenalter von zwanzig Jahren. Und meine Mutter hat sich seit jenem Zeitpunkt immer mehr in sich zurückgezogen. Vor zwei Monaten starb sie an einer unerklärlichen Herzschwäche. Ich habe viel darüber nachgedacht, Nathan, und inzwischen glaube ich Feli, dass es Trauer war, eine weit größere Trauer, als sie uns zeigen wollte.«

»Sie meinen, diese Katze trauert auch?«

»Was wäre, wenn ihr Mensch gestorben ist und sie das Haus verlassen hat?«

»Dann würde sich niemand nach der herrenlosen Katze erkundigen, so edel sie auch sein mag. Da haben Sie recht, Iris.«

»Tiere können auch trauern.«

»Ich weiß.«

»Und, Nathan, wenn einer ihr helfen kann, dann Sie. Nicht wahr?«

»Glauben Sie?«

»Nathan Walker, auf ihren Reisen begegnen, so sagt man, den Schamanen oft Tiere, die sie führen und anleiten.«

Majestät blinzelte.

Nathan lächelte.

Dann sagte er: »Erzählen Sie mir von Ihren neuen Ideen für die Wandergruppen, Iris.«

Was diese dann tat und schließlich verschwand.

Es war dunkel geworden, doch die Nacht war noch immer warm. Nathan hatte einen dicken Pullover angezogen und beugte sich zu ihr.

»Wollen wir auf eine Reise gehen?«

Majestät kam langsam auf die Beine. Vielleicht. Vielleicht war es eine Möglichkeit.

Sie wurde wieder aufgehoben und nach draußen auf die Terrasse getragen. Nathan setzte sich auf den Liegestuhl, und sie ließ sich auf seiner Brust nieder.

Wieder summte und brummte er eine langsame Melodie, und ihr Kopf wurde schwer und schwerer. Ihr Geist aber öffnete sich, und diesmal war es völlig anders als das, was sie in seinen Träumen gesehen hatte.

Er trat auf einer Lichtung. Nicht in Trefélin, nicht in diesem Wald. Ein ebenmäßiges, moosbewachsenes Rund von blühenden Büschen gesäumt. Vier mächtige alte Bäume ragten über dem Unterholz auf. Vor ihr wisperte der Wind in den Blättern der weißstämmigen Birke, rechts von ihr verströmte eine Kiefer ihren harzigen Duft. Als sie sich umwandte, blickte sie in schwankende Weidenäste, die in ein klares Gewässer reichten, und den Kreis schloss eine knorrige Eibe, deren mächtiger Stamm voller Höhlen war.

Ruhig wartete Nathan in diesem Geviert, wartete auf den Ruf.

Majestät wartete mit ihm.

Und dann wisperten die Zweige der Weide.

»Shaman!«

Er wandte sich dem biegsamen Geäst zu.

»Shaman!«

Er trat an das Gewässer.

»Shaman!«

Bog die Zweige auseinander und schaute auf einen See.

Majestät hielt den Atem an. Nur die flüsternde Stimme war zu hören.

»Majestät!«

Der Himmel verdunkelte sich, es wurde Nacht, und die Sterne blitzten in der spiegelnden Oberfläche des Wassers. Dann verdichtete sich ihr Glanz, wurde hinabgezogen in die Tiefe, strudelte umeinander und formte sich.

Formte sich zu seinem silbernen Schein.

Formte sich zu – einem Ankh.

Dem Ankh.

Erleichterung schlug wie eine Welle über Majestät zusammen.

Das Ankh im Lind Siron.

Es war zurückgekehrt in ihr Land.

Noch leuchtete es, wurde blasser, verschwand, und an seiner Stelle spiegelte sich das Gesicht eines jungen Mädchens im Wasser.

Gesas Enkelin.

Ein Windhauch kräuselte die glatte Oberfläche, löste das Bild in Sternengefunkel auf. Die Weidenzweige fielen wie ein Vorhang zurück; sie waren zurück auf der Lichtung.

Nathan hatte aufgehört zu summen, aber aus Majestätens Kehle stieg ein befreiendes Schnurren auf.

»Du meine Güte, was war das denn?«, fragte er leise.

Sie hätte es ihm zu gerne erklärt. Ihm erklärt, dass ihr durch seine Wanderung eine Botschaft gesandt worden war. Es war jemandem gelungen – vermutlich Gesas Enkelin Felina, die den Ring besaß, und Nefer, der das Ankh gefunden hatte – nach Trefélin zu gehen.

Noch konnte sie selbst nichts tun, sondern musste vertrauen. Vertrauen darauf, dass die Enkelin ihrer Freundin wusste, was sie tat.

Ein siebzehnjähriges Menschenkind.

Aber mit einem Namen, der eine Verpflichtung in sich trug.

»Du schnurrst ja schon wieder.«

Jau, und eigentlich hatte sie jetzt auch wieder Appetit.

Majestät sprang von Nathans Brust und stiefelte ins Haus.

Die Sahne ging als Erstes weg.

Dann das Futter im Napf.

Und dann das Stückchen Leberwurst.

Und dann zu Bett!

34. Held trifft Heldin

Der Bote mit dem geschlitzten rechten Ohr war verdammt schnell. Finn hatte Mühe, mit ihm mitzuhalten. Obwohl der seinetwegen immer mal wieder Rast machte, um ihn verschnaufen zu lassen. Und während er dann hechelnd ins Gras fiel, schwatzte der auch noch, als ob er gerade eben einen kleinen Schlendergang gemacht hätte.

»Ist ein prima Job, der Botendienst«, erzählte er eben und putzte sich ein wenig Blütenstaub vom graubraunen, kurzen Fell. »Machen viele aus meinem Clan.«

»Welchem Clan?«, keuchte Finn. Er war so froh, von dem Grenzdienst abberufen worden zu sein, dass er nicht unhöflich seinem Retter gegenüber erscheinen wollte.

»Die fel'Avel aus dem Land Wolkenschau. Aus unserem Clan werden auch oft die Königinnen gewählt. Wir bewohnen ein weites Steppengebiet – gut zum Rennen.«

»Merkt man.«

»Macht uns Spaß. Und ist auch mit ziemlich vielen Privilegien verbunden. Wirst du nachher sehen. Geht's wieder?«

Finn war wieder einigermaßen bei Atem, und schon hetzte dieser verdammte Kater weiter. Zum Lind Siron, hatte er gesagt. Der Weise hatte ihn zu sich befohlen. Weshalb, das hatte er dem Boten jedoch nicht mitgegeben. Finn hoffte inständig, dass diese verfluchte Hofdame Pachet nicht irgendeinen Stuss verbreitet hatte. Er würde sich nicht gerne als Vergewaltiger einer Katzendame rechtfertigen müssen. Aber viel Kraft, um darüber nachzudenken, blieb ihm nicht. Sie hatten jetzt den Flusslauf verlassen und wandten sich nordwärts. Das Land war eben, hier und da passierten sie kleine Laubenansiedlungen. Wann immer sie auftauchten aber machte man ihnen den Weg frei.

Es kam Finn wie Stunden vor, die er schon gelaufen war, als sein Begleiter auf eine Gruppe sandfarbener Katzen zuraste, sie sich gerade über ein Wildrind hermachten.

»Futterprivileg«, rief er. Die fünf Katzen stoben auseinander und machten ihnen Platz.

»Friss!«, forderte er Finn auf und riss schon mit großen Bissen die besten Stücke aus dem Wild. Finn tat es ihm nach; der pure Heißhunger hatte ihn gepackt.

»Nicht so viel, müssen noch laufen.«

»Uch!«

Der Bote nahm sich gerade noch die Zeit, sich den Bart abzulecken, und schon ging es weiter.

»Müssen wir heute noch ankommen?«, hechelte Finn hinterher.

»Nein, das schaffe nicht mal ich. Morgen Mittag. Noch bis Sonnenuntergang, dann suchen wir uns eine Laube.«

Die Sonne warf schon lange Schatten, und Finn hoffte inständig, dass sie bald wirklich eine längere Rast machen würden. Doch Sonnenuntergang war Sonnenuntergang, und die Sonne ging verdammt langsam unter. Schließlich aber rief der Bote: »Schlafplatzprivileg!«, und eine Kätzin mit drei Jungen räumte wortlos ihre Laube. Finn fiel auf die moosige Liegestätte, und der Kater legte sich neben ihn.

»Nicht schlecht für eine Durchschnittskatze«, sagte er und leckte sich die Pfoten. »Solltest du auch machen«, meinte er dann. »Sie schleißen ein bisschen auf so langen Strecken.«

»Ich fühle meine gar nicht mehr.«

»Umso wichtiger.«

Also widmete sich Finn umständlich der Ballenpflege. Er empfand sich inzwischen schon sehr kätzisch, und mit einem Anflug von bitterem Humor stellte er sich vor, dass er, sollte er je wieder nach Hause kommen, vermutlich seine Schuhe mit der Zunge putzen würde.

»Warum überlassen sie uns die Laube?«

»Botenprivileg. Wir bekommen überall Essen, Wasser, Ruheplatz, und wir haben Immunität. Wir dürfen alle Grenzen überschreiten. Wir tragen wichtige Nachrichten, die schnell von einem Ort zum anderen gelangen müssen. Oder eskortieren wichtige Persönlichkeiten.«

Finn hätte ob der letzten Bemerkung geschmeichelt sein können, war es aber nicht. Stattdessen war er neugierig geworden.

»Schon klar, aber es könnte doch jeder ›Futterprivileg‹ brüllen und den anderen die Beute wegfressen.«

»Das sollte mal einer versuchen«, sagte der Bote und grinste. »Der würde vermutlich bald schneller laufen als wir!«

»Ja, aber woher wissen die anderen, wer ein Bote ist?«

Der Kater fegte mit der Pfote über sein gespaltenes Ohr.

»Unser Abzeichen.«

»Autsch. Das hat wehgetan.«

»Ja, hat es. Deshalb wird auch keiner ohne Not sein Ohr so zerfetzen lassen. Außerdem kennt man uns. Und wer uns behindert oder gar angreift, dem droht die Todesstrafe. Und nun schlaf, Finn. Im Morgengrauen geht es weiter.«

Und die Sonne ging viel schneller auf, als sie unterging.

Zumindest fand Finn das.

Noch einmal erhielten sie Futterprivileg, dann soff er einen halben Bach leer, und mit gluckerndem Magen erreichte Finn schließlich die liebliche Ansiedlung am Lind Siron.

Amun Hab lag auf dem Ratsfelsen und sonnte sich. Bei ihm lag ein anderer schwarzer Kater, der Finn vage bekannt vorkam, die wuschelige dicke Che-Nupet saß aufrecht da und blinzelte mal mit dem einen, mal mit dem anderen Auge. Sie wirkte wie eine gigantische Eule mit Sehstörungen. Aber vermutlich übte sie schon wieder irgendeinen Blödsinn.

Und dann sah er sie!

Er blinzelte auch, aber mit beiden Augen.

»Felina?«, krächzte er. »Du?«

Das konnte doch nicht wahr sein? Hatte man sie ebenfalls entführt? Verdammt, das Ankh, das er ihr geschenkt hatte. Ogottogottogott! Was hatten sie ihr angetan?

»Finn?« Felina hob eine Hand vor dem Mund und erstickte ein Lachen.

Nichts hatten sie ihr angetan. Sie lachte schon wieder über ihn. Warum mussten Frauen ihn immer so niedermachen?

»Geh runter und begrüße ihn, Nefer«, sagte die tiefe Stimme des Weisen, und der schwarze Kater sprang mit einem geschmeidigen Satz von der Felsplatte.

»Finn, erkennst du mich nicht?«

»Oh, Mann! Mann, bist du gewachsen.«

»Meine innere Größe hättest du auch damals schon erkennen können.«

»Da fand ich dich nur niedlich.«

»Vergiss nett und niedlich«, grollte Nefer.

»Warst du doch«, sagte Feli und kam ebenfalls zu ihm hinunter. »Hi, Finn. Wie – ähm – wie fühlst du dich denn so?«

»Eigentlich ganz gut. Also, es hat hier auch Vorteile, weißt du?«

»Das musst du mir später erzählen. Aber ich glaube, wir haben hier jetzt erst mal ein Problem.«

»Sieht ganz so aus.«

Amun Hab befahl sie alle auf den Ratsfelsen. Der Bote war bereits wieder verschwunden, und wenngleich einige bekopftuchte Würdenträger in einiger Entfernung um den Platz strichen, achtete man offensichtlich sehr streng darauf, die Versammlung nicht zu stören. Finn erfuhr also erst einmal, was es mit dem Ankh auf sich hatte, warum er entführt worden war und weshalb Felina nun ebenfalls in Trefélin weilte. Er hatte im Verlauf des vergangenen Monats so viele Unglaublichkeiten für real annehmen müssen, dass ihn diese Erklärungen nun auch nicht mehr sonderlich überraschten.

»Was uns wirklich zu denken gibt, Finn, ist, dass der Durchgang gesperrt war. Amun Hab hat uns erklärt, dass nur sehr wenige Katzen die Gabe haben, und noch weit weniger dieses spezielle Wissen, solche Sperren zu errichten.«

»Dann, Amun Hab, wäre es doch sicher leicht, diejenigen zu befragen, die dazu in der Lage sind«, meinte Finn lässig.

»Und du glaubst, derjenige, der dafür verantwortlich war, wird es umgehend gestehen?«

»Äh – nein. Aber wenn ihr doch wisst, wer es gewesen sein könnte, dann sollte man den vielleicht beschatten oder so.«

»Zu viele Geheimdienst-Thriller gelesen, was, Finn?«

»Dann mach doch einen besseren Vorschlag, Super-Feli!«

»Streitet nicht. Jene, die das Wissen haben, kenne ich. Ich selbst achte auf sie«, sagte Amun Hab.

Che-Nupet räkelte sich neben Feli und drehte wieder den Bauch nach oben.

»Sooo viele Probleme mehr«, gurrte sie und schloss wie von Erschöpfung übermannt die Augen.

Felina sah sie an und kraulte ihr das Kinn.

»Mhrrrr!«

»Könnt ihr beiden euch nicht mal auf den Ernst der Lage konzentrieren?«, fauchte Finn. Das war doch nun wirklich keine Zeit für Nickerchen und Rumschmusen.

»Doch, Finn, können wir«, sagte Feli, kraulte die dicke Katze aber weiter.

Amun Hab schien erheitert.

»Sprich, Felina.«

»Ja, hast du was beizutragen, Felina?«, giftete auch Finn.

Nefer setzte sich neben sie und starrte ihn an.

»Hast du irgendein Problem mit weiblichen Personen, Finn?«, schnurrte er.

»Hat er, Nefer, und nun, Felina, sag, was du gedacht hast!«

»Weißt du etwa, was ich denke, Amun Hab?«

»Sicher.«

»Kann er, darf er, er ist der Weise, ne«, murmelte Che-Nupet, ohne die Augen zu öffnen.

»Na, dann ist das wohl okay. Also gut, ich hab nachgedacht.

Und mal so zusammengetragen, was Sache ist. Also einmal hat die Königin das Land verlassen. Durch einen dummen Zufall konnte sie nicht am gleichen Tag zurück und hat auch noch das Ankh verloren. Das hat sich hier in Trefélin vermutlich rasend schnell rumgesprochen. Und wie mir scheint, sind genau seit dieser Zeit hier einige komische Dinge passiert. Diese Menschel beispielsweise sind verschwunden. Die Menschel der Königin und einiger anderer Würdenträger. Eines davon haben Che-Nupet und Finn ermordet gefunden, die anderen sind weg. Spurlos, wie es scheint. Dann hat man Finn, als er hier ankam, den Ohrring und das falsche Ankh abgenommen. Weiß man, wer das getan hat? Und wo sind Ring und Ankh?«

»Imhotep hat beides an sich genommen und mir übergeben«, sagte Amun Hab.

»Oh, gut. Nur dann ist bei der nächsten Gelegenheit der Übergang in unserer Welt geschlossen worden, und als wir über ein anderes Portal überwechselten, geschahen zwei Dinge: Wir wurden in den Grauen Wäldern bedroht. Und wir wurden direkt hier am Roc'h Nadoz von zwei Tigerkatzen überfallen. Es hat also jemand gewusst, dass wir kommen und das Ankh mitbringen.«

»Sind auch Ringe geklaut worden«, nuschelte Che-Nupet, ohne ihre entspannte Rückenlage aufzugeben. Lediglich ihre Vorderpfoten kneteten etwas Luft. »Mehunefer und Conny und Yonnisos. Im Schlaf. Ja, ja.«

»Verdammt!«, fuhr Nefer auf. »Das erzählst du uns erst jetzt?«

»Hab's ja jetzt erst erfahren.«

»Wer hat die Ringe genommen, Che-Nupet?«, fragte Feli viel sanfter.

»Wer mit Händen, ne?«

Finn wurde heiß unter dem Pelz.

»Anoki«, flüsterte er heiser.

»Könnte sein. Hast ihm ja gezeigt, wie es geht.«

»Wer ist Anoki?«, wollte Felina wissen.

»Einer der Waschbären, die jetzt die Aufgaben der Menschel übernehmen«, klärte Nefer sie auf.

»Können die etwas mit den Ringen anfangen, Amun Hab?«

»Nein.«

»Spannend«, sagte Felina. »Man könnte also daraus schließen, dass es in diesem schönen Land eine Gruppe gibt, der daran gelegen ist, dass die amtierende Königin nicht zurückkehrt, und dass die Insignien ihrer Macht und jene, die sie ihr anlegen können, in ihre Hände – äh – Pfoten gelangt sind, nicht wahr? Wann würdet ihr die nächste Königin wählen? Und wer wäre die geeignete Kandidatin?«

Grässlich, dachte Finn. Grässlich, dass dieses Mädchen eine solche Schlussfolgerung zog. Er hätte selbst darauf kommen können. Genug Geschwätz hatte er ja gehört. Er kam sich wieder einmal wie ein Dummkopf vor.

Alle schwiegen. Eine Antwort auf Felis Frage gab es wohl nicht.

Che-Nupet drehte den Kopf und blinzelte ihm träge zu.

»Schwatzen die Krieger auch?«

»Ja, die schwatzen auch. Meist dummes Zeug.«

»Das ist immer gut.«

Nefer musterte ihn von oben bis unten.

»Und was für dummes Zeug verbreitet ihr?«

»Die, nicht ich. Ich hab den Mund gehalten. Ich hab keinen Streit gesucht.«

»Nein, wie man hört, hast du ein Weib gesucht.«

»Ruhe!«, donnerte der Weise. Dann wandte er sich an ihn. »Finn?«

Finn schluckte seinen Ärger hinunter und berichtete von dem Menschenhass der Krieger und dem Aufbegehren der wilden Menschel.

»Das hört sich an, als ob auch noch jemand Gerüchte ausstreut und Zwietracht sät«, sinnierte Feli.

Darin musste Finn ihr zustimmen.

»Ja, Sem sagt auch, dass es in der letzten Zeit schlimmer geworden ist. Als ob jemand immer mehr hässliche Sachen über uns Menschen verbreitet.«

»Es gab und gibt immer einige, die schlechte Erfahrungen mit Menschen gemacht haben, wenn sie ihre Welt besucht haben«, sagte Amun Hab ruhig. »Wir haben das nicht besonders ernst genommen. Auch Menschen haben mit großen Katzen schlechte Erfahrungen gemacht – in eurer Welt. Die Gefahr liegt im Verallgemeinern.«

»Propaganda – um selbst an die Macht zu kommen?«

»Möglich, Felina, möglich.«

»Wie steht eure Königin zu den Menschen?«

»Sie achtet sie.«

»Ja, das tut sie wohl. Sie kam, um meine Großmutter zu besuchen, als sie im Sterben lag«, sagte Feli leise. Che-Nupet brummelte sanft.

»Dann sollten wir hier nicht rumsitzen und Trübsal blasen, sondern etwas unternehmen, um den Typen das Handwerk zu legen«, begehrte Finn auf, dem die Beratung zu sehr im leeren Raum zu zerfasern schien.

»Ah, der Ritter Ihrer Majestät«, spöttelte Felina.

»Ja, ein großer Kämpe. Draufhauen und kaputt machen!«

Das kam von Nefer.

Und da sich Finn schon wieder in seiner Ehre verletzt fühlte, sprang er auf und wollte dem Schwarzen die Kralle über den Schädel ziehen.

Es kam nicht dazu – Che-Nupet stand plötzlich zwischen ihm und Nefer.

»Nicht hauen«, sagte sie und stupste ihm ihre bräunliche Nase ins Gesicht. »Seid lieb zueinander.«

»Grrr!«, erwiderte Finn.

Che-Nupet kicherte.

Oh Gott, diese Katze raubte ihm den letzten Nerv.

»Finn hat recht«, ertönte die dunkle Stimme des Weisen. »Zeit, Handlungen zu planen. Vorschläge, Finn?«

Besänftigt, endlich ernst genommen zu werden, raffte Finn seine Gedanken zusammen.

»Wir könnten versuchen, Anoki aufzustöbern, und ihn fragen, wer ihm den Auftrag gegeben hat, die Ringe zu klauen. Der Waschbär verrät jeden, wenn man ihm droht.«

»Guter Vorschlag.«

Finn merkte, wie er sich aufrechter hielt.

»Die Katzen, die Felina überfallen haben, müssten doch zu finden sein. Nefer hat sie verscheucht, aber man kann ihre Spuren möglicherweise noch finden.«

»Könnte man«, stimmte Nefer zu.

»Und die verschwundenen Menschel – wenn Felis Vermutung stimmt, dann sind sie nicht von sich aus abgehauen, nicht? Dann hat sie jemand verjagt oder entführt.«

»Auch das ist anzunehmen.«

»Und sie umgebracht?«

»Nein«, sagte Feli. »Nein. Wenn diejenigen auch die Ringe und das Ankh erbeutet haben, brauchen sie die Menschel, nicht wahr, Amun Hab?«

»So ist es.«

»Sie müssen also an einem Ort gefangen gehalten werden, an dem sie auch verpflegt werden können, den aber üblicherweise die Katzen nicht aufsuchen.«

»Klug geschlossen.«

»Gefangen gehalten von jemandem, der sich mit den Bedürfnissen der Menschel auskennt«, warf Nefer ein. »Und das tun einige, vor allem jene, die sie als Diener halten.«

»Das engt den Kreis der Verdächtigen ja mächtig ein.«

»Klugscheißer!«

Finns Wut kochte wieder hoch.

»Hätte ich dich bloß an einen Pelzhändler vertickt, als du noch klein warst.«

»Jetzt traust du dich das nicht mehr, was?«

»Ihr beide seid ja so was von konstruktiv«, flötete Felina nun auch noch. Finn wollte aufstehen und weggehen.

»Bleib!«, befahl die tiefe Stimme des Weisen. »Und mäßigt euch. Ich habe euch vier zusammengerufen, weil ich glaube, dass ihr die besten Chancen habt, das Komplott aufzudecken, das sich hier gebildet hat. Ihr seid die Verbindung zwischen Menschen und Katzen, ihr wisst um das Ankh und die Macht der Ringe. Und ihr habt die Grauen Wälder durchquert. Nefer kennt das Alte Wissen, Feli hat Hände und kennt die Gefühle der Menschen und Katzen, Finn das Wissen und Verhalten der Menschen. Eure Schlussfolgerungen haben uns weitergebracht, eure Vorschläge für das Vorgehen sind brauchbar. Arbeitet sie weiter aus und berichtet mir morgen, wie ihr sie umsetzen wollt. Was immer ihr dazu benötigt, erhaltet ihr von mir.«

Besänftigt hatte sich Finn wieder gesetzt.

»Gehen wir in meine Laube und beraten da weiter«, schlug Feli vor. »Ich muss mich um mein Essen kümmern. Ich hab's nicht so mit rohem Fleisch.« Sie sprang vom Felsen und legte Finn vertraulich den Arm um den Nacken. »Hey, Finn, als Kater siehst du richtig gut aus.«

»Und vorher ziemlich scheiße, was?«, grollte er.

»Ach komm, du bist ja superempfindlich.« Jetzt kraulte sie auch noch die Stelle zwischen den Ohren, an die er selbst nicht drankam. Mist – dass sich das aber auch so gut anfühlte. Warum musste er dafür nur erst zum Kater werden?

35. Mädchen-Freundschaft

Seit drei Tagen bewohnte Felina eine Laube, deren hinterer Teil in eine kleine Felshöhle überging. Che-Nupet hatte sie ihr gezeigt und auch auf eine Ecke hingewiesen, die Spuren eines alten Feuers aufwies. In einer Spalte im Fels hatte sich Ruß angesammelt. Dort schien ein natürlicher Rauchabzug zu sein.

»Menschel haben hier ihr Zeug gekocht. Kannst du auch machen, aber seng die Laube nicht an.«

Zum Glück hatte Iris ihr gezeigt, wie man ein Lagerfeuer sicher einrichtete, und Feli hatte sich mit trockenem Holz und Zweigen versorgt. Einen Keramiktopf und eine große Tasse hatte sie auf Nefers Rat mitgenommen. Sie hätte lieber leichtere aus Aluminium gewählt, aber angeblich passierten seltsame Dinge mit Metall, wenn man durch die Grauen Wälder ging. Außerdem hatte sie ein Paket Salz und eines mit Kandiszucker dabei. Ein Keramikmesser, ein Holzlöffel, ein Dutzend Essstäbchen und eine Trinkflasche vervollständigten ihre Küchenausrüstung.

Für das Fleisch hatte bisher Che-Nupet gesorgt. Der Lind Siron schien ein fischreicher See zu sein, und mit geschickten Krallen zerlegte die rotbraune Kätzin ihr die Forellen und Äschen, die sie daraus geangelt hatte. Aber sie hatte ihr auch ein Vorratslager der Menschel gezeigt, das einiges an Nüssen, Körnern und getrockneten Früchten enthielt.

Unter dem dichten Blätterdach der Laube befand sich ein Haufen aus trockenem Laub und Moos, auf dem Feli ihren Schlafsack ausgerollt hatte. Es hatte sich als gemütliches Arrangement erwiesen. Besonders zu schätzen wusste sie aber, dass hinter der Behausung ein Bach floss. Aus ihm schöpfte sie ihr Trink- und Kochwasser, und er ersetzte ihr auch das Badezimmer. Eines mit äußerst kaltem fließenden Wasser.

In diese Unterkunft folgten ihr nun Nefer, Finn und Che-Nupet. Während Finn und Nefer einander sofort mit Vorschlägen zum weiteren Vorgehen zu überbieten begannen, entzündete Feli das Feuer und steckte eine Forelle auf einen grünen Zweig. In der Tasse neben dem Feuer war eine Handvoll getrockneter Früchte aufgequollen, die sie hungrig auslöffelte. Che-Nupet hatte es sich auf ihrem Schlafsack gemütlich gemacht und hielt die Augen geschlossen. Allerdings, so nahm Feli wahr, zuckte es hier und da leicht unter ihrem Fell. Diese Reaktion hatte sie schon einige Male bemerkt, und irgendwie drängte sich ihr der Eindruck auf, dass die dicke, träge Katze doch nicht ganz so verträumt war, wie sie sich gab.

Finn allerdings war auf Krawall gebürstet – wie üblich. Er hatte seinen Charakter nicht verändert, nur seinen Körper. Aber das war wohl auch nicht anders zu erwarten. Dass er mit Nefer aneinandergeraten würde, war ihr von Anfang an klar gewesen. Der schwarze Kater war ja so was von arrogant!

Feli ignorierte die beiden, die sich auf unterschwellige Art gegenseitig angifteten. Sie wendete die Forelle, streute eine Prise Salz darüber, setzte eine weitere Tasse Trockenfrüchte mit Wasser an und nahm sich dann eine Handvoll Nüsse, um sie zu knacken. Dabei wandte sie sich dem Problem zu, das sie seit geraumer Zeit beschäftigte – der Überfall auf sie am Roc'h Nadoz.

Zwei Tigerkatzen hatten sie überfallen, Nefer hatte sie in die Flucht geschlagen.

Ihr hatte jemand das Ankh fortgenommen, und zwar nicht einfach über den Kopf gezogen, sondern das Lederband zerbissen.

Das konnte keine der Angreiferinnen gewesen sein, denn die hatten mit Nefer gekämpft. Er hätte es bemerkt, wenn eine davon den Anhänger gehabt hätte.

Also musste eine weitere Katze – und nicht ein Menschel oder Waschbär – dort am Übergangsfelsen gewesen sein.

Che-Nupet behauptete, sie habe dort Wachdienst gehabt.

Hatte sie von all dem nichts mitbekommen?

Sie hatte neben ihr gesessen, als sie von der kurzen Bewusstlosigkeit aufgewacht war.

Die Forelle roch gut, wahrscheinlich war sie gar. Einigermaßen geschickt und mit Hilfe eines großen Blattes zog Feli sie von dem Stecken. Dann setzte sie sich mit ihrer Mahlzeit neben Che-Nupet und wartete, bis der Fisch ein wenig abgekühlt war.

»Riecht gut«, grummelte die Katze.

»Willst du ein Stück?«

»Nöö. Hatte schon eins von den Dingern. Muss auf meine Figur achten.«

»Ach ja, sicher.«

Felina nahm einen Bissen. Zusammen mit den Nüssen schmeckte es wirklich lecker.

»Che-Nupet?«

»Mhm?«

»Als wir nach Trefélin kamen, hattest du da Dienst?«

»Mhm.«

»Du warst also am Roc'h Nadoz?«

»Mhm.«

»Und du hast Nefer und mich ankommen sehen?«

»Mhm.«

»Und auch, dass ich von den beiden Tigerkatzen angefallen wurde?«

»Mhm.«

»Warum hast du sie nicht daran gehindert?«

»Ist nicht meine Aufgabe. Nur Wache schieben.«

»Mhm.«

Feli aß den Rest der Forelle auf und knabberte noch an ein paar Nüssen. Die rotbraune Katze hatte es also gesehen. Oder sie hatte geschlafen und war zu spät aufgewacht, um einzugreifen. Oder sie hatte einen Grund gehabt, nicht einzugreifen.

Es war mehr ein Instinkt, der sie die nächste Frage stellen ließ.

»Warum hast du Amun Hab nicht gesagt, wer das Ankh an sich genommen hat?«

»Hab ich das nicht?«

»Hast du vermutlich. Und er hat es dir nicht geglaubt, oder?«

»Weiß ich's?«

Die war schon verrückt, diese Che-Nupet. Verrückt auf eine ganz eigenartige Weise.

»Mir könntest du es sagen.«

»Könnte ich.«

»Tust du aber nicht?«

»Du kennst ihn nicht.«

»Aber die beiden kennen ihn, ja?«

»Mhm.«

Feli musste schon wieder kichern. Diese Katze war unmöglich.

»Du sagst es ihnen nicht?«

»Nö. Sie finden es selbst raus.« Und dann richtete sie sich auf und raunte vertraulich in Felis Ohr: »Männer sind so stolz, wenn sie selbst was rausfinden. Echt!«

Verdutzt sah Feli zu den beiden Katern, die sich beide mit leicht gesträubtem Fell gegenübersaßen. Heiterkeit wollte sie schier übermannen.

»Hört mal, ihr zwei, ich glaube, ihr solltet mal gemeinsam angeln gehen. Die Forellen hier sind wirklich gut.«

»Misch dich nicht ein, wie haben wichtige Angelegenheiten zu besprechen.«

»Ach ja? Ich hatte immer den Eindruck, Finn, dass Hunger das Denkvermögen der Kater einschränkt…«

»Das ist eine haltlose Unterstellung.«

»… und die Laune verdirbt. Finn, wann hast du das letzte Mal Futter bekommen?«

»Was geht dich das an?«

»Solange du hier in meiner Laube sitzt und mich anknurrst, eine ganze Menge.«

»Willst du mich rauswerfen?«

»Ich sorge mich nur um euer Wohlbefinden. Und eure Manieren!«

»Schubs mich nicht immer so rum!«, fauchte Finn. Und dann zu Nefer gewandt: »Hat die das mit dir auch gemacht?«

Nefer hielt sich königlich aufrecht, mit verächtlich halb geschlitzten Augen näselte er: »Meine Manieren waren untadelig.«

»Bis auf die Male, bei denen ich die Worte ›Tierarzt‹ und ›kastrieren‹ fallenlassen musste«, bemerkte Feli kühl.

Finns Augen leuchteten auf.

»Ach, musstest du das extra erwähnen?«

»Hin und wieder. Es verbesserte die Manieren erheblich.«

»Gehen wir angeln, Nefer.«

Feli ignorierte Nefers bitterbösen Blick, den er ihr über den Rücken zuwarf. Dann drehte sie sich zu Che-Nupet um, die wieder auf dem Rücken lag und höchst wunderliche Laute ausstieß.

»Hast du was?«

»Spaß!« Dann gluckste sie wieder. »Tierarzt! Kastrieren!«, und strampelte mit allen vieren in der Luft. Feli sah ihr einen Moment lang fasziniert zu, dann konnte sie sich nicht halten. Mit allen zehn Fingern grub sie sich in das weiche Bauchfell ein und kraulte es.

»Oh! Oooh! OHHH!! BrrRRRMMMM!«

Braun war das Fell, beige dort, da ein wenig rot, hier fast schwarz, und lang und seidig, und das tiefe Vibrieren, das die ganze Katze ergriffen hatte, absolut köstlich anzufühlen.

»Ach, Schnuppel, ist das schön!«

»Brrmmmm!«

Den Bauch hoch bis unter das Kinn und wieder zurück.

»Uhh, hör auf, hör auf, fang ich sonst noch an zu fliegen!«

»Na, das wollen wir doch nicht. Landen ist nämlich nicht so einfach.«

Langsam zog Feli ihre Hände zurück. Kämmte nur hier und da das zerwühlte Fell ein wenig mit den Fingern.

Das Schnurren wurde leise und verklang dann. Mit einer ungemein schnellen Bewegung setzte die Katze sich plötzlich auf und starrte Feli an.

»*Wie* hast du mich vorhin genannt?

Feli schluckte. Die Katzen waren eigen mit ihren Namen.

»Entschuldigung, das ist mir so rausgerutscht!«

»Ja, aber wie nanntest du mich?«

»Schnuppel.«

»Mhm. Gut. Du darfst das.«

»Ehrlich?«

»Hört sich hübsch an. Schnuppel! Passt, ne?«

»Weiß ich's?«

Che-Nupet kicherte und rappelte sich von ihrem Lager auf. Feine Fellhärchen tanzten im Sonnenlicht, das durch den Eingang fiel.

»Ich werde das Gefühl nicht los, Schnuppel, dass manche Leute dich unterschätzen.«

»Mich? Och nö. Ich bin bloß eine dicke, faule Katze!«

Che-Nupet stupste Feli in die Seite. Dann trabte sie davon. Auf drei Beinen. Das linke hintere hielt sie dabei angewinkelt. Es sah sehr seltsam aus.

»Wenn hier jemand unterschätzt wurde, dann du.«

Amun Hab tauchte so plötzlich neben ihr auf, dass Feli zusammenzuckte.

»Du hast gelauscht.«

»Daher rührt meine Weisheit.«

Gott, noch so ein Clown.

Er grinste.

Mist, der konnte Gedanken lesen.

Jetzt wurde er aber wieder ernst.

»Wo sind die beiden Kater?«

»Angeln. Und sich hoffentlich nicht die Krallen um die Ohren schlagen.«

»Sie werden sich vertragen, wenn die Not es fordert. Würdest du mich bitte begleiten, Felina? Ich brauche deine Hilfe.«

»Natürlich, Amun Hab. Wobei?«

»Nefer sollte seinen eigenen Ohrring wieder zurückbekommen.«

»Oh, klar. Hände!«

»Richtig.«

Sie ging neben dem Weisen her, der sie auf einen Pfad am Rande des Sees führte. Das Rauschen des Wasserfalls war hier deutlich zu hören, und der Anblick der von dem hohen Felsen stürzenden Fluten war umwerfend.

»Ein schöner Platz, Amun Hab.«

»Einer von vielen. Unser Land hat noch mehr davon. Ich hoffe, du lernst sie noch kennen.«

»Wenn wir unsere Aufgabe gelöst haben?«

»Es ist eine Notwendigkeit, Felina, denn ihr vier seid die Einzigen, die frei von jedem Verdacht seid. Ihr seid meine Hoffnung, ein sehr kompliziertes Problem so unauffällig wie möglich zu lösen. Wenn sich erst einmal herumspricht, dass es gelungen ist, der Königin den Zutritt zu ihrem Reich zu verwehren, wird es Unruhen geben.« Er wies auf eine große Laube, über deren Eingang Ranken voller blauer Blüten hingen. »Mein Heim.«

Sie folgte ihm, und auf seine Anweisung nahm sie den goldenen Ohrring an sich, den er unter einem Stein hervorholte.

»Das wird Nefers Laune heben«, sagte er. »Der Junge ist hochintelligent, aber er neigt dazu, sich zu überschätzen. Ich habe den Eindruck, dass du recht gut mit ihm auskommst.«

»Als er noch klein war, war es einfach.«

»Er hat nur seine Größe verändert. Lässt du dich davon beeindrucken?«

»Na ja, die Krallen waren schon sehr scharf, als er noch klein war.«

»Felina, wir wissen um unsere Kraft. Er wird dich nicht verletzen.«

»Hoffentlich.« Und dann fiel ihr noch etwas anderes ein, was sie unbedingt wissen wollte. »Amun Hab, du hast vorhin aufgezählt, warum du uns für geeignet hältst, das Problem zu lösen. Che-Nupet hast du nicht erwähnt.«

»Muss man Che-Nupet gesondert erwähnen?«

»Hier, ich find das echt klasse, wie ihr mit diesen kryptischen Andeutungen um euch werft!«

»Das Vorrecht der Wissenden.«

Feli wollte schon wieder aufbegehren, dann ließ sie es aber.

»Aha.« Mehr gab es nämlich nicht dazu zu sagen. Sie steckte den Ring in ihre Hosentasche. »Ich bring dann Nefer mal seinen Schmuck. Wahrscheinlich erhöht der seine Kommunikationsfähigkeiten.«

»Das ist nicht nur ein Verständigungsring, das ist ein Wandelring.«

»Dessen Eigenschaften er mir sicher erläutern wird.«

»Du wirst ihn fragen müssen.«

»Mach ich!«

Sie wollte sich gerade auf den Weg zurück zu ihrer Laube machen, als eine hellbraune Katze mit dunklen Ohren und einem dunkel geringelten Schwanz auf Amun Hab zukam. Sie trug ein beiges, mit kleinen blauen Blümchen betupftes Kopftuch und wurde von einer kleinen Frau begleitet, die so etwas wie eine Tunika aus ebenso hellbraunem Fell trug. Ihre blonden Haare waren in viele Zöpfe geflochten. Feli blieb stehen. Das war das erste Mal, dass sie einem der Menschel begegnete.

»Anat? Was gibt es?« Amun Hab drehte sich zu Feli um und erklärte: »Anat ist unsere Heilerin.«

»Hallo, Anat.« Felina sah die Menschelfrau mit großer Neugier an. Ihr Bäuchlein wölbte sich unter dem Pelz, aber sie wirkte erschöpft und ausgemergelt. Ihre Augen waren rot und geschwollen. Wenn die Katze eine Heilerin war, dann sollte sie sich wohl besser um die Schwangere kümmern.

»Ich grüße dich, Felina. Ich hatte gehofft, dass ich dich treffe.«

»Mich?«

Die Katze sah besorgt, ja gar traurig aus, fiel ihr auf.

»Ja, dich. Meine Mima isst nicht mehr, und ich weiß nicht, was ich noch tun soll. Kuri, ihr Gefährte, ist fortgegangen.«

»Und sie bekommt ein Kind, denke ich.«

»Ja, tut sie. Darum sollte sie essen.«

»Hast du sie – mhm – untersucht? Sie könnte krank sein?«

»Mit Menschelkrankheiten kenne ich mich nicht so gut aus. Und die Verständigung ist ein bisschen schwierig. Was würdest du machen, wenn deine Katze nicht frisst?«

»Sie zum Tierarzt bringen.«

»Der sie dann versteht?«

»Der sich zumindest mit den Krankheiten auskennt. Aber – ja, befragen kann er sie auch nicht.«

»Siehst du. Darum dachte ich ja, du kannst vielleicht mit Mima sprechen und herausfinden, ob sie Schmerzen hat. Und ihr sagen, dass sie essen soll.«

»Kann ich das?«

»Du bist so ähnlich wie sie.«

Amun Hab mischte sich ein. »Versuch es, Felina. Nimm den Ring aus dem Ohr, vielleicht kannst du sie dann verstehen. Oder dich verständlich machen.«

»Na ja, in Fremdsprachen bin ich einigermaßen begabt.«

Felis fingerte den Ring aus dem Ohr und kniete sich vor der apathisch wirkenden kleinen Frau nieder, um auf gleicher Höhe mit ihr zu sein.

»Mima!«

Verweinte, rote Augen sahen sie an.

Feli wies mit dem Finger auf sich.

»Feli. Ich. Mima. Du.«

Ein Hauch von Verstehen glitt über das verhärmte Gesichtchen.

»Mima. Ich. Feli. Du.«

»Du aua?« Feli rieb sich den Bauch und wies dann auf den von Mima und machte noch einmal Schmerzlaute.

Kopfschütteln.

Na, hoffentlich bedeutete das auch bei den Menscheln ein »Nein«, dachte Feli.

»Aua hier?« Sie deutete auf ihre Kehle. Vielleicht hatte sie Halsschmerzen oder Zahnweh.

Wieder Kopfschütteln. Dann legte sie ihre Hand auf ihr Herz und sagte »Kuri«. Einige Plapperlaute folgten, und dann heftiges Schluchzen.

Feli streichelte sie vorsichtig.

»Ist ja gut, Mima. Ist ja gut. Ich versteh dich, Mima!«

Die Frau sah auf. Feli zeigte auf die Katze. »Anat.«

Mima nickte.

»Anat – Kuri.« Und dann versuchte sie ein schnüffelndes Geräusch zu machen, als ob sie etwas suchte.

Wieder folgte ein Schwall Geplapper, und Feli wandte sich an die Heilerin.

»Hast du nach ihrem Gefährten gesucht?«

»Mirrmau, Mirrip. Brmmm.«

»Okay, der Ohrring!« Feli steckte ihn sich wieder ins Ohr.

»Sie hat keine Schmerzen, sie trauert um ihren Gefährten. Hast du nach ihm gesucht?«

Anat seufzte. »Ich habe mir schon so was gedacht. Sie haben so viel mehr Gefühle, als wir ihnen zugestehen. Ich habe Kuri gesucht, tagelang. Die Menschel versammeln sich Anfang des Sommers oft abends. Dann bleiben sie schon mal ein, zwei Tage fort. Mima ist nicht mit Kuri mitgegangen, und als er nach vier Tagen noch immer nicht zurück war, wurde sie unruhig. Ich habe mich sofort auf die Suche gemacht. Aber ich habe keine Spuren gefunden.«

»Ist das nicht seltsam? Ich meine, ihr könnt doch so gut riechen?«

»Unsere eigenen Duftmarken ja, aber die Menschelgerüche verfliegen schnell. Die waschen sie mit Wasser ab.«

»Oh, ja, richtig. Was soll ich Mima sagen?«

»Wir suchen weiter. Nicht wahr, Amun Hab?«

»Ja, wir suchen weiter.«

»Sie soll essen, und wir suchen ihren Gefährten. Kannst du ihr das verständlich machen, Feli?«

»Mal sehen.«

Sie nahm den Ohrring wieder ab und streichelte Mima über den Arm.

»Anat und Amun Hab«, sie zeigte auf beide. Und dann auch auf sich. »Und Feli. Ja?«

Mima nickte.

»Kuri.« Sie hielt die Hand über die Augen und tat so, als suche sie in der Ferne.

Mimas Hand krallte sich in ihr T-Shirt.

»Ja, das tun wir. Aber du musst essen.« Die Handbewegung zum Mund und das Kauen verstand die Menschelfrau offensichtlich auch. Sie nickte. Und Feli streichelte über ihren runden Bauch. »Kuri-Mima, ja? Essen, ja?«

Heftiges Nicken.

Feli piekste den Ring wieder in ihr Ohrläppchen.

»Sie wird essen. Sie vertraut euch.«

»Danke, Felina.« Und dann schnurrte Anat die Menschelfrau sanft an. Die lehnte sich plötzlich an die Katze und klammerte sich mit ihren Händen an deren Fell fest. Feli hatte eine Idee.

»Hopp, rauf mit dir!«, sagte sie und setzte Mima auf Anats Rücken.

»Trag sie vorsichtig nach Hause.«

»Mach ich.«

»Gut gemacht, Felina«, sagte der Weise.

»Weiß nicht«, antwortete Feli in Che-Nupets Tonfall. Und Amun Hab lachte leise.

Dann schlenderte Feli gemächlich am Ufer des Sees zurück zu ihrer Laube und sann über ihre Gefährten und ihre Aufgaben nach. Es gab eine Menge zu tun. Irgendwie machte sie das glücklich.

36. Schlussfolgerungen und Pläne

Drei fette Forellen hatten Nefers schlechte Laune tatsächlich etwas besänftigt, und er war in der Lage, sich selbst zu fragen, was diese ungewöhnliche Missstimmung ausgelöst haben konnte. Denn im Grunde gab es keinen Anlass dazu. Er hatte Felina unbeschadet durch die Grauen Wälder geführt, das Ankh war wieder in Trefélin, und er war von dem Weisen zum Rat berufen worden, um ein mögliches Komplott aufzudecken.

Dagegen war nichts einzuwenden, außer dass dieser Finn dabei war. Was hatte Amun Hab sich nur dabei gedacht? Der Junge war auch nicht viel besser als die drei Narren Sem, Ani und Pepi, mit denen er sich so dicke angefreundet hatte. Und außerdem nur ein Mensch.

Vor allem ein Mensch, wenn auch in einem Katzenpelz.

Mehr noch – und hier kam Nefer zum Kern seiner miesen Stimmung – Finn sah Felina an. Mit so einem verdammt hungrigen Blick. Als sie ihn gekrault hatte, war er förmlich dahingeschmolzen.

Bah!

Es war Eifersucht.

Zeckenbiss und eiternde Krätze!

Doch Nefer war ein Kater von kühlem Verstand, und als er

seine Gefühle erst einmal analysiert hatte, konnte er sie auch zur Seite schieben.

Es gab Wichtigeres zu bedenken als diese kleinlichen Animositäten.

Beispielsweise, wie man herausfinden konnte, wer die beiden Tigerkatzen waren, die sie am Roc'h Nadoz angefallen hatten. Er führte sich noch einmal die Szene vor Augen.

Die Angreiferinnen waren Kriegerinnen unterer Ordnung, zwar kämpferisch, aber nicht besonders erfahren. Er hatte sie verjagt, und sie hatten Feli kein Leid getan.

Dummerweise aber hatten sie das Ankh mitgenommen.

Mochte es der wohlgefüllte Magen oder die distanzierte Betrachtung sein – es überkam ihn wie ein Geistesblitz.

Nein, dass die Kriegerinnen das Ankh mitgenommen hatten, war seine bloße Annahme. Er hatte es geglaubt, weil die eine sich bereits über Felis Hals gebeugt und mit den Zähnen an dem Lederband gezerrt hatte. Aber er hatte sie mit harten Schlägen vertrieben.

Als er zurückgekommen war, hatte Che-Nupet bei Felina gesessen, das durchgebissene Lederband lag neben ihr.

Che-Nupet. Heiliger Sphinx, warum hatte Amun Hab diese Transuse nur mit in ihre Gruppe genommen? Wieso die überhaupt als Wächterin am Übergangsfelsen eingeteilt worden war, entzog sich ebenfalls seinem Verständnis. Die faule Nuss verdöste doch die meiste Zeit – von wachsam keine Spur. Da konnte doch jeder am Portal ein und aus gehen, wie er wollte. Sie hatte ja nicht einmal gemerkt, dass sie angekommen, geschweige denn, dass sie angegriffen worden waren.

Oder hatte sie etwa nur darauf gewartet und selbst das Ankh an sich genommen?

Alarmiert von diesem Gedanken richtete Nefer sich auf und schubste Finn an, der sich zu einem Verdauungsschlaf ausgestreckt hatte.

»Wassn los?«

»Auf, wir müssen Che-Nupet ein paar Fragen stellen.«

Finn gähnte so gewaltig, dass Nefer glaubte, die Fische in seinem Magen sehen zu können. Als er sein Maul wieder zugeklappt hatte, grummelte Finn kurz und meinte dann: »Von der kriegen wir keine vernünftige Antwort.«

»Dann werden wir sie aus ihr herausprügeln müssen.«

»Mhm, ganz meiner Meinung. Draufhauen und kaputt machen!«

»Ach hör doch auf.«

»Hast du selbst gesagt.«

Nefers schlechte Laune kroch schon wieder seine Wirbelsäule hinauf. Er schickte sie zurück, und sein Schwanz peitschte. Aber ansonsten blieb er gefasst.

»Gehen wir in Felinas Laube.«

»Gut. Und was willst du sie fragen?«

Nefer erklärte ihm seine Gedankengänge, und Finn nickte.

»Dass jemand anderes als die Angreiferinnen das Ankh an sich genommen hat, mag stimmen, Che-Nupet aber sicher nicht. Wo hätte sie es verstecken sollen? Ihr habt ja keine Taschen oder so.«

»Irgendwo da vergraben.«

»Aber Feli sagt, sie ist seither nicht von ihrer Seite gewichen. Und eine frische Scharrstelle ist leicht zu finden.« Mit einem schiefen Grinsen fügte er hinzu: »Ich hab in den vergangenen Tagen oft genug Scharrdienst verrichtet.«

»Auch wieder wahr. Das hätte ich vermutlich bemerkt.«

»Ja, und außerdem – was sollte sie mit dem Teil?«

»Das würde ich ja gerne von ihr wissen.«

»Sie könnte es jemandem gegeben haben ...«

»Mhm – ja.«

»Du hast doch bestimmt die Gegend untersucht. Wer war denn noch am Roc'h Nadoz?«

»Gute Frage.«

Natürlich hatte er dort kurz eine Bestandsaufnahme gemacht, aber nichts hatte seine besondere Aufmerksamkeit erregt. Trotzdem war es vermutlich sinnvoll, noch mal darüber nachzudenken.

»Eigentlich waren nur Spuren von solchen Katzen da, die den Eingang üblicherweise nutzen und die wohl kaum das Ankh an sich nehmen würden. Mafed und Imhotep zum Beispiel. Sie sind Seelenführer und wandern durch dieses Portal zu den Goldenen Steppen.«

»Was immer das ist.«

»Erklär ich dir später. Dann die anderen Wächter, zwei Würdenträger, Shepsi und Pachet, und ein paar neugierige Jungkatzen, die man vermutlich schnellstmöglich von dort vertrieben hat.«

Finn war aufgestanden, um einige Schlucke zu trinken, kam dann zurück und schüttelte das Wasser aus dem Pelz.

»Pachet.«

»Was ist mit der?«

»Warum hat die mich so dermaßen angemacht, Nefer?«

»Weil sie rollig war und du ihr wohl wie ein potenter Kater vorkamst.«

»Na, weißt du … Da waren ganz andere in der Nähe.«

Nefer betrachtete seinen Gefährten plötzlich mit anderen Augen.

»Mit Weibchen deiner Art hast du wohl noch nicht viel Erfahrung gesammelt.«

Finn scharrte doch tatsächlich verlegen mit der Pfote im Ufersand.

»Die sind – ähm – anders.«

»Nun, egal, sie war am Roc'h Nadoz, aber die Hofdamen sind der Königin gegenüber ausgesprochen loyal. Vermutlich hat sie dort auf Majestät gewartet. Immerhin, behalten wir sie im Gedächtnis.«

»Und dann dieser Shepsi mit seinem ulkigen Kopftuch. Den habe ich getroffen, als ich hier nach der Entführung aufgewacht bin. Der scheint sich häufiger an der Übergangsstelle aufzuhalten.«

»Tatsächlich. Mhm.«

Nefer setzte sich in Bewegung, Finn folgte ihm. Über Shepsi lohnte es sich ganz gewiss nachzudenken. Der Kerl hatte nicht den besten Ruf. Ein Nörgler und Querulant war er, und möglicherweise einer, der hässliche Gerüchte streute.

»Willst du mir nicht mehr über ihn sagen?«, fragte Finn.

»Doch, gleich. Besser, die beiden anderen hören auch zu.«

»Ja, besser.«

Aber es war nur noch Felina in der Laube, die ihre Futterstelle säuberte.

»Na, guten Fang gehabt?«

»Ja, war in Ordnung. Wo ist Che-Nupet?«

»Keine Ahnung. Sie ist weggegangen. Auf drei Beinen. Hat sie irgendwas an den Pfoten?«

»Nein, die übt nur immer solche idiotischen Dinge«, meinte Finn. »Ich frag mich ernsthaft, was sie in unserem Team soll.«

»Dumme Fragen stellen vermutlich.«

Nefer knurrte leise.

»Das ist ihre größte Begabung. Egal, wir haben einen winzigen Anhaltspunkt.«

»Oh, schön.«

Nefer erklärte ihr, dass Shepsi zweimal am Übergangsfelsen aufgefallen war.

»Kann Zufall sein.«

»Vielleicht auch nicht.«

»Menschel!«, sagte Finn. »Haben nicht Menschel seine Laube abgefackelt?«

»Richtig. Lasst mich etwas ausholen«, begann Nefer. »Ihr wisst ja, dass einige von uns sich für die höheren Ausbildungen entscheiden – gewöhnlich wählen die Kater den Weg des Scholaren und Kriegers, die Kätzinnen den Hofdienst. Aber es gibt auch Ausnahmen. Shepsi hat sich einst für den Hofdienst entschieden. Er hat auch die drei Prüfungen bestanden und einen der Alten Namen angenommen.«

Feli fuhr hoch.

»Hach, ich erinnere mich! Shepsi, der Herrliche! Darum hast du damals, als ich das als Namen für dich vorgeschlagen habe, so komisch geguckt, Nefer.«

»Ich würde mich nicht gerne mit ihm verglichen wissen.«

»So, so.«

»Er ist eine Pfeife. Majestät hat ihm die Aufgabe übertragen, als Diplomat bei den Hundevölkern tätig zu sein. Deren Länder grenzen im Osten an die unseren, und es gibt immer mal kleine Unruhen dort. Darum treffen sich die Abgesandten hin und wieder, um die Lage zu bereinigen, Schadenersatz zu leisten und Gefangene auszutauschen. Was genau vorgefallen ist, darüber wird geschwiegen, aber offensichtlich hat Shepsi sich bei der einen oder anderen Gelegenheit gnadenlos blamiert. Majestät musste ihn zurückrufen und durch einen anderen ersetzen. Sie hat ihm zwar nicht Rang und Namen genommen, aber seither ist er für die Ausbildung der königlichen Menschel zuständig.«

»So was nennt man wohl den Bock zum Gärtner machen«, murmelte Finn.

»Er hat auch darin kein besonderes Geschick bewiesen, vermute ich«, stimmte Nefer zu. »Er hat Krieger ausgeschickt, wilde Menschel einzufangen, und hat sie zu seiner Laube oben am Dour Bihan bringen lassen.«

»Was ist der Dour Bihan?«, fragte Finn.

»Ein kleiner Bach, der im Nordosten entspringt und in den Lind Siron mündet. Durch schönes Weideland. Eine gute Lage, nahe dem Halbmondplateau.«

»Und so macht ihr das? Ihr fangt wilde Menschel ein?«

»So wie ihr Menschen wilde Tiere einfangt. Aber nein, wir haben keinen Menschelarzt, der sie kastriert. Wir behandeln sie in der Regel sehr gut.«

»In der Regel.«

»Ja, sie sind, wenn sie sich erst mal an ihre Aufgaben gewöhnt haben, sehr zuverlässig und bleiben auch in ihrem Revier.«

Felina sah ziemlich ablehnend aus.

»Felina, Menschel sind keine Menschen.«

»Ich weiß nicht. Ich habe gerade Mima kennengelernt. Sie gehört zu Anat, der Heilerin. Sie schien mir sehr menschlich.«

»Sie leben mit uns genau so gerne zusammen wie Hauskatzen mit euch.«

»Wenn du meinst.«

»Meine ich. Und schwer sind ihre Aufgaben auch nicht. Sie verwalten die Ringe, nehmen sie uns ab oder legen sie uns an, versorgen die Kopftücher, richten die Lauben her und derartige Dienste. Dafür bekommen sie von uns Felle und Fleisch und können sich ihre Körner und Früchte anbauen. Sie haben ihre eigenen Versammlungsplätze und dürfen ihren Nachwuchs behalten und selbst aufziehen. In bestimmtem Umfang wird ihnen sogar gestattet, mit Feuer umzugehen.«

»Na gut, aber wenn sie Shepsis Laube angezündet haben, dann wird das ja wohl seinen Grund gehabt haben.«

»Ja, das fürchte ich auch. Obwohl er es so darstellt, dass sie einfach zu dumm und zu unachtsam waren, um auf ihr Herdfeuer zu achten. Aber die Gerüchte sagen etwas anderes.«

»Sie haben es absichtlich getan, ja?«

Nefer streckte sich auf dem Boden aus und sah zu Felina hoch. Es war nicht ganz einfach, ihr das zu erklären, solange sie die Menschel für ihresgleichen hielt.

»Sie haben es absichtlich getan. Feli, man kann jedes Wesen Dinge lehren. Manche wollen lernen, einige lernen durch Not, andere aus Zuneigung und manche aus Angst. Wir haben herausgefunden, dass Menschel ganz gerne lernen. Sie bringen sich sogar untereinander die Aufgaben bei, die wir von ihnen wünschen. Sie bringen es auch ihrem Nachwuchs bei, weshalb diese Familienmenschel ganz besonders begehrt sind. Aber Shepsi hat eine andere Methode gewählt. Er wollte schnelle Ergebnisse, also hat er denen, die er ausbilden sollte, Angst eingeflößt und sie mit Strafen und Demütigungen zur Unterwerfung gebracht.«

»Das funktioniert prächtig«, murmelte Finn.

»Ja, das tut es, bis zu einem bestimmten Grad.«

»Mhm, bis die Hütte brennt. Ich verstehe. Dieser Shepsi hat wohl keine pädagogische Ader?«

»Nein, er verachtet die Menschel.«

»Und die Menschen, was?«

Nefer nickte.

»Er hat offensichtlich bei seinen Prüfungen die Menschenwelt besucht und wenig Positives erlebt.«

»Oder erleben wollen. Weißt du, es gibt auch unter uns solche, die können in die schönsten Gegenden fahren, und das Einzige, was sie machen, ist, sich über das andere Essen, die fremde Sprache, die komischen Sitten und alles, was sie nicht kennen, zu beklagen.«

»Ja, so ein Nörgler ist Shepsi. Vermutlich war das auch der Grund, warum er als Diplomat versagt hat.«

»Und das alles erzählst du uns, Nefer, weil du ihn jetzt im Verdacht hast, dass er mir das Ankh geklaut hat?«

»Weil es eine Möglichkeit sein könnte.«

»Warum?«, wollte Finn wissen.

»Weil er die Menschen nicht mag; die Königin schätzt sie jedoch sehr wohl«, erklärte Felina. »Sollte ihm daran gelegen sein, dass sie nicht zurückkehrt? Ist er derjenige, der hier Parolen von katzenschändenden Menschen verbreitet? Will er, dass eine andere Königin das Land regiert, die die Menschen auch hasst?«

»Es ist schrecklich, sich das vorzustellen, Felina, aber das könnte sein.«

»Dann sollten wir Amun Hab unterrichten.«

»Nein, wir sollten Beweise bringen«, entgegnete Finn.

»Richtig, das sollten wir.«

»Faff follten fir?« Che-Nupet kam mit einem großen gerupften Vogel im Maul in die Laube und ließ ihn vor Felina fallen. »Dummes Rebhuhn. Flog mich so an, ne?«

»Wie Rebhühner das eben so machen«, meinte Felina und betrachtete das nackte Tier. »Die Herren meinten, dass wir Beweise für Shepsis Untaten beibringen sollten.«

»Macht mal.«

Nefer war sich nicht ganz sicher, warum die dicke Katze Felina mit einem Auge zuzwinkerte, und er musste ganz sicher nicht verstehen, warum die zurückzwinkerte. Vermutlich gefiel dem Menschenmädchen Che-Nupets alberne Art. Es brauchte ihn nicht zu interessieren.

»Der beste Beweis wäre es, wenn wir das Ankh bei ihm finden würden«, sagte er. »Che-Nupet, hast du gesehen, ob er es Felina abgenommen hat, als ich die Kriegerinnen in die Flucht geschlagen habe?«

»Mhm.«

»Uhh«, stöhnte Finn auf. »Das hättest du ja auch früher sagen können.«

»Habt mich nicht gefragt.«

Zorn kroch wie eine stachelige Raupe Nefers Rücken empor, und er fauchte.

»Pluster dich nicht auf, Nefer. Sie hat recht. Ihr habt sie nicht gefragt. Aber ihr seid ja selbst drauf gekommen, oder?«

»Du auch noch, Felina!«

»Mhm.« Die kam zu ihm und kratzte ihn beruhigend zwischen den Ohren. Dann fragte sie: »Wo finden wir Shepsi?«

Die stachelige Raupe zog sich zurück.

»Er bewohnt jetzt eine kleine Laube nördlich von hier, etwas abgelegen.«

»Könnte er auch die Menschel dahin gebracht haben?«, fragte Finn.

»Die Menschel, die in seinem Auftrag schlafenden Katzen die Ohrringe klauen?«

Nefer kratzte sich am Ohr.

»Shepsi ist ein Versager, aber so dämlich wird selbst er nicht sein. Ich denke, das dürfte eher ein Streich von Anoki und seinen Gesellen sein.«

»Wir haben also mehrere Baustellen, wie es aussieht«, fasste Felina zusammen. »Shepsi, der erstens das Ankh an sich genommen hat und der zweitens möglicherweise die Menschel entführt hat und drittens Anoki, der die Ringe klaut. Das Ankh ist zwar besonders wichtig, es ist aber auch besonders klein. Es wäre ja schon ganz ausreichend, wenn man Shepsi die Menschelentführung nachweisen könnte und ihn damit zwingen würde, auch das Ankh wieder rauszurücken.«

»Macht sie gut, ne?«, sagte Che-Nupet, setzte sich neben Felina und sah mit einem hingebungsvollen Augenaufschlag zu ihr auf.

Dem musste Nefer widerwillig zustimmen.

»Die Menschel aufzustöbern sollte nicht ganz so schwierig sein. Ich bin ein recht guter Fährtenleser.«

»Ich auch«, sagte Finn. »Machen wir beide uns auf die Suche.«

»Anat hat es schon versucht. Sie sagt, sie hat ihre Witterung nicht aufgenommen.«

»Anat ist eine Heilerin. Die hat andere Qualitäten!«

»Na gut, ihr seid die großen Fährtenleser. Aber ihr werdet mich dabei brauchen«, warf Felina ein.

»Nein, Felina. Du bist ein Mensch – wir gehen Spuren nach, die du gar nicht wahrnehmen kannst.«

»Außerdem laufen wir schneller als du.«

»Tatsächlich? Spurenlesen und schnell laufen geht gleichzeitig?«

Che-Nupet kicherte schon wieder. Nefer sah sie vernichtend an.

»Ich komm mit und trag Feli, wenn sie müde ist.«

»Ihr bleibt hier. Das ist keine Aufgabe für Weibchen.«

Entsetzlich, diese Vorstellung, ständig diese albernde Che-Nupet im Gefolge zu haben. Und Finn, der Felina anglupschte. Nefer drängte sich zwischen die beiden, weil Feli schon wieder begonnen hatte, Finn den Nacken zu kraulen.

»Willst du auch mal, Nefer? Ich kann auch beidhändig. Dafür habe ich ja Hände, nicht?«

»Lass das.«

»Ja?«

»Ja!«

»Und was soll ich damit machen, lieber, schöner Nefer?«

Ein goldener Ring glitzerte zwischen ihren Fingern auf. Ein schneller Blick – nein, es war nicht der, den sie im Ohr trug.

»Woher hast du den?«, herrschte er sie an.

»Von Amun Hab. Er hat ihn mir für dich gegeben. Ich soll ihn dir anstecken, weil ich doch Hände hab. Aber ich überleg mir das noch.«

Jetzt lachte Finn auch noch leise.

»Das ist fast so wirkungsvoll wie ›Tierarzt‹ und ›kastrieren‹, was?«

Nefer riss sich zusammen. Sehr zusammen. Überaus stark zusammen, um nicht um sich zu schlagen.

»Wisst ihr, wenn ihr die Menschel findet, dann könnte es doch sein, dass die ein bisschen schlecht auf Katzen zu sprechen sind. Oder Angst vor euch haben, nicht? Könnte es vielleicht nützlich sein, wenn so jemand wie ich dabei wäre, der ihnen zeigt, dass ihr keine bösen Schläger und Räuber und Mörder seid, sondern nette, freundliche und umgängliche Schmusebacken?«

Che-Nupet rieb ihre Schnauze an Felis Hüfte und schnurrte.

»Ihr macht mich fertig.«

Resigniert legte Nefer sich nieder. Und Feli kniete neben ihm, streichelte seinen Rücken und piekste ihm dann den Ring ins Ohr.

»Gut?«

»Mhrrr.«

»Und nun geht und sucht die Menschelspuren.«

Nefer war besänftigt.

»In Ordnung«, brummte er.

37. Waschbärentreiben

Feli, die sich dem nachtaktiven Leben der Katzen nicht anschließen mochte, hatte sich in ihren Schlafsack verkrochen und wollte eigentlich über die Suche nach den Menscheln nachdenken, denn sie war sich ziemlich sicher, dass die beiden Kater keine Spuren finden würden. Wenn Anat schon zugab, dass sie gleich nach dem Verschwinden ihres Kuri nichts entdeckt hatte, dann war es jetzt auf jeden Fall zu spät. Man musste das Problem anders angehen. So weit war sie gekommen, dann hatte die Dunkelheit sich gesenkt, und sie war darüber eingeschlafen. Irgendwann wurde sie wach und fühlte ein dickes, warmes, weiches Kissen um sich herum, das ein klein wenig nach Fisch roch und leise schnurrte. Zufrieden kuschelte sie sich an Che-Nupet und schlief weiter.

Als sie durch das laute Vogelzwitschern aufwachte, war das Katzenkissen fort, sie war alleine. Ausgeruht, aber zu faul, das Feuer anzuzünden, aß sie ein paar Früchte und Nüsse, nahm ein schnelles, kaltes Bad und sah sich dann suchend nach ihren Gefährten um.

Che-Nupet hatte ein sonniges Plätzchen gefunden und saß dort sehr aufrecht. Dann und wann hob sie eine Pfote und wedelte damit in der Luft herum, als wollte sie eine Fliege verscheuchen. Interessiert trat Feli näher.

Ein flinker Blick aus Che-Nupets Augen sagte ihr, dass die Katze sie gesehen hatte, aber sie rührte sich nicht aus ihrer Haltung.

»Ruhig! Muss Luft bewegen!«, wisperte sie.

Wieder beschrieb ihre Pfote eine rührende Bewegung.

Und wie von ihr angezogen flatterte ein blauer Schmetterling um ihren Kopf. Fasziniert schaute Felina zu. Che-Nupets Blick folgte dem Falter, und dann begann sie plötzlich zu schielen.

Der Schmetterling setzte sich auf ihre Nase, schlug noch zwei Mal mit den Flügeln und breitete sie dann aus.

Die große rotbraune Katze mit dem blauen Falter auf der Nase bot ein so irrwitziges Bild, dass Feli nur mit Mühe ihre Erheiterung unterdrücken konnte. Aber sie wollte selbstverständlich Che-Nupets Konzentration nicht stören.

»Ha… ha… HATSCHIE!«

Der Schmetterling schoss in die Höhe, taumelte, fing sich und flog davon.

»Der hat mir in der Nase gekrabbelt.«

»Es sah aber sehr hübsch aus.«

»Ach ja, Blau steht mir, ne?«

»Oh ja, seeehr gut. Und wie hast du den Schmetterling überredet, sich auf deine Nase zu setzen?«

»Ich hab ihn angeguckt, ja?«

»Ja, klar.« Wieder einmal staunte Feli über Che-Nupet. Immer weniger glaubte sie, dass sie wirklich so verspielt naiv war, wie sie tat. Aber warum sie das vorgab, mochte sie sie nicht fragen. Ihre Antwort würde wieder nur weitere Fragen aufwerfen. Daher wollte sie wissen: »Wo sind unsere Fährtenleser?«

»Jagen.«

»Haben sie schon was gefunden?«

»Weiß ich nicht.«

»Dann werden wir wohl auf sie warten.«

»Mhm.« Che-Nupet streckte sich behaglich aus. »Oder grübeln!« Sie schloss die Augen.

»Grübeln. Na gut.«

Aber um sich dem entspannten Grübeln der Katze anzuschließen, war Feli zu wach. Dafür dachte sie auf ihre Weise nach.

Menschel – für sie waren es menschliche Wesen; nachdem sie mit Mima gesprochen hatten, war sie sich dessen ganz gewiss – brauchten, wie sie selbst bei der Beratung mit dem Weisen gesagt hatte, Unterkunft und Verpflegung. Wenn Shepsi sie wirklich entführt hatte, dann musste er sie an einen Ort gebracht haben, an dem er ihnen beides zur Verfügung stellen konnte. Aber auch ein Ort, an dem die Katzen sie nicht vermuteten oder nicht nach ihnen suchen würden. Feli ging in die Laube zurück und fischte den Plan aus dem Rucksack, den sie mit Nefer angefertigt hatte. Sie hatte ihn in Folie eingeschweißt, damit er keinen Schaden nahm, und jetzt betrachtete sie ihn gründlich. Diese Menschel waren kleiner als sie selbst, also würden sie sicher auch nicht sonderlich schnell vorankommen. Selbst mit Gewaltmärschen kaum mehr als zehn, fünfzehn Kilometer am Tag. Und das auch nicht tagelang. Finn hatte einen von ihnen in der Nähe des Übergangsfelsens gefunden; das war einige Tage nachdem er in Trefélin angekommen war gewesen. Der Felsen lag zwei gute Tagesmärsche vom Lind Siron entfernt. Für einen Menschen wie sie. Für die Menschel wohl etwas länger. Aber ganz offensichtlich war es dort auch gefährlich, denn der arme Kerl war von einer Raubkatze aus dem Gebirge angefallen worden. Kein sicherer Ort für die Entführten. Würde Shepsi sie wirklich dorthin gebracht haben? Oder war dieser eine möglicherweise seiner Gefangenschaft entflohen und so zum Opfer geworden? Fliehen tat man immer in die entgegengesetzte Richtung, überlegte Feli und betrachtete die

Karte. Genau entgegengesetzt lag das belebte Laubental mit seinen Weiden und Gehölzen, seinen Bächlein und Tümpeln. Das bot den Menscheln Wurzeln, Früchte, Fische. Aber wenig Verstecke. Es sei denn …

»Schnuppel?« Feli setzte sich neben die dösende Katze und kraulte sie am Kinn.

»Mhrrmmm!«

»Kannst du mir auf diesem Plan zeigen, wo sich Shepsis alte Laube befindet?«

Che-Nupet öffnete ein Auge und schloss es wieder. Dann gähnte sie, stand plötzlich auf den Pfoten und beäugte den Plan.

»Der ist gut. Hach, guck mal, Trefélin sieht aus wie eine Katze, ne?«

»Ja, so hat Nefer mir das Land geschildert.«

»Mhm. Da!«

Eine Kralle piekte ein winziges Löchlein in die Zeichnung. »Am Dour Bihan. War mal eine schöne Wohngegend, aber seit dem Brand sind viele da weggezogen. Roch nicht gut, verstehst du?«

»Verstehe. Ihr mögt Feuer nicht. Aber … Könnte doch sein, dass Shepsi die Menschel dorthin geführt hat. Oder ist das völlig verbrannte Erde da?«

»Ist zwei Jahre her oder so, die Laubenwinde wächst schnell. Gutes Versteck, ja, ja.«

»Dann sollten wir doch mal dahin wandern. Sieht aus, als wäre das nicht zu weit.«

»Halbe Strecke wie zum Roc'h Nadoz.«

»Ja, schätze ich auch. Sollte man an einem Tag schaffen.«

»Ich kann schneller.«

»Ich hab nur zwei Beine.«

»Ach so, ja, natürlich. Halbe Beine, halbe Geschwindigkeit. Logisch!«

»Und da kommen unsere Fährtenleser.«

Finn und Nefer schienen einen Waffenstillstand geschlossen zu haben, und Nefer stupste sie sogar freundschaftlich mit der Nase an.

»Na, ausgeschlafen?«

»Wach und munter. Habt Ihr Fährten gefunden?«

Hatten sie nicht, die Spurensuche hatte höchst widersprüchliche Ergebnisse gezeitigt. Die Entführung der Menschel war definitiv zu lange her. Immerhin schienen Felis Überlegungen den beiden Katern einzuleuchten, und sie waren einverstanden, zu den verbrannten Lauben aufzubrechen. Auch wenn sie murrten, dass Felina ihr Vorankommen sehr verlangsamte. Da sich aber auch Che-Nupet wieder in höchst seltsamen Gangarten übte, die nicht eben für große Geschwindigkeiten geeignet waren, mussten sie sich dreinschicken.

Gegen Mittag aber wünschten auch Finn und Nefer eine Pause zu machen. Es war inzwischen heiß und schwül geworden, und während die Katzen im Schatten eines kleinen Wäldchens schliefen, sammelte Feli Blaubeeren, Erdbeeren und Himbeeren, die in großer Menge dort reiften. Mit ihrem Napf setzte sie sich neben Finn und löffelte ihn aus.

»Fehlt nur etwas Schlagsahne drauf«, murmelte sie.

»Sag bloß nichts von Sahne.«

Sie kraulte ihn.

»Heimweh?«

»Mhm.«

»Nächsten Vollmond.«

»Hoffentlich.«

Sie lehnte sich an ihn und döste ebenfalls ein.

Später, als die Sonne niedriger stand, setzten sie ihren Weg fort. Und in der Abenddämmerung hatten sie ihr Ziel fast erreicht. Nefer blieb an dem Bächlein stehen und hob die Nase. Dann öffnete er auch sein Maul und sog die Luft ein.

»Keine Menschel. Aber trotzdem ist da jemand.«

Finn flehmte ebenfalls, und Che-Nupet schnüffelte vernehmlich.

»Wenn ihr mich fragt – Waschbären«, sagte Finn schließlich.

»Spannend! Wohnen die hier?«

»Nein, die sollten oben am Halbmondplateau ihr Revier haben«, meinte Nefer.

»Sollen wir sie mal besuchen?«

»Besser, wir beobachten sie erst mal. Ich trau den kleinen Tricksern nicht mehr.«

»Kluger Finn«, schnurrte Che-Nupet.

»Schleichen wir uns mal etwas näher. Feli, besser, du bleibst hier.«

»Weil ich nicht schleichen kann?«

»Richtig. Und weil du nach Mensch riechst.«

Gut, das leuchtete ihr ein, und sie legte ihren Rucksack ab, um einen Energieriegel herauszukramen. Che-Nupet blieb bei ihr und angelte sich einen Fisch aus dem Bach. Einen sehr kleinen.

»Muss auf meine Figur achten. Ist aber blöd, weil ich immer so Hunger hab!«

»Du hast eine ganz wundervolle Figur, Schnuppel.«

»Findest du?«

»Ich hab noch nie einen so schönen Bauch gesehen wie deinen, ehrlich.«

Schlapp!

Leichter Fischgeruch lag in dem feuchten Zungenwischer, der über Felis Gesicht ging. Sie verkniff es sich, zum Bach zu eilen, und sich zu waschen. Es hätte ihre Freundin bestimmt beleidigt.

»Ich ess noch einen, ja?«

»Nur zu.«

»Komm mit, dann kannst du dein Gesicht waschen.«

»Sag mal, liest du Gedanken?«

»Weiß ich's?«

Che-Nupet hoppelte davon.

Sie konnte Gedanken lesen, definitiv. Genau wie der Weise.

Feli folgte ihr verblüfft.

»Eine ganze Kolonie haust da in der alten Laube, aber von Menscheln keine Spur«, berichtete Nefer später, als sich die Dämmerung über das Land legte.

»Ist dein Freund Anoki dabei, Finn?«, wollte Felina wissen.

»Ich habe ihn nicht gesehen.«

»Man sollte sich fragen, was die Waschbären ausgerechnet in Shepsis Laube zu suchen haben.«

»Ja, das sollte man.«

»Wir fangen uns einen und quetschen ihn aus«, knurrte Finn.

»Draufhaun und kaputt machen!«, grummelte Che-Nupet.

»Oder etwas subtiler«, schlug Nefer vor. »Morgen.«

Sie beobachteten die Truppe Waschbären seit dem Morgengrauen, und als sich einer von ihnen zum Bach hinunter begab, um eine Möhre zu waschen, schlich Nefer sich geduckt von hinten an, kauerte sich nieder, ruckelte kurz mit den Hinterpfoten und sprang.

Der Waschbär gab einen winzigen Quiekser von sich, als er im Nacken gepackt und hochgehoben wurde. Nefer eilte auf ihr Versteck zu und ließ den schreckensstarren kleinen Bären fallen.

»Kennst du den, Finn?«

Finn stieß den Waschbären mit der Pfote an.

»Die sehen alle ziemlich gleich aus. Wie heißt du, Kumpel?«

Der Waschbär machte sein Maul auf und wieder zu, es kam aber kein Laut heraus.

»Hat Angst«, brummelte Che-Nupet.

Felina kniete neben dem Waschbären nieder und versuchte, Blickkontakt aufzunehmen. Der aber hatte die blanke Panik in den Augen.

»Hey, Junge, wir tun dir nichts!«

»Mach keine haltlosen Versprechen«, grollte Finn.

»Halt's Maul«, zischte Feli ihn an und wandte sich wieder dem Bären zu. »Du bist doch ein Junge, oder?«

Kleines Nicken.

»Und du verstehst mich auch?«

Wieder ein Nicken.

»Wer ist dein Cheffe?«

»A… A… An…«

»Anoki?«

Großes Nicken.

»Wo ist Anoki?«

»W… weg.«

»Kommt er zurück?«

Nicken.

»Wann?«

»Sp… später.«

»Gut, dann warten wir hier auf ihn. Und du mit uns.«

Heftigstes Kopfschütteln.

»Doch, doch.«

Jetzt waren die Augen des Waschbären ohne Panik. Sie blickten flink um sich.

»Denk gar nicht dran«, sagte Nefer und legte ihm die Tatze ins Genick.

»Nettkatz, Nettkatz.«

»Ich bin eine sehr nette Katze, wenn du uns noch ein paar Fragen beantwortest. Und ich bin eine sehr, sehr…« Nefers Krallen drückten sich in den Pelz. »… sehr hungrige Katze, wenn ich keine guten Antworten bekomme.«

»Ich nix weiß«, jammerte sein Gefangener.

»Doch, Junge, du weißt bestimmt ganz viel«, sagte Felina nun wieder mit sanfter Stimme. »Zum Beispiel, wo die Menschel sind.«

»Nix Menschel.«

»Waren denn Menschel hier?«

»War nix Menschel. Nur Stamm.«

»Vermutlich hat er recht«, meinte Feli und sah die anderen an.

»Ja, vermutlich«, stimmte Nefer ihr zu.

»Seit wann wohnt ihr hier?«

»Wohnen?«

»Die Laube, seit wann seid ihr in der Laube?«

»Oh, ein Mond Laube.«

»Schön hier, nicht?«

»Oh, viel schön. Cheffe gemacht.«

»Das hat Cheffe gut gemacht. Mit wem?«

»Mit große Cheffe. Mit Cheffekatz.«

»Was macht ihr für Cheffekatz?«

»Ich nix weiß. Ich nix machen. Ich klein.«

»Der Unterling weiß wahrscheinlich wirklich nichts«, meinte Finn. »Er ist noch sehr jung. Passen wir einfach auf ihn auf und schnappen uns dann Anoki. Ich bin sicher, der weiß verdammt viel mehr über den Deal mit Cheffekatz.«

Che-Nupet hatte schweigend zugehört, stand jetzt auf, reckte sich, machte einen Buckel und meinte: »Halte ich Ausschau nach Cheffe.«

Mit einem Satz war sie einen Baumstamm hoch, balancierte einen dicken Ast entlang und legte sich dann in einer Astgabel nieder.

»Keine schlechte Idee«, sagte Nefer.

Anoki kam, als die Sonne den Zenit überschritten hatte. Finn und Nefer stürzten sich auf ihn, noch bevor er die Laube erreichen konnte. Der Waschbär hatte keine Chance gegen die beiden großen Katzen, und seine Stammesangehörigen flohen wild in alle Richtungen, als sie sahen, was mit ihrem Anführer geschah. Auch der junge Waschbär entkam Feli, doch sie kümmerte sich nicht mehr um ihn. Finn ging ruppig mit Anoki um, fand sie. Andererseits hatte der Kerl ihn ja auch schon mal verpfiffen. Finn hatte ihn im Nacken gepackt und schüttelte ihn kräftig durch. Dann warf er ihn Nefer zu, der ihn mit den Pfoten, aber ohne Krallen herzhaft herumstieß. Feli hatte dieses Verhalten bei Melle manchmal beobachtet, wenn sie mit einer Maus spielte. Sie bekam Mitleid mit dem Waschbären, der schon aus etlichen Wunden blutete.

»Hört auf. Es wird Zeit, ihm Fragen zu stellen.«

»Der kann noch ein bisschen Fußball!«

»Kann er nicht. Schluss!«

»Schluss, Cheffe!«, röchelte Anoki.

Finn wollte ihn noch mal packen, aber Feli schlug dem Kater die flache Hand auf die Nase.

»Aus! Platz!«

»Ich bin doch kein Hund!«

»Lassen wir ihn«, sagte Nefer und setzte sich neben den Waschbären. »Was habt ihr hier zu suchen?«, herrschte er ihn an.

»Dürfen hier sein.«

»Wer hat es erlaubt?«

»Cheffekatz.«

»Welche?«

»Klugkatz.«

»Name?«

»Cheffe!«

Feli mischte sich ein.

»Kopftuch?«, fragte sie mit eine entsprechenden Handbewegung.

Anoki nickte.

»Farbe?«

»Helldunkel.«

»Farbe, Freundchen!«

»Kenn nicht Wörter.«

Feli rupfte eine Butterblume ab und hielt einen Grashalm daneben.

»So?«

»Ja, ja, Cheffe-Farbe!«

»Könnte sein«, murmelte Nefer. »Was für eine Arbeit macht ihr für Cheffe?«

Anoki wirkte verstockt. Finn zeigte ihm seine Pfote und ließ die Krallen hervortreten.

»Aufgabe?«

»Wie … wie du, Cheffe!«

»Ringe klauen?«

Heftiges Nicken.

»Schau an«, sagte Feli. »Und wo sind die Ringe?«

»Weg.«

»Finn, die Krallen!«

»Neiiiiin!«

»Wo sind die Ringe?«

Es brauchte noch eine kleine Weile der Überredung, dann war es heraus. Die Waschbären hatten auf Shepsis Anweisung die fünf gestohlenen Ringe in einem Tümpel versenkt, in der Annahme, dass keine Katze sie dort finden und schon gar nicht herausholen würde. Auf ihr barsches Drängen hin führte Anoki sie auch zu dem kleinen See, der sich im Bachlauf aufgestaut hatte.

»Der sieht tief aus«, meinte Feli zweifelnd.

»Höhlen unter dem Boden hier«, erklärte Che-Nupet, die sich endlich von ihrem Baum hinunter bequemt hatte. »Ganz tief.«

Sie sahen sich ratlos an. Und dann sahen drei Katzen Feli an.

Sie spürte die Blicke auf sich. Und Angst kroch ihr in die Kehle.

»Nein, nein.«

»Doch, doch. Menschen mögen Wasser. Und Menschen haben Hände. Hast du selbst gesagt«, meinte Nefer.

»Ich kann nicht tauchen.«

»Kannst du doch.«

»Und schon gar nicht in Höhlen.«

»Das ist keine Höhle, das ist nur ein tiefer Tümpel.«

»Che-Nupet hat gesagt …«

»Che-Nupet sagt viel, wenn der Tag lang ist.«

»Ich will nicht.«

»Nein, du musst, Felina. Wir brauchen diese Ringe, um Shepsi zu überführen.«

Ja, das mochte sein, aber …

»Es ist ein heißer Sommertag, Feli. Zu Hause würdest du an den Baggersee gehen.«

Was irgendwie stimmte. Und das klare, kühle Wasser sah auch verlockend aus.

»Na gut. Dreht euch um.«

»Warum?«

»Weil ich mich ausziehen muss. Mit Kleidern kann ich nicht tauchen.«

»Sei nicht so verschämt!«

»Jungs!«

»Geht weg!«, sagte Che-Nupet und schob Finn zur Laube.

Feli zog sich bis auf Slip und BH aus und tauchte dann den Zeh ins Wasser. Kühl. Erfrischend.

Der Rand jedoch ging gleich steil nach unten. Sie nahm ihren Mut zusammen und glitt hinein. Den Boden erreichte sie nicht mit den Füßen, und sie machte einige Schwimmbewegungen, um den Kopf über Wasser zu halten. Dann atmete sie einige Male tief ein und versuchte, nach unten zu kommen. Das Wasser schlug über ihrem Kopf zusammen. Ihre Füße erreichten kiesigen Boden. So tief war es nun auch wieder nicht. Erleichtert kam sie wieder hoch.

»Okay, ich versuch's«, sagte sie zu Che-Nupet.

»Mach mal!«

Diesmal ging sie kopfüber nach unten und hielt die Augen in

dem klaren Wasser offen. Die Sonne schien bis auf den Grund, und darum nahm sie das kleine goldene Glitzern auch wahr. Mit dem ersten Ring tauchte sie auf.

»Da!«

Che-Nupet nahm ihn an sich und setzte sich darauf.

Beim nächsten Abtauchen fand Feli zwei, dann noch mal jeweils einen Ring. Alle fünf waren nun zusammen, und sie kletterte aus dem Tümpel und schüttelte sich die Haare aus, die ihr nass ins Gesicht fielen.

»Igitt!«, sagte Che-Nupet, die im Tröpfchenregen saß. Aber sie rührte sich nicht von dem Nest voller Ohrringe unter sich.

»So, jetzt lege ich mich erst mal in die Sonne, um mich zu trocknen«, verkündete Feli. »Passt du auf, Schnuppel?«

»Immer. Geh bauchlüften.«

»Danke!« Feli umarmte die Katze und drückte ihr ihre eigene nasse Nase auf deren bräunliche trockene.

»Huch«, sagte Che-Nupet, und Feli lachte. Dann suchte sie sich eine Stelle im Gras, auf die die Sonne schien, legte sich auf T-Shirt und Jeans und schloss die Augen.

Die Wärme des Nachmittags hüllte sie ein. Das Summen der Bienen, das vielstimmige Zwitschern der Vögel, das leise Rascheln der Laubenwinde war alles, was zu hören war. Es war wundervoll still in diesem Land, dachte sie verschlafen. Keine Rasenmäher, keine Flugzeuge, keine Autos, keine Musik – obwohl, die hätte schon mal sein können. Aber zu sehr fehlte sie ihr auch nicht. Der Duft von Gras und wildem Thymian umwehte sie in der lauen Brise, und sie dämmerte weg.

Aus ihrem Schlaf erwachte sie, weil eine sanfte Zunge ihr über den Bauch schlappte. Es war ein witziges Gefühl, gar nicht unangenehm. Ein bisschen kitzelig.

»Ist auch ein hübscher Bauch, nicht, Schnuppel?«, sagte sie mit geschlossenen Augen. Die Zunge verweilte einen Moment und bewegte sich dann weiter nach oben. Sie schlappte nun zwischen den Körbchen ihres BHs, und Feli murmelte: »Na, na, na!«

Dann blinzelte sie.

Und schoss in die Höhe.

»Nefer!«

»Brmmm.«

»Was fällt dir ein?«

»Oh, eine ganze Menge. Du hast wirklich einen hübschen Bauch. Mhm. Und er schmeckt auch gut.«

»Nefer!!!«

»Du hast mich auch immer an allen möglichen Stellen angefasst. Hab ich mich darüber empört?«

»Das ist doch was ganz anderes.«

»Ja?«

Dieser verdammte schwarze Kater grinste doch wirklich. Und diese blauen Augen – also, die waren schon irgendwie bezwingend. Und so richtig empört war sie eigentlich auch nicht.

»Na, besser, ich zieh mich wieder an«, murmelte sie.

»Schade.«

»Nefer!!!«

Aber kichern musste sie doch. Sie schlüpfte in ihre Kleider und sah sich nach Che-Nupet um. Die saß noch immer am selben Platz, regungslos wie eine Statue, auf einer Ohrenspitze ein gelber, auf der anderen ein weißer Schmetterling. Als sie zu ihr trat, erhob sich ihr Ohrschmuck und flatterte davon.

»Fünf Ringe, Nefer.«

»Hab ich schon gehört. Damit sollten wir Amun Hab schnellstens aufsuchen. Wir haben aus Anoki auch noch ein paar Details herausbekommen. Aber über die Menschel wusste er nichts.«

»Das überlassen wir Amun Hab, wenn er sich mit Cheffe Shepsi unterhält, denke ich.«

Che-Nupet erhob sich bereitwillig von den Ringen, und Feli steckte die kleinen Schmuckstücke in ihre Hosentasche.

»Wo ist Finn?«

»Ratzt.«

»Dann wecken wir ihn mal auf.«

Ausgeruht und mit sich zufrieden trabte Feli zwischen den Katzen den Bachlauf entlang. Abends briet sie sich einen Fisch auf einem kleinen Feuer, schlief zwischen drei wärmenden Pelzen, und am nächsten Morgen brachen sie frühzeitig auf, damit sie um die Mittagszeit am Lind Siron sein konnten. Sie waren schon am Ausläufer des Mittelgrats angekommen, als Nefer plötzlich stehen blieb.

Auch Che-Nupet hob die Nase.

»Glitschwurm!«, sagte sie.

»Wer?«

»Scheiße!«, sagte Finn.

Und dann sah Feli sie auch. Vier schwarze Gestalten lauerten geduckt unter einem Busch, eine fünfte lag in einer Astgabel.

»Panther!«, flüsterte Nefer. »Die haben hier nichts zu suchen.«

Schon sprinteten die fünf Gestalten auf sie zu.

Feli blieb ein Schrei in der Kehle stecken. Finn und Nefer stellten sich den Raubkatzen. Kreischen ertönte. Sie rannte in heller Panik los. Zwei waren hinter ihr her. Sie sprang über den Bach. Die schwarzen Pfeile flogen ebenso hinüber. Einer war vor ihr. Der andere hinter ihr. Sie knurrten.

Feli versuchte, nach links zu laufen. Ein dritter sprang auf sie zu. Er setzte sich hin und leckte sich die Pfote.

»Was wollt ihr von mir?«

Sie bekam keine Antwort.

Sie versuchte, langsam rückwärts zu gehen. Zweie folgten ihr. Geduckt, die gelben Augen glühend vor Blutdurst. Sie stolperte, fiel hin.

Knurrend näherten die drei sich.

»Nicht. Ich hab euch nichts getan!«

Auf dem Boden rutschte sie weiter weg von ihnen.

Sie saßen still, lauernd.

Ihr Herz raste, sie keuchte.

Einer fauchte leise.

Wieder versuchte sie aufzustehen.

Die drei standen ebenfalls auf.

Sie kam auf die Füße, schaute kurz nach hinten.

Freie Ebene. Keine Deckung. Vor ihr ansteigendes Geröllfeld.

Oh Gott, das war ihr Ende!

Die drei schlichen näher, einer riss sein Maul auf. Ein tiefes, böses Grollen ertönte.

Es würde schnell gehen, hoffte sie und warf sich aufschluchzend zu Boden.

Etwas Rotbraunes tauchte auf. Krallen zischten durch die Luft. Ein Aufheulen, dann ein Kreischen. Feli erstarrte, atmete nicht mehr.

Blutgeruch breitete sich aus.

Brüllen, markerschütternd.

Ein Panther rannte fort, einer lag leblos am Boden, Blut strömte aus seiner aufgerissenen Kehle. Der dritte brach eben zusammen, blind, die Ohren zerfetzt, die Augen ausgerissen.

Che-Nupet setzte sich ruhig zwischen den toten und den sterbenden Panther.

Sie schnaufte leise.

»Schnuppel«, keuchte Feli. »Schnuppel?«

»Mhm.«

»Warst das wirklich du? Du alleine gegen drei Panther?«

»Na ja. Mach ich. Wenn man mich ärgert, werd ich zum Tier, ne.«

»Äh – ja.«

Mühsam rappelte Feli sich auf. Der steinige Boden war nicht

freundlich zu ihr gewesen. Sie humpelte auf die Katze zu, doch die wehrte ab.

»Bleib weg, Felina.«

Gehorsam blieb sie stehen. Und sah Che-Nupet genauer an. Ein seltsames Licht glomm in ihren Augen, abgründig, golden, flackernd. Sie senkte sofort die Lider.

»Finn? Nefer?«

»Hauen sich mit den zwei anderen.«

Der sterbende Panther röchelte.

»Che-Nupet … Kannst du …?«

»Ja. Dreh dich um.«

Feli folgte. Das Röcheln verstummte.

»Geh zum Bach, Feli!«

»Ja.«

Sie hinkte, trotz der Mittagshitze frierend, zum Bachlauf. Dort legte sie den Rucksack ab. Ihr rechter Unterarm blutete aus vielen Abschürfungen, und ihr Knöchel schmerzte. Che-Nupet tauchte neben ihr auf, doch blieb sie einige Meter von ihr entfernt. Feli erinnerte sich an die wohltuende Behandlung mit der Katzenzunge und bat: »Leckst du da mal drüber, Schnuppel?«

»Später. Wasser.«

»Gut.«

Sie zog Schuhe und Strümpfe aus und watete in den kalten Bach und wusch die Wunden aus. Dann kehrte sie zurück und setzte sich nieder, um sich abzutrocknen.

Che-Nupet stakste zum Ufer, trat in das Wasser und legte sich flach hinein.

»Ich dachte, Katzen mögen nicht nass werden.«

»Hilft.«

Und mit fassungslosem Staunen bemerkte Feli, dass Dampf um die Katze herum aufstieg.

Herr im Himmel, was war Che-Nupet für ein seltsames Geschöpf!

Nach einer Weile kam sie wieder heraus, schüttelte sich und murrte leise. »Ist nicht schön.«

»Geschmackssache.«

»Vielleicht.«

Feli verkniff sich jede weitere Frage, denn es war eindeutig, dass ihre Freundin nichts zu erklären wünschte. Stattdessen schlug sie vor: »Wir sollten Finn und Nefer suchen. Ich hoffe, sie sind mit den Panthern fertig geworden.«

»Werden schon.«

Und dann wurde sie Zeuge, wie Che-Nupet mit einem Satz einen mächtigen Vogel schlug und ihn mit wenigen Bissen verschlang.

»Durft ich jetzt, ne?«

»Ja, hast du dir verdient.«

»Mhm.«

Nachdem Che-Nupet sich geputzt hatte, wanderten sie zu der Stelle, an der die Panther gelauert hatten. Mühsam ein wenig, denn Felis verstauchter Fuß tat ihr weh.

Nefer saß unter einem Baum und leckte seine Wunden. Aber er bemerkte sie sofort und stand auf.

»Alles in Ordnung mit dir, Feli?«

»Ein paar Schrammen. Und du?«

»Auch ein paar. Aber sie sind hinter Finn her. Ich konnte nichts tun.«

Er sah unendlich betrübt aus.

»Ich glaube, sie wollten uns trennen.« Die Rolle der Kätzin erwähnte Feli nicht. Sie vermutete stark, dass Che-Nupet ihre kämpferischen Fähigkeiten lieber geheim halten wollte. Sonst würde sie nicht ständig die träge, faule Katze spielen.

»Das würde bedeuten, dass sie es auf Finn und dich abgesehen haben? Aber warum?«

»Nefer – greifen die Panther gewöhnlich euch Katzen ohne Grund an?«

»Nein, wir haben ein Abkommen. Scheiße, jemand hat sie auf uns angesetzt.«

»Das vermute ich auch.«

»Was machen wir – Finn suchen?«

»Zuerst zu Amun Hab. Wir sind nur drei, ich bin etwas angeschlagen, du bist ein Mensch und Che-Nupet …«

»… ist Che-Nupet. Gehen wir zum Lind Siron.«

38. Höhlenerlebnis

Finn keuchte. Der Panther war so verdammt schnell. Und seine Krallen verdammt scharf. Zweimal hatte er ihn schon erwischt. Finn hetzte das Geröllfeld hinauf. Besser wäre die Ebene, aber unten kam die zweite Raubkatze angesprintet.

Sie schnitten ihm den Weg ab. Er musste sich gegen den einen zur Wehr setzen. Bekam einen weiteren Hieb ab. Konnte weiter nach oben entkommen. Der andere schlug einen Bogen, trieb ihn nach links.

Da, ein Einschlupf!

Finn hechelte, nahm seine letzte Kraft zusammen. Sprang. Dorniges Gestrüpp riss Fell aus seinem geschundenen Körper. Dann die Enge. Der Kopf passte durch. Seine rechte Hüfte brannte von einem plötzlichen Krallenhieb.

Endlich war er drin.

Die beiden Raubkatzen brüllten vor dem Eingang. Ihre Tatzen schnellten hindurch, aber die Panther folgten ihm nicht.

Langsam tastete Finn sich rückwärts.

Nach hinten hin schien der Spalt breiter zu werden.

Plötzlich rutschte er ab und fiel nach unten.

Benommen blieb er liegen.

Für eine Weile schwamm sein Bewusstsein im grauen Zwielicht, dann aber holten die Schmerzen ihn wieder ein.

Alles tat weh.

Am meisten aber die Hüfte, die den letzten Hieb abbekommen hatte. Mühsam drehte er den Kopf, um zu erkunden, wo er sich eigentlich befand. Von oben, durch den Spalt, fiel Licht hinein, und seine scharfsichtigen Katzenaugen waren in der Lage, die Umgebung wahrzunehmen. Eine Höhle tat sich auf, eine weite Höhle, hoch wie eine Kathedrale. Und das stete Tropfen erklärte die Säulen, die feucht im Licht schimmerten.

Tropfsteinhöhle.

So eine hatte er vor einigen Jahren auf einer Klassenfahrt besichtigt. Es war unheimlich gewesen, aber auch faszinierend.

Der Einschlupf lag auf einer schmalen Galerie, der eigentliche Boden der Höhle etwa zwei Meter darunter. Für eine Katze seiner Größe im Grunde ein kleiner Hüpfer nur, aber im Augenblick fühlte er sich viel zu zerschlagen und zu schwach, um nach oben zu springen. Außerdem wollte er den Panthern nicht noch mal begegnen. Immerhin, Wasser gab es hier, und er leckte durstig eine Pfütze aus. Dann begann er, sorgfältig und vorsichtig, die vielen Schrammen und Kratzer zu bearbeiten. Wie man seine Wunden versorgt, das hatten ihm seine Kameraden aus Anhors Truppe beigebracht. Danach versank er wieder in einen unruhigen Halbschlummer, wachte aber immer wieder auf, wenn er sich auch nur ein kleines bisschen bewegte. Die Wunde an seiner Hüfte brannte wie Feuer, obwohl sie kaum noch blutete, und als er sich erhob, stellte er fest, dass er das Bein nicht belasten konnte.

Draußen war es dunkel geworden, die Geräusche der Nacht klangen bis zu ihm hinunter. Nachtjagende Vögel stießen ihre Schreie aus, Steinchen rieselten unter den Pfoten irgendwelcher Tiere, das Wispern der Blätter im Nachtwind war deutlich zu hören. Es schien, dass die Höhle die Geräusche aus irgendeinem Grund verstärkte.

Finn leckte noch etwas Wasser auf und legte dann den Kopf wieder auf die Pfoten. Es war sinnvoller, bis zum Morgengrauen auszuharren. Vielleicht würde er sich dann besser fühlen. Die Wunden an seinem Katzenkörper heilten gewöhnlich recht schnell, hatte er festgestellt.

Er döste wieder ein, und sein Geist wanderte in der seltsamen, schattenlosen Zone des Zwielichts. Manchmal tauchten Gesichter auf. Das seiner Mutter, deren vorwurfsvoller Blick ihn streifte. Kristin, die über etwas kicherte, vermutlich über seine Blödheit. Dann wurde die Welt farbiger – er war wieder zu Hause, in seinem Zimmer. Tiefe Traurigkeit erfasste ihn, als er seinen PC sah, den Helm, seine Bücher. Dann verschwand all das wieder, und es wurde grau und nebelig um ihn. Unheimlich war dieser Nebel, undurchdringlich. In Schwaden umwaberte er die Stämme uralter Bäume. Hier und da leuchteten gespenstische Augen auf.

Finn erwachte von seinem eigenen angstvollen Keuchen.

Finster war es geworden, die dunkelste Stunde der Nacht, in der auch die Jäger ruhten.

Sein Körper schmerzte noch immer unbarmherzig, in seiner Hüfte pochte es. Schlafen konnte er nicht mehr, denn nun wollte sein Verstand Antworten haben.

Was war eigentlich geschehen? Er versuchte sich daran zu erinnern, was von dem Moment an passiert war, als sie die Panther gesehen hatten.

Einer war sofort auf ihn zugestürmt, ein anderer auf Nefer. Drei aber hatten sich auf Felina gestürzt.

Großer Gott, auf Feli! Er war ein Kater, er war schnell gewesen, Nefer hatte sofort zugeschlagen. Aber Feli … Ein Mädchen und drei mordlustige Panther? Sie musste tot sein. Oder tödlich verletzt. Che-Nupet war ihr ganz sicher keine Hilfe gewesen. Auch sie vermutlich ein Opfer der Raubkatzen.

Aber warum? Warum hatten sie sie angefallen? Angeblich blieben die wilden Katzen doch unter sich. Hatten sie unwissentlich eine Reviergrenze überschritten? Nein, sicher nicht, denn auf dem Hinweg hatten sie denselben Pfad genutzt, und da war keine Spur von Panthern wahrnehmbar gewesen.

Hatten die Panther gewusst, dass sie dort entlangkommen würden? Es sah fast so aus, denn es war kein willkürlicher Angriff. Die fünf hatten genau gewusst, wie sie ihre kleine Gruppe auseinandertreiben konnten. Feli war ihr auserwähltes Opfer. Feli, die fünf Ringe in der Tasche hatte. War es das gewesen?

Aber wer wusste davon? Sie hatten mit niemandem über ihre Expedition zu der abgebrannten Laube gesprochen. Hatte man sie heimlich beobachtet? Oder hatte einer von ihnen darüber geredet? Che-Nupet war ziemlich blöde. Vielleicht hatte sie bedenkenlos geschwatzt.

Oder hatte gar dieser undurchsichtige Amun Hab sie ganz bewusst in die Falle laufen lassen?

Feli hatten sie angegriffen. Und dann hatten sich zwei auf ihn gestürzt. Hatten sie Nefer getötet? Oder – und hier grauste es ihn plötzlich – hatten sie es auf ihn und Feli abgesehen, weil sie Menschen waren? Der Menschenhasser war Shepsi. War er in der Nähe seiner alten Laube gewesen und hatte beobachtet, wie sie die Ringe gefunden hatten? Hatte einer der Waschbären sie verraten? Hatte Shepsi die Panther beauftragt, sie zu töten? Shepsi war angeblich ja mal als Diplomat tätig gewesen. Er hatte vermutlich Beziehungen auch zu den Raubkatzen.

So musste es gewesen sein – Shepsi. Er wollte die Menschen vernichtet haben, und er wollte die Ringe zurück. Und die Waschbären, diese verfluchten Petzen, hatten ihrem Cheffe sofort von dem Überfall auf sie erzählt.

Und jetzt?

Jetzt war alles vollkommen trostlos. Feli und Che-Nupet vermutlich tot, Nefer vielleicht auch. Und wenn er, Finn, aus der Höhle kam, würde er leichte Beute sein, so zerschlagen wie er war. Die Trauer um seine Freunde nahm ihm fast den Atem. In der Dunkelheit sah er wieder Felis Gesicht. Feli, die ihn lachend kraulte, die ihn auszankte und wie einem Hund Befehle gab. Die so süß und fröhlich sein konnte, die hier, in diesem seltsamen Katzenland auch gar nicht mehr so unnahbar war. Sie hatte ihn auch herumgeschubst, sicher, aber er fühlte sich nicht so klein und mickerig, denn sie hatte trotz allem eine Art, ihn ernst zu nehmen. Nun war sie tot, zerrissen von wilden Tieren. Oh Gott.

Zum Schmerz in seinem Körper kam der Schmerz in seinem Herzen. Er hätte geweint, wenn eine Katze hätte weinen können. So aber klagte er, und die Höhle hallte von seinem Trauergesang wider.

Dann legte er sich erschöpft nieder, und wieder wanderte sein Geist im Schatten, der ohne Konturen schien. Lange wohl, lange, bis er von Stimmen geweckt wurde.

Helligkeit, die durch den Einschlupf strömte, bedeutete ihm, dass es Tag geworden war. Und dass man seine Spuren gefunden hatte. Schon wollte Hoffnung aufkeimen, aber dann verstand er die Worte, die dort oben gesprochen wurden.

»Nein, ich glaube nicht, dass er hier wieder rausgekommen ist. Hier ist viel Blut geflossen. Katzenblut.«

»Gut, trotzdem sollten wir eine Weile Wache halten. Sicher ist sicher.«

»Oder mal hineinkriechen?«

»Du, nicht ich. Ich hasse Höhlen, Menhit.«

»Bleiben wir draußen. Sollte er wirklich noch leben, wird er irgendwann hungrig werden und rauskommen.«

»Und wenn er tot ist, fängt er an zu stinken. Nur dumm, dass deinen Freunden das Mädchen entkommen ist.«

Ein Knurren erfolgte.

»Weiß der Sphinx, wie ihr das gelungen ist. Sie muss irgendwelche Waffen gehabt haben. Zwei Panther zerfetzt. Schlichtweg zerfetzt.«

»Che-Nupet war bei der Gruppe.«

»Che-Nupet ist eine träge, fette Idiotin. Die wird ihren feisten Bauch gerettet haben.«

»Vermutlich. Aber drei Panther sind entkommen. Haben sie nicht irgendwelche Hinweise geben können?«

»Scheißpanther. Sie haben mich angefaucht und wollten auf mich losgehen. Sieht aus, als gäben sie mir die Schuld, dass ihr Anführer draufgegangen ist.«

»Schade drum.«

»Ja, schade drum. Er war ein gefährlicher Liebhaber.«

»Du wirst einen anderen finden, Pachet.«

Ein paar Steinchen rollten durch den Einschlupf. Finn wagte kaum zu atmen. Er hoffte inständig, dass man die Geräusche aus der Höhle draußen nicht so deutlich hörte wie hier drinnen.

Die zwei Kätzinnen schwatzten müßig weiter, vor allem jetzt über die Qualitäten ihrer Liebhaber. Er kam dabei mehr als schlecht weg. Aber nicht nur er alleine. Außerdem war ihm das auch reichlich egal. Feli hatte überlebt. Aus irgendeinem wunderbaren Grund hatte sie überlebt. Dass sie selbst zwei Panther getötet hatte, glaubte er nicht; sie musste Hilfe erhalten haben. Und da die beiden Kriegerinnen auch Nefer nicht erwähnten, hoffte er, der Kater mochte ebenfalls entkommen sein. Immerhin war seine Vermutung richtig, dass die Panther nicht aus eigenem Antrieb gehandelt hatten, sondern beauftragt worden waren. Durch Pachet. Pachet, die zum Hofstaat der Königin gehörte. Und die sich auch am Übergangsfelsen aufgehalten hatte, als Feli mit Nefer eingetroffen war. Dann mochte auch sie es gewesen sein, die die Grautigerinnen auf Feli und das Ankh gehetzt hatte, als sie hier in Trefélin angekommen war.

Und auch an ihn hatte sie sich nicht ganz ohne Grund herangemacht, als er am Grenzfluss zum Scharrwald auf Patrouille war. Sie wollte ihn von etwas ablenken und in Schwierigkeiten bringen.

»Hast du deinem Lover schon gesagt, dass das Menschenweibchen entkommen ist?«

»Ich arbeite noch dran. Er wird ziemlich sauer sein.«

»Was wollten die eigentlich da in Shepsis abgebrannter Laube?«

»Keine Ahnung. Rumschnüffeln vermutlich. Sie haben ja lange mit Amun Hab konferiert. Wär ganz gut, wenn wir rausfinden würden, wie der zu der Sache steht. Mit Bastet Merit hat er sich ein paarmal ordentlich gestritten. Vielleicht ist der auch ganz froh drum, wenn sie wegbleibt.«

»Du machst dir Hoffnungen, was?«

»Pffft. Du doch auch, oder?«

Darum ging es also. Intrigenspiele um die Macht. Gott, warum sollte es in der Welt der Katzen anders zugehen als in der Welt der Menschen?

Finn kroch so leise wie möglich etwas tiefer in die Höhle. Die Kätzinnen oben schwiegen nun. Vermutlich ging das Vertrauen so weit nicht, dass sie einander ihre egoistischen Pläne anvertrauten. Aber er hatte genug gehört, um sich eine ganze Menge zusammenzureimen. Wenn ihm nur nicht so schwummerig im Kopf gewesen wäre.

Er trank noch ein paar Schlucke und verfiel dann wieder in einen unruhigen Halbschlaf.

Es wurde Abend, es wurde Nacht, es wurde wieder Morgen. Hell und Dunkel wechselten, und Finn verlor das Gefühl für die Zeit. Die brennenden Schmerzen waren dumpfen gewichen, doch war ihm heiß, und als er mühsam aufstand, um zu trinken, taumelte er. Irgendwas stimmte nicht mit ihm, seine Sicht war getrübt, seine Sinne seltsam stumpf geworden. Dennoch strengte er sich an, um zu lauschen. Oben war alles ruhig. Er flehmte. Auch keine Tiere mehr in der Nähe. Die Kätzinnen schienen verschwunden zu sein.

Irgendwann in seinen fiebrigen Träumen war ein Zipfelchen Erkenntnis zu ihm gekommen. Er versuchte sich zu erinnern. Pachet. Pachet, die ihn am Scharrwald verführt hatte. Menschel. Da, wo die wilden Menschel ihre Versammlung gehabt hatten.

Das war es.

Hatte sie gewollt, dass sie den kleinen Steinzeitlern nicht weiter folgten? Dass sie nicht weiter darüber nachdachten, warum sie sich plötzlich so feindselig verhielten? Dann war ihr das gründlich gelungen.

Und wenn das so war – dann war dort wohl etwas verborgen.

Hielten die wilden Menschel die Diener der Katzen dort versteckt?

Hatte Shepsi sie dorthin getrieben?

Das würde erklären, warum er den Toten in der Nähe des Roc'h Nadoz gefunden hatte, denn das lag auf dem Weg vom Lind Siron zum Gebiet der fel'Derva in jenem Wald.

Dieser Gedanke verscheuchte einen Teil der Dunstwolken in seinem Hirn. Und der Wille keimte wieder auf. Er musste hier raus. Er musste zu Amun Hab.

Er schleppte sich zu der Stelle unterhalb des Einschlupfs und schielte nach oben. Es könnte gehen. Doch, auch wenn er das rechte Hinterbein kaum belasten konnte.

Komischerweise kam ihm Che-Nupet in den Sinn, die immer Laufen auf drei Beinen übte. Sie konnte das ganz gut, auch wenn sie dabei komisch aussah und manchmal auf die Schnauze fiel. Es musste gehen. So hoch war es nicht.

Finn nahm seine Kraft zusammen und konzentrierte sich.

Dann sprang er.

Schmerz kreischte durch seine rechte Hüfte.

Aber er blieb mit den Vorderpfoten am Sims hängen.

Klimmzüge.

Ja, Klimmzüge würden helfen.

Er strengte sich an, keuchte.

Bog seinen gepeinigten Körper zusammen, schnellte hoch und hatte die Galerie erreicht.

Hier verlor er gnädigerweise das Bewusstsein.

Als er wieder zu sich kam, war es dunkler geworden. Doch nicht Nacht, sondern dicke Wolken hatten sich vor die Sonne geschoben. Er schnüffelte. Die Luft schien rein. Aber irgendwo in der Ferne grollte der Donner.

Sollte er es jetzt wagen?

Vermutlich war es die beste Gelegenheit. Bei einem drohenden Gewitter suchten alle Tiere irgendwo Schutz.

Er quetschte sich unter Qualen aus dem schmalen Felsspalt und taumelte den Geröllabhang hinunter. Die Luft lastete schwer und schwül auf dem Land, und seine Sicht verschwamm mehr und mehr. Auf drei Beinen zu laufen war fast unmöglich. Wegen des Schwindels in seinem Kopf konnte er das Gleichgewicht nicht halten. Immer wieder stürzte er, rutschte über den steinigen Boden, schürfte sich seine eben verheilten Wunden wieder auf. Aber der Wille, seine Botschaft zu überbringen, war mächtig geworden. Er trieb ihn weiter.

Er erreichte ein kleines Rinnsal, das am Fuß des Felsens entsprang.

Erschöpft ließ er sich fallen. Seine Beine versagten ihm den Dienst.

Wetterleuchten zuckte über den Himmel.

39. Geschichtsunterricht und eine Operation

Nefer schmiegte sich an Feli. Sie sah so unglücklich aus.

»Wir finden ihn, Felina.«

»Es ist vier Tage her, Nefer. Wenn er noch leben würde, hätte er doch ganz bestimmt hergefunden. So weit ist es doch nicht.«

»Anhor durchstreift mit seinem Trupp das ganze Gebiet.«

»Ich weiß, aber ich würde gerne selbst nach ihm suchen. Ja, ja, ich kann nicht riechen und nicht so gut lauschen, und sehen kann ich auch nicht richtig. Ich bin eben immer und überall ein Krüppel.«

»Feli, ich würde auch viel lieber selbst nach ihm suchen. Aber Amun Hab hat recht: Wir sind in Gefahr, solange die Sache mit den Panthern nicht geklärt ist.«

Sie saßen hinter der Laube, von deren Blättern noch die Tropfen des heftigen Gewitterschauers rannen. Die Schwüle hatte sich verzogen, die Luft war klar und kühl. Feli, auf einem Stein, ließ ihre Füße im Wasser des Baches baumeln. Der Knöchel war noch immer geschwollen, obwohl er ihn sehr sorgfältig abgeleckt hatte. Nefer wunderte sich etwas, dass Che-Nupet diese Aufgabe nicht übernommen hatte; als Heilerin war sie recht begabt. Aber die Transuse war gleich nachdem sie bei dem Weisen eingetroffen waren, irgendwohin verschwunden, vermutlich um sich die Wampe vollzuschlagen und ihrer Faulheit zu frönen.

Amun Hab hatte ihnen ruhig zugehört, als sie von der Waschbärenkolonie berichtet hatten und Feli die fünf Ohrringe vorgewiesen hatte.

»Shepsi also«, hatte er dann geschnurrt. Und Nefer hoffte, dass er in seinem Leben nie wieder einen solchen Laut hören musste.

»Wir wissen allerdings nicht, ob er auch das Ankh an sich genommen und die Menschel entführt hat, Amun Hab. Das vermuten wir lediglich. Und von beidem haben wir bisher keine Spur gefunden. Ob er selbst die Panther auf uns gehetzt hat, können wir auch nicht beweisen.«

»Und dann ist da noch der versiegelte Übergang«, hatte Feli hinzugefügt.

»Ich werde ihn befragen. Aber zuerst soll Anhor sich um euren Gefährten kümmern. Schweigt über das, was ihr erlebt habt.«

»Natürlich.«

»Und bleibt hier, bis Abi mit den Panthern gesprochen hat.«

Abi war einer der Kater, der die diplomatischen Beziehungen zu den Wildkatzen aufrecht hielt. Er war einer der wenigen, die sich mit ihnen verständigen konnten. Man munkelte, dass sein Vater eine der Raubkatzen war, doch seine Mutter hatte das standhaft geleugnet. Nichtsdestotrotz hatte Abi eine gewisse Ähnlichkeit mit den schwarzen Wilden, und sie schienen ihn zu respektieren.

So waren sie also zur Untätigkeit verurteilt, und mit jedem Tag der Ungewissheit mehr wurde Feli trauriger. Nefer versuchte sie aufzuheitern, obwohl er ebenfalls nicht besonders glücklich war. Finn war ein so übler Kamerad nicht, und er gab sich selbst die Schuld daran, dass er nach Trefélin gekommen war. Wenn dieser verdammte Eierlikör nicht so gut geschmeckt hätte …

»Warum Che-Nupet wohl nicht bei uns geblieben ist«, murmelte Feli plötzlich.

»Die geht ihre eigenen Wege. Vermutlich döst sie irgendwo.«

»Ich weiß nicht.«

»Jetzt redest du schon wie sie.«

»Ich?«

»Ja, du. Sie sagt auch immer ›Ich weiß nicht‹.«

»Oh. Ja, stimmt.«

Nefer registrierte überrascht, dass Feli plötzlich ganz heiter aussah. Vermutlich belustigte sie der Gedanke an den dicken Faulpelz. Darum schlug er vor: »Du kannst ja auch mal üben, einen Schmetterling auf deine Nase zu locken.«

»Ja, das könnte ich.«

»Und deinen hübschen Bauch könntest du auch wieder mal lüften.«

»Nein, das könnte ich nicht. Der wird nur wieder gewaschen.«

»Dann wird er aber sauber.«

»Der ist nicht schmutzig.«

»Weiß man's? Wo du den doch nie lüftest?«

Jetzt kicherte sie sogar. Aber das T-Shirt hob sie nicht an. Dafür fixierte sie einen weißen Schmetterling. Schade eigentlich.

Nefer hätte das Geplänkel gerne noch fortgesetzt, aber ein Schatten fiel zwischen sie.

»Nachrichten!«, sagte eine tiefe Stimme.

»Amun Hab! Haben sie Finn gefunden?«

»Noch nicht, aber Abi hat mit den Panthern gesprochen. Sie waren überaus ungehalten, denn ihr Anführer und ein weiterer Jäger sind getötet worden. Warum habt ihr mir das verschwiegen?«

»Ich habe keinen Panther umgebracht. Derjenige, der mich angegriffen hat, ist gleich darauf hinter Finn hergelaufen. Die drei anderen haben Feli gejagt.«

»Felina?«

»Ja, Amun Hab. Sie waren hinter mir und Che-Nupet her. Aber ich kann mich kaum an etwas erinnern. Ich war so entsetzt.«

Amun Hab nickte nur.

»Nun gut, wie auch immer, Shepsi hat sie nicht beauftragt.«

»Nicht?«

Nefer fuhr auf.

»Nein. Und nun wird die Angelegenheit noch etwas brenzliger. Pachet hat ihnen den Auftrag gegeben, Finn und Feli zu töten.«

»Heiliger Sphinx.«

»Pachet. Eine Kriegerin, nicht wahr?«

»Ja, Felina. Aus dem Hofstaat der Königin.«

»Dann könnte sie auch die beiden Katzen angewiesen haben, uns bei unserer Ankunft am Roc'h Nadoz zu überfallen. Nefer, du hast doch gesagt, dass du dort ihre Spur gefunden hast.«

»Habe ich.« Nefer unterdrückte ein böses Fauchen. »Ich dachte, sie seien der Königin loyal ergeben.«

»Sieht wohl anders aus. Und die Frage nach dem Ankh muss nun auch neu bedacht werden.«

»Wo ist Pachet?«

»Ruhig, Nefer. Auch das ist meine Angelegenheit.«

»Was ist mit den Panthern?«, wollte Felina wissen.

»Sie haben eingesehen, dass sie durch eigenes Verschulden ihren Anführer und den Kämpfer verloren haben. Solange du dich nicht auf ihr Gebiet begibst, werden sie dich nicht antasten.«

»Also muss ich jetzt hier nicht mehr abwarten, sondern kann mich an der Suche nach Finn beteiligen?«

»Den sie möglicherweise in ihr Revier getrieben haben. Wir Katzen spielen manchmal gerne mit unseren Opfern.«

»Bevor ihr sie tötet. Ja, ich weiß.«

»Und deshalb hat er vielleicht noch eine Chance. Wie jede kluge Maus.«

Feli, fand Nefer, wirkte nicht sonderlich getröstet.

»Katzenspiele sind sehr rau«, flüsterte sie heiser und sah bedrückt zu Boden. Ihr Füße hatte sie aus dem Wasser genommen und betastete ihren Knöchel.

»Soll ich dir eine Heilerin schicken, Felina?«

»Wo ist Schnuppel?«

»Wer?«

»Che-Nupet.«

»*Wie* nennst du sie?«

»Sie hat's mir erlaubt.«

»Heiliger Sphinx! Das würde selbst ich mich nicht getrauen.«

Es raschelte hinter ihnen zwischen den Lauben, und Nefer sprang auf, bereit zu kämpfen. Doch es erschien nur ein schlanker Kater mit einem geschlitzten Ohr.

»Bote?«, sagte Amun Hab.

»Von Anhor. Er hat den Menschenkater gefunden. Schickt eine Heilerin.«

»Wo?«

»Am Fuß des Menez Siron, Ostseite.«

»Du findest Anat im Nordviertel am See. Bring sie zu mir, und dann begleitest du sie und Nefer zu Anhor.«

Der Bote sprang los, und Feli richtete sich auf.

»Ich gehe mit.«

»Du bist zu langsam.«

»Ich kann laufen.«

»Dein Knöchel ist verletzt.«

»Dann hinke ich eben hinterher.«

»Du kannst dich nicht nützlich machen.«

»Ach ja, ich kann ja gar nichts, ich weiß. Reib es mir nur noch ein bisschen deutlicher unter die Nase, Nefer.«

»Was, glaubst du, kannst du für Finn tun, Felina?«, wollte der Weise wissen.

Sie zuckte mit den Schultern.

»Warum darfst du Che-Nupet mit diesem unaussprechlichen Namen anreden, Felina?«

»Weiß nicht.«

»Felina?«

Diesmal war Amun Habs Schnurren sehr sanft.

»Es ist mir rausgerutscht, als ich ihren Bauch gekrault habe.«

»Und warum hast du den gekrault?«

»Weil sich das schön anfühlt. Ihr haltet sie alle für eine dumme, faule Katze, aber ich hab sie gerne.«

»Und Finn.«

»Auch.«

»Dann ist das Grund genug, zu ihm zu gehen. Nefer, kannst du Felina tragen?«

Nefer bekämpfte den bitteren Stich von Eifersucht, der bei Felis letztem Wort durch ihn hindurch gefahren war.

»Ja, kann ich. Es ist nicht allzu weit.«

»Gut. Ich hole meinen Rucksack.«

Anat, die elegante cremefarbene Katze mit dem beigen, blümchenbetupften Kopftuch begutachtete Felis Fuß, schleckte ein paarmal darüber und meinte: »Das ist schon fast verheilt. Trotzdem solltest du nicht weit drauf laufen. Zu dumm, dass ihr Menschen nur zwei Beine habt, nicht?«

»Ja, wirklich dumm.«

»Aber die Hände sind ganz praktisch.«

»Wie geht es Mima? Tut mir leid, dass wir die Menschel noch nicht gefunden haben.«

»Sie ist sehr anhänglich, aber sie isst wieder und sieht etwas besser aus.«

»Ich besuche sie noch mal, wenn du willst.«

»Wenn wir zurück sind. Nun wollen wir los.«

Nefer stellte sich neben Feli und meinte: »Halt dich mit den Händen an meinem Hals fest. Los, Feli, auf meinen Rücken!«

Sie wog auch nicht mehr als eine ausgewachsene Katze, und als sie erst einmal einen Halt gefunden hatte, fand Nefer es gar nicht so beschwerlich, sie zu tragen. Allerdings konnte er nicht so schnell laufen wie Anat und der Bote. Aber die beiden hatten eine deutliche Spur hinterlassen, sodass er ihnen mühelos folgen konnte. Feli schwieg die ganze Zeit über, aber zwischendurch kraulte sie immer mal wieder seinen Nacken. Dann sah er die Gruppe Katzen. Sie saßen zwischen den Farnen, die das kleine Rinnsal säumten.

»Da vorne sind sie. Anhor, Sem, Pepi, Ani und Anat.«

»Lass mich runter, den Rest kann ich gehen.«

»Wie du willst.«

Sie glitt von seinem Rücken, und er streckte sich erleichtert. Dann trabte er neben ihr her.

Finn lag lang ausgestreckt auf seiner linken Seite. Seine Augen waren geschlossen, sein Atem ging flach und schnell.

»Fieber«, sagte Anat, als sie zu ihm traten. »Durch eine geschlossene Wunde ausgelöst.«

»Was heißt das?«

»Ich muss die Stelle finden, wo es ihn erwischt hat. Oder ihn irgendwie wach bekommen, dass er es mir sagen kann.«

Feli kniete bei ihm nieder und streichelte seinen Kopf.

»Er fühlt sich heiß an. Vielleicht, wenn man etwas Wasser über ihn gießt…«

»Ich möchte ihn nicht bewegen.«

»Mhm. Aber ich kann mich bewegen.« Feli kramte ihre Trinkflasche aus dem Rucksack und ging zum Bächlein.

»Wie habt ihr ihn gefunden?«, wollte Nefer wissen.

»Blutspuren. Er muss sich oben in einer Höhle versteckt haben«, sagte Sem. »Die Panther haben sich wohl nicht getraut, durch den engen Spalt zu kriechen. Ziemlich clever von ihm.«

»Aber er hat sich dort auch versteckt gehalten, denn es haben schon zwei Kriegerinnen vor uns nach ihm dort gesucht. Das war weniger clever«, meinte Hauptmann Anhor.

Nefer unterdrückte eine Antwort. Noch war es vermutlich besser, nichts von den intriganten Kätzinnen verlauten zu lassen.

Feli kam mit der Flasche voll Wasser zurück und goss ihn über Finns Kopf. Er murrte.

»Finn, Finn, komm zurück«, lockte sie ihn.

»Was… wo…?«

»Ich bin's, Feli. Finn, wir helfen dir. Werd wach, du Schlafmütze.«

Er blinzelte.

Nefer trat vor, damit er auch ihn sehen konnte.

»Los, Kumpel, komm hoch.«

»Nfer«, nuschelte er.

»Genau der.«

»Gefahr. Pachet.«

»Wissen wir. Aber du musst wieder auf die Pfoten kommen.«

Feli goss einen weiteren Schwung Wasser über seinen Kopf.

»Igitt.«

»Bleib wach, Finn. Und sag Anat, wo es dir wehtut. Sie ist eine Heilerin.«

»Hüfte.«

Feli tastete über das Fell, und Finn fauchte.

»Hier ist nur eine kleine verschorfte Stelle. Kann es das sein?«

»Ja, das kann es.«

Anat trat neben Feli und leckte über die angegebene Stelle.

Finn fauchte lauter.

»Da ist Hitze drin, die muss raus. Finn, es wird wehtun, aber es geht nicht anders. Sonst stirbst du.«

»Scheißalternative.«

»Richtig.«

Anat sah plötzlich hoch.

»Oh, gut, dass du kommst, Che-Nupet. Hat man dir Bescheid gegeben?«

»Nö, ich war nur so in der Gegend. Ist was?«

»Ein Verwundeter. Muss die Flanke aufmachen.«

»Mach ich. Hab meine Krallen erst gerade geschärft. Schöne alte Eiche, ist gut für Pediküre, ne?«

»Was habt ihr vor?«

Bei der Vorstellung, dass die Kätzin seinen verletzten Freund mit den Krallen traktierte, sträubte sich Nefers Rückenfell.

»Einen chirurgischen Eingriff, Nefer. Ich glaube, bei uns nennt man das, was Finn quält, einen Abszess«, erklärte Feli. »Ich habe den Eindruck, dass Anat und Che-Nupet wissen, was da zu tun ist. Und ich glaube, es ist scheußlich. Besser, du gehst mit den anderen die Gegend sichern oder so was.«

»Ja, Nefer, gehen wir Wache halten«, stimmte Sem zu, der ebenfalls ein gesträubtes Rückenfell hatte.

»Geht ihr. Ich bleibe.«

»Brauchst nicht«, sagte Finn.

»Nein, brauch ich nicht. Brauch ich wirklich nicht.«

Nefer setzte sich neben Finn und legte ihm die Pfote leicht auf den Nacken. Es gab nicht viel, was er tun konnte. Aber er hatte Schuld daran, dass Finn hier verwundet und schmerzgepeinigt lag. Und darum blieb er. Und schnurrte.

Schnurren half immer.

»Anat, du oben, ich unten«, sagte Che-Nupet. »Holst du noch Wasser, Feli. Gut mit Händen, ja, ja!«

Anat legte sich vor Finn und schnurrte ebenfalls.

»Schau mir in die Augen, Kleiner«, forderte sie ihn dabei auf.

Finn drehte seinen Kopf zu ihr. Und auch Nefer sah neugierig zu ihr hin. Die Heilerinnen verfügten über gewisse Techniken, die er noch nie gesehen hatte. Zum Glück.

Anats bernsteinfarbene Augen hielten Finns Blick fest, und langsam veränderten sie ihre Farbe. Nefer war fasziniert von dem, was nun geschah. Sie wurden leuchtender, heller. Sie wurden golden und sogen ihn in die Tiefe. Golden wogten die Gräser, golden schimmerten sie im Sonnenlicht. Golden wogten sie, wie ein seidiges Meer in einer sanften Brise. Blau wölbte sich der Himmel über ihnen, und in der Ferne erhoben sich blau die Berge. Ein Baum mit einer breiten Krone bot Schatten, ein klarer Bach ergoss sich plätschernd zwischen rundgewaschenen Steinen. Frieden breitete sich in Nefer aus. Und Frieden erfasste auch Finn. Er spürte, wie sein Freund unter seiner Pfote ruhig wurde.

»Schnurrt weiter«, flüsterte Che-Nupet. »Lauter!«

Er gehorchte ihr.

Dann zuckte Finn zusammen und schrie.

»Schon gut, schon gut. Ist passiert.«

Es roch widerlich, was da aus dem langen Krallenschnitt floss, und Nefer sah, wie Feli sich abwandte und würgte. Er selbst rang auch mit der Übelkeit, aber das Schnurren half ihm, sich zu beherrschen.

»Uhhh«, stöhnte Finn. »Uhh.«

»Besser?«

»Anders.«

»Steh auf, müssen das wegscharren.«

Sie halfen Finn auf die Pfoten zu kommen und führten ihn zum Wasser.

Die Nacht verbrachten Nefer und auch die anderen an Finns Seite, der nun ruhig schlief. Und als die Morgendämmerung anbrach, ging Nefer auf die Jagd. Als er mit seiner Beute zurückkam, hatte Finn sich aufgesetzt. Feli, Che-Nupet und Anat waren fort, nur Sem war noch geblieben.

»Ich glaub, es geht mir besser«, verkündete Finn. »Ist das ein Truthahn?«

»Meiner.«

»Schade.«

»Aber wenn du ein bisschen bettelst, bekommst du einen Happen ab.«

Sie teilten sich den Vogel und gingen dann zum Rinnsal, um zu trinken. Finn war zwar noch langsam, aber sicher auf den Pfoten.

»Ich muss zu Amun Hab«, verkündete er.

»Kommst du, aber erst ruhst du noch einen Tag.«

»Besser nicht. Ich habe etwas erfahren.«

»Pachet.«

»Ihr wisst es schon?«

»Zumindest, dass sie die Panther auf euch angesetzt hat.«

»Ja, aber da ist noch mehr. Sie will Königin werden.«

»Sicher. Kann sie versuchen.«

»Und sie weiß, wo die Menschel sind.«

»Ups, das ist neu.«

Finn erklärte, wie er zu diesem Schluss gekommen war, und Sem nickte.

»Kam mir danach auch komisch vor. Die Kratzende hat den Ruf, sich gefährlichere Liebhaber zu nehmen als einen einfachen Grenzwächter.«

»Die Kratzende?«

»Pachet – einer der Alten Namen.«

»Ziemlich passend.«

»Amun Hab wird sich um sie kümmern, aber wir sollten den Scharrwald aufsuchen. Sowie du wieder fit bist, Finn.«

»Morgen.«

Nefer fand, dass Finn sich erstaunlich gut damit abgefunden hatte, als Kater in Trefélin zu leben. Das hatte er nicht erwartet, solange er Mensch in seiner Welt gewesen war. Da war Finn ihm recht unbedarft und unreif vorgekommen. Beinahe noch unreifer als Sem, Ani und Pepi. Hier aber wollte er ihnen wirklich helfen und hatte große Schmerzen auf sich genommen, um ihnen Nachricht zu bringen. Es würde nicht schaden, wenn er sie begleitete, um die Menschel zu finden. Er selbst, Nefer, würde schon aufpassen, dass er nicht noch einmal zu Schaden kam. Darum stimmte er zu.

»Also gut. Morgen. Aber zuerst suchen wir Amun Hab auf. Und jetzt versorg deine Wunde, damit sie schneller heilt.«

Finn leckte sich die Flanke, hielt aber dann plötzlich inne.

»Was hat Anat da eigentlich gemacht, Nefer? Das war ziemlich seltsam, das mit ihren Augen.«

»Putz weiter, dann versuche ich dir das zu erklären.«

Gehorsam bürstete Finn weiter sein Fell über der Wunde. Und Nefer suchte sein Wissen zusammen.

»Die Heilerinnen und die Seelenführer verfügen über bestimmte Gaben. Das, was du in Anats Augen gesehen hast, waren die Goldenen Steppen.«

»Du hast es auch gesehen?«

»Weniger als du, denn auf dich hatte sich ihr Blick gerichtet.«

»Goldene Steppen – das wolltest du mir schon einmal erklären.«

»Ja, das wollte ich. Die Goldenen Steppen sind ein Ort des Friedens, und vermutlich hilft es den Heilern, den Kranken und Verwundeten die Schmerzen zu nehmen.«

»Nein, die Schmerzen nicht«, sagte Finn nachdenklich und richtete sich auf. »Nein, nicht die Schmerzen selbst, aber die Angst vor den Schmerzen. Man weiß plötzlich, dass man es ertragen kann. Dass es vorbeigeht. Und dann kann man es ertragen. Interessante Technik, wenn man das bedenkt.«

»Sie wissen, was sie tun, unsere Heiler. Bei ihrer Ausbildung verbringen sie einige Zeit auf den Goldenen Steppen. Dort wachsen auch Heilkräuter, die sie mitbringen, um hier Krankheiten zu heilen.«

»Warst du schon mal da?«

»Nein, ich kenne den Weg nicht. Ich habe nur Geschichten über diese Gefilde gehört. Aber interessieren würde es mich schon.«

»Wie kommt man dahin?«

»Durch die Grauen Wälder. Aber dazu muss man diesen Bereich gut kennen. Ich würde es nie wagen, alleine andere Wege einzuschlagen als die, die zu den Übergangsstellen in eurer Welt führen.«

»Und wie finden die anderen sich da zurecht?«

»Gaben. Pfadfinder haben besondere Gaben. Erstaunlicherweise hat Felina sie auch.«

»Tatsächlich?«

»Sie kann mit dem Pendel, wahrscheinlich auch mit einer Rute Strömungen fühlen. Wenn sie ausgebildet würde, wäre sie vermutlich sehr gut darin.«

»Ich dachte immer, das sei esoterischer Spinnkram.«

»Ist es aber nicht.«

»Nee, ist vieles nicht. Merk ich ja selbst. Sonst wär ich nicht hier und würde auch nicht in diesem ausgefransten Pelz stecken.«

Sem saß schweigend neben Finn und machte einen betretenen Eindruck. Nefer sah ihn durchdringend an.

»Was ist da eigentlich am Dolmen passiert?«, wollte er wissen. »Was hat euch Rattenhirne dazu gebracht, mir den Ring abzunehmen und Finn mitzuschleppen?«

»War Scheiße, was wir gemacht haben, Nefer. Wissen wir ja jetzt. Aber wir dachten, dass dir der Eierlikör noch besser schmecken würde, wenn wir dir ein bisschen Wodka untermischen. Hat dir ja auch gefallen. Aber dann warst du so hinüber, dass wir dachten, du kommst nicht durch die Grauen Wälder.«

»Ihr hättet mich tragen können.«

»Nnnja. Aber wir fanden es witzig… Ich weiß, es war nicht witzig, einen Menschen zu verschleppen. Und wir dachten auch nicht, dass er zum Kater wird. Imhotep hat uns dermaßen zusammengefaltet… Und mit Prüfung wird wohl auch lange nichts mehr, hat er gesagt.«

Es half nichts, dass er noch immer wütend auf die drei Narren war. Nefer schluckte einige herbe Beschimpfungen hinunter. Wodka im Eierlikör. Heiliger Sphinx, was für Idioten.

Und selbst war er auch einer.

»Ist nun mal passiert, und vielleicht kann ich ja nächsten Vollmond zurück. Amun Hab hat's versprochen«, sagte Finn. »Und wenn das jetzt klar ist, dass Pachet mich absichtlich in diese Patsche gebracht hat, wird er mir vielleicht auch nicht übelnehmen, dass ich sie gepimpert hab.«

»Er ist nicht umsonst der Weise«, sagte Nefer beruhigend. »Du hast das bisher nicht schlecht gemacht. Pass nur auf, dass du bis dahin am Leben bleibst.«

»Mhm. Wie lange noch?«

»Sechzehn Tage.«

»Werd mich bemühen. Aber…« Finn sah Nefer etwas unglücklich an. »Ich kann mich nicht erinnern, wie ich hierhergekommen bin. Und ihr sagt immer, die Grauen Wälder sind gefährlich. Ich kenn den Weg zurück doch gar nicht.«

»Keine Sorge. Es wird dich jemand begleiten, der die Pfade kennt.«

»Dann ist ja gut. Sagt mal, was sind die Grauen Wälder eigentlich? Und warum sind sie so gefährlich?«

Da der Tag nun wieder schön zu werden versprach und die Sonne wärmend über dem Fleckchen am Rinnsal lag, streckte Nefer sich gemütlich aus. Finn hatte ein Recht darauf zu wissen, wie ihre Welt funktionierte.

»Das ist eine lange Geschichte«, begann er also.

Finn und Sem streckten sich ebenfalls aus.

»Lange Geschichten sind gut«, brummte Finn. »Geht die Zeit schneller rum.«

»Wenn ich sie nicht behalten muss«, meinte Sem.

»Tropf!«

»Ich bin nicht so ein Streber wie du, Nefer.«

»Weiß ich.«

»Erzähl, Nefer«, forderte Finn ihn auf und schenkte Sem einen vernichtenden Blick.

Nefer fing also an zu berichten.

»Vor vielen Tausend Jahren gab es eine gemeinsame Welt der Menschen und der Katzen. Beide Arten, so sagt man, entwickelten ein immer heller werdendes Bewusstsein. Die Katzen aber waren älter als alle anderen Geschöpfe und ihnen um viele Entwicklungsstufen voraus. Sie sammelten schon weit früher Wissen und Weisheit. Sie lehrten die aufrecht Gehenden, deren Potenziale sie erkannten, brachten ihnen die Kultur und gaben ihnen Namen. Von den Menschen wurden sie dafür wie die Götter verehrt. Man baute ihnen Tempel und schmückte sie mit goldenen Anhängern und Ohrringen. Die Menschen erkannten, dass die Katzen ihnen an Weisheit und Erkenntnis überlegen waren.

Doch diejenigen Katzen, die sich nach ihren zahlreichen Leben ihrer Wiedergeburt bewusst wurden, zogen sich aus der Menschenwelt mehr und mehr zurück, je weiser sie wurden, und überließen es den Aufrechten, ihren Weg alleine zu gehen. Sie gründeten ihr eigenes Reich – Trefélin. Hier lebten nun die Treféligeborenen, die sich auf ihre Weise weiterentwickelt haben.«

»Ja, aber in unserer Welt *gibt* es doch noch Katzen, Nefer.«

»Sicher, genau wie es hier Menschel gibt. Anfangs war die Trennung nicht vollständig, es entwickelte sich ganz allmählich, sagen die Chroniken. In der Welt der Menschen verblieben jene Katzen, die im Kreis der Wiedergeburt neu waren. Wir nennen sie die Katzengeborenen, und wir wachen über sie. Aber das ist eine andere Geschichte.«

»Die an anderer Stelle erzählt werden soll, verstehe. Vermutlich ist sie unendlich.«

»Ziemlich. Jedenfalls ist Trefélin inzwischen vollkommen von der Welt der Menschen abgetrennt; nur einige wenige Übergänge sind noch geöffnet für jene, die die Kenntnisse darum haben und über den entsprechenden Ohrring verfügen. Die Alten und Weisen haben damals den Grauen Wald angelegt, der als Grenzgebiet zwischen den Welten dienen sollte. Fragt mich nicht, mit welcher Art von Magie es ihnen gelungen ist. Auf dem Gebiet kenne ich mich nicht aus, und ich frage mich, ob überhaupt noch jemand weiß, wie sie es gemacht haben. Tatsache aber ist, dass es eine Zwischenwelt gibt, die sich mehr und mehr ausgebreitet hat. Aus dem schmalen, nebeligen Waldstreifen sind die Grauen Wälder geworden, die ihre eigenen Geheimnisse entwickelt haben. So gelangt man, wenn man die Wege kennt, auch zu den Goldenen Steppen, auf denen sich die Seelen der Katzengeborenen erholen und auf ihre Wiedergeburt vorbereiten. Einige von uns übernehmen Aufgaben dort, helfen den Katzen, sich zurechtzufinden, heilen ihre Wunden, geben ihnen neue Pelze, beraten sie und hören ihnen zu.«

»Aber nach Trefélin dürfen die Katzengeborenen nicht?«

»Nein, unser Reich ist ihnen verschlossen. Einige wenige wissen, dass es existiert, aber sie haben ein anderes Sein gewählt und folgen ihrer Bestimmung.«

»Und wohin geht ihr, wenn ihr sterbt? Nicht auf die Goldenen Steppen?«

»Nein. Wir werden nicht wiedergeboren. Unsere Wahl.«

»Und wir Menschen?«

»Das kann ich dir nicht sagen, Finn. Das ist deine Welt.«

»Oh, mhm. Na gut. Wär ja auch zu schön, wenn es darauf eine Antwort gäbe. Was passiert, wenn man sich in den Grauen Wäldern verirrt?«

»Dann helfen einem – hoffentlich – unsere Pfadfinder, wieder zurückzufinden. Auch das ist eine der Aufgaben, die wir übernommen haben. Du musst wissen, dass die Grauen Wälder auch der Ort der Verbannung sind. Jene, die ein Verbrechen begangen haben, verlieren ihren Namen und müssen dort verweilen, bis sie ihre Strafe abgebüßt haben. Dann bringt auch sie einer der Pfadfinder zurück.«

»Also ist es eigentlich nicht sonderlich gefährlich dort.«

»Doch. Denn in den Grauen Wäldern hat sich auch der Schwarze Sumpf gebildet.«

»Hört sich ekelig an.«

»Ist es auch. Am Rande der Goldenen Steppen fließt der Helle Bach. Von dem trinken die Katzengeborenen und durchwaten ihn, um sich von ihren Erinnerungen zu reinigen. Alle Schmerzen und Qualen spült dieser Bach in jenen Sumpf. Dort werden sie irgendwie umgewandelt, sagt man.«

»Eine Klärgrube, sozusagen.«

»Ja, sozusagen.«

»In die man besser nicht reintappt, vermute ich.«

»Richtig. Weshalb sie bewacht wird.«

»Bist du schon mal da gewesen?«

»Oh, nein. Und wenn ich es irgendwie vermeiden kann, werde ich nicht einmal in die Nähe kommen.« Nefer gähnte und räkelte sich. Sem war inzwischen eingeschlafen, und er verspürte auch eine gewisse Müdigkeit. »Ruhen wir jetzt ein bisschen. Du hast genug Stoff zum Nachdenken, Finn.«

»Das kannst du wohl sagen.« Und er rollte sich zusammen. Nefer rückte näher an ihn heran und legte seinen Schwanz um ihn herum.

»Hey, Nefer.«

»Mhm?«

»Danke.«

»Da nicht für.«

40. Das Ankh wird gefunden

Feli saß neben Anat und verspeiste Himbeeren. Große, köstliche, reife Himbeeren, die in großen Mengen am Rand des kleinen Wäldchens wuchsen. Anat hatte sich zu einem Kringel zusammengerollt und hielt einen satten Verdauungsschlaf. Che-Nupet hingegen tobte auf der Wiese herum. Es war höchst possierlich. Sie lauerte geduckt im Gras, sprang dann plötzlich mit allen vier Beinen gleichzeitig in die Luft, hetzte wild im Kreis herum. Sprang dann wieder hoch, machte einen Buckel, peitschte mit dem Schwanz, wirbelte herum und raste erneut los.

»Was macht die da nur?«, fragte Feli leise.

Anat blinzelte mit einem Auge.

»Kaninchen jagen.«

»Ah so.«

Ein letzter, gewaltiger Satz, ein heftiges Scharren im Gras, dann schlenderte Che-Nupet gemächlich zu ihr zurück. Ohne Beute.

»Ist dir das Kaninchen entwischt, Che-Nupet?«

In Gegenwart anderer Katzen, hatte Feli beschlossen, würde sie Schnuppel nur noch mit ihrem korrekten Namen anreden, da dieser Kosename offensichtlich Irritationen verursachte.

»Nö, hab nur geübt.«

»Nur geübt?«

»Ja, ist besser. Ist gut gegen Hunger, ne? Wenn man gejagt hat, glaubt der Bauch, dass man satt ist.«

»Prima Diät. Solltest du dir patentieren lassen.«

»Weiß nicht. Kann nicht jeder mit.«

Feli lachte.

»Nein, ich zum Beispiel nicht. Wenn ich Hunger habe, brauch ich richtig was zu essen.«

»Muss ich auf meine Figur achten.«

Feli stand auf und legte der rotbraunen Katze den Arm um den Nacken. Und leise flüsterte sie ihr ins Ohr: »Du hast so eine gute Figur, Schnuppel. Du musst nicht immer hungrig sein.«

Waldseegrüne Augen sahen sie an.

»Doch, Feli. Ich muss. Mein Stoffwechsel ist grässlich. Darf ich nur essen, wenn ich viel Energie verbrauche.«

Feli ging ein Licht auf. Sie sah die dampfende Che-Nupet vor sich, die sich in dem Bach nach dem Kampf mit den Panthern abkühlte. Und dann sah sie die unsagbar ruhige Katze vor sich, die Schmetterlinge auf ihre Nase lockte. Irgendwas war tatsächlich anders an ihrem Stoffwechsel.

»Ich glaube, ich verstehe ein bisschen.«

»Ja, das tust du.« Und vertrauensvoll rieb Che-Nupet ihren Kopf an Felis Bauch. »Freundin«, schnurrte sie.

Feli kniete nieder, sodass sie auf Augenhöhe mit ihr war. Sie umfasste das pelzige Katzengesicht und drückte dann leicht ihre Nase an die braune.

»Freundin«, bestätigte sie.

Che-Nupets Augen zogen sie plötzlich in ihren Bann. Waldseegrün leuchteten sie, doch das Grün wandelte sich. Goldene Flecken tanzten darin, verwirbelten und wurden zu flimmernden Lichtern. Feli fühlte sich wie in einen Wald im Sonnenschein gezogen. Durch das grüne Laub tanzten Licht und Schatten auf einem uralten Weg. Sie folgte ihm willig, vertrauensvoll. Eine Lichtung tat sich auf, begrenzt von blühenden Hecken und vier hohen Bäumen – eine silbrige stämmige Birke, eine harzig duftende Pinie, eine schwankende Weide über dem Wasser und eine gedrungene Eibe, in deren dunklen Nadeln rote Beeren schimmerten.

Leise klang Che-Nupets geschnurrte Stimme zu ihr.

»Wenn du mich brauchst, Feli, ruf mich hierhin. In Gedanken. Du kannst das, ne?«

»In den Wald?«

»Ja, in den Wald. Ich komme dann.«

»Danke.«

Dann schloss Che-Nupet langsam die Augen und entließ Feli aus ihrem Bann. Feli blieb noch einen Moment benommen zwinkernd stehen und trauerte dem verlöschenden Bild von Frieden und Macht nach. Doch Che-Nupet stupste sie und Anat an.

»Sehen wir nach Finn, ne. Und bringen Felina dann zurück. Berichten Amun Hab.«

»Mhm.«

Anat erhob sich geschmeidig, und sie trotteten zu dem Bächlein, wo die drei Kater ruhten. Nefer klärte sie kurz über Finns Erkenntnis über den Verbleib der Menschel auf, was Anat ganz offensichtlich mit großer Freude erfüllte. Da ansonsten alles in Ordnung schien und ihre Hilfe nicht mehr benötigt wurde, brachen sie zum Lind Siron auf.

Amun Hab lag mit zwei Katern auf dem Ratsfelsen. Als er sie kommen sah, hob er die Pfote, um sie zu sich zu winken.

»Dies sind Mafed und Imhotep, Felina. Sie sind Seelenführer und Pfadfinder. Möglicherweise hast du Mafed schon einmal gesehen.«

»Zumindest ich habe dich gesehen, Gesas Enkelin. Ich habe Majestät an jenem Abend begleitet.«

»Oh, ja – es liefen zwei Katzen durch den Garten, als ich aus dem Fenster schaute. Aber – ich dachte mir nichts dabei.«

»Konntest du ja auch nicht.«

Feli setzte sich zu ihnen. Mafed war ein schöner Siamkater, hell, mit brauner Gesichtsmaske und braunem Schwanz. Er trug ein braunbeige gestreiftes Kopftuch mit feinen blauen Fäden drin, die zu seinen Augen passten. Es wirkte auf Feli gar nicht mehr komisch, sondern höchst elegant. Imhotep war ein muskulöser, etwas untersetzter grauer Kater, den ein dunkelrotes, mit Goldfäden durchzogenes Kopftuch schmückte.

»Wie geht es Finn?«

»Gut, denke ich. Morgen kommt er her. Er muss nur noch etwas Kräfte sammeln.«

Che-Nupet legte sich unaufgefordert neben Feli, Anat war verschwunden.

»Wir haben von dem Boten bereits gehört, was sich abgespielt hat«, erklärte Amun Hab nun. »Wir berieten eben, was weiter unternommen werden soll.«

»Shepsi wird zur Verantwortung gezogen«, sagte Imhotep. »Ich werde mich persönlich darum kümmern. Es ist unglaublich, was er angerichtet hat.«

Feli spürte ein leises Zucken in Che-Nupets Fell.

»Shepsi hat die Waschbären angestiftet, die Ringe zu klauen, aber Pachet hat doch wohl die Panther auf uns gehetzt«, sagte sie.

»Er wird auch dahinterstecken, ebenso wie hinter der Entführung der Menschel«, grollte Imhotep. »Er scheint den Wunsch zu haben, die Würde der Königin zu zerstören.«

»Und dafür zu sorgen, dass eine andere gewählt wird? Ein kleiner Königsmacher also«, sagte sie.

»Er war schon immer ein einfältiger Tropf. Er bildet sich wohl ein bisschen viel auf seine Möglichkeiten ein. Gleichwie, er ist ein Idiot. Aber er besitzt das Ankh, wie ich gerade erfahren habe. Das wird ihm helfen, seine Gefolgschaft zu vergrößern.«

»Weshalb ihm daran liegt, dass die jetzige Königin nicht zurückkommt«, ergänzte Mafed. »Ich frage mich allerdings, ob der Vorfall am Dolmen in der Menschenwelt bei unserer Rückkehr auch auf ihn zurückzuführen ist oder ob er nur die Gunst der Stunde genutzt hat.«

»Wir werden es aus ihm herausbekommen«, knurrte Imhotep. »Allerdings hat er sich seit einiger Zeit hier nicht mehr blicken lassen. Aber das lässt sich ändern.«

»Gut, und wir werden die Menschel finden«, sagte Feli. »Finn hat nämlich erfahren, wo sie sind.«

»Tatsächlich?«

»Mit großer Wahrscheinlichkeit im Scharrwald.«

»Wie kommt er darauf?«

»Pachet hat ihn – ähm – abgelenkt, als er dort Patrouille ging. Und die wilden Menschel dort haben sich sehr feindselig verhalten, als hätten sie etwas zu verbergen. Außerdem – er hat doch einen Toten nicht weit vom Scharrwald gefunden. Und Shepsi war in der Nähe, als Finn hier in Trefélin eintraf.«

»Ich habe ihn gebeten, sich um den Jungen zu kümmern. Ich war verdammt sauer auf die jungen Narren, aber man konnte den armen Kerl doch nicht alleine lassen.«

»Aber Shepsi ist erst nach drei Tagen aufgetaucht und hat ihm auch nur ganz kurz erklärt, wo er sich befindet. Dann ist er wieder verschwunden. Zwei Tage später hat Finn das tote Menschel gefunden. Seit wann vermisst ihr eure Menschel?«

Amun Hab grollte, und auch die beiden anderen Kater gaben bedrohliche Laute von sich.

»Passt. Er muss sie zusammengetrieben und am helllichten Tag, wenn wir der Ruhe pflegen, fortgebracht haben. Er kennt sich aus, er wird Wege durch wenig bewohntes Land benutzt haben.«

»Außerdem ist es allen bekannt, dass er sich um die Ausbildung der Menschel kümmert. Selbst wenn man ihn gesehen hat, wird sich niemand etwas dabei gedacht haben«, ergänzte Mafed.

»Aber sie wurden nach einigen Tagen vermisst. Wie kommt es, dass ihr die Fährte nicht aufgenommen habt?«

»Menschel dürfen sich frei bewegen, Felina. Und um jene Zeit versammeln sie sich gerne und feiern ihre Sommerfeste. Ihre Abwesenheit hat ihre Besitzer nicht sonderlich beunruhigt. Sie haben zu spät bemerkt, dass sie nicht mehr zurückgekommen sind. Das ging mir genauso«, sagte Mafed.

»Und geschickt war es von Shepsi, dass er sie in den Scharrwald gebracht hat. Denn dort vermischen sich ihre Spuren mit denen der anderen, die dort wild leben«, meinte Amun Hab ebenfalls nachdenklich und sah dann Feli an. »Und du hast eine Idee, wie du sie dort wieder herauslocken kannst?«

»Ist sie ein Mensch, Amun Hab«, ließ sich Che-Nupet leise hören. »Konnte mit Mima sprechen, ne?«

»Ja, das könnte von Vorteil sein, Amun Hab«, sagte auch Mafed.

»Nun gut. Aber seid vorsichtig.«

»Gerne, Amun Hab. Aber halte du uns Pachet vom Hals.«

»Mache ich.«

Amun Hab erhob sich, die beiden Kater mit ihm. Es schien, als ob die Beratung damit beendet war, und Feli sprang von der Felsplatte.

»Ich geh baden. Fängst du mir einen Fisch, Che-Nupet?«

»Kannst du auch selbst. Zeig ich dir, ne?«

»Na, wenn du meinst.«

Es war eine heftige Planscherei, aber dann hatte Feli wirklich eine fette Forelle in den Händen.

»Glitschig!«

»Sind Krallen besser zum Angeln als Hände«, kicherte Che-Nupet.

»Da sagst du was Wahres.«

»Mach dein Feuer, wir müssen nachdenken.«

»Worüber?«

»Über das Ankh.«

»Oh – verflixt, ja, das habe ich völlig vergessen.«

»Shepsi hat es.«

»Und der ist auf der Flucht.«

Sie legte den Fisch auf den Felsen, und Che-Nupet schlitzte ihn mit geübter Kralle auf, während Feli das Feuer anzündete.

»Er ist auf der Flucht, und er wird es nicht dabeihaben.«

»Meinst du, Schnuppel?«

»Wie denn?«

»Um den Hals, wie eure Königin auch.«

»Bist du sonst schlauer.«

Feli dachte kurz nach, spitzte einige Zweige an, steckte die Forelle darauf und rieb sie mit Salz ein.

»Nein, kann er nicht machen. Das würde seine Absicht zu deutlich machen, nicht wahr?«

»Mhm.«

»Also wird er es irgendwo versteckt haben. Die Sache mit den Ringen in dem Tümpel war ziemlich genial. Aber solche Tümpel gibt es hier bestimmt viele.«

»Wären nur die Menschel drangekommen an die Ringe. Wie du auch. Sie planschen gerne. So wie du auch. Aber das Ankh ist was Besonderes. Muss er selbst drankommen, wenn er es benutzen will.«

»Stimmt vermutlich. Also ein katzentypisches Versteck. Eines, an das er leicht und ungesehen drankommt. Das andere aber nicht vermuten.«

Feli legte ein paar Holzstücke auf das Feuer und wartete, bis die Flamme kleiner geworden war. Verschiedene Ideen gingen ihr durch den Kopf. Katzen verscharrten die Reste ihrer Beute und ihre Exkremente. Ihr fiel ein, dass sie mal gelesen hatte, dass Grubenarbeiter in den Goldbergwerken Goldklümpchen verschluckten, um sie so an den Kontrollen vorbeizuschmuggeln.

»Könnte er es verschluckt haben?«

Che-Nupet gluckste.

»Gute Idee. Aber ich glaub nicht. Ist das Ankh ein Insignium der Königswürde, der Macht.«

»Und Shepsi ist machtgierig, und er hat eins an der Waffel, aber er würde es nicht auf diese Weise entweihen.«

»So ungefähr.«

»In seiner Laube wird er es wohl auch nicht aufbewahren. Das wäre zu leichtsinnig, nicht?«

Feli hängte die Forelle an ihrem Spieß zwischen die beiden Astgabeln, die sie rechts und links von der Feuerstelle in den Boden gesteckt hatte.

»Zu leichtsinnig.«

»Wo würdest du es verstecken, Che-Nupet? Du bist eine Katze und denkst wie eine.«

»Du meinst, ich kann denken?«

»Schnuppel!«

Che-Nupet kicherte.

»Manchmal kann ich's, ne?«

»Ziemlich manchmal.«

»Na gut. Ich würd's in einen Baum stecken.«

»Keine schlechte Idee. Alte Bäume haben Asthöhlen. Da kommt man mit den Krallen wahrscheinlich gut rein. Aber es gibt Vögel, die darin nisten. Und Elstern mögen glitzernde Sachen.«

»Ja, besser keine Asthöhle«, sinnierte Che-Nupet. Feli drehte die Forelle um.

»Ha! Wurzelhöhle?«

»Ja, und dann zuscharren. Könnte gehen.«

»Nur – Bäume habt ihr hier ziemlich viele.«

»Haben wir. Wird er aber einen gewählt haben, der in der Nähe seiner Laube steht.«

»Wo ist die?«

»Nordviertel am Lind Siron, nördlicher Zipfel. Schon ein bisschen schäbig die Gegend.«

»Also nicht weit von hier.«

»Nicht weit.«

»Gehen wir hin. Wenn ich gegessen habe.«

»Und ich auch. Krieg ich einen kleinen Fisch heute.«

Che-Nupet verschwand, Feli knackte ein paar Nüsse, die sie gerne zu ihrem Gegrillten dazu aß, und gerade als sie die Forelle vom Feuer nahm, kam die Katze wieder zurück. Sie trug ein etwa zehn Zentimeter langes Fischlein zwischen den Zähnen.

»Speisen zusammen, ne? Schmeckt dann nach mehr.«

»Machen wir, Schnuppel. Guten Appetit.«

Feli aß ihre Mahlzeit, doch das Mitleid mit der ewig hungrigen Katze, die langsam den winzigen Fisch zerkaute, nahm ihr den Genuss. Darum legte sie wieder ihren Arm über deren Nacken und kraulte sie fest zwischen den Ohren.

»Als Dessert«, flüsterte sie.

»Lecker!«

Der Weg zum Nordviertel war wirklich nicht weit und führte sie zunächst zwischen einigen wundervollen, blühenden Lauben hindurch. Die Bewohner, soweit sie sich sehen ließen, trugen fast alle Kopftücher in den farbenprächtigsten Ausführungen. Je weiter sie allerdings nach Norden kamen, desto kleiner wurden diese Behausungen, die Blütenpracht wich nüchternem Blattwerk, und hier und da hingen auch abgestorbene Ranken und braunes, verdorrtes Laub dazwischen. Einige Bewohner lagen vor den Eingängen und dösten, ein reichlich zerfleddertes Wildrind wurde von drei Katzenkindern benagt, zwei andere balgten sich um einen kleinen Vogel, dass die Federn stoben. Dann wurde der Boden karger, die Lauben lagen weiter auseinander. Dazwischen aber ragten hohe, alte Bäume auf, die an heißen Tagen Schatten spendeten.

»Da drüben ist es«, sagte Che-Nupet und deutete mit der Nase in Richtung eines belaubten Unterstands. Er war klein und wirkte verlassen.

»Kannst du Shepsi riechen?«

Che-Nupet schnüffelte.

»Nö. Können hineingehen.«

»An deiner Seite – ja.«

Es war eine schäbige Unterkunft, nur ein Haufen altes Laub, keine bemooste Ruhebank, keine fallenden Ranken, die wie Vorhänge einzelne Bereiche abteilten. Ein paar Federn von einer letzten Mahlzeit. Als sie die Laube umrundeten, fanden sie eine frische Scharrstelle dahinter.

»Er muss bis vor Kurzem noch hier gewesen sein.«

»War er auch. Und…«, die Katze schnüffelte noch mal, »ist ziemlich überstürzt aufgebrochen.«

»Imhotep wollte ihn suchen.«

»Der war auch hier.«

»Dann wollen wir hoffen, dass Shepsi nicht das Ankh mitgenommen hat. Aber vielleicht hat Imhotep es auch schon gefunden.«

»Vielleicht.«

Feli hatte den Eindruck, dass Schnuppel nicht begeistert war. Sie selbst fand die Vorstellung, dass ihnen der Kater zuvorgekommen sein könnte, auch nicht berauschend. Es wäre ein hübscher Erfolg für sie, wenn sie den kostbaren Anhänger zu Amun Hab bringen würden.

»Suchen wir mal«, sagte sie. »Vielleicht doch die Scharrstelle.«

»Igitt.«

Feli riss einen alten Ast aus dem Gehölz und kratzte damit im Boden herum. Ein ekelhafter Geruch stieg auf.

»Igitt!«

»Sag ich doch.«

Feli warf den Stock weg und ging noch einmal in die Laube, um den Blätterhaufen darin durchzuwühlen. Auch hier nichts.

»Ich wollte nur sichergehen, Schnuppel. Jetzt folgen wir deiner Idee. Die Bäume hier in der Gegend.«

»Tja, die Bäume.«

Sie sahen sich um. Mindestens dreißig zählte Feli, die in Sichtweite der Laube standen.

»Könnte es welche geben, die besonders geeignet sind?«

»Bestimmt. Sollten wir nachdenken, ne?«

»Ja, besser als jeden einzelnen abzusuchen. Weißt du, mir ist was eingefallen. Das ist vielleicht doof, aber… ich weiß nicht…«

»Sag ich auch immer.«

Feli musste kichern.

»Ja, sagst du auch immer. Und dann weißt du doch.«

»Na, dann sag doch, was du weißt.«

»Na ja, ich denke … Also wir haben Computer. So Geräte, um Daten zu sammeln.«

»Weiß ich, was Computer sind.«

»Gut. Und die Programme schützen wir mit unseren Passwörtern. Das ist aber manchmal nicht schwer, die herauszufinden, weil wir meistens Begriffe verwenden, die irgendwie persönlich sind.«

»Ah, guter Gedanke. Du meint, Shepsi hat einen Baum gewählt, der was mit ihm verbindet.«

»Genau. Was verbindet Katzen mit Bäumen, Schnuppel?«

»Öhm …«

Che-Nupet kratzte sich am Ohr, dann putzte sie ihren Schwanz und dann die cremefarbene Hinterpfote.

Feli schwieg. Dieses Putzen, hatte sie festgestellt, hatte etwas mit den Denkvorgängen der Katzen zu tun. Sie schaute geduldig zu, wie die Rotbraune sich sorgsam die Zehen reinigte, sich dann aufsetzte und in die Ferne schaute. Die rosige Zungenspitze lugte dabei aus ihrem Maul. Feli konnte nicht widerstehen, sie stippte leicht mit dem Finger dagegen.

Schlupps – weg war sie.

»fel'Derva!«

»Das sagt dir was, Schnuppel, mir nicht.«

»Stammt Shepsi aus dem Clan der fel'Derva im Scharrwald. Ist der Eichen-Clan. Der Scharrwald ist ein Eichenwald. Die Eiche könnte ihm was bedeuten.«

»Nicht schlecht. Aber auch davon stehen hier mehrere herum.«

»Das ist dein Ding.« Che-Nupet ging zur Laube und krallte in das Geäst. Mit einem gegabelten Zweig im Maul kam sie zurück. »Da. Das kannst du.«

»Ich?«

»Weißt du doch. Hast du das Ankh einige Zeit getragen. Findest du die richtige Stelle. Konzentrierst du dich auf die Eichen und machst das Bild in deinem Kopf von dem Ankh.«

»Du, ich hab nur mal so ein bisschen mit einem Pendel gespielt.«

»Ja, und? Jetzt spielst du hier. Ist doch alles Spielen, ne?«

»Wenn du's sagst …«

Sie gingen gemeinsam zu der Baumgruppe, die gut hundert Schritte entfernt aufragte. Sie sah aus, als wäre sie extra so angelegt. Die Eichen bildeten fast ein perfektes Rund.

Ein wenig zweifelnd betrachtete Feli den Zweig. Wünschelrute nannte man so ein Ding. Na gut, es würde nichts schaden. Sie fasste die beiden Enden der Gabel, schloss die Augen und stellte sich den kleinen silbernen Anhänger vor.

Überraschenderweise ging es sehr leicht. Das Henkelkreuz erschien in seinem leuchtenden Umriss vor dem dunklen Hintergrund ihrer geschlossenen Lider. Und gleich darauf verspürte sie ein leichtes Drehen des Zweigs in ihren Händen. Nach links zog es sie. Sie wandte sich in die entsprechende Richtung. Die Rute vibrierte in ihren Fingern. Sie ging voran.

»Vorsicht, Wurzel.«

Che-Nupet war an ihrer Seite. Behutsam hob sie die Füße und folgte weiter langsam dem Gefühl in ihren Händen.

»Halt, du stehst direkt vor einem Baum.«

Felina blinzelte. Es war eine der knorrigen, uralten Eichen. Asthöhlen hatten sie, und ihre Wurzeln breiteten sich weit über dem laubbedeckten Boden aus.

Che-Nupet schnüffelte um den Stamm herum. Dann fing sie an zu scharren. Moosstücke flogen, Borke, Humus.

»Da!«

Triumphierend sah sie auf.

In einer Vertiefung zwischen den Wurzeln lag der kleine silberne Anhänger. Feli bückte sich und hob ihn auf. Es klebte etwas feuchte Erde daran, und sie rieb ihn an ihrem Hosenbein sauber.

»Besser, wir scharren das wieder zu.«

»Ja, mach du mal, da sind Hände geschickter.«

Nachdem sie den Anhänger in der Hosentasche verstaut hatte, packte Feli Erde und Laub in die Öffnung, deckte sorgsam die Moosstücke darüber und drückte sie fest.

»Fast wie vorher.«

»Wer es sucht, wird unsere Spuren trotzdem finden. Aber – na, egal. Laufen wir zurück und berichten Amun Hab.«

»Warte, ich hab hier ein Lederbändchen. Ich will das Ankh besser daran festmachen.«

Feli nestelte das Band los, das sie um ihr Handgelenk gebunden hatte. Es war das durchgebissene, an dem sie zu Hause das Henkelkreuz getragen hatte. Mit einem Knoten band sie es wieder zusammen.

»Komm her, Schnuppel. Dir wird es keiner so schnell vom Hals reißen.

Zu ihrer Überraschung machte Che-Nupet einen fast panikartigen Satz zurück.

»Oh nein, nein, nein. Nicht ich. Ganz bestimmt nicht. Darf ich nicht. Das darf ich überhaupt nicht. Bloß nicht.«

»Ja, aber …«

»Nein, nein!«

»Mir hat man es schon mal weggenommen.«

»Feli, du musst es tragen. Ich pass auf dich auf. Echt, ne. Versprochen!«

Verwundert zog Feli das Band über den Kopf und versteckte das Ankh unter ihrem Shirt. Noch nie hatte sie die Katze so entsetzt gesehen. Aber sie musste wohl ihre Gründe haben. Sicher – es war das Insignium der Königin, und es mochte Che-Nupet wie Anmaßung erscheinen. Aber das war es bei ihr doch auch, oder?

Der silberne Anhänger lag warm auf ihrer Haut an, und sie legte die Hand darauf. War es wirklich so? Summte es irgendwie?

»Es fühlt sich komisch an, Schnuppel.«

»Ja, ja. Liegt an dem Kreis hier. Vielleicht war's mal eine alte Übergangsstelle. Lass uns gehen. Und, Feli?«

»Ja, Schnuppel?«

»Vertraust du mir?«

»Ja, ja, natürlich. Du bist doch meine Freundin.«

»Bin ich. Bin ich wirklich. Aber vielleicht sieht es mal nicht so aus. Aber auch dann musst du mir vertrauen. Tust du?«

Es lag ein solches Flehen in den waldseegrünen Augen, dass Feli der Kätzin über die Stirn strich.

»Ich werde dran denken, Che-Nupet.«

»Sag Schnuppel.«

»Ich werde dir vertrauen, Schnuppel. Was immer passiert. Ich verspreche es dir.«

Und um das zu bekräftigen, drückte Feli ihre Nase an die der Katze. Das war, wie sie inzwischen wusste, ein Zeichen der Zuneigung. Che-Nupet pustete sie sanft an.

»Laufen wir.«

»Ja, laufen wir.«

Der Schmerz in ihrem Knöchel war völlig verschwunden, stellte Feli fest und trabte los.

41. Majestät auf Reisen

Majestät hatte die warmen Julitage einigermaßen geduldig ertragen. Sie war in der Nähe des Forsthauses geblieben, hatte nur hin und wieder die säugende Waldkätzin mit Beute versorgt und es sich zur Aufgabe gemacht, mehr über den Menschen herauszufinden, mit dem sie nun zusammenlebte. Er gefiel ihr. Vor allem gefiel es ihr, dass er sich die Mühe machte, sie zu verstehen. Er sprach mit ihr. Seit jenem Abend, als er sie mit auf die Reise genommen hatte, sprach er mit ihr, und sie bemühte sich, sich ihm mitzuteilen. Was ohne ihr Ankh mühselig war und zu allerlei Missverständnissen führte. Vor allem, weil er immer vermutete, dass ihr ganzes Sinnen und Trachten auf Futter ausgerichtet war.

Gut, war nicht verkehrt, dass er ihre gemaunzte Aufforderung, ihr mal eines der Bücher vom Regal zu holen, so verstand, dass sie ein Stück Käse haben wollte, aber lieber wäre ihr etwas geistige Nahrung gewesen.

Na, nicht ganz und gar lieber.

Und das Buch hatte sie dann während seiner Abwesenheit selbst vom Regal gezerrt. Dummerweise waren drei andere mit hinuntergepoltert. Er hatte sie ungeschickt genannt. Aber sie hatte sich mit dem Werk über den ökologischen Waldbau vergnügt und sich über den Wissenszuwachs der Menschen in diesem Thema gefreut.

Doch mochte das Leben mit Nathan auch gemächlich verlaufen, die Unruhe in ihr wuchs von Tag zu Tag.

Was geschah in ihrem Land?

Was wusste Nathan darüber?

Nacht für Nacht öffnete sie sich seinen Träumen, doch die führten sie zwar in seine Gedankenwelt, manchmal auch in seine Erinnerungen, aber nicht wieder zu jenem stillen Baumkreis, von dem er aus zum Lind Siron gelangt war.

Sie musste ihn dazu bringen, dass er noch einmal einen Blick hineinwarf.

Shaman hatte man ihn gerufen. Und er besaß eine Trommel und eine Rassel. Allerdings hatte er beide Gegenstände nicht verwendet, um auf die Reise zu gehen.

Majestät hatte in ihrem langen Leben viel gelernt. Von einem der alten Weisen hatte sie auch von jenen Menschen gehört, die die Fähigkeit besaßen, andere Welten zu besuchen, und die mit den Tiergeistern kommunizieren konnten. In früheren Zeiten hatten solche Menschen einen hohen Rang bekleidet, aber mit der Entwicklung des technischen Fortschritts hatte diese Fähigkeit an Bedeutung verloren. Dennoch gab es noch immer einige unter ihnen, die das Wissen ihrer Vorfahren beherrschten, auch wenn sie es wohl nicht öffentlich zeigten. Nathan hatte eine Begabung dafür, und offensichtlich hatte ihn jemand gelehrt, sie für sich, vielleicht auch für andere, einzusetzen. Bemerkenswert, so befand Majestät, war, dass er die üblichen Einleitungen nicht brauchte, um in Kontakt mit seinem Schutztier zu treten. Trommel und Rassel erzeugten eintönige Geräusche, die den Geist ruhig machten und die Portale zu anderen Gefilden öffneten. Manche Menschen benutzten dazu Pflanzen, in Form von Rauch, Pulvern oder Getränken, aber auch das schien er nicht zu benötigen.

Andere Gefilde betrat ein Schamane, aber dass er ihr eigenes Reich besuchte, war Majestät neu. Andererseits – war es wirklich so ungewöhnlich? Auch die Trefélingeborenen wechselten die Welten, wenn auch weit körperlicher. Und Nathan hatte ein mächtiges Krafttier gefunden, das ihm den Zutritt erlaubte und vermutlich darüber wachte, dass er keinen Schaden anrichtete.

Genau das konnte sie nutzen, um herauszufinden, was in ihrem Land vor sich ging.

Majestät setzte sich auf das Polster des Gartenstuhls und begann ihren Schwanz zu bürsten.

Die kontemplative Arbeit zeitigte nach geraumer Weile Ergebnisse, und als Nathan am Abend zurückkam, war sie bereit, ihm ihre Wünsche vorzutragen.

»Was hast du denn da schon wieder angerichtet?«, fragte er, als sie mit der Rassel im Maul zu ihm getrottet kam.

»Murrrmirr!«

Was in etwa einer Bitte gleichkam. Obwohl ein recht deutlicher Befehl dahinter stand.

Nathan sah sie fragend an. Majestät wusste, dass er diesen Laut sehr wohl zu deuten in der Lage war. Sie hatten es in Verbindung mit Leberwurst geübt.

»Man kann die Rassel nicht essen.«

»Mirrr.«

»Du möchtest das Geräusch hören?«

»Mau!«

»Also gut.«

Er nahm die Rassel auf und schüttelte sie. Das Rascheln der Steinchen in dem Kürbis war ein sanfter Laut. Majestät schnurrte dazu und rieb dann ihren Kopf zustimmend an seinem Schienbein.

»Das gefällt dir also.«

»Mau.«

»Und vermutlich sollte ich jetzt stundenlang weitermachen.«

»Maumaumau.«

So weit, so gut, das hatte er verstanden. Dennoch legte er die Rassel auf den Tisch und sah sie nachdenklich an.

»Du willst mir etwas mitteilen, nicht wahr? Etwas, das dir wichtig ist.«

»Mau.«

»Du bist anders als gewöhnliche Katzen, das ist mir inzwischen klar geworden. Ich bin gerne bereit, auch das Ungewöhnliche zu akzeptieren.«

Wieder stimmte Majestät ihm mit lautem Schnurren zu.

»Vermutlich verstehst du mich weit besser als ich dich.«

»Mau.«

Sie sprang auf den Tisch und schubste die Rassel an.

Nathan betrachtete sie nachdenklich.

»Die Reise. Ja, ich glaube, ich weiß, was du meinst. Neulich, das war das Seltsamste, was ich je erlebt habe. Du warst dabei, nicht wahr? Du konntest mir folgen?«

»Mau! Mau!!«

»Was hast du mit jener Katze gemein, die ich mit dem Namen Wingcat rufe?«

Heiliger Sphinx, das war ein verrückter Name, aber nicht einer der ihren: Flügelkatze. Was wusste dieser Mann?

Majestät sah ihm fest in die Augen.

»Du willst, dass ich sie noch einmal rufe?«

»Mau! Mau! Mau!«

»Gott, ich habe schon Verrückteres getan als das. Aber erst möchte ich mein Abendessen zu mir nehmen und die ganze diesseitige Zeitung lesen.«

Geduld war nicht Majestätens Stärke, und fast hätte sie ihrer Bitte mit der Kralle Nachdruck verliehen. Aber sie besann sich gerade noch rechtzeitig, dass sie mit einer solch derben Aufforderung ihre Chancen schnell verringern würde. Immerhin hatte Nathan verstanden, was sie wollte.

Es war schon dunkel geworden, als Nathan endlich bereit war, ihren Wunsch zu erfüllen. Wieder suchte er die Terrasse auf, um sich unter dem Sternenhimmel auf dem Liegestuhl niederzulassen. Unaufgefordert sprang Majestät sofort auf seine Brust. Er lachte leise und legte seinen Arm um ihr Hinterteil, sodass sie sich gemütlich einrollen konnte.

»Na, wo soll die Reise hingehen?«

Mann, das fragst du noch!

Obwohl – vermutlich musste er fragen. Konnte sie denn bestimmen, wohin er wandern sollte? Hätte sie ihr Ankh bei sich gehabt, hätte sie seine Trance ebenso steuern können wie seine Träume. Aber so, ohne Hilfsmittel? Wie brachte sie ihn zum Lind Siron, dem Sternensee, in dem die Gesichte zu schauen waren?

»Nun, probieren wir einfach mal was aus, nicht wahr? Den Kreis der Bäume kennst du offensichtlich.«

Ja, der Kreis der Bäume war ein guter Ausgangsort.

Nathan schloss die Augen und summte eine eintönige Melodie. Majestät öffnete ihren Geist und folgte ihm auf die runde Lichtung. Die schlanke, weiße Birke, die hochaufragende Kiefer, die biegsame Weide und die knorrige Eibe standen in den vier Himmelsrichtungen. Doch sie blieben in der Mitte des Kreises.

Geh zur Weide, Nathan!, versuchte sie ihm zu vermitteln. Aber er verstand sie nicht. Er summte einfach weiter.

Sie versuchte, selbst zu diesem Baum zu kommen, aber sie konnte sich nicht aus der Mitte bewegen, solange er sich nicht auch bewegte.

Nathan summte geduldig weiter.

Vielleicht musste sie die Katze, seinen Schutzgeist, rufen?

Sie versuchte es, aber nichts bewegte sich.

Noch immer summte Nathan sein eintöniges Lied.

Summen.

Summen war gut. War fast so gut wie Schnurren.

Majestät ging ein Licht auf. Wie blöd konnte man eigentlich sein?

Sie begann zu schnurren.

Nathan wandte seine Aufmerksamkeit der Birke zu und begann, sie hinaufzusteigen.

Falsch, total falsch, nicht in die Obere Welt.

Majestät veränderte die Schnurrlage, und Nathan suchte die Eibe auf. Nein, nein, nicht die Baumhöhle, nicht die Untere Welt.

Noch ein anderes Schnurren tief aus dem Bauch heraus.

Jau, das war's. Die Weide.

Majestät schnurrte und schnurrte, und das Summen des monotonen Liedes mischte sich mit diesem Schnurren.

Der Vorhang aus Weidenzweigen wich auseinander und gab den Blick auf die glatte Oberfläche des Sees frei.

Nathan rief seine Führerin und bekam gleich darauf Antwort.

»Shaman!«

»Ich bin hier.«

»Shaman!«

»Mit einer Freundin.«

Stille, dann schimmerten wieder die Sterne in dem dunklen Spiegel des Sees. Und sie formten sich zu einem Bild. Gesas Enkelin, Felina. Sie war also noch immer dort. Und an ihrem Hals schimmerte das Ankh. Ganz kurz nur, dann verschwand beides, und eine schmale Mondsichel erschien, füllte sich und wurde zum vollen Rund.

Das Mädchen würde zurückkommen und ihr das Ankh bringen.

Dem Heiligen Sphinx sei Dank.

Oder?

Die glatte Oberfläche kräuselte sich, wogte auf und schäumte, und eine krallenbewährte Tatze schlug nach dem Mond, der in tausend Funken zersplitterte.

Gefahr!

Warnung!

Ein Feind!

Majestät blieb das Schnurren im Halse stecken, und der Weidenvorhang fiel zurück.

Nathan summte weiter, und sie befanden sich wieder in der Mitte der Lichtung. Dann wurde auch seine Stimme leiser, das Bild verblasste, verschwamm, löste sich auf.

»Nun, war es das, was du wolltest?«

»Mau.« Kam ziemlich leise und krächzend. Dankbar leckte sie ihm über das Kinn.

»Was hat dieses Mädchen mit dir zu tun? Was ist das für ein See? Schade, du könntest mir bestimmt Antworten geben.«

Nathan kraulte ihren Nacken.

Könnte ich, aber ob du die verstehen würdest, Wanderer?

»Ich sollte mich bei Iris wohl mal nach ihrer Nichte Felina erkundigen. Vielleicht weiß sie mehr.«

»Mirrr!« Kralle in den Arm.

»Nicht?«

Kralle raus.

Noch weniger als Nathan würde Felinas Tante verstehen, was hier vorging. Und helfen konnte sie auch nicht. Immerhin, das Ankh war gefunden und in guten Händen. Tatsächlich Händen, und zwar solchen, die inzwischen vermutlich ziemlich genau wussten, was es bedeutete.

Wieder einmal war Geduld gefordert. Weitere zwei Wochen Geduld, bis der Mond sich gerundet hatte. Und dann galt es, Vorsicht walten zu lassen.

»Komm, du seltsame Katze. Einen Nightcap?«

»Maumau!«

Immerhin wurde einem das Warten hier versüßt.

42. Im Scharrwald

Finn fühlte sich an diesem Morgen fast wieder wie ein Mensch. Na ja, fast. Auf jeden Fall besser als noch vor zwei Tagen. Aber ein wenig schlapp war er noch, und nach dem Marsch zum Lind Siron war er erschöpfter, als er erwartet hatte. Feli hatte ihm ihre Laube angeboten, Nefer ihm ein paar Fische gebracht, und Amun Hab selbst hatte ihn besucht, um sich seine Erlebnisse schildern zu lassen. Und ihm zu berichten, dass Feli und die trantütige Che-Nupet doch tatsächlich das Ankh gefunden hatten.

Letzteres ärgerte ihn, und dieser Ärger belebte ihn mehr als alles andere. Als Nefer von seiner Jagd zurückkam, knurrte er daher: »Wir sollten so schnell wie möglich diese Menschel auftreiben.«

»Du bist sauer, weil Felina das Ankh hat?«

»Frauen drängen sich immer vor.«

»Manche.«

Nefer sah aus, als ob er ein Grinsen verstecken müsste, was Finn noch mehr nervte. Muffelig raunzte er: »Kommst du nun mit oder nicht?«

»Natürlich komme ich mit.«

Seite an Seite trabten sie Richtung Grenzfluss. Der Avos Kaer lag zwei Tagesstrecken vom Lind Siron entfernt, und als Finn das letzte Mal diese Strecke gelaufen war, hatte er sie zusammen mit dem Boten in kürzerer Zeit hinter sich gebracht. Doch das war ihm jetzt noch nicht möglich. Er musste zu seinem eigenen Ärger immer mal wieder Pausen einlegen und sogar Nefer für Futter sorgen lassen. Aber mit schierer Willenskraft hielt er sich auf den Pfoten und klagte auch nicht, wenn ihn die Hüfte schmerzte.

Am Abend des zweiten Tages standen sie am Ufer des Avos Kaer und schauten auf die andere Seite, wo die hohen Eichen des Scharrwaldes aufragten.

»Irgendwo da drin müssten sie sein«, sagte Finn schließlich. »Es gibt hier eine Stelle, wo ein Baumstamm eine Brücke bildet.«

»Wir betreten das Revier des fel'Derva, Finn.«

»Ja, und?«

»Die Clans sind ein bisschen eigen, wenn man unaufgefordert in ihr Gebiet eindringt.«

»Aber die Grenzschützer machen das doch auch ständig. Wir sind immer auf der anderen Seite langgegangen.«

»Grenzschützer dürfen die Grenzen abgehen, Boten und Würdenträger das Clanrevier betreten.«

»Na, dann sagen wir eben, dass wie Grenzschützer sind.«

»Das wiederum werden die nicht gerne sehen. Und wie gesagt,

die haben sich an der Grenze aufzuhalten. Wir müssen aber ins Innere des Landes.«

»Du bist so konstruktiv, Nefer.«

»Nein, ich denke über die Schwierigkeiten nach, die wir bekommen könnten.«

»Das fällt dir jetzt ein?«

»Nein, ich denke schon seit wir aufgebrochen sind darüber nach.«

»Na klasse. Und, hast du eine Lösung?«

»Keine einfache.«

Finn verdrehte die Augen.

»Und die schwierige?«

»Drauf und durch!«

»Mhm.« Finn kratzte sich die juckende Narbe. »Mhm. Ich hab mich schon ein paarmal mit den Gestalten hier rumgeschlagen.«

»Mhm.«

»Wir könnten Sem, Ani und Pepi dazu holen.«

»Könnten wir. Ich meine – nichts gegen eine schöne Rauferei.«

»Eben.«

Finns Laune hob sich, und mit Nefer trottete er weiter bis zum Lager der Grenzschützer.

Nicht nur ihre drei Kameraden zeigten sich von der Idee angetan; auch die anderen Kater der Truppe bekamen ein freudiges Glitzern in den Augen. Hauptmann Anhor war unterwegs, um Pachet zu suchen, und die üblichen Patrouillen waren ereignislos und langweilig. Bei einem gemeinsamen Mahl schmiedeten sie Pläne.

Der helle Mittag schien ihnen die beste Zeit zu sein, um ihr Vorhaben durchzuführen. Gewöhnlich jagten die Katzen in der Dämmerung, den Tag verbrachten sie gerne dösend und träge verdauend. Die Menschel hingegen schliefen nachts und gingen tagsüber ihren Beschäftigungen nach. Sem, Pepi und Ani wollten zusammen mit den fünf anderen Katern für ein wenig Ablenkung sorgen, während Finn und Nefer im Wald das Lager der Menschel suchten.

Sie gelangten auch unbehelligt über den gefallenen Baumstamm ans andere Ufer. Hier trennten sie sich.

Nefer schnüffelte nach den Spuren der Steinzeitler, Finn lauschte. Es war alles ruhig, die warnenden Revier-Markierungen machten ihm wenig Angst. Auf Nefers leisen Wink drangen sie tiefer in den Wald ein. Sehr hohe, sehr alte Eichen bildeten Säulengänge unter breiten, dichtbelaubten Kronen. Nur wenig Unterholz ließen die Baumriesen zu, und der Boden war mit einer dicken Schicht aus altem Laub bedeckt.

Nefer hielt inne und schnüffelte noch einmal. Dann wies er mit der Nase nach links. Ja, kaum zu erkennen, doch wenn man genauer hinsah, erhoben sich dort einige Laubhügel.

»Menschelbehausungen!«, flüsterte er.

Sie schlichen näher.

Nun nahm auch Finn den Geruch wahr. Nicht ganz Mensch, nicht ganz Tier. Und es raschelte in diesen Hügeln, die sich als künstliche Unterstände aus Ästen und Blättern erwiesen.

»Was jetzt?«

»Aufstöbern.«

In diesem Augenblick traf Finn etwas Spitzes an der schmerzenden Flanke, und er jaulte auf.

Gleichzeitig ertönte ein lautes Grunzen und Kreischen, und Steine, spitze Äste und scharf geworfene Eicheln prasselten auf sie ein.

»Hey, aufhören«, brüllte Finn und duckte sich.

»Klappe!«, wies Nefer ihn an, doch schon war es zu spät.

Drei mächtige Waldkater kamen angesprungen, kreisten sie ein und stimmten ihren Kampfgesang an.

Finn richteten sich die Rückenhaare auf, und sein Schwanz peitschte. Nefer legte die Ohren und die Barthaare nach hinten. Sie waren bereit.

Die Beleidigungen, die ausgetauscht wurden, waren von bildhafter Eindeutigkeit, doch lange hielten die Schmähungen nicht an. Zwei gingen auf Finn los, einer warf sich auf Nefer. Fellflusen flogen durch die Luft, gellende Schreie begleiteten Krallenhiebe, Laub wirbelte auf. Finn geriet arg in Bedrängnis, versuchte, einen Baum zu erklimmen. Jemand verbiss sich in seinem Schwanz. Er fiel wieder nach unten, ein Kater war über ihm. Geschlitzte grüne Augen starrten ihn an.

»Gib auf, du Schwächling!«

»Nein!«

Wieder ging die Keilerei weiter. Finn gelang es, seinen Angreifer ein Stück in den Wald hinein zu jagen, Nefer hatte dem anderen eine blutige Nase verpasst. Der dritte aber johlte laut, und das Rascheln der Blätter kündete das Kommen weiterer Katzen an.

»Weg hier, Finn«, zischte Nefer. »Das sind zu viele!«

Zehn, fünfzehn Katzen kamen in Sicht.

Finn beugte sich der besseren Einsicht.

Sie hetzten los, Richtung Grenzfluss.

Dort gerieten sie in das nächste Getümmel. Die Grenzschützer schlugen sich wacker mit einer kleinen Gruppe Waldkatzen, doch auch sie schlossen sich angesichts ihrer Unterlegenheit der Flucht an.

Mit großen Sprüngen überquerten sie den Avos Kaer und blieben schnaufend und hechelnd am Ufer stehen. Beschimpfungen und Drohungen schallten zu ihnen herüber.

»Dumm gelaufen«, keuchte Sem schließlich.

»Kannst du wohl sagen«, grummelte Finn.

»Hoffentlich erfährt der Hauptmann nicht davon.«

»Gibt viel Scharrdienst.«

»Kannst du aber annehmen. Verdammt.«

Sie trotteten zu ihrem Lager zurück, leckten sich die Wunden und bürsteten sich das zerzauste Fell.

»Und jetzt?«, wagte Finn zu fragen.

»Sei bloß still«, fuhr ihn Nefer an.

»Jetzt bin ich wieder schuld!«, maulte Finn.

»Hättest du nicht gejault wie ein Welpe, als dich der Speer getroffen hat, hätten wir sie aus den Behausungen treiben können.«

»Dann hätten die Menschel geschrien, und die Katzen wären gekommen.«

»Möglich. Aber Menschel machen immer mal Lärm untertags.«

»Wir brauchen einen neuen Plan«, insistierte Finn.

»Dann mach mal.«

»Oh, Mann, Nefer.«

Finn hinkte von dem schwarzen Kater weg und legte sich unter einen Haselbusch. Seine Hüfte schmerzte wieder stärker und auch die anderen Schrammen brannten. Mehr aber brannte das Wissen um sein Versagen in ihm. Wie üblich, nichts bekam er auf die Reihe.

So'n Scheiß!

43. Suche nach den Menscheln

»Sie sind weg«, sagte Feli und sah sich in ihrer leeren Laube um.

»Mhm. Nefer und Finn.« Che-Nupet hielt die Nase in den Wind. »Bevor die Sonne hoch stand.«

»Warum haben sie nichts gesagt? Ich wollte mich mit ihnen doch wegen der Menschel beraten.«

»Wollen selbst Helden sein, ne?«

Feli gluckste.

»Ja, prima. Bin gespannt, ob ihnen das gelungen ist.«

»Nö.«

»Nö?«

»Kommen nicht in den Scharrwald. Die fel'Derva werden sie hauen.«

»Und die sind vermutlich in der Überzahl.«

»Mhm.«

»Wie können wir dann überhaupt die entführten Menschel finden?«

»Mit Zutrittsberechtigung.«

»Gute Idee. Und woher bekommen wir die?«

»Trägst du sie um den Hals, ne?«

»Oh. Das Ankh?«

»Sicher. Gehört der Königin.«

»Aber ich bin nicht eure Königin.«

»Nein. Aber du hast Kräfte.«

»Habe ich die?«

»Das Ankh macht stark, Felina. Kannst du andere dazu bringen, zu tun, was du willst.«

Felina fasste den Anhänger an. Er wurde warm, wärmer als nur ihre Hand. Ja, ein bisschen hatte sie das schon verspürt. Anfangs hatte sie sich nichts dabei gedacht, aber – doch ja, seit sie es getragen hatte, hatte sie sich weit häufiger durchgesetzt. Lag es wirklich daran?

»Was kann ich damit tun?«

»Gucken.«

»Gucken?«

»Probier's mal.«

»Soll ich dich angucken?«

»Nö, bei mir geht das nicht. Aber da, die mit dem Blümchenkopftuch. Guck sie an und sag ihr, was du willst. Aber nicht laut.«

»Komische Idee.«

»Mach mal!«

Am See entlang schlenderte eine elegante graue Perserkatze mit dem lila und rosa geblümten Kopftuch. Feli ging auf sie zu. Die Kätzin blieb stehen und grüßte mit einem hoheitsvollen Nicken. Feli lächelte sie an und sah ihr in die Augen. Die Schöne starrte zurück. Und Feli hörte Che-Nupet niesen.

Niesen!, dachte sie, und die Geblümte nieste.

»Gesundheit!«

»Hatschie!«

Aufhören zu niesen!

Verdutzt sah die Perserin sie an.

»Tut mir leid, hab so ein Kribbeln in der Nase.«

»Macht doch nichts, Hauptsache, es ist kein Schnupfen.«

»Ja. Schönen Abend noch.«

Feli drehte sich zu Che-Nupet um.

»Du liebes bisschen!«

»Gut, ne? Kannst den ganzen Scharrwald zum Niesen bringen«, kicherte sie dann.

»Oder irgendwas anderes. Sehr praktisch.«

»Musst du aber vorsichtig mit sein, ne.«

»Ja, das glaube ich auch.«

Das Ankh war noch ein bisschen wärmer geworden, und sie ließ es los und steckte es wieder unter ihr Shirt.

»Ist ein Stückchen weit von hier. Wir gehen morgen zusammen.«

»Gerne, Schnuppel.«

»Gut, dann ruh dich jetzt aus, wird anstrengend morgen.«

Feli richtete sich noch ein reichhaltiges Abendessen, denn Che-Nupet hatte ihr eine fette Ente gebracht und mit geübten Tatzenschlägen gerupft. Satt wurde sie hier in Trefélin immer, aber sie musste sich ständig zusammenreißen, um nicht an große Teller mit Pasta, Bratkartoffeln oder schlichtweg Brote zu denken. Die Katzen schätzten Kohlenhydrate nicht sonderlich, und der Brei, den sie aus den wenigen von den Menscheln gesammelten Körnern zubereitet hatte, schmeckte leider wie Tapetenkleister.

Mit der Dämmerung legte sie sich schlafen, mit dem Sonnenaufgang wurde sie wieder wach. Sie aß eine der Melonen, die in der Nähe der Laube wuchsen, und begann, ihren Rucksack umzupacken. Ihre Küchenutensilien nahm sie mit, die meisten Kleider legte sie auf ihr Lager, ihre Decke rollte sie zusammen. Sie hatte sich inzwischen daran gewöhnt, auf der Erde zu schlafen, und wie es aussah, würde das schöne Sommerwetter weiterhin anhalten. Auch etwas von den Lebensmitteln packte sie ein – Salz, Nüsse und getrocknete Früchte.

Dabei kam ihr ein Gedanke.

Wenn Menschel hier wie die Haustiere gehalten wurden, dann würden sie – wie die Haustiere der Menschen – sicher mit Leckerchen zu locken sein. Offensichtlich mochten die Steinzeitler Süßes. Die Früchte, die sie aus ihren Vorräten hatte, waren alle sehr süß, manche sogar in Honig getaucht.

Das Päckchen Kandiszucker mochte sich als nützlich erweisen.

Che-Nupet kam angehoppelt und trug zwei Stücke Stoff im Maul. Sie ließ sie vor Felis Füße fallen.

»Oh, dein Kopftuch? Und das andere ist doch das von Anat.«

»Ist für dich. Steck es ein. Und mach das Braune mal um meinen Kopf.«

»Das ist deins?«

»Ja. Darf ich.«

»Glaube ich dir. Vermutlich darfst du ziemlich viel, Schnuppel.«

»Manches. Mach aber nicht alles. Da, Löcher für die Ohren!«

Feli betrachtete das quadratische Seidentuch. Es schimmerte in braunen, rötlichen und cremefarbenen gewundenen Mustern; hier und da waren kleine grüne Steinchen aufgestickt. Vier mit Goldfäden eingefasste Löcher waren darin, und als sie es zu einem Dreieck zusammenlegte, deckten sich diese Öffnungen, sodass die Ohren der Katze hindurchpassten. Zuerst stellte sich Feli etwas ungeschickt an, aber dann hatte sie das Tuch zu Schnuppels Zufriedenheit um deren Kopf drapiert.

»Très chic!«

»Findest du?«

»Anfangs habe ich das für ein bisschen albern gehalten, Katzen mit Kopftüchern. Aber man gewöhnt sich dran. Und das hier passt sehr gut zu dir.«

»Hat Mama gehört.«

»Dann war deine Mama sicher auch sehr schön.«

»Ist sie noch.«

»Woher stammst du eigentlich, Schnuppel? Ich meine, aus welchem Clan?«

»Bin ich bei den fel'Avel aufgewachsen. Im Land Wolkenschau. Schön da, viel Gras und so.«

»Und warum hast du es verlassen?«

»Bin doch Wächter hier.«

»Oh, ja, richtig. Aber du besuchst deine Leute bestimmt manchmal.«

»Nö.«

»Nicht? Aber deine Familie ...«

»Mama mag mich nicht. Bin ich zu komisch. Besser hier, ne?«

Feli spürte wieder ein schmerzliches Mitleid mit ihrer Freundin.

»Du bist nicht zu komisch.«

»Doch«, sagte Che-Nupet leise und senkte den Blick.

Sie mochte wirklich vielen anderen Bewohnern komisch vorkommen, aber unter ihrer zur Schau getragenen Dümmlichkeit verbarg sich etwas anderes, Unergründliches. Feli hätte zu gerne nachgefragt, welchen Rang sie wohl bekleidete, denn Kopftücher trugen ihres Wissens nur die Würdenträger des Landes. Allerdings war ihr aufgefallen, dass Che-Nupet keinen Ohrring trug. Aber vermutlich würde sie die Antwort nicht verstehen. Oder sie würde sie gar nicht wissen wollen. Dafür rutschte ihr eine andere Frage heraus.

»Manchmal frage ich mich, wie du wohl als Mensch aussehen würdest, Schnuppel.«

»Komisch, ne?«

Und plötzlich verschwammen die Konturen der Katze, bildeten einen vibrierenden Nebel um sie, und dann stand eine Frau vor ihr. Eine große Frau, um deren runde Hüften ein gefältelter goldener Rock lag, die schmale Taille blieb frei, ein grünes, mit Goldstickereien verziertes Oberteil bedeckte den üppigen Busen, und unter dem Kopftuch quollen hüftlange rote Locken hervor, in denen goldene und kupferfarbene Lichter schimmerten. Aus dem dunklen Gesicht leuchteten große, schwarzbewimperte waldseegrüne Augen. Doch ihr Blick war ängstlich.

»Zu dick, ne?«

»Che-Nupet, du bist die schönste Frau, die ich je gesehen habe. Die Männer würden sich wie die Würmer zu deinen Füßen winden.«

»Mag keine Glitschwürmer.«

»Richtig, eine Frau wie du braucht einen Mann, der ihr ebenbürtig ist.«

»Ja, besser ich wär wie du.«

»Ich bin ein mageres, knochiges Huhn, Che-Nupet. Und ich bin mir ganz sicher, du würdest sehr bald einen Mann finden, der sich mit dir messen kann.«

Der waldseegrüne Blick wurde sehnsuchtsvoll.

»Hab ihn ja gefunden. Nur ist er nicht für mich. Wird er nie sein.«

Das Flirren der Luft setzte wieder ein, und die Katze stand vor Felina. Der aber blieben die Worte in der Kehle stecken. Worauf musste ihre Freundin denn noch alles verzichten? Und warum? Und dann packte sie der wirkliche Schock – Che-Nupet hatte sich verwandelt, ohne einen Ohrring zu tragen.

Feli machte den Mund auf und machte den Mund wieder zu.

Dann zupfte sie ein bisschen an dem Kopftuch herum und schwieg.

Dann nahm sie ihren Rucksack auf.

»Soll ich dich tragen? Ich meine, wenigstens ein Stück?«, fragte Che-Nupet.

»Oh. Ja, fein. Das ist bestimmt gut für die Figur.«

»Ja, oja. Darf ich schnell rennen?«

»Wenn du mich nicht abwirfst.«

»Hab ich ein dickes Fell, kannst dich gut festhalten, ne!«

»Na dann.«

Feli schwang sich auf ihren Rücken und griff in das rotbraune Nackenfell. Zwei wulstige Narben lagen darunter. Aber auch dazu sagte sie nichts. Che-Nupet war eine gefährliche Kämpferin – mochte sein, dass sie früher auch einmal verwundet worden war.

Und dann rannte die rotbraune Katze los.

Feli schnappte nach Luft und klammerte sich fest. Sie legte sich nach vorne und drückte ihren Kopf zwischen Che-Nupets Ohren. Die Landschaft flog nur so vorbei. Hin und wieder erhaschte sie die verdutzten Blicke der Bewohner, die aufgeschreckt von ihren Ruhelagern aufsahen.

»Motorradfahren ist ein Dreck dagegen«, murmelte sie nach einer Weile in das rechte Ohr neben ihrem Kinn.

Ein Kichern vibrierte durch Che-Nupet.

Sie hatten die Laubenlandschaft am Lind Siron bald verlassen und rasten auf den Weiden am Fuß des Mittelgrats Richtung Süden. Einmal, um die Mittagszeit, machten sie eine ausgiebige Pause, damit die Kätzin etwas dösen konnte, dann rannte Che-Nupet weiter. Irgendwann vermeinte Feli den nadelspitzen Übergangsfelsen linker Hand zu erkennen, dann bogen sie nach

Westen ab und erreichten eine Gegend mit kleinen Birkengehölzen. Che-Nupet verlangsamte ihren Lauf, und an einem kleinen, von Farnen und Büschen umstandenen See blieb sie stehen. Die Sonne warf lange Schatten, und mit verkrampften Gliedern ließ Feli sich vom Rücken der Katze gleiten.

»Wow, bist du schnell!«

»Wie die Boten. Kann ich auch, aber kein Schlitz im Ohr.«

»Darf ich mir ein Feuer machen?«

»Mach, ich fang uns was.«

Bei einem Kaninchenbraten erzählte Feli, was sie sich mit den Kandisklümpchen ausgedacht hatte.

»Schlau! Ziemlich schlau. Verstehst du Menschel, ne?«

»Oh, na ja, ich kriege ein paar passende Laute raus. Mima hat mich verstanden.«

»Musst du einfach versuchen. Vielleicht hilft Kopftuch von Anat. Ziehst du morgen an, ne?« Che-Nupet hatte ein kleines Kaninchen verputzt und wusch sich sorgsam das Gesicht. »Morgen gehen wir in den Scharrwald. Denk nach, was du den fel'Derva sagen willst. Niesen ist nicht gut, ne?«

»Oh nein. Ich denk nach.«

»Kannst du gut!«

Es ging erstaunlich einfach. Der Waldkater, ein prachtvoller Kerl mit wuscheligem Halskragen, hielt Felis Blick stand und nickte dann freundlich. Sie hatte ihm Freundschaft signalisiert. Che-Nupet baute sich neben ihr auf und sagte: »Wir kommen im Namen der Königin.«

»Ja, Würdige. Und was wünscht ihr?«

Che-Nupet stupste Feli an, die antwortete: »Wir suchen die Behausungen der Menschel.«

»Derer gibt es viele.«

»Gibt es welche nahe am Fluss?«

»Eine kleine Ansiedlung. Wendet euch nach Westen, folgt

dem Wildpfad, an der geborstenen Eiche biegt nach rechts ab. Dort in der Gegend wohnt eine Gruppe. Aber sie sind seit einiger Zeit nicht freundlich auf uns Katzen zu sprechen.«

»Danke, mein Freund«, sagte Feli. »Vielleicht kann ich sie beruhigen.«

»Du bist ein ziemlich großes Menschel, das könnte sie erschrecken.«

»Ich bin aber auch ein ziemlich liebes Menschel«, kicherte Feli und entließ den Kater aus ihrem Blick. Anschließend zog sie Anats Kopftuch aus ihrem Rucksack und band es sich um. Sie verknotete es nicht unter dem Kinn, sondern im Nacken, sodass ihre Ohren frei blieben.

»Gut so, Schnuppel?«

»Très chic!«

Sie kicherten.

Der Weg war leicht zu finden; sie wanderten hintereinander her. Einmal blieb Feli stehen, um einige Heckenrosen abzupflücken. Dann fanden sie die geschilderte Ansiedlung. Che-Nupet schnüffelte.

»Hat Haue gegeben. Finn und Nefer.«

»Dann sind sie uns zuvorgekommen.«

»Glaub ich nicht. Mach, was du geplant hast.«

»Sind denn Menschel hier?«

»Da, unter den Laubhütten. Trauen sich nicht.«

»Dann bleib du hier stehen, ich lege meine Köder aus.«

Feli füllte in drei leuchtend rote Blüten je ein Klümpchen Kandis und legte diese Gabe in die Nähe der unscheinbaren Laubhügel. Dann zog auch sie sich zurück und wartete.

Es dauerte eine geraume Weile, bis sich einer der Bewohner hervortraute. Ein älterer Mann war es mit zotteligen grauen Haaren. Er näherte sich vorsichtig der Blüte und stieß sie mit einem Stab an. Er umkreiste sie, schnüffelte, und schließlich hob er sie auf. Er leckte sich den Zeigefinger und fuhr über das Zuckerstückchen. Ein verzückter Laut erfolgte, dann leckte er sich noch einmal die Finger ab. Zwei Frauen kamen näher, und sie schnatterten einander etwas zu. Auch sie probierten den Zucker, und plötzlich wimmelte es von Menscheln.

Feli, die auf dem Boden kniete, um auf Augenhöhe zu verhandeln, nahm den Ohrring heraus und sagte in ihrer sanftesten, leisen Stimme: »Ihr Lieben, bitte hört mich an!«

Wie erstarrt blieben alle stehen und sahen zu ihr hin. Sie streckte die Hand mit weiteren Blumen und Kandis aus.

»Bitte, Geschenk für euch.«

Der Alte kam misstrauisch näher, den Stock wie ein Speer in der Hand.

Feli fixierte ihn und versuchte es noch einmal.

Freundschaft!

Das Misstrauen blieb, aber der Speer senkte sich.

Sie deutete mit dem Finger auf sich.

»Ich Feli. Du?«

Der Alte tippte mit dem Finger auf seine Brust.

»Groma.«

»Hallo, Groma. Ein Stück Kandis?« Sie reichte ihm die Blüte mit dem Zucker. »Gut, ja?«

Jetzt grinste er und zeigte eine große Zahnlücke. Prima, dachte Feli, wird also kein Problem mit Karies geben.

»Gutt!«, grunzte er und rieb sich den pelzbedeckten Bauch.

Sie legte die beiden restlichen zuckergefüllten Blüten vor ihm nieder. Dann fasste sie das Ankh an und zeigte es ihm.

»Basti?«

»Nein, nicht Bastet. Aber Freundin.« Sie machte eine Handschüttelgeste, und irgendwie verstand der Alte das. Dann tupfte sie auf das blaugeblümte Tuch um ihren Kopf und sagte: »Anat.«

Verwirrt sah Groma sie an. Offensichtlich kannte er die Heilerin nicht. Darum wies sie auf Che-Nupet, die beinahe unsichtbar neben einem Baum gesessen hatte.

Ein Aufquieken ging durch die Menge, und einige flohen, als die Katze langsam näher kam.

»Freundin!« Feli legte Che-Nupet den Arm um den Nacken, und die Katze schlappte ihr über die Wange und schnurrte sanft. »Liebkatz!«

Der Alte war mutiger als seine Genossen, er sah sie beide fragend an.

»Basti.« Felis zeigte das Ankh vor. »Anat.« Sie tupfte noch mal an ihr Kopftuch. »Traurig!« Sie tat so, als würde sie heftig schluchzend Tränen vergießen. Und auch Che-Nupet bot das Bild einer todtraurigen Katze.

Offensichtlich verstand der Alte. Er grunzte und brummelte etwas, und es erschienen zwei junge Männer aus den Behausungen. Er deutete ihnen an, den beiden zu folgen.

Einige hundert Meter tiefer im Wald fanden sie eine weitere Laubhüttenbehausung. Hier hielten sich die königlichen Menschel versteckt. Sie waren also tatsächlich hier bei ihren wilden Verwandten untergekommen. Die beiden jungen Menschel verschwanden in einem der Unterstände. Che-Nupet bleib schweigend an Felis Seite. Ohne den Ohrring hätte sie sie ohnehin nicht verstanden, und so warteten sie beide, ob die Überredungskunst ihrer Führer fruchten würde. Sie fragte sich, ob die Menschel mit dem Namen der Heilerin etwas anfangen konnten.

Mit dem Namen wohl nicht, aber offensichtlich mit dem Kopftuch. Ein Mann kam, wenn auch vorsichtig und mit einem langen Stecken bewaffnet, zusammen mit den Führern aus der Laubhütte.

»Kuri?«, fragte Feli. Es war ein Schuss ins Blaue, aber er traf. Der Mann grummelte etwas, das sich nicht feindlich anhörte.

»Mima. Traurig.«

Wieder deutete sie Schluchzen an.

»Mima? Mima?« Ein weiterer Wortschwall folgte. Weitere

Menschel, alle in schmuddeligen, ehemals weißen Fellen, kamen hinzu.

Feli machte mit den Fingern gehende Bewegungen. Dann umarmte sie sich selbst. »Nach Hause.«

Alle nickten, dann zeigte Kuri auf Che-Nupet.

»Böskatz.«

»Nein, nein, nein. Liebkatz.«

Che-Nupet näherte sich auf ihren Wink und beschnurrte sie ausgiebig.

Es brauchte noch etwas Palaver. Soweit Feli den Gesten und Lauten entnehmen konnte, hatten die Menschel Angst vor einer Katze mit einem grün-gelben Kopftuch, die sie mit Gewalt entführt hatte. Einige zeigten böse Kratzwunden vor. Aber schließlich ließen sie sich doch überzeugen – von dem Überredungsmittel Kandiszucker unterstützt –, ihnen zu folgen. Ja, Feli hatte sogar das Gefühl, dass sie recht froh waren, dem primitiven Leben zu entkommen.

Im Gänsemarsch wanderten sie hinter Che-Nupet und ihr her.

44. Shepsi verschwunden

Nefer bemühte sich, seine Belustigung zu unterdrücken. Es war schon ein erheiterndes Bild, wie das Trüppchen Menschel hinter Felina und Che-Nupet her marschierte. Doch mit Rücksicht auf Finn verkniff er sich jede Bemerkung. Dessen Laune war nämlich auf dem Tiefpunkt angelangt. Nefer hatte inzwischen verstanden, dass sein Freund wirklich darunter litt, dass das Mädchen ihm immer zuvorkam. Ihm selbst machte es wenig aus. Frauen hatten ihre besonderen Qualitäten, und ihr eigenes Vorgehen im Scharrwald hatte sich nicht eben durch Delikatesse ausgezeichnet. Er hatte dabei auch nur mitgemacht, weil er Finn aufmuntern wollte und selbst wirklich mal wieder Lust auf eine richtige Balgerei gehabt hatte. Wenn es geklappt hätte – nun gut. So wichtig waren ihm die Menschel nicht. Es hätte sich schon eine andere, eher diplomatische Lösung finden lassen, sie aus dem Gebiet der fel'Derva zu locken.

Nun hatte es Felina mit Che-Nupet geschafft.

Leicht erstaunt aber war Nefer darüber, dass die träge Kätzin ein Kopftuch trug. Sollte sie tatsächlich eine der Hofdamen sein? Sollte sie tatsächlich die dritte Prüfung abgelegt haben? Und warum trug sie dann nicht einen der Alten Namen?

Das wurmte ihn nun doch etwas. Bisher hatte er sie für dümmlich und übermäßig faul gehalten. War es denn möglich, dass sie eine der äußerst schwierigen Aufgaben des Hochgrades bewältigt hatte?

Und er hatte bisher noch nicht einmal die zweite Prüfung mit Erfolg gemeistert.

Nun sank auch seine Stimmung merklich.

Klüngel, fuhr es ihm giftig durch den Kopf. Sie musste Beziehungen haben, die Dicke. Sogar der Weise duldete sie ja bei den Beratungen.

Inzwischen war die kleine Karawane auf Rufweite herangekommen, und Feli rief fröhlich: »Schaut mal, was wir gefunden haben.«

»Hey, Menschel«, johlte Ani. Pepi und Sem sprangen auf und liefen ihr entgegen.

»Habt ihr auch gerauft?«

»Nein, wir haben es mit Leckerchen geschafft.«

»Clever, das Mädchen«, sagte Nefer zu Finn, um ihn zu ärgern. Wenn Nefer ehrlich zu sich war, dann suchte er jetzt Streit.

Er fand ihn.

»Weiber«, knurrte Finn.

»Immerhin weitaus klüger als du!«

»War doch dein dämlicher Plan.«

»Wenn du nicht so dämlich gequiekt hättest…«

Finn fauchte.

Nefer auch.

»Blödkatz!«

»Blödmensch!«

»Rattenfresser!«

»Affensohn!«

Sie schmähten gegenseitig ihre Abstammung in immer lauteren Worten, bis Finn zulangte. Nefer knallte ihm die Tatze zwischen die Augen. Finn ging auf die Hinterpfoten. Nefer auch. Sie umtänzelten sich. Finn machte den Fehler, mit dem Hinterbein treten zu wollen. Er fiel auf die Schnauze. Nefer warf sich über ihn.

Finn rollte weg. Kam hoch und sprang ihn an.

Nefer wich aus. War knapp.

In Finns Augen stand Mordlust. Seine Krallen waren ausgefahren.

Es wurde ernst.

Nefer sprintete zum nächsten Baum.

Finn hinterher.

Hoch.

Finn auch. Schlag auf den Kopf.

Finn stürzte ab.

Fing sich. Fauchte. Fetzte Borke aus dem Stamm.

»Lass es gut sein, Finn.«

Der krallte nach seinem Schwanz. Ein Stück Fell flog durch die Luft.

»Finn, es ist gut!«

Ein dumpfes Grollen kam aus Finns Kehle.

Verdammt, der war nicht mehr Herr seiner selbst.

Nefer kletterte weiter die Kiefer hoch. Der andere folgte ihm.

Die Äste wurden dünner. Bogen sich unter seinem Gewicht.

Wieder spürte er die Krallen durch sein Fell fahren.

Es war Zeit, das zu beenden.

Nefer ließ sich fallen, drehte sich in der Luft, kam auf den Pfoten auf. Er schielte nach oben.

Finn hing an einem schwankenden Ast.

Toll, das würde ihn wohl zur Besinnung bringen.

Nefer wandte sich ab.

»Was war das denn?«, fragte Feli, die inzwischen das Lager erreicht hatte.

»Dein Freund wollte mir an die Gurgel.«

»Kaum dein Freund, was? Hast du ihn gereizt?«

»Das musst gerade du fragen.«

»Huch?«

Nefer drehte sich um. Verschiedene Stellen taten ihm weh. Manches blutete.

»Musstet ihr Helden spielen?«

Nefer sah sie über den Rücken an. Wenn sie kein Menschenweibchen wäre, würde er ihr jetzt ein paar ordentliche Schrammen versetzen.

Sie sah ihm unverwandt in die Augen. Das Ankh an ihrem Hals blinkte in der Sonne.

Sie war aber ein Menschenweibchen. Ein hübsches, sehr tapferes, schoss ihm durch den Kopf. Eines, das ihn oft genug getröstet hatte und sehr sanft zu kraulen verstand.

Alle Wut floss aus ihm heraus, er fühlte sich wieder gelassen, und die Heiterkeit kehrte zurück. Die Anspannung in seinem Körper ließ nach, und er setzte sich ruhig nieder.

»Habt ihr gut gemacht, das mit den Menscheln. Jetzt müssen wir sie nur noch zu ihren Katzen bringen.«

»Ihr könntet uns helfen, für sie ist es ein weiter Weg. Wenn ihr sie ein Stückchen tragen würdet, wäre es leichter für sie.«

»Ja, das könnten wir wohl. Aber erst mal muss ich die Wunden versorgen.«

»Che-Nupet wird dir helfen. Sie ist ziemlich gut darin.«

Felina senkte ihren Blick, und Nefer betrachtete seinen Schwanz. An der Spitze fehlte ihm Fell. Blut tropfte von ihm. Es war vermutlich keine schlechte Idee, Che-Nupet um Hilfe zu bitten. Und dann kam ihm die Erklärung – klar, die Dicke war eine Heilerin. Heilerinnen legten wenig Wert auf Statussymbole wie Kopftücher. Sie hatte es wohl nur angelegt, um unbehelligt das Revier der fel'Derva betreten zu können. Ja, das war es wohl.

Auch der giftige Neid legte sich.

»Lass mich machen«, brummelte Che-Nupet auch schon neben ihm. »Ist nicht schlimm. Nur Kratzer, ne?«

»Ja, nur Kratzer. Aber Finn hängt noch im Baum.«

»Den holt Feli.«

Und dann schlappte die weiche Zunge über seine Wunden und zog den Schmerz heraus.

Über die Behandlung war er eingedöst, und als er die Augen wieder aufschlug, saß Finn neben ihm.

»'tschuldigung.«

»Schon gut.«

»Feli sagt, wir sollen die Menschel tragen. Die Kameraden sind bereit.«

»Gut. Ich auch.«

Ein junges Weibchen krabbelte auf seinen Rücken und hielt sich kichernd an seinem Hals fest. Die anderen Katzen trugen je zwei von den Menscheln, aber Che-Nupet meinte, die Kratzer müssten bei ihm erst noch heilen. Dann setzte sich die Truppe aus zehn Katzen, achtzehn Menscheln und Feli, die neben ihnen herging, in Bewegung.

Unterwegs ließ Nefer seinen Gedanken freien Lauf. Sie wanderten wieder zu seiner eigenen Karriere. Die zweite Prüfung hatte er noch nicht bestanden, und daran würde er in der nächsten Zeit zu arbeiten haben. Denn seit er es sich zur Aufgabe gemacht hatte, die Königin nach Trefélin zurückzubringen, war verdammt viel schiefgelaufen. An einigem davon trug er Schuld. Es war idiotisch gewesen, Sem, Pepi und Ani mitzunehmen. Durch sie hatte er viel zu viel Zeit verloren. Er war auf das falsche Ankh hereingefallen und hatte im entscheidenden Moment die Kontrolle verloren. Nur deshalb war Finn nun als Kater hier in Trefélin. Gut, er hatte dann das richtige Ankh aufgetrieben und sogar in Feli, die wunderbarerweise bereits von dem Land Trefélin gehört hatte und einen der kostbaren Ohrringe besaß, eine Helferin gefunden.

Aber auch sie war in Gefahr geraten; heiliger Sphinx – fast wäre sie von den Panthern getötet worden.

Wieder zuckte ein seltsamer Gedanke durch seinen Kopf.

Che-Nupet war bei ihr gewesen.

Zwei Panther waren zerrissen worden.

Feli hatte nicht gesagt, wer sie verteidigt hatte oder wie sie gerettet worden war.

Nefer äugte zu der Kätzin hin, die links von ihm gleichmütig mit zwei Menscheln auf dem Rücken dahintrabte. Mäuseschiss – sie und Feli mussten vorgestern nach ihnen aufgebrochen sein. Wie hatten sie es so schnell bis zum Grenzfluss geschafft?

So ganz langsam beschlich ihn die Erkenntnis, dass er Che-Nupet möglicherweise unterschätzt hatte. Er nahm sich vor, sich in der nächsten Zeit hier und da vorsichtig nach ihr zu erkundigen. Und sie etwas genauer zu beobachten.

»Machen wir eine Rast!«, rief Felina. »Ich hab Hunger. Und die Menschel brauchen auch was zu futtern.«

Außerdem lahmte Finn ziemlich stark, bemerkte Nefer und stimmte zu. Sie hatten eine ordentliche Strecke zurückgelegt und befanden sich bereits unterhalb des Roc'h Nadoz. Die Menschel halfen Feli, einen Kreis aus Steinen zu richten, sammelten trockene Äste und Kräuter und etliches an Wurzeln und Gemüse. Ani und Pepi gingen auf Jagd und kamen schon bald mit ein paar Rebhühnern zurück, ein anderer Kater meldete, dass eine Herde Wildrinder in der Nähe graste, worauf der Trupp loszog, um sich zu verköstigen.

Nefer und Finn blieben bei den Menscheln, Che-Nupet schleppte nach und nach drei Kaninchen für sie an, während Feli die Beute zerlegte und das Fleisch an Stecken briet. Sehr zur Freude der Menschel, die das verbrannte Zeug offensichtlich genauso köstlich fanden wie Felina.

Finn verhielt sich sehr schweigsam, verzehrte sein Kaninchen roh, streckte sich dann aus und starrte zu den Bergen hin.

Ja, der Übergangsfelsen ragte wie eine spitze Nadel dort auf. Vermutlich dachte er an seine Heimkehr.

Doch plötzlich spürte Nefer, wie Finn sich anspannte. Ein Zucken ging durch sein Fell.

»Da stimmt doch was nicht. Nefer, schau mal!«

Er sah genauer hin. Richtig, da war etwas, das da nicht sein sollte.

Schon war Finn aufgesprungen.

»Langsam, Finn. Wir gehen zusammen.«

»Okay, hast recht.«

Che-Nupet, die zusammengerollt neben dem Feuer lag, blinzelte mit einem Auge.

»Nicht zu weit, ne!«

»Nur bis zum Roc'h hoch.«

»Dings holen, gut.«

»Sie hat das auch gesehen«, flüsterte Finn nach ein paar Schritten.

»Die sieht ziemlich viel, habe ich den Eindruck.«

»Und bleibt dann faul liegen.«

»So ist sie eben.«

Sie liefen den Abhang hoch, und als sie nahe am Felsen waren, flatterte dort an einem dornigen Busch ein gelb und grün gestreiftes Kopftuch.

»Ach du Scheiße!«, stieß Finn aus. »Ist es das, was ich vermute?«

»Das gehört Shepsi.«

Nefer schnüffelte. Ja, Shepsi war noch vor ganz kurzer Zeit hier gewesen. Und seine Spuren führten zum Felsen, zu dem dunklen Eingang, und verschwanden dort.

»Das ist schierer Selbstmord«, flüsterte Nefer.

»Oder Mord. Wollte Imhotep ihn nicht zum Weisen bringen?«

»Du meinst, er hat ihn hier hineingetrieben?«

Finn hob witternd die Nase.

Nefer auch.

»Könnte auch vor Imhotep geflohen sein. Der ist zumindest nicht nahe an den Felsen gekommen.«

»Nehmen wir das Ding mit.«

Finn rupfte das Kopftuch von dem Strauch und nahm es ins Maul.

»Nun ja, er würde vermutlich so oder so in die Grauen Wälder verbannt werden für das, was er angerichtet hat.«

»Aber so er ist kein Namenloser«, nuschelte Finn mit dem Tuch zwischen den Zähnen.

»Nein, das ist er nicht«, sagte Nefer schließlich nachdenklich. Der Weise musste umgehend informiert werden. Aber vermutlich hatte Imhotep das bereits getan.

Sie trotteten zurück, und als sie ihre Vermutungen Felina und Che-Nupet mitteilten, vermeinte Nefer so etwas wie ein dunkles Leuchten in den Augen der Kätzin aufglimmen zu sehen. Es hielt nur einen winzigen Moment an, aber es führte dazu, dass sein Fell entlang des Rückens zu zucken begann.

Was war diese Che-Nupet?

Vierter Teil

Rückkehr

45. Konferenz bei dem Weisen

Auf dem Ratsfelsen hatten sich Amun Hab, Mafed und Imhotep eingefunden, Nefer, Felina und Che-Nupet kletterten jetzt ebenfalls hoch, und Finn folgte ihnen. Die letzten Balgereien und der lange Weg zum Scharrwald hatten ihre Spuren hinterlassen; er fühlte sich angeschlagen. Doch als der Weise sie einen nach dem anderen anblickte und brummte: »Das habt ihr ausgezeichnet gemacht!«, fühlte er sich prompt erheblich besser.

Die beiden anderen Berater des Weisen brummten ebenfalls Zustimmung.

»Wie es aussieht, hat Shepsi die Flucht ergriffen, nachdem er gemerkt hat, dass wir seine Absicht erkannt und seine Machenschaften durchschaut haben. Imhotep hatte ihn aufgestöbert, bei seinem Anblick ist Shepsi sofort geflohen. Er hat sein Schicksal selbst besiegelt und das Exil in den Grauen Wäldern gewählt.«

Felina richtete sich auf.

»Aber er kann von dort doch wieder zurückkommen, nicht wahr? Oder vielleicht sogar in unsere Welt wechseln.«

»Der Übergangsfelsen wird bewacht. Sollte er tatsächlich zurückkommen, werden wir ihn fangen und vor Gericht stellen«, sagte Mafed.

»Und da er die Menschen hasst, wird er schwerlich in eurer Welt Zuflucht suchen. Und wenn, dann wird er dort nur eine kleine Katze sein.«

Nefer schnaubte leise, und Finn verstand. Das war eine höchst unwahrscheinliche Option.

»Die Ohrringe, die er entwenden ließ, sind ihren Besitzern zurückgegeben, die Waschbären wieder in ihr Reservat am Halbmondplateau geschickt worden. Wir haben das Abkommen mit ihnen erneuert, aber ein paar strengere Grenzen gezogen.«

»Ich hätte Cheffe Anoki gerne noch mal das Fell gegerbt«, grummelte Finn.

»Du hast ihn erst auf die Idee gebracht, Ringe zu klauen.«

Finn zuckte bei Amun Habs sanften Worten schmerzlich zusammen und beschloss, fürderhin buchstäblich die Schnauze zu halten.

»Die Menschel sind augenscheinlich froh, dass sie wieder ihren Katzen dienen dürfen. Ihre Besitzer haben sich sehr verständnisvoll ihnen gegenüber verhalten. Aus ihrem Benehmen konnten sie schließen, dass sie von Shepsi unter Androhung von Tod und Verstümmelung zusammengetrieben wurden. Der Tod eines ihrer Ältesten durch eine Raubkatze war von Shepsi auch inszeniert worden. Eine wirkungsvolle Art der Abschreckung.«

»Was für eine kranke Zecke hat den Kater nur gebissen, all diese Dinge anzustellen, Amun Hab?«, fragte Felina.

»Wir wissen es nicht genau – er hat sich der Befragung ja entzogen. Aber so wie es aussieht, muss er wirklich die wirre Vorstellung gehabt haben, sich mit diesen Machenschaften Macht anzueignen. Das Ankh und die Ringe sind Beweis dafür. Die wuchernden Gerüchte über die Bösartigkeit der Menschen ein zweites Indiz. Eine starke Partei der Menschenhasser könnte bei der Wahl einer neuen Königin Einfluss gewinnen.«

»Aber die Königin könnte auch zurückkommen«, entfuhr es Finn.

»Damit kommen wir zum nächsten Punkt. Nefer, deine Prüfungsaufgabe hast du im gesetzten Zeitrahmen nicht bewältigt.«

»Nein, das habe ich nicht.«

Nefer, fand Finn, klang nicht gerade glücklich.

»Es sind aber auch unerwartete Probleme aufgetaucht«, warf er darum ein.

»Mit denen hätte er rechnen müssen, als er sich eine anspruchsvolle Aufgabe gewählt hat. Arroganz und Überschätzung tragen ihre eigene Strafe in sich.«

»Er ist nicht vollständig gescheitert, Amun Hab. Er hat das Ankh gefunden und zurückgebracht. Dass der Übergang am Dolmen gesperrt war, war nicht sein Verschulden«, meinte Feli.

»Das gestehe ich zu. Aber er hat auch zwei Menschen in unser Land gebracht und sie großen Gefahren ausgesetzt.«

»Schon, aber gemeinsam haben wir auch diesen Shepsi entlarvt, nicht wahr?«

Finn hatte den flüchtigen Eindruck, dass der Weise sich amüsierte.

»Habt ihr, Felina, habt ihr.«

Ein Menschel, Feli erkannte in der niedlichen jungen Frau in weißem Pelz Mima, kam auf Amun Habs Wink hin zum Felsen. Sie blieb unten stehen und sah nach oben.

»Hilf ihr, Felina. Nimm den Ring von ihr entgegen.«

Feli beugte sich über den Rand der Felsplatte und nahm Mima den goldenen Ohrring ab, den sie zu ihr hochreichte.

»Ich habe Finn versprochen, dass er, wenn er sich bewährt, einen Ring erhält und beim nächsten Silbermond in sein Land zurückkehren darf. Befestige ihn in seinem Ohr, Felina.«

Überrascht fuhr Finn zusammen.

»Piekt ein bisschen, Finn«, sagte Feli und stach den Ring durch das fast wieder zugewachsene Löchlein.

»Ihr werdet euch in dreizehn Tagen zum Roc'h Nadoz begeben, Felina und Finn. Mafed oder Imhotep werden euch durch die Grauen Wälder nach Hause geleiten. Dort wird Finn den Ring zurückgeben. Feli, deiner ist ein Erbstück, das einst unsere

Königin deiner Großmutter überlassen hat. Wenn Bastet Merit entscheidet, dass du ihn behalten darfst, dann gehört er für die Zeitspanne, die sie gestattet, weiterhin dir. Das Ankh hingegen wirst du entweder der Königin oder, sollte sie nicht dort sein, eurem Führer nach dem Übergang geben.«

»Ja, Amun Hab. Ich kann es dir auch gleich geben.«

»Nein, Felina. Du trägst es mit Achtung. Und es schützt dich hier in unserem Land.«

»Solange es mir nicht wieder jemand vom Hals zu reißen wünscht.«

»Das wird nicht geschehen.« Dann sah der Weise Finn lange an, danach Felina. »Ich habe die Möglichkeit, euch Menschen die Erinnerung an euren Aufenthalt in Trefélin zu nehmen«, meinte er sinnend.

»Och, schade«, meinte Felina.

»Schade?«

»Ja. Ich meine, ich habe von meiner Großmutter so viel gehört, früher. Und es ist so schön hier. Und ich mag euch so.«

Sie legte den Arm um Che-Nupet, die die ganze Zeit schweigend neben ihr gelegen hatte.

»Ja, du bist ein besonderer Fall, Felina.«

Finn raffte sich auf. Er hatte eine ganze Reihe schmerzlicher Erfahrungen gesammelt, aber auch er wollte keine davon missen.

»Ich würde mich auch gerne weiterhin erinnern, Amun Hab. Nicht jeder hat das Glück, mal in einem Katzenpelz zu stecken. Und ich habe hier – ähm – auch Freunde gefunden. Bessere als je zuvor.«

Damit drückte er Nefer die Pfote in den Nacken. Der grollte: »Blödmensch!«

Amun Hab lachte.

»Na, das nenne ich kätzisches Verhalten. Also gut, ihr werdet eure Erinnerungen behalten und noch einige mehr sammeln. Nefer, du bist nicht unwesentlich an Finns Schrammen schuld, begleite ihn zu den heißen Quellen. Die werden ihm guttun, und er lernt noch etwas mehr von unserem Land kennen.«

»Ja, Amun Hab.«

»Möchtest du ebenfalls in heißem Wasser baden, Felina?«

»Mann, Amun Hab, was für eine Frage!« Aber dann biss sie sich plötzlich auf die Unterlippe. »Obwohl, heißes Wasser kriege ich zu Hause wieder. Dürfte ich ... ich meine, spricht was dagegen, hierzubleiben?«

»Nein, natürlich nicht. Was hast du denn vor?«

»Ich würde mich gerne noch ein wenig mit Anat unterhalten.«

»Mit Anat, der Heilerin?«

»Ja. Ich möchte etwas über eure Heilkunst lernen, Amun Hab. Ich ... ich hab nämlich eine Entscheidung getroffen.«

»Aha. Und welche?«

»Wenn ich nächstes Jahr mit der Schule fertig bin, würde ich gerne ... ähm ... Heilkunde studieren.«

Finn sah sie überrascht an.

»Du willst Tierärztin werden?«

Schweigen lastete plötzlich über dem Ratsfelsen.

»Oh ... mhm ... oh ... Ich meine ... uhhh. Och, ich verstehe«, stammelte Feli. »Aber Tierärzte helfen doch auch. Und, ich meine, so schlimm ist das doch nicht. Ich meine, wenn so viele Katzen geboren werden ...«

Der Weise richtete sich auf, und mit seiner tiefen Stimme sagte er: »Ein Heiler muss töten und verstümmeln und Blut vergießen, Felina. Unsere Krieger töten, verstümmeln und vergießen Blut. Sie tun es, um andere vor Schaden zu bewahren und Leben zu retten. Auch ein Heiler tut das. Ich achte deine Entscheidung.«

»Aber *ich* werde dich nicht mehr besuchen«, sagte Nefer. »Das ist mir dann zu gefährlich.«

»Nie, Nefer, würde ich mich an deiner Männlichkeit vergreifen.«

»Das sagst du jetzt!«

»Ich verspreche es!«

»Und ich werde froh sein, wenn ich wieder ein Mensch bin«, fügte Finn hinzu.

»*Dir* hab ich nichts versprochen.« Felina grinste.

»Wir werden sehen, wie weit du kommst.«

Finn stupste sie an, und sie kraulte ihn kameradschaftlich.

Leider immer nur kameradschaftlich.

Aber man würde ja sehen, wie weit man kam. Immerhin hatten sie gemeinsame Erinnerungen.

»Bleibt uns noch ein letztes Problem, das gelöst werden muss«, sagte Amun Hab. »Unsere Königin muss zurückkommen. Wir haben von dem ehrwürdigen Scaramouche die Nachricht erhalten, dass sie bei einem Menschen Unterschlupf suchen wollte. Bei Nathan, dem Förster. Mafed, Imhotep, eure Aufgabe wird es sein, sie dort aufzusuchen und ihr das Ankh zu übergeben.«

»Aber ...«

»Nein, Nefer, die Pfadfinder werden es übernehmen. Sie sind mit den Grauen Wäldern vertraut und kennen die Wege auch zu gefährlichen Zeiten. Und mit dem Ankh kann Bastet Merit jederzeit passieren.«

»Ja, aber ...«

»Über deine Prüfung befinden wir später.«

Feli mischte sich schon wieder ein.

»Wir, Finn und ich, kennen Nathan, den Förster, Amun Hab. Wir können Mafed oder Imhotep zu ihm führen.«

»Das trifft sich. Was für ein Mensch ist er?«

»Ein Korinthenkacker!«, fauchte Finn.

»Ein freundlicher, aber strenger Mann, wenn es um seinen Wald geht«, berichtigte Felina. »Er hat eine kleine Gruppe Waldkatzen ausgewildert, um die er sich kümmert. Und sauer wird er nur, wenn jemand Vandalismus betreibt, nicht wahr, Finn?«

Finn wurde wieder einmal heiß unter dem Pelz. Er nuschelte

etwas von Dummejungenstreichen, was von Nefer nur mit einem verächtlichen »Pfff« kommentiert wurde.

»Du hast dich auch mit Eierlikör besoffen«, fauchte er zurück.

»Gegen meinen Willen!«

»Ja, ja, dermaßen heftig gegen deinen Willen, dass das klebrige Zeug nur so spritzte, als du Schale um Schale ausgeschlappt hast.«

»Gngngn.«

Der Weise ignorierte sie und wandte sich an Feli. »Du glaubst, dass Nathan Bastet Merit aufgenommen hat?«

»Ich bin mir ziemlich sicher, Amun Hab. Er mag Tiere, und er hat gesagt, er glaubt, dass sie eine Seele haben. Wir haben nämlich mal so eine Diskussion darüber in der Schule gehabt, ob Tiere Bewusstsein und Seele haben oder nicht.«

»Und wir fragen uns hin und wieder, ob Menschen eines haben«, murmelte Imhotep.

»Nun, wir sind der Meinung, dass wir uns selbst recht gut bewusst sind«, entgegnete Feli schnippisch.

»Das steht sowohl in dem einen als auch in dem anderen Fall außer Frage«, erklärte der Weise. »Der Mann ist also vertrauenswürdig, Felina?«

»Ja, ich halte ihn für nett und verantwortungsvoll und tierlieb. Wenn eure Königin bei ihm ist, wird er sie gut behandeln.«

»Wo finde ich ihn?«

»In dem Wald, wo auch der Dolmen steht, Mafed. Aber ich weiß nicht – der Übergang war doch gesperrt?«

»Er wird geöffnet werden.«

»Wer hat ihn verschlossen? Shepsi?«, wollte Finn wissen.

»Wahrscheinlich nicht«, antwortete Imhotep. »Ich habe ihn untersucht und keine Spuren von ihm gefunden. Derzeit stehen wir vor einem Rätsel. Aber irgendwas hat sich in den Grauen Wäldern verändert. Mag sein, dass von den Namenlosen einer über die Fähigkeiten verfügt. Dieser Angelegenheit werden wir als Nächstes nachgehen.«

Gut, das war nicht sein Problem, befand Finn. Er musste nur wieder zurück durch dieses Gebiet, und da es auf dem Hinweg trotz seiner halbtrunkenen Begleiter keine Schwierigkeiten gegeben hatte, würden sie wohl auch unter Mafeds Führung diesen Bereich passieren können. Was ihn aber zu einer weiteren Frage brachte, die Nefer, der mit zuckendem Schwanz neben ihm lag, betraf. Er kannte seinen kätzischen Freund inzwischen gut genug, um dessen Unruhe zu spüren.

»Amun Hab, warum kann Nefer nicht mit uns kommen und seine Aufgabe beenden? Dann hätte er doch seine Prüfung bestanden, oder?«

»Unsere Regeln sind sehr eindeutig, Finn«, beschied ihm Imhotep. »Die Aufgabe ist innerhalb einer vorgegebenen Frist zu erledigen.«

»Aber hier könnte man Höhere Gewalt geltend machen.«

»Willst du nicht doch Jurist werden, Finn?«, fragte Felina.

»Nein, aber ich finde das ungerecht.«

»Sind alle Jungmenschen gegenüber Weiseren und Älteren so vorlaut?«, fragte Mafed.

Wieder, immer wieder wurde er klein gemacht. Immer dasselbe. Mal war er zu blöd, weil er ein Mann war, mal zu vorlaut, weil er zu jung war, dann wieder zu dämlich, weil er kein richtiger Kater war …

»Ist mutig von Finn, ne?«

Feli kicherte und stimmte Che-Nupet zu.

»Ist es auch. Ich finde auch, Nefer sollte eine zweite Chance bekommen.«

Jetzt wurde Finn richtig heiß in seinem Pelz. Er schwankte zwischen Freude, dass die beiden zu ihm standen, und Verdruss, dass es wieder die Frauen waren, die ihm aus der Patsche halfen.

Es war der Weise, der wieder das Wort ergriff.

»Halb gelöst hast du deine selbst gewählte Aufgabe, Nefer. Ich gebe zu, die Umstände sind bedeutend komplizierter geworden als erwartet. Ich denke, wir können eine Ausnahme von der Regel gewähren. Du wirst nach einem Jahr eine zweite Möglichkeit haben, dich der Prüfung zu stellen.«

»Ja. Ja, danke.«

»Und nun ist die Versammlung aufgehoben.«

Imhotep und Mafed sprangen vom Ratsfelsen, Felina kletterte über Che-Nupets Rücken nach unten, und Finn wollte auch gerade einen Satz nach unten machen, als er sah, wie Amun Hab Nefer einen Schubs mit der Nase gab.

»Versemmel es dann nicht wieder, Sohn«, grummelte er.

»Ich versuch's, Papa.«

Papa? Großer Gott, der Weise war Nefers Vater.

46. Die Goldenen Steppen

Nefer und Finn waren zu den heißen Quellen am Halbmondplateau aufgebrochen, Felina verbrachte ein paar sehr friedliche Tage mit Anat, die eine wunderbar ausgeglichene Katze war und gerne über das kätzische Heilwesen redete. Bei manchen Behandlungen durfte Feli zusehen, oft streifte Anat mit ihr durch das Laubental und machte sie auf die verschiedenen Kräuter aufmerksam, die sie verwendete.

»Katzenminze macht uns glücklich«, sagte sie. »Und Baldrian verrückt.«

»Ja, das weiß sogar ich schon.«

»Gut. Hier siehst du einige Grassorten, die unsere Verdauung anregen. An Dill knabbern wir gerne, wenn uns etwas schwer im Magen liegt, und das Zeug da ist gut bei Würmern.«

Feli hatte ein kleines Heft und einen Bleistift mitgenommen und machte sich nun Zeichnungen und Notizen.

»Du wirst nicht alles davon in deiner Welt finden. Dieses Kraut hier zum Beispiel wächst bei euch nicht.« Anat wies auf eine Pflanze mit gefiederten Blättern und kleinen, rosigen Blüten. »Wir Kätzinnen fressen es, wenn wir uns rollig fühlen, um nicht trächtig zu werden.«

»Geschickt. Wir haben Pillen zu diesem Zweck. Ich habe mich schon gewundert, dass es so wenig Kleinkatzen bei euch gibt.«

»Wir werden ziemlich alt, Feli. Und wir versuchen, die Bevölkerung unseres Landes etwa gleich zu halten. Das ist die beste Methode dafür.«

»Mhm, ja, besser, als sich gegenseitig umzubringen.«

»Oder Hungersnöte und Seuchen.«

Neben den Kräutern und den Bürstenmassagen mit der Zunge entlang den Energiebahnen im Körper beeindruckte Feli aber eine ganz besondere Therapie.

»Schnurren, Felina, ist unser wichtigstes Heilmittel.«

»Schnurren? Ich dachte, das macht ihr nur, wenn ihr euch wohlfühlt.«

»Na sicher. Denk doch mal nach.«

»Oh – ja sicher. Wenn man sich schlecht fühlt, schnurrt man, damit man sich wieder besser fühlt.«

»Zum Beispiel. Es gibt aber unterschiedliche Arten des Schnurrens, und die solltest du versuchen auseinanderzuhalten. Vielleicht kannst sogar du die eine oder andere Art lernen.«

»Ja, das wäre natürlich unheimlich nützlich.«

Und so lernte sie Schnurren gegen Schmerzen, Schnurren als Geburtshilfe, Schnurren zur Wundheilung, Schnurren zum Knochenaufbau, Schnurren zum Einschlafen und Schnurren gegen böse Träume zu unterscheiden. Und sie schnurrte auch selbst.

»Du hast Talent dafür, Felina. Es wird dir helfen, wenn du die Katzengeborenen behandeln musst. Und nun befassen wir uns mit der Diagnose.«

Für dieses Gebiet allerdings fehlten Felina nun doch einige

Voraussetzungen, denn Anat erklärte ihr, wie man eine kranke Katze nach Symptomen abschnupperte. Und noch etwas erfuhr sie, und auch das war eine Kenntnis, die sie zu ihrem größten Bedauern wohl nie würde einsetzen können.

»Lebenskraut«, sagte Anat und wies auf ein paar getrocknete Halme. Goldgelb waren sie und trugen kleine Rispen mit Körnern. »Es wächst auf den Goldenen Steppen. Dann und wann reise ich dorthin und hole mir etwas davon. Es hilft, wenn nichts anderes mehr helfen kann. Es heilt alle Wunden, die äußeren und die inneren, allerdings nicht die der Seele. Aber es ist selten und schwer zu finden. Eine unserer Prüfungsaufgaben ist es, einige Halme davon hierherzubringen. Es ist aber ein langer Weg und mit einigen Schwierigkeiten verbunden. Darum verwenden wir es nur in großen Notfällen.«

»Ich vermute, ihr seid uns Menschen in der Heilkunst wohl überlegen.«

»Mag sein. Aber auch ihr Menschen habt einige Kenntnisse gewonnen. Lern du das, was ihr entwickelt habt, und erinnere dich manchmal an unsere Art Schnurren«, sagte sie, und ein Lächeln lag in ihrer Stimme.

»Ja, Schnurren.«

Feli hatte vier Tage mit Anat verbracht, mit Mima und Kuri ihre Menschelsprachkenntnisse erweitert und mit deren Hilfe einen etwas schmackhafteren Brei hergestellt. Nur Che-Nupet hatte sie nach der Beratung bei dem Weisen nicht mehr gesehen. Sie fragte sich, während sie am vierten Abend am Wasserfall ihre Kleider wusch, wieso die rotbraune Katze verschwunden war. Bisher hatte sie sich immer irgendwo in ihrer Nähe aufgehalten. Sie vermisste ihre komischen Sprüche und ihre seltsamen Übungen. Anat wusste nichts über ihren Verbleib, der Weise war zu den Raubkatzen gegangen, um dort den Schaden zu begrenzen, den Shepsi angerichtet hatte, Pepi, Sem und Ani waren zu ihrer Truppe zurückgekehrt.

Sie hängte gerade zwei T-Shirts zum Trocknen über einen Busch, als sie den grauen Kater mit dem rotgoldenen Kopftuch am Seeufer entlangschlendern sah. Imhotep, einer der Pfadfinder. Vielleicht wusste er ja etwas über Che-Nupets Verbleib.

Sie ging ihm entgegen.

Er blieb stehen, als er sie sah, und brummte freundlich.

»Schöner Tag heute, nicht?«, sagte sie.

»Ja, auch wenn der Wind dreht. Es wird Regen geben.«

»Macht nichts, bis dahin wird meine Wäsche getrocknet sein. Irgendwie habt ihr Katzen das schon besser gelöst mit dem Fell.«

»Es war eine Entscheidung der Menschen, es abzulegen.«

»Tja, vermutlich.«

Der Kater setzte sich gemütlich hin, und Feli nahm auf einem Stein Platz. Imhotep war offensichtlich in Plauderstimmung. Als sie nach Che-Nupet fragte, konnte er ihr aber auch keine Auskunft geben.

»Vermutlich nutzt sie die sonnigen Tage, um Schlaf nachzuholen. Sie hat sich ja weit mehr als sonst mit euch angestrengt.«

Die Antwort befriedigte Feli nicht. Che-Nupet verfügte über erheblich mehr Energie, als sie der Welt zeigen wollte. Das war jedoch ihre Sache, und darum nickte Feli nur zustimmend und fragte nicht weiter. Imhotep hingegen war ein aufmerksamer Zuhörer und stellte ihr einige Fragen zu ihrem Leben. Und so erzählte sie ihm von ihren Eltern, die im Ausland lebten, von Iris, die bis zum Abitur im nächsten Jahr bei ihr bleiben würde, und schließlich auch über Gesa und ihre Katze Melle. Während sie von beiden berichtete, packte sie wieder die Trauer.

»Ich hoffe, Melle ist gut auf den Goldenen Steppen angekommen«, sagte sie schließlich.

»Das ist sie. Und noch mehr, Felina. Du weißt doch, dass Mafed und Bastet Merit zu deiner Großmutter kamen, als sie starb.«

»Ja, inzwischen weiß ich das.«

»Die Königin hat große Macht, Felina. Und sie hat in ihrer

Weisheit beschlossen, dass auch deine Großmutter Aufnahme in den Gefilden finden sollte.«

»Was? Wirklich? Und sie… Oh, jetzt verstehe ich. Ja, ich glaube, Oma hat es gewusst, als Bastet Merit an ihrem Bett stand. Ich habe mir nie einen Reim auf ihre Worte machen können. Sie sagte so was wie: ›Sie wartet schon auf dich. Wir führen dich zu ihr.‹ Hat sie Melle damit gemeint?«

»Ja, das hat sie.«

»Oh, wie schön für sie. Sie hat Melle so gern gehabt.«

Der graue Kater sah versonnen in den Sonnenuntergang. Feli stellte sich vor, wie glücklich Gesa nun sein musste. Ihre Trauer nahm ihr das Wissen nicht, den Verlust hatte sie selbst noch immer zu tragen. Aber für die beiden war sie froh.

»Du hast noch einige Tage, bis du zurückkehrst, Felina. Möchtest du die beiden besuchen?«

»Was?« Feli fuhr aus ihren Gedanken auf.

»Ich bin einer der Seelenführer, Felina. Ich kenne die Wege zu den Goldenen Steppen. Wenn du möchtest, bringe ich dich dorthin.«

»Echt?«

»Natürlich. Morgen, wenn du möchtest. Aber sag es niemandem, es gibt viele, die nicht wollen, dass ein Mensch Zutritt zu diesen Gefilden hat.«

»Wie lange bleiben wir?«

»Besser nur ein paar Stunden. Wir müssen zum Roc'h Nadoz. Von dort ist es zwar nur ein kurzer Weg, aber wir sollten am Abend wieder zurück sein.«

»Hier, ich bin keine Marathon-Läuferin.«

»Nein, aber ich bin recht schnell auf den Pfoten. Selbst wenn ich ein mageres Menschel trage.«

Feli kicherte und dachte an den rasenden Ritt auf Che-Nupets Rücken.

»Okay, dann mache ich gerne mit.«

So schnell wie die Kätzin war Imhotep nicht, aber er war ausdauernd, und da sie in der Morgendämmerung aufgebrochen waren, hatten sie den Übergangsfelsen am späten Vormittag erreicht. Ein bisschen mulmig war es Feli nun doch zu Mute, als sie den dunklen Eingang sah. Sie zögerte. Eigentlich hätte sie gerne Che-Nupet an ihrer Seite gehabt. Wieso war die nicht hier und hielt Wache am Roc'h Nadoz? War das nicht ihre Aufgabe?

»Nun komm schon, Felina. Oder hast du Angst?«

»Nein, nicht wirklich. Okay, du kennst dich ja aus.«

Feli griff nach dem Ankh um ihren Hals und trat in das Dunkel.

Es war nicht richtig dunkel, es war dämmerig. Sie legte eine Hand auf Imhoteps Rücken, um ihn nicht zu verlieren.

Das Ankh summte in ihren Fingern.

»Nicht zögern, Felina.«

»Schon gut.«

Sie eilten über einen für sie kaum erkennbaren Pfad zwischen hohen, grauen Baumstämmen hindurch, und es mochte eben eine Viertelstunde vergangen sein, als sie vor einem steinernen Portal standen. Einem Portal, das nicht Katzenpfoten, sondern Menschenhände geschaffen hatten. Hohe Säulen ragten hier auf, und zwei steinerne Figuren flankierten es. Steinerne, geflügelte Löwen mit Menschengesichtern.

Und Kopftüchern.

»Heiliger Sphinx«, murmelte Felina.

»So ist es. Tritt hindurch, die tun dir nichts.«

Sie folgte Imhotep und stieg den sich nach oben windenden Weg hinter ihm hinauf in die Helligkeit.

Eine weite Landschaft breitete sich vor ihr aus. Wahrhaft goldenes Gefilde. Sanft wogte die Steppe in einem lauen Wind, kleine, weiße Wölkchen trieben über den blauen Himmel, schmale Baumreihen säumten sprudelnde Gewässer, und der

Duft von wilden Kräutern füllte die Luft. Feli blinzelte. Doch, ja, hier waren Katzen. Katzen, wie sie sie aus ihrer Welt kannte. Sie kamen ihr seltsam vor, so klein, wie sie waren. Und alle, die hier in der Sonne lagen, miteinander spielten oder in Gruppen durch die goldgelben Gräser streiften, waren grau oder weiß.

»Sie geben ihren irdischen Pelz hier ab, weshalb auch die Schwarze, Melle, ein graues Fell trägt. Dort vorne sind sie. Geh zu ihnen, Felina. Ich warte hier und rufe dich, wenn es an der Zeit ist, zurückzugehen.«

Felina fühlte sich plötzlich groß und unbeholfen zwischen all den kleinen Katzen, aber plötzlich sprang eine auf und rannte auf sie zu.

»Feli? Feli, bist du das wirklich?«

»Ähm … ja, ich bin Feli.«

»Kind, was ist dir passiert?«

»Nichts – du bist …«

»Gesa. Ich weiß, es ist kaum zu verstehen …«

»Doch, ich weiß es schon. Und das ist Melle, nicht wahr?«

Melle rieb ihren Kopf an Felis Bein. Sie kniete nieder und nahm beide Katzen in die Arme. Und dann erklärte sie der Katze, die einst ihre Großmutter gewesen war, beinahe atemlos, warum sie hier war. Die hörte begeistert zu und sagte schließlich: »Der Ohrring. Ich hatte mir so gewünscht, du mögest eines Tages erkennen, dass meine Geschichten wahr sind. Aber dass es so bald passieren würde, hätte ich nie gedacht. Und das Ankh der Königin – das trägst du auch. Mein Gott, was wird Majestät stinkig sein, dass sie nicht zurück konnte. Sie ist sehr befehlsgewohnt und autoritär.«

»Dann wird sie sich schon durchsetzen. Ihr Katzen habt da ja so eure Methoden, wie ich bemerkt habe.«

Melle schnurrte sie erfreut an.

»Melle kann mich verstehen, nicht wahr?«

»Alle Katzen können Menschen verstehen, Feli. Aber als Menschen können wir nur die Trefélingeborenen verstehen, und das auch nur, wenn wir einen ihrer Ohrringe tragen. Aber es gibt auch mit den Katzengeborenen viele Arten der Verständigung, nicht Melle?«

»Mirrp brmm.«

»Du hast sie schon zu Lebzeiten verstanden, Oma – mhm – Gesa, stimmt's?«

»Melle hat mir sehr viel beigebracht. Und hier ist es mir möglich, alle zu verstehen. Du wirst dich sicher auch, wenn du zurückkehrst, mit ihnen verständigen können.«

Feli schnurrte.

Melle spitzte die Ohren und maunzte Gesa etwas zu. Die lachte.

»Wunderbar. Das Schnurren, das beim Einschlafen hilft.«

»Ich kann auch andere. Weil, Gesa, ich möchte nämlich Tierärztin werden.«

»Eine wunderbare Entscheidung, Feli. Dann wird dir das Schnurren sehr helfen.«

»Und was wirst du machen, Gesa? Ich habe gehört, die Katzen halten sich auf den Goldenen Steppen nur so lange auf, bis sie sich wieder entscheiden, auf die Erde zurückzukehren.«

»Nicht so hastig, meine Liebe. Ich gewöhne mich gerade erst einmal daran, in einem Katzenkörper zu leben. Und mit meiner Freundin auf Nasenhöhe zu verkehren. Es ist außerordentlich aufregend.«

Felina, die sich in dem warmen, raschelnden Gras zu den beiden Katzen gesetzt hatte, kraulte sie mit beiden Händen, schnurrte dabei und wurde von glücklichem Schnurren umwoben. Als Imhotep sie rief, tauchte sie wie aus einem warmen Wannenbad auf.

»Schade, Gesa, Melle. Ich muss wieder gehen. Aber ich bin so froh, dass ich euch treffen durfte und jetzt weiß, dass ihr glücklich seid.«

»Das sind wir, Feli. Und wenn die Zeit reif ist, kommen wir wieder. Du wirst es dann schon merken, vermute ich. Leb wohl, meine Enkelin und Erbin. Und grüß mir Bastet Merit.«

»Mach ich.«

Melle gab ihr ein Nasenküsschen, und Feli stupste ihre Nase an Gesas.

Dann folgte sie dem rotbekopftuchten Kater.

Sie traten durch das hohe Portal, und Feli musste ihre Augen nach der sonnendurchfluteten Weite der Goldenen Steppen erst wieder an das graue Dämmerlicht gewöhnen, das hier herrschte. Der Nebel schloss sich um sie, und sie klammerte sich an Imhoteps Nackenfell. Irgendwie schien ihr der Rückweg länger zu dauern, aber sie hatte keinerlei Orientierung zwischen den gleichbleibend aufragenden Bäumen mit ihren silbrigen Borken.

Plötzlich zuckte Imhoteps Fell, er blieb stehen und lauschte. Feli griff nach dem Ankh.

Es wurde heiß zwischen ihren Fingern.

Angst kroch ihren Rücken hinauf.

»Was ist?«, flüsterte sie.

»Pst!«

Die Ohren des Katers drehten sich, seine Barthaare zitterten.

Auch Felina strengte ihr Gehör an. Der Graue Wald war still, viel stiller als jeder normale Wald, denn hier zwitscherte kein Vogel, hier raschelte keine Maus durch trockene Blätter, hier wisperten keine Zweige in einer leisen Brise.

Und doch – jetzt war ein fernes Rauschen zu hören. Hoch über ihnen.

»Was ist das?«

»Duck dich! Das Monster ist erwacht.«

Panik sprang Felina an.

»Was … was für ein Monster?«

»Runter!«

Sie warf sich auf den Boden, Imhotep über sie.

Das Rauschen kam näher, wie gewaltige Flügelschläge.

Ihr Herz begann zu rasen. Fest umklammerte sie das Ankh.

Es sirrte, vibrierte in ihren Fingern.

Der Flügelschlag war über ihnen. Doch sie konnte nichts sehen, der Kater hielt sie auf den Boden gedrückt.

»Gib mir das Ankh, Feli. Schnell. Das Monster wird durch das Amulett angezogen!«

Mit bebenden Fingern nestelte sie es los.

»Mir um den Hals, ich lenke das Ungeheuer ab. Bleib du einfach hier liegen«, flüsterte er.

Sie knotete das Lederband mit zittrigen Fingern um seine Kehle.

»Keine Angst, ich weiß, wie man es täuschen kann!«

Und damit sprang er davon.

Feli grub sich tiefer in das graue Laub ein und biss sich vor Angst auf die Knöchel, damit ihr nicht aus Versehen ein Jammerlaut entschlüpfte.

Auf was hatte sie sich hier nur eingelassen?

Das Flügelrauschen wurde leiser, doch noch raschelten die Blätter über ihr. Es musste ein gewaltig großes Tier gewesen sein.

Und dann hallte plötzlich ein greller Schrei durch den Wald. Ein Schrei aus Todesangst. Noch einmal schrillte er durch die Bäume und brach dann plötzlich ab.

Feli lag starr auf dem Boden und wagte nicht zu atmen.

Was war Imhotep geschehen? Hatte das Monster ihn erwischt? Hatte es ihn getötet?

Sie war jetzt ganz alleine. Alleine in den Grauen Wäldern. Und niemand wusste, dass sie hier war.

Sie grub die Finger in den Boden und unterdrückte ein Keuchen.

Was sollte sie nur tun?

Wie sollte sie nur aus diesen unheimlichen Wäldern wieder

herausfinden? Sie kannte die Wege nicht. Und sie hatte das Ankh nicht mehr.

Oh Gott – das Ankh. Hatte das Monster das Ankh an sich genommen?

Welche Folgen würde das haben?

Schluchzen drängte sich aus ihrer Kehle.

Sie unterdrückte es mit Gewalt.

Lauschte dann.

Hatte sie der Laut verraten?

Stille.

Wie zuvor verschluckte der Nebel alle Laute.

Angstschauder durchbebten sie.

Und in ihrer Kehle bildete sich ein leises Grollen.

Schnurren, hatte Anat gesagt. Schnurren half immer.

Und so schnurrte sie. Ganz, ganz leise.

Es half wirklich. Ihr Herz beruhigte sich ein wenig, schlug ihr nicht mehr bis in den Hals hinauf. Ihr Atem ging leichter. Sie konnte wieder klarer denken.

Sie war hier, in den Grauen Wäldern. Allein, ohne den Weg zu kennen. Es gab die Namenlosen, die irgendwo lauerten, es gab den Schwarzen Sumpf, von dem eine unerklärliche Gefahr ausging. Und es wartete irgendein Ungeheuer auf sie.

Aber es gab auch Pfadfinder, die die Verirrten suchten und zurückbrachten.

Wenn sie denn wussten, dass es Verirrte gab.

Wer würde sie vermissen?

Anat vielleicht. Morgen. Oder übermorgen.

Würde sie darauf kommen, dass Felina hier war? Oder einfach annehmen, dass sie zu Finn und Nefer gelaufen war?

Konnte sie hier überhaupt so lange überleben?

Che-Nupet würde sie vermissen und sie womöglich wirklich hier suchen. Aber Che-Nupet war irgendwohin verschwunden.

Feli zwang sich weiterzuschnurren.

Che-Nupet.

Sie hatte gesagt, sie solle sie rufen.

Zu jenem grünen Platz.

Ob sie das wirklich konnte? Würde sie sie erreichen?

Alles, alles, was ihr irgendwie helfen konnte, musste sie versuchen.

Feli schloss die Augen. Eine grüne Lichtung, vier Bäume. Eine lichtgrüne Birke, eine dunkle Kiefer, eine schlanke Weide, eine gedrungene Eibe.

»Che-Nupet!«, flüsterte sie. »Schnuppel! Bitte, Schnuppel, finde mich.«

Die Tränen liefen ihr die Wangen hinunter. Noch einmal flüsterte sie: »Schnuppel! Schnuppel, Freundin. Ich bin in Not. Hilf mir.«

Mühsam hielt Feli das Bild der runden Lichtung aufrecht. Es kostete sie die Kraft der Konzentration. Manchmal wollte es verschwimmen, manchmal zogen Schatten darüber. Aber zusammen mit dem Schnurren konnte sie es immer wieder stabilisieren.

Wie lange, wusste sie nicht.

Irgendwo raschelte es.

Das Bild der Lichtung zerbarst, Angst quoll wie schwarze Wolken vor ihren Augen auf.

Das Rascheln kam näher. Sie versuchte, sich tiefer ins trockene Laub zu vergraben.

Das Rascheln erstarb, Schnurren ertönte. Leises, gurrendes Schnurren.

Ganz vorsichtig wagte Feli den Kopf zu heben.

»Ist ja gut, ist ja gut. Kommst du jetzt mit nach Hause, ne?«

»Schnuppel. Oh mein Gott, Schnuppel.«

Schlapp!

Einmal über das Gesicht.

»Nicht weinen, wird gut. Komm, steig auf. Ist nicht weit, ne.«

Feli krabbelte aus dem Laub und kletterte auf die Katze. Die hatte das Kopftuch wieder abgelegt, und Feli fuhr mit den Fingern in das flauschige Nackenfell.

Che-Nupet trabte los. Noch immer zitternd schaute sich Feli um. Nein, es gab für ihre Augen hier keine Anhaltspunkte, keine Landmarken, keine sichtbaren Pfade. Und doch schien die Kätzin genau zu wissen, wohin sie sich wenden musste. Es dauerte wirklich nicht lange, und sie sah das Tageslicht durch das Portal des Übergangsfelsen schimmern.

Dann standen sie wieder vor dem Roc'h Nadoz.

»Gehen wir zum Bach runter, Feli. Gesicht waschen und trinken. Hast du so viele Tränen geweint.«

»Ja, ich bin durstig.«

Schweigend gingen sie den Abhang hinunter bis zu dem kleinen Gewässer, wo sie schon einmal gelagert hatten. Feli kühlte sich die Augen und trank, dann setzte sie sich ans Ufer und sah Che-Nupet an, die wachsam zum Übergangsfelsen spähte.

»Danke«, sagte sie leise.

»Mhm.«

»Ich hab Mist gemacht.«

»Weiß ich nicht.«

»Weißt du doch. Du weißt alles, Che-Nupet.«

»Nein, das hier weiß ich nicht. Kann sein, dass du einen Fehler gemacht hast. Kann sein, dass ein anderer dadurch einen größeren gemacht hat.«

»Imhotep hat mir angeboten, meine Großmutter und Melle zu besuchen.«

»Das war ein guter Köder, ne?«

Feli wusste auf einmal, was man eine blitzartige Erkenntnis nennt.

»Scheiße!«

»Glitschwurm!«, korrigierte Che-Nupet und kicherte.

»Wie du möchtest.«

Che-Nupet wandte sich ihr nun ganz zu.

»Hat er dich in die Grauen Wälder gelockt und dann alleine gelassen? Hat er dich zu den Goldenen Steppen geführt?«

»Ja, das hat er, und Gesa und Melle habe ich auch getroffen.«

»Dann hast du ein gutes Bild in dir, das du immer wieder ansehen kannst.«

»Ja, Schnuppel, das habe ich. Sie sind sehr glücklich dort.«

»Imhotep hat auf dich gewartet und dich zurückgerufen?«

»Ja, nach einer Weile. Er meinte, ich sollte nur ein paar Stunden dort bleiben, damit ich am Abend wieder zurück sein kann.«

»Nicht ungeschickt.«

»Und dann kam dieses Ungeheuer.«

»Wie praktisch, ne?«

Feli ging eine weitere Kerze auf.

»Glitschwurm!«

»Richtig. Zieht nämlich um diese Zeit ein Wächter seine Runden. Imhotep hat dir Angst gemacht.«

»Ja, er sagte, das Monster würde – au – Superglitschwurm! Er sagte, das Ankh zieht es an. Ich habe es ihm gegeben. Megasuperhyperglitschwurm!«

»Ist nicht schlimm. Ist sein Fehler.«

»Du meinst – er hat geschrien, und ich dachte, das Ungeheuer hätte ihn getötet.«

»Hab ich die Schreie auch gehört. Aber das Ungeheuer tötet die Pfadfinder nicht. Es ist ein Wächter.«

Jetzt ging Feli sogar ein ganzer Kronleuchter auf.

»Du warst die ganze Zeit in den Grauen Wäldern.«

»Ja, Feli. Mein Job, ne?«

»Du gehörst zu den Wächtern?«

»Nicht zu denen. Wache ich über den Eingang. Von innen, Feli. Nicht außen. Aber das wissen nur ganz wenige. Schweigst du darüber, ja?«

»Ja, ja, versprochen.« Und dann lächelte sie. »Alle denken, du liegst hinter einem Busch und lüftest deinen Bauch.«

»Der braucht manchmal Sonne.«

»Ich verstehe.«

»Ja, bist du ein sehr kluges Mädchen, eines, das nachdenkt und sich Ratschläge behält. Das tun nicht viele – weder Menschen noch Katzen. Hast mich gerufen, als du in Not warst. Das hast du gut gemacht.«

»Ich habe auch geschnurrt.«

Che-Nupet kicherte wieder.

»Anat hat es dir beigebracht. Nützlich, ne?«

»Ja, sehr. Aber jetzt… du, was ist mit Imhotep? Warum hat er das getan?«

»Weiß ich's?«

»Wissen tust du es nicht, aber wir beide können Vermutungen anstellen, nicht wahr?«

»Wird uns keiner glauben, Feli. Du bist ein Mensch und ich eine dumme, dicke Katze.«

»Nicht mal Amun Hab?«

»Vielleicht, aber kein anderer. Steht Imhotep in sehr hohem Ansehen.«

»Warum?«

»Kümmert er sich um die geschundenen Seelen der Katzengeborenen, ne? Nimmt er viel Leid auf sich. Machen die anderen lieber die Augen zu.«

»Und dennoch wollte er mich in den Grauen Wäldern verschwinden lassen.«

»Ich denke, er will noch viel mehr.«

»Das Ankh.«

»Richtig.«

»Shepsi war nur sein Handlanger.«

»Vermutlich.«

»Pachet?«

»Könnte sein. Haben wir sie noch nicht gefunden.«

»Warum will er das Ankh?«

»Will er König werden.«

»Ich denke ...«

»Ja, du denkst.« Und dann wurde Che-Nupet plötzlich sehr ernst. »Und ich denke auch. Geht Imhotep oft in die Grauen Wälder. Begleitet die Katzen, die großes Leid erfahren haben. Katzen, die gestorben sind – die gequälten, verlassenen, unter Schmerzen und im Elend. Hört er es, sieht es, tagein, tagaus. Bringt er sie zum Hellen Bach, wo sie das Wasser des Vergessens trinken. Das Wasser, das ihr Leid abwäscht und dann in dem Schwarzen Sumpf versickert. Findest du in diesem Sumpf den wahren, den reinen, den absolut unbeschreiblichen Horror, Feli. Haben sich alle Bosheiten, aller Hass, alle Freveltaten gesammelt, die Menschen den Katzen angetan haben. Ist ein großes Sammelbecken mit einer festen Mauer darum, damit nichts davon austreten kann. Nur an einer Stelle, ne, da kommen Tröpfchen raus. Ganz helle, reine, saubere Tröpfchen. Nennen wir Heldenwasser, ja! Aber das ist eine andere Sache. Hat nichts zu tun mit dem, was ich denke. Gibt es Zeichen dafür, dass die Mauer von dem Schwarzen Sumpf undicht geworden ist. Haben die Wächter die Stelle nicht gefunden. Aber gibt es ein Rinnsal. Wer damit in Berührung kommt, berührt das Böse.«

»Und wird böse?«

»Weiß ich's?«

»Wahrscheinlich nicht. Das Böse wirkt auf jeden anders, nicht wahr?«

»Ja, wird vielleicht der abgestoßen davon. Wird dann nur noch das Gute suchen. Oder wird wütend werden über das Schlimme. Vielleicht wird dann Gefallen daran finden. Wird merken, dass Bosheit Macht ist, ne?«

»Weshalb einige Namenlose aggressiv geworden sind, wie Mafed es berichtet hat.«

»Könnte ein Grund sein.«

»Und auch Imhotep könnte in den Bann des Bösen geraten sein.«

»Auch das.«

»Er hat das Ankh, und er hält sich in den Grauen Wäldern auf. Er kennt die Wege. Er hat von uns auf dem Ratsfelsen gehört, wo eure Königin sich aufhält.«

»Wird sie gewarnt werden.«

»Wie das?«

»Weiß ich's?«

»Ja, Schnuppel, das weißt du. Aber wahrscheinlich wirst du es mir nicht sagen.«

»Lässt du mir meine kleinen Geheimnisse, ne?«

»Natürlich. Und die großen auch.«

»Ist auch besser, ne?«

Feli kraulte Che-Nupet und lauschte ihrem Schnurren.

Es war das erste sehr lange und das ernsthafteste Gespräch, das sie bisher mit ihr geführt hatte.

»Ich danke dir, dass du mir vertraust, Schnuppel.«

»Danke ich dir, Feli, dass du mir vertraust. Laufen wir jetzt nach Hause, ja? Und ich krieg heut Abend einen kleinen Fisch, ne. Wegen Figur, ne.«

»Mittelgroßen Fisch, wenn du schnell läufst!«

»Lupf dich auf!«

47. Finns Zukunft

Von Finn konnte Nefer nur die Ohren und die Nase sehen, der Rest war unter dem dampfenden Wasser verschwunden. Er selbst fand nicht so großen Gefallen daran, ausgiebige Bäder zu nehmen, aber die hier ansässigen Katzen schätzten das nasse Element. Es waren hübsche Katzen, weiß mit roten Ohren und geringelten rotweißen Schwänzen. Kein eigener Clan, sondern nur eine Familie, die ihr Quartier bei den Sinterterrassen des Halbmondgebirges genommen hatte. Sie waren gastfreundlich, das musste man ihnen lassen. Und die Verpflegung war auch gut.

Seinem Freund bekam das Planschen sichtlich. Sein arg strapaziertes Fell war glänzend, die Verschorfungen geheilt, er klagte nicht mehr über Schmerzen in der Hüfte und schlief auch wieder sehr ruhig.

Jetzt paddelte er zum Rand des flachen Teichs und erklomm das Ufer. Mit einem mächtigen Schütteln befreite er sein Fell vom Wasser und kam angetrabt.

»Echt cool, das mit dem Fell. Einmal kräftig schütteln, und schon ist es trocken.«

»Fängt dir an zu gefallen, das Katzendasein, was?«

»Hat so seine guten Seiten.«

Finn legte sich neben ihn und sah den Schatten zu, die allmählich länger wurden.

»Neun Tage noch«, bemerkte Nefer.

»Tja, neun Tage noch.«

»Würdest du bleiben mögen?«

Finn begann, sich den Schwanz zu putzen, und Nefer wusste, dass er ihm eine bedeutsame Frage gestellt hatte. Er wartete geduldig auf die Antwort. Sie kam dann auch nach einer Weile.

»Wäre vermutlich zu einfach.«

»Man könnte wahrscheinlich etwas tun.«

»Es wäre eigentlich feige, Nefer. Das ist hier wie ein irrer Urlaub. Aber Leben ist wohl nicht immer Urlaub.« Er strich sich sinnend mit der Pfote über die Ohren. »Feli geht zurück.«

Leise nagte die Eifersucht an Nefer.

»Und darum willst du auch zurück?«

»Weiß nicht. Mir ist nur eingefallen – sie hat sich hier ziemlich verändert. Ich hatte sie immer für hochnäsig gehalten. Und meine Schwester hat erzählt, dass sie ziemlich ängstlich ist, wegen ihres Herzfehlers.«

»Sie hat keinen Herzfehler.«

»Woher weißt du das?«

»Ich habe einen Monat mit ihr zusammengelebt, Finn. Du weißt doch inzwischen, dass wir Katzen eine Menge spüren können.«

»Mehr als Menschenärzte?«

»Ihr braucht Geräte, wir haben unsere Sinne. Wie dir vielleicht schon aufgefallen ist.«

»Mhm, ja. Schade eigentlich. Manches würde ich gerne behalten.«

»Wir bewahren unsere Privilegien!«

»Und wir unseren Eierlikör.«

»Touché!«

Aber Nefer konnte sich dem kleinen Anflug von Trauer nicht erwehren, und der hatte nichts mit süßen alkoholischen Getränken zu tun, sondern mit dem Verlust eines Kameraden.

»Was wirst du tun, wenn du wieder zu Hause bist?«

»Gute Frage, Nefer. Ich denk schon eine ganze Weile darüber nach.«

»Willst du es mir erzählen?«

»Kann's ja mal versuchen.« Finn putzte noch einmal seine Barthaare und suchte augenscheinlich nach Worten. Dann begann er.

»Meine Mutter will unbedingt, dass ich Jura studiere. Weil sie sich gerne mit ›mein Sohn, der Anwalt‹ brüsten will, denke ich. Vermutlich hätte sie gegen Medizin auch nichts einzuwenden, weil ›mein Sohn, der Professor Doktor Spezialist für Schönheitsoperationen‹ auch nicht schlecht klingt.«

»Darauf hast du aber keinen Bock.«

»Nee.«

»Bist du zu dumm dazu?«

»Was?«

»Na, ich meine, hier muss man, um die Hochgrade zu erreichen, ein bisschen was auf dem Kasten haben. Also nicht nur lernen können, sondern auch denken.«

»Kann denken.«

»Ja, manchmal.«

»Immerhin habe ich ein Einser-Abi hingelegt.«

»Was gut ist, nehme ich an.«

»So, als ob du nicht nur Ankh und Königin zurückgebracht, sondern auch noch die Grauen Wälder gemäht hättest.«

Nefer prustete.

»Okay, ein Wunderknabe. Was willst du also lieber werden? Erdbeerpflücker?«

»Damit kann man Geld verdienen. Aber keine Karriere machen.«

»Möchtest du das denn?«

»Keine Ahnung. Karriere? Nein. Oder ... vielleicht doch. Aber anders. Mir die Finger schmutzig machen. Ich wollte mal Soldat werden.«

»Weil dir das Raufen gefällt?«

»Ich glaube, ich hab mir da so ein bisschen ein romantisches Bild gemacht.«

»Weil man nicht nur austeilt, sondern auch einstecken muss?«

»Das ist nicht so das Problem, Nefer. Ihr haut euch hier die Krallen um die Ohren, es gibt Kratzer und Schrammen, aber die heilen wieder. Aber wir Menschen haben andere Waffen erfunden.«

»Die töten und verstümmeln die Gegner.«

»Vergiften, verbrennen, verstrahlen ...«

»Du bist kein Killer«, sagte Nefer nüchtern.

»Nein. Bin ich nicht. Mir fällt es sogar schwer, mein Futter zu töten.«

»Hab ich bemerkt.«

»Aber vegetarisch geht eben nicht als Katze.«

»Also doch Erdbeerpflücker?«

»Grrr.«

Sie balgten sich freundschaftlich, und plötzlich hielt Finn mitten im Schlag inne.

»Ich hab's.«

Nefer setzte sich wieder und fegte mit der Zunge über eine zerraufte Stelle im Fell.

»Gut. Was?«

»Na, Erdbeerpflücker. Oder zumindest so was Ähnliches. Erinnerst du dich, dass ich Ani, Sem und Pepi von dem Förster erzählt habe?«

»Tue ich. Der, bei dem Bastet Merit sich jetzt aufhält.«

»Genau, der Nathan Walker. Feli hat erzählt, der bildet Ranger aus. Leute, die sich um die Natur kümmern, die Tiere und Pflanzen. So was würde ich gerne machen.«

»Damit kann deine Mama aber nicht angeben, oder?«

»Och, kommt drauf an. Vielleicht kriege ich ja eine fesche Uniform, und dann lasse ich mir einen Dreitagebart stehen, dann passt das auch schon.«

»Deine Mama scheint sehr genaue Vorstellungen von Männern zu haben.«

»Sehr. Und ich will ihren Vorstellungen nicht mehr entsprechen, Nefer. Ich bin weder ein After-shave-Modell noch ein smarter Akademiker noch ein einsamer Wolf.«

»Ein smarter Kater.«

»Hier und heute. Aber mag sein, das davon was hängenbleibt.«

Nefer hob die Nase und witterte.

»Kommt jemand. Keiner von den Planschern.«

Finn sog ebenfalls die Luft ein.

»Zeckenbiss!«

»Wer?«

»Pachet.«

»Rattenschiss.«

Und schon kam die Kriegerin auf sie zugetrippelt.

Getrippelt? Nefer stellten sich die Nackenhaare auf.

»Schau an, schau an, du lebst ja noch, Menschel-Finn.«

Nefer grollte. Das war eine gehässige Beleidigung. Finn hingegen blieb gelassen.

»Ja, ich lebe noch. Du ja auch.«

»Ich bin ja auch eine Katze.« Abschätzend musterte sie ihn. »Du nur ein jämmerliches Wandeltier.«

»Wenn dir meine Gesellschaft nicht gefällt, dann verpiss dich doch.«

»Und höflich, wow, wie höflich.« Sie tänzelte näher. »Sogar im Wasser warst du. Dir reicht die Katzenwäsche wohl nicht?«

»Sag mal, was willst du eigentlich hier, außer rumstänkern?«

»Mir war nach einem Kater.«

Sie gurrte Nefer an. Der musterte sie nur mit seinem hochmütigsten Blick. Gleichzeitig überlegte er, wie er sie überwältigen konnte. Schließlich wurde sie wegen des Anschlags auf Feli und Finn gesucht.

»Kein Interesse, Nefer, Süßer?«

»Wer hat schon Interesse an einer solchen Schlampe wie dir?«, sagte Finn leise.

Fauchend drehte Pachet sich um.

»Wie wagst du kleiner Schleimwurm mich zu bezeichnen?«

»Als das, was du in meinen Augen bist – eine herumhurende Schlampe.«

Pachet hielt sich nicht mit weiterem Fauchen auf, sie schlug zu.

Finn schien das geahnt zu haben, er war schon aus Krallenweite. Und schmähte sie weiter. Das konnte nicht gut gehen, durchfuhr es Nefer. Die Kätzin war eine ausgebildete Kämpferin, Finn nur ein Raufer.

Und schon flogen Fellbüschel.

Finn sprang ins Wasser. Nicht ungeschickt, das war sein Element.

Pachet hinterher.

Mal waren Pfoten oben, mal Schwänze, mal Nasen und Ohren.

Nefer blieb angespannt, wartete darauf, eingreifen zu können.

Plötzlich schoss Pachet aus dem Tümpel und geradewegs auf ihn zu.

Damit hatte er nicht gerechnet. Ihr erster Angriff bescherte ihm eine blutige Nase, der zweite hätte ihn fast ein Auge gekosten. Er schlug zurück. Sie krallte sich in seinen Schwanz. Er biss ihr in die Pfote. Das war keine Balgerei mehr. Die war völlig durchgeknallt.

Er kam frei, rannte zu den Lauben.

Drei der Bewohner schossen davon, als die kreischende Pachet ihm folgte. Er hechtete zu dem einzigen Baum in der Nähe. Pachets Schatten schon neben ihm. Noch einen Sprung weiter.

Sie kam von der Seite über ihn. Er verfehlte den Sprung und fiel durch die Wucht ihres Aufpralls um. Schon war sie über ihm. Er schlug nach ihr mit allen vier Tatzen. Fast wäre er sie losgeworden, da fuhr ihre Kralle wieder über sein Auge. Blut nahm ihm die Sicht. Ihre Reißzähne bohrten sich in seine Kehle.

Es wurde schwarz um ihn.

Finn war direkt nach Pachet aus dem Wasser gekommen und sah mit blankem Entsetzen, dass sie auf Nefer losging. Der wehrte sich zwar, aber noch immer keuchend erkannte Finn, dass der schiere Blutrunst sie gepackt hatte. Nefer hatte keine Chance.

Er wollte die Kätzin von hinten angreifen, doch schon hatte Nefer sich losgemacht. Er würde zum Baum rennen. So hatte er es bei den Kämpfern gelernt.

Das würde er nicht schaffen.

Nefer nicht, aber er, Finn.

Er raste los. Gerade als Pachet seinen Freund umwarf, hechtete er an ihnen vorbei, erklomm den Stamm, kletterte auf den Ast über den beiden und ließ sich auf den Rücken der Kätzin fallen.

Mit aller Kraft biss er ihr in den Nacken.

Er spürte, wie seine Zähne sich in ihr Rückenmark bohrten. Noch einmal zuckte sie, dann wurde sie schlaff.

Er zerrte sie von Nefer herunter und beugte sich dann über ihn.

Blut strömte aus der klaffenden Wunde an seiner Kehle.

Gott, was tun?

In einigem Abstand hielten sich einige Katzen auf, zu ängstlich, um näher zu kommen.

Er sah zu ihnen hin.

»Heilerin!«, rief er. »Ist eine Heilerin unter euch?«

Die Katzen stoben auseinander, und er stöhnte entsetzt auf.

»Nicht, Nefer. Du darfst einfach nicht sterben. Das geht nicht.«

»Mach Platz«, sagte eine der Rotohrigen und stupste ihn sanft an. »Oh, das ist übel. Ich kann die Blutung vielleicht stillen, aber er braucht eine bessere Heilerin als mich. Kennst du eine?«

»Ich kenn nur Anat.«

»Hol sie. Sag, es versickert ein Leben. Dann weiß sie schon, was zu tun ist. Ich will versuchen, ihn am Leben zu halten, bis sie kommt.«

»Ich laufe.«

Die Heilerin drehte sich um und fuhr ihm mit der Kralle ins Ohr. Es tat scheußlich weh.

»Botenprivileg. Los!«

Finn ignorierte den Schmerz und rannte. Zweimal musste er das Botenprivileg in Anspruch nehmen. Einmal, als er halb verdurstet an ein Bächlein kam, an dem andere tranken, dann brauchte er einmal eine Richtungsangabe.

Er raste bis zur Erschöpfung, aber das Bild des verblutenden Nefers half ihm, weiterzurennen. Dann kamen die Lauben vom Nordviertel in Sicht.

»Anat«, brüllte er, als er die ersten Lauben erreicht hatte. Zwei Katzen nahmen den Ruf auf. Eine schob ihm ein Stück Fleisch zu. Er schlang es mit wenigen Bissen herunter.

»Anat. Leben versickert!«, stammelte er.

»Iss!«, sagte ein alter Kater und legte noch einen Fisch vor ihn hin. »Anat kommt gleich. Aber du musst sie führen.«

Er verschlang auch den Fisch.

Dann kam die hellbraune Kätzin. Sie legte ein getrocknetes Hälmchen ab und sah ihn fragend an.

»Botenohr. Das müssen wir nachher auch noch heilen. Jetzt brauchst du es noch. Wohin?«

»Heiße Quellen. Nefer, Biss in die Kehle.«

»Bös. Eilen wir. Aber wir müssen aufpassen, dass ich das hier nicht verliere.«

Sie nahm das Zweiglein wieder auf, und gemeinsam machten sie sich auf den Weg. Die Dämmerung war schon hereingebrochen. Sie brauchten länger als auf dem Hinweg, denn Finn war erschöpft und die Kätzin keine so schnelle Läuferin. Sie schwiegen beide, und als der halbe Mond hoch am Himmel stand und die Wiesen mit seinem bleichen Licht erhellte, erreichten sie die Ansiedlung der Planscher.

Die Heilerin hatte Wort gehalten; vier weitere Katzen kauerten um Nefer und schnurrten. Doch das Blut tropfte noch immer aus der Wunde an seinem Hals. Es tränkte das Gras unter ihm, und seine Flanken hoben und senkten sich nur noch kaum merklich.

Pachets Leiche war verschwunden.

Anat setzte sich neben Nefer und beschnüffelte ihn gründlich. Dann nahm sie ein wenig von dem getrockneten Kraut zwischen die Zähne und kaute daran. Speichel tropfte ihr aus dem Maul auf die Wunde.

Zu Tode erschöpft, aber seltsam klar beobachtete Finn sie. Irgendwas schien sich zu verändern. Das Blut sickerte langsamer aus Nefers Hals.

Anat nahm ein nächstes Stückchen von dem trockenen Halm. Diesmal beugte sie sich vor, um es dem Kater ins Maul zu schieben.

Nefer hustete leicht.

»Gut so, Nefer. Komm zurück. Komm, Nefer, mein Freund. Bitte, komm zurück«, flüsterte Finn.

»Schnurr!«, sagte die Heilerin der Planscher.

Er schnurrte mit allem, was sein müder Körper hergab.

Nefers Lider hoben sich ein Stückchen. Mondlicht schimmerte in seinem rechten Auge. Das linke war nur eine blutige Masse.

»Gut so, Nefer. Lebenskraut«, sagte Anat leise. Und die Umgebenden seufzten.

Die Wunde an der Kehle schien sich geschlossen zu haben, Nefers Atem wurde kräftiger.

Anat leckte ihm Hals und Gesicht ab, sorgfältig, Härchen für Härchen.

Nefer bewegte seine Pfoten und stöhnte.

»Die Schmerzen kann ich dir nicht nehmen. Deine Kehle ist wund, und du darfst weder schnurren noch sprechen und auch erst mal nichts essen. Das linke Auge kann ich nicht retten. Aber du überlebst.«

Er blinzelte zum Zeichen, dass er verstanden hatte.

»Finn, komm her!«

Finn befolgte Anats Befehl, und sie leckte ihm ein paarmal über das zerrissene Ohr. Heiß und brennend fühlte sich ihre Zunge an.

»Nicht eben die Art Wunden, die wir mit Lebenskraut behandeln. Aber du wirst so wenigstens keine Narbe behalten«, murmelte sie.

»Was ist das?«

»Ein Heilmittel. Für sehr gefährliche Krankheiten und Verletzungen. Lass es dir von Felina erklären.«

»Ja, danke, Anat.«

»Und nun wache hier bei deinem Freund. Er wird zwei Tage sehr schwach sein. Dann müsste es mit dem Fressen und Reden wieder gehen. Was ist mit seinem Gegner?«

»Pachet. Ich … ich habe sie getötet.«

»Gut.« Anat sah sich um, und die Heilerin der Planscher wies mit der Pfote zu ihrer Behausung.

»Wenn du mich brauchst, weißt du, wo du mich findest«, sagte sie und folgte der Katze.

Finn legte sich neben Nefer, der sich zusammengerollt hatte. Einen Augenblick zögerte er, dann rollte er sich um ihn und schnurrte sie beide in den Schlaf.

48. Imhoteps Verwandlung

Imhotep trat durch den Dolmen in den nächtlichen Wald – eine kleine, unscheinbare graue Katze. Das rote Kopftuch hatte er bei seiner Verwandlung abgelegt und unter losem Laub verscharrt, das Ankh besah er sich eine Weile. Das Lederband war zu weit für seinen Hals, ein hilfreiches Menschel war nicht zu erwarten, das es ihm in passender Länge zurechtgeknotet hätte. Den Anhänger im Maul zu tragen verbot sich bei dem, was er nun vorhatte. Also versteckte er es ebenfalls am Fuße des flechtenüberzogenen Portalsteins. Das Risiko musste er eingehen. Später, wenn er es brauchte, würde er es zurückholen.

Anschließend machte er sich auf den Weg zu einer menschlichen Ansiedlung. Er kannte die Gepflogenheiten der Menschen gut genug, um sie für seine Zwecke zu nutzen. In den Morgenstunden fand er ein Haus mit Katzenklappe. Er verbarg sich unter den Büschen im Garten und wartete darauf, dass die Bewohner zu ihren täglichen Reviergängen aufbrachen. Die Kätzin, die das Haus bewohnte, machte sich alsbald auch auf ihren Streifzug. Wie ein Schatten schlüpfte Imhotep hinein, durchsuchte kurz die Zimmer, fand den Raum, in dem die Menschen ihre Kleider aufbewahrten, und verwandelte sich in einen Mann. Nackt und bloß stand er vor dem Schrank und streckte sich. Es war immer wieder eine kurze Zeit der Umgewöhnung notwendig, um sich der aufrechten Haltung und des Gebrauchs der Hände zu besinnen, aber dann war er bereit. Der Herr des Hauses hatte einen guten Geschmack in Kleidungsdingen, und auch eine einigermaßen passende Größe. Lediglich die Schuhe waren ihm ein wenig zu eng. Außerdem war nach kurzem Herumstöbern auch eine ausreichende Barschaft gefunden, und dann verließ ein distinguierter grauhaariger Herr in Anzug und Krawatte das Haus.

Er orientierte sich in dem Ort, fand ein kleines Hotel, in dem er sich ein Zimmer nahm, eine üppige Mahlzeit mit seinem sehr blutigen Steak verschlang und sich dann erst einmal ausruhte. Er war seit über vierundzwanzig Stunden unterwegs, hatte in Trefélin eine weite Strecke mit diesem Menschenmädchen zurückgelegt, einige Zeit benötigt, sich ihrer zu entledigen, sich dann auf den Weg zum Übergang gemacht, den er vor drei Wochen verschlossen hatte und wieder öffnen musste. Und dann hatte er noch als Kleinkatze aus dem Wald bis zum Ort laufen müssen.

Er schlief die Nacht tief und fest durch, doch als er im Morgengrauen aufwachte, begann er, seine Pläne genauer zu durchdenken. Es gab weitere Vorbereitungen zu treffen.

Nach dem Frühstück – noch ein blutiges Steak – war er bereit.

Viel Zeit benötigte er nicht, um herauszufinden, wo sich der Förster Nathan Walker aufhielt. Die freundliche Hotelbesitzerin gab ihm bereitwillig Auskunft. Auch einen Laden, in dem er sich eine passende Ausrüstung für seine Wanderung kaufen konnte, empfahl sie ihm.

Gegen Mittag hatte er endlich passende Schuhe an seinen Füßen, in der Tasche seiner grünen Cargo-Hose steckte ein Jagdmesser, in einem kleinen Rucksack hatte er etwas Verpflegung verstaut. Lange hatte er nicht vor, sich in der Welt der Menschen aufzuhalten, und erst recht nicht in dieser ungeliebten Gestalt.

In den späten Nachmittagsstunden machte er sich auf, die Königin zu ermorden.

49. Majestät allein im Haus

Majestät tigerte unruhig auf und ab. Seit zwei Tagen hatte sie sich praktisch nicht mehr aus dem Haus begeben. Eine Bedrohung nahte, das hatte sie bei einer weiteren schamanischen Reise zusammen mit Nathan erfahren.

Da die Bilder, die sie empfangen hatte, nicht besonders konkret waren, wusste sie nicht, welcher Art die Bedrohung genau sein würde, aber sie war wachsam.

Erfreulicherweise teilte Nathan ihre Stimmung. Er war wirklich ein kluger Mann, bereit, auch solche Dinge zu akzeptieren, die Menschen normalerweise für unmöglich oder unglaubhaft hielten. Und er hatte die Gefahr ebenso wahrgenommen, wie sie selbst auch. Nur musste sie für ihn noch weit unverständlicher sein. Immerhin kam er alle paar Stunden vorbei, um nach dem Rechten zu sehen.

Das Haus war groß genug, um Majestätens Bewegungsdrang zu genügen, und hatte auch ausreichend verborgene Stellen, an denen sie sich verstecken konnte. Verschiedene Fluchtwege hatte sie ebenfalls erkundet. Zum Glück bestand Nathan nicht darauf, die Zimmertüren zu schließen.

Jetzt, am späten Nachmittag, lockte sie jedoch ein kleiner Appetit in die Küche. Dort stand immer ein Teller mit Trockenfutter bereit. Ziemlich lecker, dieses Knusperzeug. Es knurpselte noch schöner zwischen den Zähnen als die Knochen ihrer Beutetiere.

Das lustvolle Knuspern jedoch hatte sie für einen kleinen Augenblick unaufmerksam werden lassen. Erst als das Bröckchen zermalmt war, hörte sie das leise, schabende Geräusch im Nebenzimmer.

Sie spitzte die Ohren.

Da war was am Fenster.

War Wind aufgekommen? Streifte ein Zweig das Glas?

Nein.

Vorsichtig schlich sie zur Tür.

Rattenkacke!

Da war ein Mensch. Und der machte sich an dem Fensterrahmen zu schaffen.

Sie duckte sich, machte sich so klein wie möglich, um nicht gesehen zu werden, aber dennoch beobachten zu können, was dort vor sich ging.

Es klirrte.

Glas splitterte, eine Hand griff von außen an die Fensterverriegelung.

Das Fenster schwang auf, und der Mann sprang behände ins Wohnzimmer.

Grauhaarig, geschmeidig wie ein Kater. Er sah sich um und sog den Atem ein.

Und kam zielstrebig auf die Küche zu.

Majestät huschte aus der anderen Tür zur Diele.

Er kam hinter ihr her. Schweigend, lautlos.

Nur nicht in die Enge treiben lassen.

Sie hechtete nebenan ins Schlafzimmer.

Er rannte ihr nach.

Majestät auf den Kleiderschrank. Andere Seite runter, wieder ins Wohnzimmer.

Er folgte.

Sie das Regal hoch, hinter die Trommel.

Er reißt eine Decke vom Tisch. Ein Becher und zwei Bücher poltern zu Boden.

Majestät versucht unsichtbar zu werden.

Schnüffeln. Dann wird die flache Trommel weggestoßen.

Majestät fliegt. Landet auf dem Boden. Eine Glasscherbe bohrt sich in ihre Pfote.

Rattenscheiße!

Die Decke landet über ihr.

Sie entwischt. Hinkend, Vorderpfote blutet. Durch die Tür, in die Diele. Treppe hoch.

Er hinterher.

Rechts – Arbeitszimmer.

Er ihr nach, wirft die Tür zu.

Heiliger Sphinx!

Unter den Schreibtisch.

Dumm – kein Ausweg.

Er auf den Knien. Sein Gesicht, höhnisch grinsend, kommt näher.

Sie schlägt zu. Auf die Augen.

Krallen fahren durch Haut.

Er schreit.

Sie raus. An ihm vorbei. Feuer in der Pfote. Schmerz ignorieren!

Ein Messer blinkt in seiner Hand.

Auf das Bord. Da, das Fenster in der Dachschräge.

Er kommt näher. Einen Aktenordner runterwerfen.

Trifft seinen Arm.

Winziger Vorsprung.

Ein kräftiger Stoß mit dem Kopf. Das Fenster schwingt ein Stück auf. Durch den Spalt zwängen.

Er stößt es ganz auf.

Majestät das Dach hoch. Auf den First.

Einen gellenden Hilfeschrei ausstoßen.

Vielleicht hört ihn ein Freund.

Er schaut zu ihr hoch, wutverzerrt.

Irgendwo ein Antwortschrei.

Die Waldkatzen.

Er verschwindet, taucht gleich darauf auf der Loggia auf. Versucht, auf das Dach zu kommen.

Unten Hufschlag.

Majestät schreit. Und schreit. Und schreit.

Die Waldkatze auch.

Nathan springt vom Pferd. Sieht hoch zu ihr. Entdeckt den Mann. Brüllt ihn an. Verschwindet im Haus.

Unten Getöse.

Zitternd hört Majestät auf zu schreien und lauscht. Türen schlagen krachend zu, irgendwas geht zu Bruch. Dann stürmt der Mann aus dem Haus. Nathan hinter ihm her. Die Flinte im Anschlag. Plötzlich dreht der Eindringling sich um, wirft das Messer.

Knapp. Ganz knapp an Nathans Hals vorbei.

Der Schuss peitscht den Boden auf.

Der Mann fällt in sich zusammen.

Nein, seine Kleider fallen in sich zusammen.

Ein grauer Kater rennt in großen Sprüngen in den Wald.

Heiliger Rattenschiss – Imhotep.

Majestät wäre beinahe vom First gerutscht.

Unten steht Nathan. Die Augen fassungslos aufgerissen.

Ganz langsam, noch immer die Flinte schussbereit, nähert er sich den Kleidern. Hebt sie mit dem Lauf an und nimmt das Jagdmesser auf. Er schüttelt den Kopf.

Schließlich sieht er zu ihr hoch.

Sein »Ich glaube es nicht« trug der Wind zu ihr hinauf.

Sie hob die Pfote, um ihm zu winken. Er musste es glauben. Sie musste es ja auch.

Nun, da der Feind verschwunden war, wollte sie von ihrem hohen Sitz hinabsteigen, aber die Glasscherbe in ihrer Pfote brachte sie beinahe zum Aufheulen. Mit den Zähnen versuchte sie, sie herauszuziehen, aber dabei verletzte sie sich auch noch die Lippe.

Resigniert blieb sie auf dem Dachfirst sitzen.

Nach einer Weile stand Nathan jedoch auf der Loggia.

»Komm runter, Majestätchen. Wer immer das war, ist jetzt fort.«

Sie hob die blutende Pfote und gurrte, um ihn näher zu sich zu bitten.

»Oh, du bist verletzt. Dann werde ich dich wohl holen müssen.«

Er ging weg, kam aber gleich darauf mit einer Leiter wieder und stieg zu ihr hoch.

»Hau mich nicht, wenn ich dich jetzt anfasse.«

»Brrrrmm!«

Majestät machte sich schlaff und weich in seinen Armen, als er sie sich über die Schulter legte und die Leiter nach unten stieg. Sie unterdrückte auch ganz tapfer ihre Reflexe, als er ihr die Glasscherbe aus dem Ballen zog, die Pfote mit Salbe bestrich und mit weißem Zeugs verband.

Dann legte er sie auf das Sofa und räumte die Unordnung auf. All das tat er schweigend, wie in Gedanken versunken.

Majestät dachte ebenfalls nach.

Imhotep. Der Seelenführer. So unglaublich wie es scheinen mochte, aber ja, er musste es gewesen sein. Er kannte die Wege durch die Grauen Wälder, und er war ein begabter Geomant, sodass er auch den Übergang hatte verschließen können. Von

Scaramouche hatte er sicher erfahren, wo sie den nächsten Silbermond abwarten wollte. Und natürlich besaß er einen Wandelring und konnte sich beliebig in eine kleine Katze oder einen Menschen verwandeln. Ganz offensichtlich aber wollte er verhindern, dass sie in ihr Reich zurückkehrte. Wenn nötig, indem er sie umbrachte.

Imhotep – er gehörte zu ihren engsten Beratern. Sie hatte ihm vertraut.

Warum? Was hatte sich in ihrem Reich abgespielt?

Was würde sie erwarten, wenn der Mond sich wieder rundete?

Die Nachrichten, die sie über Nathan von Trefélin empfing, waren nur bruchstückhaft, Bilder, die sie selbst deuten musste.

Sie legte das Kinn auf die verbundene Pfote.

Imhotep kümmerte sich seit Jahrzehnten um die misshandelten Katzengeborenen. Er war fast so alt wie sie selbst, hatte etwa vier oder fünf Jahre nach ihr die dritte Prüfung abgelegt und danach eine Weile in Katzengestalt in dieser Welt gelebt. In einem freien Rudel, wie sie wusste, in einer der großen Städte. Ja, er hatte viel Elend mitbekommen und sich seither häufig negativ über die Menschen geäußert. Sie erinnerte sich, dass er vor geraumer Zeit einmal vorgeschlagen hatte, die Übergänge gänzlich zu schließen, um eine vollständige Abtrennung Trefélins zu erwirken. Doch weder sie noch Amun Hab hatten dem zugestimmt, und auch die Mehrzahl der anderen Ratsmitglieder wollte von diesem Vorschlag nichts wissen. Genau wie Majestät hatten viele von ihnen auch höchst positive Erfahrungen mit Menschen gemacht.

Er hatte damals nicht weiter darauf bestanden, aber es musste wohl unterschwellig in ihm weitergeschmort haben.

Der ständige Aufenthalt in den Grauen Wäldern war ebenfalls nicht der geistigen Gesundheit zuträglich. Majestät machte sich Vorwürfe, nicht früher darauf geachtet zu haben, dass er eine andere Aufgabe zugewiesen bekam.

Nichtsdestotrotz – jetzt war es zu spät. Er hatte versucht, sie auf heimtückische Weise umzubringen. Und sie musste dafür sorgen, dass er gefangen und bestraft wurde.

Sie brauchte Helfer.

Nathan hatte die Jalousie vor dem zerbrochenen Fenster heruntergelassen und setzte sich nun neben sie. Sanft kraulte seine Hand ihren Nacken.

»Ich habe zwar schon eine ganze Reihe ungewöhnlicher Dinge erlebt, aber das, was da vorhin geschehen ist, kann ich noch immer nicht fassen. Sag mal, hat sich dieser Mann wirklich in eine Katze verwandelt?«

»Mau.«

»Du hast es auch gesehen. Und vermutlich weißt du mehr als ich. Du bist keine gewöhnliche Katze, Majestätchen. Sonst würdest du nicht mit mir auf die Reise gehen. Ich habe gelernt, dass die Welten, die man auf diese Weise bereisen kann, im Geist existieren. Dass die Tiere, die man dort trifft, Teile der eigenen Seele sind. Und auch, dass sie sich in dieser Welt hier manifestieren können. Beweise gibt es dafür nicht, und es liegt auch jenseits unserer normalen Vorstellungswelt. Aber genau da scheint tatsächlich mehr zu liegen, als wir anzunehmen bereit sind.«

»Mau.«

»Du verstehst jedes Wort, das ich sage, nicht wahr?«

Majestät sah den Mann an ihrer Seite fest in die Augen und sagte mit Nachdruck: »Mau!«

»Mau heißt ja?«

»Mau!«

»Und was heißt nein?«

»Mirr.«

»Gut, damit kommen wir schon ein ganzes Stück weiter in unserer Verständigung.«

»Mau!«

Majestät war sehr zufrieden mit diesem Menschen, und darum drückte sie ihm auch ihren Kopf in die Hand.

»Ja, ich dich auch!«, sagte er leise, und sie schnurrte.

Dann aber wurde er wieder ernst.

»Dieser Katzenmann war kein einfacher Einbrecher, der meine wenigen Habseligkeiten stehlen wollte, nicht wahr? Der wollte dich.«

»Mau.«

»Entführen?«

»Mirr.«

»Töten?«

»Mau.«

»Warum? Okay, das werde ich nicht verstehen. Kann er seine Gestalt wandeln?«

»Mau.«

»In Katze?«

»Mau.«

»In Mensch?«

»Mau.«

»In ein anderes Wesen?«

»Mirr.«

»Gut, dann weiß ich wenigstens, worauf ich zu achten habe. Aber ich weiß nicht, wie lange ich dich beschützen kann.«

Majestät glitt vom Sofa und humpelte zu der Wand, an der ein Kalender mit Landschaftsbildern hing. Sie setzte sich davor und maunzte. Das würde er hoffentlich verstehen.

»Lesen kannst also auch. Ich verstehe. Die Bücher, die du ständig hinuntergeworfen hast, dienten deiner Unterhaltung.«

»Mau.«

»Und nun möchtest du mir etwas auf dem Kalender zeigen.«

Er nahm den Kalender von der Wand und legte ihn vor sie. Sie tippte mit der Pfote auf das Symbol des vollen Mondes.

»Vollmond. Je nun, der hat seine eigene Magie. An Vollmond also wird sich irgendwas entscheiden.«

»Mau! Mau!«

»Dann werden wir vorbereitet sein. Aber jetzt, Majestätchen, werde ich mir mein Abendessen machen. Was hältst du von einem Stückchen Leberwurst?«

»MAU!«

Nathan lachte, und Majestät wurde etwas leichter ums Herz. Ja, manche Menschen waren wirklich nicht ganz übel. Im Grunde sogar sehr nett.

50. Felis Plädoyer

Feli schwamm mit kräftigen Zügen zum Ufer des Lind Siron und bewunderte, als sie durch das seichte Wasser watete, Che-Nupets neuestes Kunststück. Die Katze stand mit hoch aufgerichtetem Schwanz auf einem Stein, und um die Schwanzspitze tanzten fünf blaue Schmetterlinge.

»Wunderhübsch, Schnuppel.«

Che-Nupet schielte nach hinten.

»Wollte sechs, ist einer ausgebüxt.«

»Macht nichts, fünf sind auch nett. Kannst du sie auch um deinen Kopf tanzen lassen?«

»Muss ich probieren, ne?«

Sie schloss die Augen, und die rosige Zungenspitze trat aus ihrem Maul. Der erste Schmetterling flatterte nach vorne. Der zweite folgte, der dritte zögerte. Dann entschlossen er und seine letzten beiden Kumpanen sich ebenfalls, die Ohren Che-Nupets zu umkreisen.

Feli klatschte Beifall.

Die Schmetterlinge stoben davon wie blaue Funken.

Mit ihrem feuchten Finger stippte Feli Che-Nupets Zungenspitze an.

»Genug gelüftet!«

Schlupps.

»War ich gut?«

»Hervorragend.«

»Du bist nass.«

»Ohne Frage. Und leider kann ich mich nicht trockenschütteln.« Feli wrang das T-Shirt aus und zog es sich wieder über. Es war so heiß geworden, dass es bald an ihrem Körper trocknen würde. Sie hätte es auch über einen Busch gelegt, aber sie sah die beiden Kater angetrottet kommen.

Von Anat hatte sie bereits erfahren, was passiert war, aber Nefer sah sie jetzt erst wieder. Sein und Finns Fell glänzte, doch sein linkes Auge war geschlossen. Sie unterdrückte jede Äußerung des Mitgefühls.

»Na, ihr zwei Helden, wieder zurück aus dem Badeurlaub?«

»Machst ja selber Badeurlaub«, sagte Nefer mit leiser, heiserer Stimme.

Sie ging auf Finn zu und zauselte ihn zwischen den Ohren, dann legte sie Nefer den Arm um den Hals.

»Alles gut?«

»Wird schon wieder.«

»Anat ist klasse. Ich hab viel von ihr gelernt.«

»Ja, aber Finn war noch besser.«

Feli sah den Grautiger an, der verlegen auf seine Pfoten schaute.

»Das hast du gut gemacht, Finn. Ehrlich.«

»Weiß ich nicht. Es war entsetzlich.« Dann sah er plötzlich hoch. »Ich hab eine Katze umgebracht, Feli.«

Es klang so verstört, dass sie erst gar nicht wusste, was sie sagen sollte.

»Finn, sie war eine völlig durchgedrehte Mörderin.«

»Ja, aber …«

»Wäre es dir lieber, Nefer wäre tot?«

»Nein, um Gottes willen.«

»Wirst du mit leben müssen, ne?«, murmelte Che-Nupet.

»Das sagen alle.«

»Sagen alle? Musst damit leben, dass du es kannst.«

Finn schluckte sichtlich.

»Ja, Finn, damit hat sie recht. Du kannst es. Aber du musst es nicht. Aber es war richtig, dass du es getan hast. Es gehört dazu, seine eigenen Fähigkeiten zu kennen.«

Amun Hab war ebenfalls an den See gekommen und legte nun seine Stirn an Nefers Kopf. Feli hatte den Eindruck, dass sie sich auf eine ganze eigene, kätzische Art über etwas verständigten.

Ganz leise flüsterte Finn neben ihr: »Der Weise ist sein Vater.«

»Ups.«

Amun Hab setzte sich nun wieder auf und betrachtete die kleine Runde.

»Finn und Feli, ihr habt viel für uns getan. Unsere Dankbarkeit ist euch gewiss.« Und dann fügte er hinzu: »Wir haben Menhit, Pachets Kameradin, gefangen genommen. Sie hat zugegeben, dass Pachet einen tiefen Hass auf die Menschen hegte. Auch die beiden Tigerkatzen, die dich am Übergangsfelsen überfallen haben, Feli, handelten auf ihr Geheiß.«

»War es ihre Idee oder wurde auch sie angestiftet?«

»Möglicherweise steckte auch Shepsi dahinter, aber davon wusste Menhit nichts.«

Feli sah plötzlich ihre Chance.

»Deine Dankbarkeit, Amun Hab, kannst du uns dadurch beweisen, dass du uns übermorgen nicht einen der Pfadfinder, sondern Che-Nupet als Führerin durch die Grauen Wälder mitgibst. Und wenn du erlaubst, dass Nefer uns begleitet.«

Finn, das merkte sie, wollte aufbegehren, aber mit einem kräftigen Zwicken in seine Flanke hinderte Feli ihn am Sprechen.

Die strahlend blauen Augen des Weisen sahen sie überrascht an.

»Ein ungewöhnliches Ansinnen. Erläutere mir deine Gründe.«

»Ich habe den Verdacht, Amun Hab, dass nicht Shepsi, sondern Imhotep hinter den Anschlägen steckt.«

Die blauen Augen wurden zu Schlitzen.

»Das ist eine ungeheuerliche Anschuldigung, Felina.«

»Natürlich. Aber ich habe meine Gründe dafür.«

»Dann lege sie mir dar.«

Feli berichtete, wie sie von Imhotep auf die Goldenen Steppen gelockt worden war und er ihr auf dem Rückweg mit einem Trick das Ankh abgeluchst hatte.

Amun Hab hörte schweigend zu. Dann schüttelte er den Kopf.

»Du irrst dich. Imhotep ist einer der engsten Berater der Königin. Was immer dort in den Grauen Wäldern passiert ist, muss einen anderen Grund haben.«

»Und wo ist Imhotep jetzt? Hast du ihn in den vergangenen Tagen gesehen?«

»Nein. Aber ich nehme an, dass er selbst die Aufgabe auf sich genommen hat, der Königin das Ankh zu bringen und sie zurückzuführen. Er hat nicht viel Vertrauen in die Fähigkeiten von jungen Menschen und jungen Katern.«

»Und deshalb hat er mich alleine in den Grauen Wäldern zurückgelassen?«

»Das mag unfreundlich gewesen sein, aber die Wanderer hätten dich schon gefunden.«

»Warum hat er mir dann mit dem Monster Angst gemacht, Amun Hab? Auch eine – ähm – Unfreundlichkeit?«

»Es gibt gefährliche Kreaturen dort.«

»Dann könnte es auch bedeuten, dass er von einer solchen getötet worden ist?«

»Ist er nicht«, sagte Che-Nupet.

Amun Hab sah sie an.

»Ist er nicht?«

»Nein, wir vermuten, dass er zwar den Übergang in unsere Welt genommen hat. Aber nicht, um eure Königin zu retten«, sagte Feli mit Bestimmtheit.

»Felina, du hast keine Beweise dafür!«, sagte Amun Hab streng.

Che-Nupet brummelte: »Hab ich Papa gefragt, ne.«

»Heiliger Sphinx«, stöhnte der Kater leise. Dann legte er sich nieder und versank in Sinnen. Totenstille herrschte mit einem Mal, nur um Che-Nupets Ohren flatterten zwei gelbe Schmetterlinge.

Das Schweigen dauerte lange an, und währenddessen bildeten in Felis Gedanken immer mehr Puzzlesteinchen ein Bild. Schließlich fragte sie in die Stille: »Frag Menhit, ob Imhotep Pachets Liebhaber war.«

Amun Habs blaue Augen ruhten auf ihr.

»Mache ich. Che-Nupet, du begleitest Finn und Feli zurück.«

»Nefer kommt mit.«

»Nein.«

»Doch, Amun Hab.« Feli sah ihn ebenso durchdringend an wie er sie.

»Bitte!«, sagte auch Finn.

»Muss seine Prüfung bestehen, ne?«

»Ihr seid unmöglich.«

»Wir sind ein Team, Papa.«

Seufzend erhob sich Amun Hab.

»Haltet bloß die Klappe darüber.«

Sie versicherten es ihm, und mit einem nervösen Schwanzzucken verließ der Weise sie.

»Tolle Idee, Feli. Ein Mädchen, ein halbblinder Kater, ein nackter Mann und eine dicke Katze schlendern bei Vollmond durch die Grauen Wälder, in dem die Monster hausen und ein durchgeknallter Psychopath lauert.«

Feli bedachte Finn mit einem nachsichtigen Lächeln und sagte dann zu Che-Nupet: »Du, ich bin hungrig. Könntest du mir noch mal so eine köstliche Ente fangen und küchenfertig in die Laube legen?«

»Kann ich. Darf ich ein Beinchen davon?«

»Roh oder gebraten?«

»Mach gebraten, wärmt den Bauch so schön.«

Che-Nupet kam auf die Pfoten und trottete ein Stück das Ufer entlang.

»Wovon wird die nur so fett? Die tut ständig so, als würde sie nie was fressen«, murrte Finn weiter.

»Weil, Finn, Che-Nupet einen interessanten Stoffwechsel hat.«

»Was du alles weißt.«

»Ich unterhalte mich oft mit ihr, Finn.«

»Mädchenzeugs. Diäten und vermutlich auch, wie man sich die Krallen feilt.«

»Finn, du solltest manchmal versuchen, deinen Grips zu gebrauchen«, meinte Nefer jetzt auch heiser. »Che-Nupet ist mehr als nur eine faule Katze. Ich schäme mich, dass ich sie früher immer derart herablassend behandelt habe.«

»Wie kommst du plötzlich darauf?«

»Sie trägt ein Kopftuch.«

»Ja, neulich. Aber, Himmel, so einen Lappen kann sich jeder umbinden.«

»Nein. Sie hat das Anrecht darauf. Ich habe Amun Hab gefragt.«

»Du brauchst dich nicht zu schämen, dass du sie so behandelst, wie sie vorgibt zu sein, Nefer. Das will sie so. Und wir sollten das auch nicht ändern.«

»Ich versteh das nicht. Was ändern und warum?«

»Weil, Finn, Che-Nupet ein Geheimnis zu wahren hat. Frag mich gar nicht erst, welches. Ich weiß es nicht. Aber vermutlich ist es etwas, das den Verstand aller Katzen und Menschen bei Weitem übersteigt.«

Finn sah trotzig aus, und Feli lächelte.

»Finn, akzeptiere es. Sie will nicht, dass man darüber spricht. Aber ich habe trotzdem etwas gesehen, das mich zutiefst beeindruckt hat. Weißt du, als die drei Panther mich überfallen haben, war ich starr vor Schrecken und hoffte nur noch auf einen schnellen Tod. Sie hatten mich ins Gebüsch getrieben und kamen schon auf mich zu. Da fuhr Che-Nupet plötzlich zwischen sie. Einer war so klug, sofort wegzurennen, die beiden anderen hatten nicht einmal den Hauch einer Chance. Sie hat sie in der Luft zerrissen. Zwei Panther, Finn. Und ich schwöre dir, ich habe noch nie ein Wesen so buchstäblich vor Wut kochen sehen wie sie. Sie ist anschließend in den Bach dort gesprungen und, so wahr ich hier sitze, es stiegen dichte Dampfschwaden um sie herum auf. Danach habe ich sie das erste Mal einen riesigen Truthahn mit drei Bissen verschlingen sehen.«

»Ich habe mir so etwas schon gedacht«, sagte Nefer.

»Ja, aber – was ist sie dann?«

»Eine dicke, träge Katze, die Schmetterlinge auf ihre Nase lockt.«

»Quatsch!«

»Doch, das ist sie. Mehr wissen wir nicht. Mehr brauchen wir nicht zu wissen. Aber wenn ich in Schwierigkeiten oder in Not bin, werde ich mich immer auf sie verlassen.«

»Meinst du, sie ist so was wie ein Schutzengel?«

»Sie ist eine dicke, komische Katze, die viel üben muss«, erklärte jetzt auch Nefer.

Finn putzte sich den Schwanz.

Dann die Pfoten.

Dann die Ohren.

Dann sagte er: »Sie hat mal gesagt, sie sei erst achtundzwanzig oder so.«

»Kann schon sein. Aber vielleicht hat sie die eine oder andere Null unterschlagen. Wir Damen sprechen nicht gerne über unser Alter«, näselte Feli geziert. Mochte Finn das glauben, sie selbst hatte einige andere Theorien. »Und wie du selbst eben erfahren hast, Finn, kann es manchmal erschreckend sein, zu wissen, wozu man fähig ist«, erinnerte sie ihn.

»Mhm, ja. Aber wer, verdammt noch mal, ist dann ihr Vater? Als sie den erwähnt hat, hat ja eben sogar Amun Hab zurückgerudert.«

»*Ich* werde mich hüten sie zu fragen. Abgesehen davon kenne ich ihre Antwort schon. ›Weiß ich's?‹ wird sie sagen.«

Nefer lachte.

»Ich werde auch nicht fragen. Aber ich fange an, sie sehr gerne zu haben.«

51. Abschiede

Der letzte Tag in Trefélin war für sie angebrochen, und Finn trabte langsam neben seinen Gefährten zum Roc'h Nadoz. Sem, Ani und Pepi hatten sich ihnen angeschlossen und quatschten ständig über ihre tollen Erlebnisse in der Menschenwelt.

»Und deine Schwester, Finn, die würde ich ja gerne mal wiedersehen.«

»Was?« Finn tauchte aus seinen trübsinnigen Gedanken auf.

»Die Kristin. Die hat mir nämlich verraten, wo wir dich finden können. Süßes Mädchen, die, für ein Menschenweibchen.«

»Was hast du mit meiner Schwester angefangen?« Die lockeren Sitten der Kater waren Finn ja nun wahrhaftig vertraut, und die Vorstellung, dass einer dieser Kerle sich an Kristin herangemacht hatte, ließ seine Wut aufschäumen.

»Nur ein bisschen um sie herumgegurrt. Nefer hat uns ja verboten, sie in den Nacken zu beißen.« Sem grinste ihn an. »War aber verlockend, echt!«

Finn knurrte.

»Lass es gut sein, Finn. Er hat deiner Schwester nichts getan«, sagte Nefer. »Merkst du nicht, dass er dich aufziehen will?«

»Ja, du reagierst so prima vorhersehbar«, sagte Ani.

»Jau, und wir wollten uns doch zum Abschied noch mal so richtig mit dir balgen«, fügte Pepi hinzu.

Finns schlechte Laune war mit einem Schlag verflogen.

»Das könnt ihr haben«, grollte er und patschte nach Sems Hintern. Sofort bildete sich ein wüster Haufen, in dem sich die fünf Kater mit Knurren, Fauchen, Lachen und Kreischen gegenseitig verprügelten.

»Würd ich gern mitmachen«, sagte Che-Nupet zu Feli und sah sehnsuchtsvoll der Katzbalgerei zu.

»Besser nicht, Schnuppel. Ist nicht gut für deine Figur.«

»Wär nicht gut für deren Figuren.«

»Vermutlich. Außerdem ist es nicht damenhaft.«

»Schmetterlinge ist damenhaft, ja?«

»Seeehr damenhaft.« Feli legte der Kätzin den Arm um den Nacken. »Gehen wir schon mal weiter, bis die sich ausgetobt haben.«

Sie schlenderten langsam voran, und Feli ließ ihren Blick noch einmal über die sommerliche Landschaft gleiten. In der Nacht hatte es geregnet, alles Laub und alle Gräser wirkten wie frisch gewaschen, der Duft von feuchter Erde, Kräutern und Blumen lag in der Luft. Der Wind, der von Westen wehte, trug einen Hauch von Meer in sich.

»Ich wünschte, ich könnte Trefélin mal in Ruhe durchwandern«, sagte sie leise.

»Vielleicht später, ne? Jetzt musst du erst mal nach Hause, und wir müssen Dinge hier klären.«

»Ja, das verstehe ich. Aber ich verstehe inzwischen auch meine Oma Gesa viel, viel besser. Sie hat ihr ganzes Leben lang von eurem Land geschwärmt.«

»Kannst träumen, Feli. Träumen ist immer gut.«

»Ja, das werde ich tun. Und es werden immer Schmetterlinge in meinen Träumen sein.«

Schweigend wanderten sie weiter, und Feli dachte an das Tuch in ihrem Rucksack. Bevor sie aufgebrochen waren, hatte Che-Nupet ihr das Kopftuch gebracht, ihr eigenes, das mit den braunen, roten und cremefarbenen Mustern und den kleinen grünen Steinchen. Zur Erinnerung, hatte sie genuschelt, und Feli waren die Tränen in die Augen gestiegen.

Nefer fühlte sich wieder fit. Sicher, der Verlust eines Auges war bedauerlich, aber all seine anderen Sinne funktionierten noch. Ja, es schien sogar, als ob seine Barthaare anfingen, noch etwas empfindlicher zu werden. Die kleine Rauferei hatte ihm gezeigt, dass er auch an Geschwindigkeit und Hinterlist nichts verloren hatte. Die drei Narren konnte er noch immer mit der linken Pfote besiegen. Bei Finn war das schon ein bisschen schwieriger geworden. Der Junge hatte eine ganze Menge gelernt in den zwei Monaten, die er als Kater verbracht hatte. Er war wendig und schnell und konnte seine Möglichkeiten gut einschätzen. Was ihm noch fehlte, war das Vertrauen in seine eigenen Fähigkeiten. Er dachte einfach zu viel, befand Nefer. Aber das würde sich vermutlich auch mit der Zeit legen.

Sie hatten nach der Balgerei noch kurz ihr zerrauftes Fell geglättet und trabten nun hinter Felina und Che-Nupet her. Natürlich hatte Nefer versucht, seinen Vater nach der Kätzin auszufragen, aber der hatte so abgrundtief geschwiegen wie der Lind Siron. Und der war, wie man sagte, bodenlos. Aber mit der Zeit würde Nefer schon noch etwas mehr herausfinden. Zeit – nun ja, Che-Nupet mochte er näher kennenlernen, Felina würde er verlieren. Und das tat weit mehr weh als die Wunden, die sein Körper empfangen hatte. Verdammter Mäusemist, er mochte dieses Mädchen. Je mehr er darüber nachdachte, desto mehr Kleinigkeiten fielen ihm auf, die er an ihr mochte. Nicht nur ihr kunstfertiges Kraulen, ihre erfolgreichen Schnurrübungen und ihren niedlichen Bauch, den er so gerne noch mal abgeschleckt hätte. Nein, er bewunderte ihre Tapferkeit und ihre Hilfsbereitschaft. Sie hatte sich diesem für sie völlig fremden Land unglaublich gut angepasst. Sie hatte die Lebensweise der Katzen ohne Murren akzeptiert und sich geradezu selbstlos für ihn eingesetzt. Das berührte ihn besonders tief.

Jetzt kehrte sie zurück, und Finn mit ihr. Mit ihm würde sie sicher manchmal über das Heim der Katzen sprechen. Ach, Scheiße! Gemeinsame Erinnerungen hatten so was Verbindendes.

Ein paarmal hatte er schon überlegt, ob er sich in einen Menschen verwandeln sollte, damit sie nicht nur den Kater in ihm sah. Aber jetzt – vernarbt und einäugig – keine gute Idee.

»Auf, Nefer, du trödelst. Hast du Schiss?«

Finn war an seiner Seite und wies auf die Nadelspitze des Roc'h Nadoz, die nun schon in Sichtweite kam.

»Nicht mehr als du.«

Dann hatte er Schiss. Denn Finn wurde es immer mulmiger, je näher sie der Übergangsstelle kamen. Allerdings nicht nur wegen der undefinierbaren Gefahren, die in den Grauen Wäldern lauerten, sondern weil er nun, nach zwei Monaten, wieder in seine gewohnte Gestalt und in seine gewohnte Welt zurückkehren würde.

Die Probleme dort hatten sich vermutlich nicht in Luft aufgelöst. Seine Mutter würde wieder an ihm herumnörgeln, Feli wieder schnippisch werden, seine Kumpels ihn weiter schneiden …

Obwohl, es lag ja auch an ihm, oder? Er musste Nerissa nur

ein für alle Mal erklären, dass er seinen eigenen Weg gehen wollte. Er war volljährig. Zwar war er noch finanziell von ihr abhängig, aber auch dafür würde er eine Lösung finden. Ein bisschen unangenehm würde es schon werden, bei dem Förster zu Kreuze zu kriechen. Aber Feli hatte gesagt, der sei eigentlich ein vernünftiger Mann. Vielleicht konnte ihm auch Felis Wandertante einen Job geben. In der Natur kannte er sich inzwischen ziemlich gut aus. Ja, eigentlich keine schlechte Idee. Es würde ihn an Trefélin erinnern, durch den Wald zu ziehen.

Und sein Kickbox-Training würde er jetzt auch mit etwas mehr Ernsthaftigkeit betreiben. Immerhin – wer mit Katzen raufte, lernte eine Menge fieser Tricks.

Das Mulmige legte sich, und seine Gedanken konzentrierten sich auf das Naheliegende. Feli hatte eine ganz schöne Bombe gezündet, als sie Imhotep beschuldigt hatte, der eigentliche Drahtzieher hinter den Anschlägen und Intrigen zu sein. Ihm war der Kater nie sonderlich aufgefallen, aber das mochte auch dessen Absicht gewesen sein. Immerhin war er es gewesen, der ihm das falsche Ankh von Anoki hatte abnehmen lassen, als er eben gerade am Übergangsfelsen eingetroffen war.

Das Ankh.

Da war doch was? Warum hatte da niemand dran gedacht?

Das Ankh besaß jetzt Imhotep, und angeblich verlieh es magische Kräfte. Feli hatte das auch schon bestätigt. Imhotep kannte sie bestimmt und konnte sie auch einsetzen. Damit war er vermutlich unbesiegbar.

Finn sprang vor und erreichte Che-Nupet und Feli.

»Hört mal, ihr Süßen, ich glaube, wir rennen in eine Falle.«

»Wie kommst du darauf, Finn?«

»Der Typ hat doch den Anhänger. Das ist doch ein magisches Teil, oder? Der kann uns vermutlich verdammte Schwierigkeiten machen.«

»Kann er nicht«, sagte Che-Nupet.

»Kann er wohl doch.«

»Nö!«

Wieso kicherten diese beiden Weiber nur schon wieder?

Er fauchte frustriert: »Wir rennen in unser Unglück, und ihr giggelt dämlich.«

»Finn, es ist das Ankh der Königin.«

»Ja, eben.«

»Eben. Warum haben die Katzen wohl immer Königinnen und keinen König?«

»Was weiß denn ich?«

»Ist klug, die Felina, ne? Hat nachgedacht. Mehr als Imhotep, ne?«

Immer schmierten sie ihm aufs Brot, dass sie besser denken konnten. Immer kicherten sie über ihn, immer …

Autsch.

»Das mit der Magie klappt nur bei Frauen, was?«

»Mhrrrrmm!«, schnurrte ihn Feli an.

Feli umarmte Sem, Ani und Pepi fest und kraulte sie gründlich durch. Die drei schnurrten wie die Motorräder zurück.

»Das nächste Mal kommst du als Katze, ja? Dann balgen wir auch mit dir.«

»Unbedingt, Ani.«

»Und schmusen werden wir auch mit dir!«

»Ihr könnt es ja mal versuchen, Pepi.«

Sie zauselte ihn, und dann flüsterte Sem ihr ins Ohr: »Grüß die Kristin von mir. Und gib ihr einen Nasenkuss.«

»Von Sem, dem Kater, oder Sem, dem Mann?«

Sem kratzte mit der Pfote im Kies.

Feli lächelte ihn an. »Mal sehen, was sich machen lässt. Es wird für sie ein wenig schwer zu glauben sein, was du bist und wo ich war.«

»Vielleicht komm ich mal wieder.«

»Du hast ja noch Prüfungen zu bestehen, nicht wahr?«

»Wir werden uns das nächste Mal nicht so dämlich anstellen.«

»Da bin ich ganz sicher. Kommt zu mir, wenn ihr trotzdem in Schwierigkeiten geratet«, sagte sie so, dass die anderen es nicht hören konnten.

Dann umarmte sie sie ein letztes Mal und schloss sich Che-Nupet, Nefer und Finn an, die schon am Portal auf sie warteten.

Der Mond war aufgegangen, und sein vollkommenes, silbernes Rund stand bleich über den Bergen des Mittelgrats.

»Gehen wir«, sagte Nefer.

An Che-Nupets Seite trat Feli in das Dämmerlicht der Grauen Wälder.

52. Der finale Kampf

Im ewig gleichbleibenden Zwielicht herrschte gespenstische Ruhe. Che-Nupet ging voran, Feli folgte, hinter ihr Finn, dann Nefer. Sie hörte ihr eigenes Atmen, ihren Herzschlag und das feine Knistern des trockenen Laubes unter ihren Füßen. Keiner von ihnen sprach.

Sie waren schon eine gefühlte Stunde unterwegs, als Che-Nupet stehen blieb und flehmte. Auch Nefer hob die Nase. Seine Barthaare zitterten.

»Stimmt was nicht«, flüsterte Che-Nupet.

Feli lauschte.

Finn neben ihr drehte ebenfalls die Ohren.

»Können nicht zurück. Ich geh in die Schatten. Ihr nehmt die anderen. Feli, rühr dich nicht.«

Es raschelte zwischen den Baumstämmen.

Che-Nupet machte einen gewaltigen Satz.

Etwas schrie.

Etwas fauchte.

Und dann kamen sie.

Keine Schattengestalten, zwei Kater. Ein grauer und ein grau-weißer.

Imhotep. Und Shepsi!

Feli bemühte sich, völlig unbeweglich zu sein. Die Taktik der Mäuse – was sich nicht bewegt, erregt keine Aufmerksamkeit.

Aber die Angst schnürte ihr die Kehle zu. Finn kämpfte mit Shepsi. Schien ihn zu bedrängen. Imhotep hatte sich auf Nefer gestürzt. Er war brutal, Nefer geschmeidig. Seine Krallenschläge waren gemein, die Nefers tückisch. Er steckte ein, Nefer wich aus. Mal jagte der eine den anderen, mal kehrte sich die Jagd um. Finn hatte Shepsi auf einen Baum gehetzt. Er sah unschlüssig nach oben. Shepsi sprang. Finn wich aus – gerade noch eben. Shepsi schlug einen Haken und verschwand zwischen den Bäumen im Nebel. Finn hinterher.

»Finn, nicht!«, schrie Feli.

Er hörte nicht.

Nefers heisere Stimme brüllte. »Bleib!«

Diesen Augenblick nutzte Imhotep, um Nefer in den Nacken zu springen.

Feli machte einen Satz auf die beiden zu, sprang auf Imhoteps Rücken.

Der wollte gerade zubeißen. Sie knallte ihm die Faust zwischen die Augen. Eine winzige Chance. Die Finger in seine Nase! Zupacken. Zerren.

Nefer rollte sich unter ihm herum. Riss das Maul auf, schloss seine Kiefer um die Kehle des Katers.

Imhotep wurde schlaff.

Che-Nupet kam angesprintet. Blut troff von ihren Lefzen. Zwischen ihren Krallen hingen Fellfetzen.

»Weg«, knurrte sie.

Feli rutschte von Imhotep. Nefer stieß ihn von sich. Che-Nupet hob die Tatze, verharrte einen Augenblick, dann ließ sie sie sinken.

»Gut, Nefer. Feli, das Ankh.«

Mit fliegenden Fingern zog sie dem Kater das Band vom Hals. Er blutete nicht.

»Hab nur zugedrückt«, keuchte Nefer. »Dachte, du brauchst ihn noch.«

»Tu ich.«

»Finn ist hinter Shepsi her.«

»Weiß ich.«

Feli schauderte.

»Er wird sich verirren.«

»Wir werden ihn finden. Aber können den nicht allein lassen.«

Feli streifte sich den Rucksack vom Rücken und wühlte darin. Sie zerrte ihre zweite Jeans heraus und legte sie vor Che-Nupet und Nefer.

»Reißt sie auseinander. Ich fessele ihn damit.«

»Gute Idee!«, sagte Nefer und fetzte die beiden Hosenbeine auseinander. Mit langen Stoffstreifen band Feli die Hinterbeine und die Vorderbeine zusammen.

»Nimmst du den Ring aus seinem Ohr«, meinte Che-Nupet, und Feli tat auch das. Den Ohrring steckte sie in ihre Hosentasche. Dann sah sie sich um.

»Ich weiß nicht – wie lange wird der bewusstlos sein?«

»Keine Ahnung.«

»Glitschwurm. Wir müssen Finn finden und sollten den hier nicht alleine lassen.«

Che-Nupet sah den Baum hoch, auf den Shepsi geklettert war.

»Hängen ihn oben hin. Gehst du hoch, Nefer.«

»Mhm. Nette Idee. Schaffst du das, Che-Nupet?«

Die Kätzin kicherte.

»Bleibt ein bisschen weg von mir.«

Nefer nickte und kletterte auf den Baum. Auf einem mächtigen Ast legte er sich nieder. Che-Nupet packte den bewusstlosen Imhotep im Nacken und schleppte ihn zum Stamm. Dann – Feli wollte es wieder nicht recht glauben, kletterte sie mit ihm nach oben, bis Nefer ihn mit den Vorderpfoten packen konnte und hochzog.

»Du hoch und festbinden«, sagte Che-Nupet, und Feli zog sich den Gürtel aus den Schlaufen ihrer Hose. »Nefer, hilf ihr hoch.«

Der Kater sprang nach unten.

»Auf meinen Rücken, Feli.«

Sie klammerte sich fest, er brachte sie nach oben. Dort legten sie Imhoteps verschnürte Beine um den Ast, und sie verband Vorder- und Hinterpfoten miteinander. Dann stießen sie ihn an, und er hing wie eine überdimensionierte Felltasche vom Baum.

»Muss reichen. Jetzt Finn, ne?«

Sie waren wieder am Boden angekommen, und die beiden Katzen flehmten.

»Das ist schwierig hier«, murrte Nefer.

»Brauchst du andere Sinne. Feli findet, ne?«

»Ich?«

»Sie hat recht, Feli. Du trägst wieder das Ankh. Hör drauf.«

»Ja, Feli, kannst alles, was du willst. Will Finn finden.«

Und so fasste sie wieder das kleine Amulett an und konzentrierte sich auf Finn. Der Anhänger pulsierte kräftig in ihren Fingern und schien sie nach rechts zu ziehen.

»Da lang, vielleicht.«

»Auf, Nefer. Lupf dich!«

Feli krabbelte auf den schwarzen Katerrücken, und die beiden Katzen jagten los. Mit einer Hand hielt sie sich fest, mit der anderen umklammerte sie das Ankh. Sie musste sich einfach darauf verlassen, dass es funktionierte.

»Hier mehr links.« Etwas später glaubte sie eine andere Richtung zu fühlen. »Da runter.«

Und dann hörten sie das Kreischen. Abgehackt, atemlos, voller Panik.

»Glitschwurm«, sagte Che-Nupet.

»Rechts.«

Das Schreien verstummte, ein herzzerreißendes Heulen folgte.

»Langsam.«

Nefer ging nur noch Schritt für Schritt.

Und dann sahen sie ihn. Finn, der graugetigerte Kater, versuchte, sich in das Laub zu wühlen. Aus seiner Kehle drangen furchtbare Laute.

»Oh Gott, er ist verletzt.«

»Nein, ist schlimmer.«

Sehr vorsichtig näherte sich ihm Che-Nupet.

»Finn?«, schnurrte sie. »Finn, hör mich.«

Er starrte mit blutunterlaufenen Augen vor sich hin.

»Was ist mit ihm?«, frage Nefer, und Feli glitt von seinem Rücken.

»Ist Traum.«

»Aber wieso?«

»Da vorne. Nein, bleibt hier, nicht da hingehen. Das Rinnsal. Er muss hineingeraten sein.«

»Ein Horrortrip?«

»Ein entsetzlicher, ja.« Che-Nupet setzte sich in die Nähe von Finn. »Können ihn nicht so wecken. Wird er wahnsinnig.«

Finn zuckte mit den Pfoten, Schaum bildete sich vor seinem Maul. Dann brüllte er.

»Schneiden mich! Schneiden mich in Stücke!«

Nefer wollte ihn berühren, aber Che-Nupet sagte kurz und scharf: »Lass!«

»Aber er blutet!«

Feli biss sich auf die Knöchel. Wirklich, da bildeten sich lange blutige Streifen auf seinem Rücken. Wieder schrie Finn, dann brach seine Stimme. Er röchelte.

Die blutigen Streifen schienen zu verschwinden.

»Was ist das?«

»Haben andere erlebt!«

»Was können wir tun, Che-Nupet? Sag doch was!«

»Kann nicht.«

Wieder verkrampfte Finn sich.

»Meine Augen! Sie reißen meinen Augen raus!«, heulte er.

Blut strömte aus seinen Augenhöhlen.

»Che-Nupet! Bitte!« Feli stürzte zu Finn und umarmte ihn.

»Vorsicht!«

»Ich muss ihm helfen. Oh Gott, er verliert seine Augen!«

»Tut er nicht. Heilt gleich.«

Das stimmte, und wieder lag Finn keuchend im Laub.

»Hier, an der Hinterpfote. Da ist was Schwarzes«, sagte Nefer und wollte mit der Zunge darüberlecken.

»Nein. Nein!!!«

Che-Nupet patschte ihn hart, und Nefer schrie auf.

»Scheiße, das brennt!«

»Darfst du nicht anrühren. Kriegst du dann auch Visionen.«

»Darf ich es abwischen?«, fragte Feli und zerrte ein Taschentuch hervor.

»Mach, aber fass nicht an.«

Sie wischte das teerartige Zeug ab, viel war es nicht, nur eine Schmierspur in dem Tuch.

»Musst du verbrennen.«

»Hier? Dann zünde ich den Wald an.«

Nefer scharrte bereits den Boden frei. In den feuchten Humus legte Feli das Papiertaschentuch und grabbelte nach ihren Streichhölzern.

Finn aber begann wieder zu schreien. Heiser, wie von Sinnen.

»Brennen mich! Sie verbrennen mich!«

Und wirklich roch es nach angesengtem Fell, und verkohlte Flecken bildeten sich an seinen Pfoten.

»Mach, Feli. Mach. Muss weg, das Tuch!«

Ihr versagten fast die Finger. Zwei Streichhölzer zerbrachen ihr.

Finn jaulte und kreischte.

»Musst du, Feli!«

Che-Nupet schnurrte sie an.

Das dritte Hölzchen brannte endlich, dann zerfiel das Taschentuch zu Asche.

Es stank nach verbranntem Fleisch.

Finn war zusammengebrochen. Sein Atem ging flatternd.

»Er verliert das Bewusstsein«, sagte Nefer. Und dann fing Finn an zu zucken.

Feli wollte ihn wieder festhalten, aber da traf sie die Tatze. Nur mit knapper Not entging sie einem bösen Kratzer.

»Bleibt weg.«

»Ja, Che-Nupet. Aber… Wir müssen ihm helfen. Bitte. Schnuppel, er ist doch unser Freund.«

»Ja, Che-Nupet. Er hat uns geholfen. Wir können ihn hier nicht so leiden lassen.«

Che-Nupet versank in Sinnen. Dann seufzte sie abgrundtief. Aber sie sagte nichts.

Finn hatte aufgehört zu zucken, die Brandwunden verheilten. Doch plötzlich bäumte er sich auf. Wand sich, krümmte sich, erbrach sich. Diesmal völlig lautlos.

»Che-Nupet! Che-Nupet, bring mich zu den Goldenen Steppen. Du weißt, wo das ist. Ich muss um Lebenskraut bitten. Bitte, Che-Nupet, bring mich da hin.«

»Nützt nicht. Hilft nicht, das Lebenskraut. Ist nur für Verletzungen, nicht für Seele.«

Die Rotbraune sah unglücklich drein.

Nefer versuchte wieder, sich Finn zu nähern, doch der lag mit verrenkten Gliedern und verdrehten Augen still und schien nicht mehr zu atmen.

»Bleibst du weg, Nefer.«

»Nein, Che-Nupet. Wenn du uns schon nicht helfen kannst, dann will wenigstens ich versuchen, sein Leid zu lindern.«

»Kannst du nicht.«

»Verdammter Zeckenbiss, Che-Nupet! Du weißt so verdammt viel mehr, aber nichts Hilfreiches hast du anzubieten.«

»Weiß ich mehr?«, flüsterte Che-Nupet.

»Du weißt, und ich glaube, du hast auch Macht. Mag die schwarze Ratte wissen, warum du ihm nicht helfen willst.«

Feli war übel. Ihr Magen hatte sich zusammengezogen und schmerzte. Finn sah aus, als hätte er ein tödliches Gift gefressen. Er hatte alle möglichen Misshandlungen durchlebt, mehr würde er bald nicht verkraften.

»Er stirbt, nicht wahr?«

Che-Nupet hielt den Kopf gesenkt.

»Du bist eine Heilerin, Che-Nupet«, sagte sie mit angestrengter Stimme. »Und du weißt, was man tun kann. Wenn ihm aber nichts mehr hilft, Schnuppel, dann sorg wenigstens dafür, dass er schnell stirbt.« Tränen liefen ihr über die Wangen, und sie wischte sie mit dem Unterarm weg. »Dachte, du wärst meine Freundin«, wisperte sie.

»Bin ich.«

Nefer setzte sich neben den jetzt wieder mit den Pfoten zuckenden Finn.

»Heldenwasser«, sagte er. »Irgendwo hinter dem Schwarzen Sumpf liegt das Land unter dem Jägermond. Erklär mir den Weg, Che-Nupet. Du kennst ihn. Leugne es gar nicht erst.«

»Ja, kenne ich. Dauert zu lange.«

»Aber es würde helfen, nicht wahr?«

»Hilft immer.« Und dann schüttelte Che-Nupet sich. »Feli?«

»Ja, Schnuppel?«

»Kannst du schweigen?«

»Ja, kann ich.«

»Musst du schwören. Bei deinem Leben, Felina.«

»Ich schwöre.«

»Musst du wissen, was du tust, Felina. Ich muss dich töten, wenn du verrätst, was ich tue, ja?«

Noch nie hatte Feli die rotbraune Katze so ernst gesehen. Sie würde ihre Worte wahr machen.

»Ich schwöre!«

»Auch Finn gegenüber. Darfst du nie verraten, was ich tue und was du siehst, ja? Niemandem nichts. Wenn du es tust, werde ich wissen. Und dich töten.«

»Ich schwöre.«

»Du auch, Nefer?«

»Ich schwöre, bei meinem Leben.«

»Felina, musst du mutig sein. Bist du?«

»Ja, Che-Nupet, wenn ich Finn damit helfen kann.«

»Ich kann Finn helfen, Che-Nupet. Ich schulde ihm was«, sagte Nefer.

»Geht nicht, brauche ich Hände.«

»Ich mache mit, was immer du vorhast.«

»Gut, brauchen wir Wasser. Deine Flasche, Feli. Mach sie leer.«

»Über ihn gießen?«

»Nein, auf meinen Rücken gießen.«

Feli gehorchte, und wieder stiegen Dampfwölkchen aus Che-Nupets Fell.

»Und dann aufsteigen. Ist jetzt nicht mehr so heiß. Nefer, du wachst hier. Wir kommen zurück. Aber nicht rühren, ne!«

»Ich bleibe hier. Wohin geht ihr?«

»Heldenwasser holen. Auf schnellem Weg. Ist gefährlich und unsicher. Aber vielleicht … besser als nichts, ne?«

»Heiliger Sphinx!«

»Wird schon gehen. Komm, Feli. Aber musst du schweigen und gehorchen, ja? Und vertrauen, ne?«

Nefer nickte Feli zu.

»Ja, tu, was sie sagt. Ich glaube, das ist die einzige Chance, die er hat.«

»Bleibst du hier bei ihm. Wird er mehr leiden.« Mit einem langen Blick sah sie ihn an. »Wird er vielleicht in Starre fallen. Dann ist alles Leid nur in seinem Kopf. Musst du entscheiden, Nefer. Bist du sein Freund.«

»Ja, Che-Nupet.«

»Oh Gott!«, sagte Feli.

53. Das Land unter dem Jägermond

Als sie auf Che-Nupets Rücken saß, kam Feli sich vor wie auf einem hoch aufgedrehten Heizkörper. Die Katze raste los. Nicht weit, schien es, denn schon bald wurde sie langsamer und bat Feli, wieder abzusteigen.

»Ist das Land unter dem Jägermond heilig, Feli. Ist nicht erlaubt, es zu betreten. Nur wenige kennen es. Dürfte Nefer nicht wissen, aber der ist neugierig. Darfst du schon gar nicht wissen, verstehst du?«

»Ich kann mir die Augen verbinden.«

»Brauchst du. Aber muss Ohrring raus und Ankh ab. Darfst du nichts hören, was ich sage, ne? Und musst du ganz still sein. Kein Laut. Wenn du in das Land kommst, nichts sagen, nicht schreien oder rufen, ne?«

»Gut. Was passiert sonst?«

»Weckst du die Löwenköpfige. Wird dich zerfleischen. Mag Menschen nicht.«

Feli schluckte. Es war alles nur entsetzlich, und sie hoffte zutiefst, dass ihr auch nicht der kleinste Schreckenslaut entfahren würde.

»Treffen wir Wächter, Feli. Was Imhotep Monster genannt hat. Sind aber Wächter. Sie tragen dich über den Sumpf – vielleicht.«

»Und wenn nicht?«

»Weiß nicht.«

Etwas in Che-Nupets Stimme sagte Feli, dass ihre Freundin es diesmal wirklich nicht wusste.

»Du kommst nicht mit?«

»Darf nicht. Musst du alleine gehen.«

Feli drückte sich die Fäuste auf den schmerzenden Magen, aber dann sah sie wieder Finn vor sich, der sich in unsäglichen Schmerzen wand, und nickte.

»Ich gehe.«

»Gut. Wenn ich zeige, legst du beides auf den Boden. Dann verneigst du dich. Dann warten und folgen. Bitte.«

»Natürlich.«

Nefer hockte neben Finn, der allmählich wieder zu sich kam. Er schnurrte, hoffte, dass sein Freund es hören würde. Doch der war so umfangen von seinen Horrorvisionen, dass ihn nichts mehr erreichte. Jetzt begann er wieder zu keuchen, und schwärende Wunden bildeten sich an seinem ganzen Körper. Immer wieder versuchte er, sie sich aufzukratzen. Blut und Eiter verklebten schon sein Fell.

Nefer fühlte sich so erbärmlich hilflos. Aber immer, wenn er versuchte, Finn zu berühren, schlug der wie von Sinnen um sich. Dann begann er zu husten und zu spucken, zu keuchen und zu würgen, und schließlich kreischte er heiser wie im Todeskampf.

»Finn! Finn, hör mich doch!«

Finns Augen waren vollkommen verdreht.

Er rollte sich auf den Rücken und streckte die Pfoten aus und schlug um sich.

»Finn, nicht!« Trotz der Warnung, ihn nicht zu berühren, schubste Nefer ihn an. Er schien nichts mehr zu fühlen.

Kaltes Entsetzen kroch Nefers Rücken hinauf.

Wie lange würde es dauern, bis Feli mit dem Heldenwasser zurückkehrte? Würde sie es überhaupt erhalten? Er wusste wenig über das Land unter dem Jägermond. Das Wissen darum war den Hochgraden vorbehalten, jenen, die ihre letzte Herausforderung annahmen, um den einen, unsagbar kostbaren Tropfen dessen zu sich zu nehmen, der als Destillat aus dem Schwarzen Sumpf dort austrat.

Die schwärenden Wunden in Nefers Fell heilten nicht, sie bedeckten jetzt seine Pfoten. Und die Ballen bluteten, die Beine schwollen an.

Er musste grauenhafte Schmerzen erleiden.

Es war seine Aufgabe, ihn, wenn nötig, davon zu befreien.

Nefers ganzes Fell sträubte sich vor Entsetzen bei dem Gedanken.

»Halt durch, Finn. Du musst einfach durchhalten.«

Feli hatte Ohrring und Ankh abgenommen und trotteten neben Che-Nupet auf dem schmalen Pfad entlang. Durch den Nebel erkannte sie kurz darauf ein hohes Portal, ähnlich dem, das zu den Goldenen Steppen führte. Auch hier saßen auf den beiden Säulen rechts und links Sphingen. Sie blinzelte. Einmal, dann zweimal. Dann atmete sie heftig aus.

Die waren nicht aus Stein.

Die waren echt.

»Heiliger Sphinx«, murmelte sie.

Che-Nupet trat vor und legte sich lang ausgestreckt nieder. Feli kniete sich neben sie und legte auf ihr Pfotenzucken Ohrring und Ankh vor sich. Dann verneigte sie sich und blieb in gebeugter Stellung. Mochte ihre Freundin diese Geschöpfe Wächter nennen – sie gingen auch ganz gut als Monster durch.

Die Löwenkrallen der beiden Sphingen waren gewaltig.

Einer der geflügelten Männer sagte etwas zu Che-Nupet, und sie antwortete. Nicht mit Maunzen, sondern in einer anderen Art von Sprache. Es schien eine komplizierte Verhandlung zu sein, denn sie zog sich in die Länge. Es schien, dass sich der Sphinx weigerte, ihrer Bitte nachzukommen. Doch schließlich nickte er, und zu Felis maßlosem Entsetzen sprang er von seiner Säule und kam direkt auf sie zu.

Sie hatte versprochen zu schweigen.

Aber ein kleiner gewürgter Laut drängte sich aus ihrer Kehle.

Che-Nupet drückte sie auf den Boden und schnurrte sie an.

Reglos blieb sie liegen. Sie hatte ihr Vertrauen versprochen, aber angesichts der Tatzen vor ihren Augen fiel ihr das wahrlich schwer. Sollte sie als Opfer dienen?

Der Sphinx stellte sich jetzt über sie, dann fühlte sie, wie seine Vorderpfoten sich in ihren Rucksack krallten. Und mit einem Ruck wurde sie hochgehoben.

Ein Quieken kam aus ihrer Kehle.

Sie wurde fallen gelassen.

Unsanft fiel sie auf den Boden und schürfte sich die Knie und Hände auf.

Che-Nupet stupste sie an, und in ihren Augen stand eine Warnung.

Okay, Schweigen!

Noch einmal sprach die Katze mit dem Sphinx, der offensichtlich unwillig war. Wenn sie nur wüsste, was zwischen den beiden verhandelt wurde. Was hatte Che-Nupet dem Löwenmenschen versprochen dafür, dass sie das Heldenwasser holen durfte?

»Musst du vertrauen«, flüsterte es in ihren Gedanken.

Oh Mann, vertrauen. Und schweigen.

Oh Mann!!!

Und wieder krallte der Sphinx in ihren Rucksack. Dann schwebte sie in die Höhe. Und sie wusste, was Panikstarre bedeutete.

Nefer kaute an seiner Pfote. Die Zeit in den Grauen Wäldern dehnte sich anders als in Trefélin oder der Menschenwelt. Es fehlten Sonne und Mond, die die Zeichen setzten.

Wie lange war Finn nun schon in seinen Horrorvisionen? Wie lange würde er noch durchhalten können?

Die Wunden waren verschwunden, aber nun rieselte Blut aus seinen Ohren.

Sachte leckte er ihm über das Gesicht. Es kam keine Reaktion, nur Finns Muskeln zitterten völlig willkürlich, sein Atem ging schnell und flach.

Würde er jemals wieder aufwachen? Selbst wenn er das heilende Wasser bekäme? Und wenn, würde er je vergessen, was er hier und jetzt durchleben musste?

Wann würden Feli und Che-Nupet wiederkommen?

Es raschelte etwas zwischen den Bäumen.

Nefer fuhr auf. Bereit zum Mord.

Shepsi!

Der kicherte.

»Hat's ihn doch erwischt, was? Schwarzes Rinnsal, was? Sind schon mehr dran krepiert!«

Nefer vergeudete nicht einen Wimpernschlag mit Vorgeplänkel. Er sprang den Kater an, alle Krallen ausgefahren. Der sprang zurück. Ein Stück Ohr blieb in Nefers Kralle hängen.

Shepsi schlug zurück, Nefer wich aus, schlug abermals zu.

Shepsis Nase blutet. Er rannte los.

Finn kreischte, seine Stimme brach.

Nefer ließ Shepsi laufen und kehrte zu ihm zurück.

»Schwarze Rattenkacke«, flüsterte er.

Was Che-Nupet vorhergesagt hatte, war jetzt eingetreten. Die

Starre, aus der Finn sich nicht mehr befreien konnte. In der nur sein Geist noch lebendig war – aber der musste das vollkommene Grauen durchleben, wieder und wieder.

Er würde sterben. Langsam, qualvoll.

Oder er musste ihn töten …

Nefer zitterte nun auch.

»Finn, mein Freund«, sagte er leise. »Oh heiliger Sphinx! Mein Freund.«

Erst nach einer Weile nahm Feli die Umwelt wieder wahr.

Mächtiges Flügelrauschen war über ihr, und unter ihr brodelte eine schwarze Fläche.

Gott, der Schwarze Sumpf! Wollte der sie hineinfallen lassen? War das die Möglichkeit, Finn zu helfen?

Nein, das wollte der Sphinx nicht. Sie überquerten eine Mauer, und unter ihnen breitete sich eine felsige Fläche aus, über ihr beschien der volle Mond mit seinem silbernen Licht das Land. Verhältnismäßig sanft wurde sie abgesetzt. Sie klapperte mit den Zähnen und versuchte, ihre Gliedmaßen wieder unter Kontrolle zu bekommen. Die Riemen des Rucksacks hatten sich tief eingeschnitten, und ihre Arme wollten ihr nicht gehorchen. Die kleinen Abschürfungen und blauen Flecken würde sie locker verschmerzen, wenn sie diesen Alptraum nur endlich überstanden hatte.

Die Löwentatzen waren neben ihr. Eine stupste sie sacht an, und sie sah hoch.

Der Mann mit dem golden und türkisfarben gestreiften Kopftuch blickte sie ernst an. Ein Bild von einem Mann, durchfuhr es Feli. Ein kantiges, dunkles Gesicht, klassisch wie eine Statue, ebenmäßig, doch von machtvoller Ausstrahlung. Sie hätte ihn gerne länger angesehen, aber er wies mit der Tatze auf die Felswand vor ihnen. Fedrige Farne wuchsen dort, dazwischen kleine weiße Blüten und ein Kraut, dessen rundliche Blätter wie mit

Gold bestäubt schienen. Die Felswand aber war schwarz von Nässe, und hoch oben schimmerte ein einzelner Tropfen an einem Vorsprung.

Der Sphinx wies darauf.

Die Flasche! Wasser für Finn. Heilwasser vermutlich.

Feli zwang ihre Arme, ihrem Willen zu gehorchen, und langsam, unbeholfen kramte sie die Flasche aus ihrem Rucksack und näherte sich langsam dem Felsen. Sie musste sich ein wenig recken, um an den Tropfen zu gelangen. Dann fiel er in die Öffnung.

Sie drehte sich zu dem Sphinx um. Er nickte und wies noch einmal nach oben.

Ein zweiter Tropfen begann sich zu bilden. Sehr, sehr langsam.

Viel zu langsam.

Sie wandte sich ab und schaute sich um. Das Land lag unter ihr, ein weites, flaches Gebiet, das in der Ferne zu einem Gebirge anstieg. Ein breiter, vielarmiger Fluss schlängelte sich durch das Gelände, und in der Ferne ragte ein Gebäude auf. Ein Tempel vielleicht oder ein Palast.

Ein Geräusch ertönte hinter ihr.

Sie drehte sich um und konnte gerade noch einen Schreckenslaut unterdrücken. Eine Frau stand da – Frau? Eine Frau mit einem Löwenkopf. Und ihre Augen funkelten bösartig.

Che-Nupet hatte sie gewarnt – sie würde sie zerfleischen.

Feli keuchte vor Angst.

Der Sphinx stellte sich zwischen sie und die wütende Frau.

Na, wenigstens was.

Er deutete auf den Felsen.

Der Tropfen war so dick geworden, dass er zu fallen drohte. Feli wollte ihn abermals in der Flasche auffangen, aber die Löwenköpfige stieß ein drohendes Brüllen aus.

Der Tropfen verfehlte den Flaschenhals und rann an der Außenseite entlang. Ohne nachzudenken fing Feli ihn mit dem

Finger ab und ließ ihn in die Flasche fallen. Dann leckte sie sich den Finger ab.

Das Brüllen wurde lauter!

Nefer fühlte sich erbärmlich. Er fühlte sich entsetzlich.

Was sollte er nur tun? – Finn lag so starr und unbeweglich vor ihm, jeder einzelne Muskel verkrampft, sein Atem röchelnd. Er litt, das stand außer Frage.

Wo blieb Che-Nupet mit Feli?

Hatten sie das Land unter dem Silbermond erreicht? Hatten sie das Wasser gefunden?

Nefer wusste nur, dass in jenem mystischen Land Gefahren drohten, die keiner auszusprechen wagte. Dass dort Mächte herrschten, die dem lieblichen Namen des Landes in keiner Weise entsprachen. Welche Macht hatte Che-Nupet wirklich?

Ihn schauderte es.

Wie lange sollte er noch warten?

Sollte er seinen Freund töten? Und dann würden die beiden gleich darauf erscheinen?

Würde er ihn nicht töten, musste Finn, der unschuldige Finn, den er in diese grauenvolle Situation gebracht hatte, weitere unsägliche Qualen erleiden?

Er sah den starren Graupelz an.

Er musste es tun. Was er gesehen hatte, war zu furchtbar ...

Feli wurde mit einem Ruck emporgerissen.

Die Löwenfrau hob drohend die Hände – krallenbewehrte Hände.

Der Sphinx schlug mit den Flügeln.

Sie entkamen.

Gerade so eben.

Die Erleichterung, dem Tod entkommen zu sein, verhinderte diesmal, dass sie während des Fluges in Panik verfiel. Sie umklammerte die Flasche mit dem kostbaren Wasser und betrachtete die Welt von oben. Zwar fühlte sie sich erbärmlich hilflos, so in den Krallen des Löwen. Ihre Beine baumelten nach unten, und die Träger des Rucksacks schnitten ihr wieder in die Glieder, aber irgendwie war es auch wieder faszinierend. Der Schwarze Sumpf war ein kreisrundes Gebilde, von einer hohen, kunstvoll gebauten Mauer umgeben. Woher er gespeist wurde, konnte sie nicht erkennen. Auch nicht, wo das Rinnsal austrat. Er roch auch nicht sumpfig oder ekelerregend. Und dennoch strömte er etwas aus, das ihr Schauder verursachte.

Dann glitten sie wieder durch die silbrig-grauen Bäume, und sie wurde auf dem Boden abgesetzt. Ihr war ein wenig schwindelig. So blieb sie sicherheitshalber liegen, schaffte es aber, den Verschluss auf die Flasche zu drehen.

Che-Nupet und der Sphinx tauschten wohl noch einige Höflichkeiten aus, dann stupste die Kätzin sie wieder an. Sie wies auf Ring und Ankh. Feli nahm es auf, aber als sie beides anlegen wollte, patschte die Kätzin ihr auf die Hand.

Der Sphinx saß nun wieder auf der Säule, und als sie aufgestanden war, erschien es ihr angemessen, mit vor der Brust gekreuzten Armen eine tiefe Verbeugung zu machen.

Huschte da wirklich ein Lächeln über das strenge Gesicht?

Che-Nupet drängte sie auf den Weg zurück, und als sie außer Sichtweite des Portals waren, blieb sie stehen und wedelte mit der Pfote an ihrem Ohr.

Aha, jetzt durfte sie wohl ihren Schmuck wieder anlegen.

Das Ankh fühlte sich an ihrem Hals gut an, und als sie den Ohrring angesteckt hatte, hörte sie Che-Nupet sagen: »Hast du gut gemacht. Sehr gut, Feli. Jetzt helfen wir Finn.«

Sie rasten los.

Nefer saß noch immer unschlüssig neben seinem Freund, der stocksteif im Laub lag.

Sollte er?

Es war leicht, ihm die Kehle durchzubeißen – er würde sich nicht wehren.

Wo blieben Che-Nupet und Feli?

Was sollte er tun?

Musste er es tun?

Er musste es. Es würde keine Rettung mehr geben.

Er stand auf. Seine Beine versagten ihm fast den Dienst.

Es wäre die letzte gute Tat, die er seinem Freund schuldete.

Hatte er nicht wissen wollen, wohin die Seelen der Menschen nach ihrem Tod gingen?

Er beugte sich über Finns Hals und schnurrte. Er schnurrte seinen Abschiedsgruß.

Dann öffnete er seinen Fang, um zuzubeißen.

»Nefer! Nicht!«

Feli schrie, sprang von Che-Nupets Rücken und fiel ihm in den Nacken. Nefer rollte zur Seite.

»Ist gut, haben wir Wasser bekommen.«

Che-Nupet trat an Finn heran und beschnüffelte ihn.

»Er bewegt sich nicht. Er atmet kaum. Könnt ihr helfen?«, fragte Nefer bebend.

»Sehen wir. Feli, die Flasche.«

Feli holte die Flasche hervor und besah sie kritisch.

»Da sind nur zwei Tropfen drin. Ich vermute mal, das ist die Dosis, die er braucht. Wie kriegen wir das hin, ohne was zu verschütten?«

»Hast du Hände. Musst du ihm das Maul aufmachen und reingießen, ne?«

»Er muss es aber auch schlucken.«

Sie sahen alle die Flasche an.

»Besser in die Nase, dann läuft es den Rachen hinunter«, sinnierte Feli.

»Kannst du nicht gießen.«

»Nein, muss ich in den Mund nehmen und hineinpressen.«

»Darfst du nicht.«

»Warum nicht?«

»Das …« Erstmals sah Feli Che-Nupet hilflos. Dann schüttelte sich die Katze. »Mach. Aber nicht selber schlucken, Feli. Versprochen?«

»Versprochen.«

Sie nahm also den kleinen Schluck des süß schmeckenden Wassers in den Mund und beugte sich über Finns schwarze Nase. Sacht presste sie ihm das kostbare Wasser hinein, ganz langsam, damit er nicht nieste. Dann richtete sie sich auf und leckte sich die Lippen.

»Lecker das Zeug. Aber in größeren Portionen wohl ein bisschen sehr süß.«

»Er kommt zu sich«, sagte Nefer.

»Finn! Finn, wir sind bei dir. Alles wieder okay.«

»Nichts … Nichts okay.«

»Doch, alles ist in Ordnung. Komm, beweg dich.«

Feli kraulte ihn. Er zitterte, und unter seinem Fell zuckte es.

»Hölle. Das ist die Hölle.«

»Macht das Schwarze Rinnsal«, erklärte Che-Nupet. »Aller Horror, alle Angst …«

»Ja, oh ja. Oh Mann, wozu sind Menschen nur fähig!«

»Ja, du wirst erinnern. Aber du wirst ertragen können.«

»Was habt ihr gemacht?«

»Müssen wir drüber schweigen, bitte. Müssen jetzt zu Bastet Merit.«

Nefer saß ganz still neben Finn. Feli sah, wie erschüttert er war, und ging zu ihm.

»Du hättest es getan?«, flüsterte sie.

Er nickte.

»Du bist ein guter Freund, Nefer. Aber wir werden auch darüber schweigen, nicht wahr?«

Wieder nickte er.

»Lasst uns hier bloß verschwinden«, sagte Finn, nun schon wieder etwas fester.

»Ja«, meinte Feli. »Wir müssen noch Imhotep abholen.«

»Oh ja. Und dazu muss Finn wieder Mann werden, ne?«

Finn lief schweigend neben ihnen her. Die Erinnerungen an den Horror sanken irgendwie in eine Art gnädigen Nebel hinab. Aber er wusste, dass sie jederzeit wieder auftauchen konnten – die Erinnerungen an Folter, Erniedrigung, unendliche Schmerzen, Grausamkeiten ohne Namen. Doch im Augenblick verschwamm alles das, und er gewann die Kontrolle über die Gegenwart wieder. Und als er den Kater am Ast hängen sah, blieb ihm der Mund offen stehen.

»Praktisch. Jetzt kann man ihn über einen Stecken hängen und wie einen toten Hirsch tragen.« Kopfschüttelnd fügte er hinzu: »Ich hab mal so ein Bild gesehen, von Jägern.«

»Genau das schwebte mir auch vor.« Feli grub wieder in ihrem Rucksack und holte das Shirt und die Bermudas hervor, die sie für Finn mitgenommen hatte, als sie noch nicht wussten, dass er sich in einen Kater verwandelt hatte. Sie hielt sie ihm hin und kicherte. »Mach Männchen!«

»Spinnst du?«

»Nö. Sei froh, dass ich dran gedacht hab. Sonst könntest du nackig nach Hause gehen.«

»Oh. Mhm. Und wie verwandle ich mich?«

»Indem du dich als Mann denkst.«

»Hab ich mich hin zu als Katze gedacht?«

»Das war mein Ring«, knurrte Nefer. »Und ich hätte beim Übergang meine Katzengestalt angenommen.«

»Also komm, Finn, es ist vermutlich nur ein Frage der Konzentration.« Und dann kicherte Feli schon wieder. »Ich guck auch weg. Und Che-Nupet auch.«

Finn grummelte zwar noch einen Moment, aber als Feli sich wieder umdrehte – ein bisschen zu früh – ,war er wieder Mensch. Ein wenig zerkratzt hier und da, hatte eine Narbe auf der Hüfte, noch ein Restchen Fell auf der Brust, aber wieder ganz Finn, den sie kannte. Er wirkte etwas verloren auf seinen zwei Beinen und machte die Fäuste versuchsweise auf und zu, als könne er sich nicht an den Gebrauch seiner Hände erinnern.

»Weißt du noch, wie man sich eine Hose anzieht?«

»Du wolltest dich umdrehen!«

»Hab ich ja auch gemacht. Ich hab nicht gesehen, wie du dich verwandelt hast. Obwohl ich sehr neugierig war.« Feli musterte ihn von oben bis unten. War er nicht eher der schlaksige Typ gewesen? Dieser Finn hier wirkte ziemlich muskulös.

»Sieh zu, dass du in die Hosen kommst, Finn, sonst guckt die dir noch was Wichtiges ab«, bemerkte jetzt auch noch Nefer, und Finn beeilte sich, in die Kleider zu kommen.

Imhotep war inzwischen wieder zu sich gekommen, aber seine ungemütliche Lage hatte ihm wohl die Sprache verschlagen. Das änderte sich, als Finn ihn von dem Ast auf den Boden plumpsen ließ.

»Meine Güte, kann der einen Unflat absondern. Da fallen einem ja fast die Ohren ab«, sagte Feli.

»Kannst du gucken, ne.«

Einen Moment brauchte Feli, um Che-Nupets Rat zu verstehen. Dann griff sie an das Ankh und schaute dem wütenden Kater in die Augen.

»HALT DIE KLAPPE!«, sandte sie ihm zu.

Imhotep verstummte.

Finn hatte einen brauchbaren dicken Ast gefunden, und Nefer nahm Feli den Rucksack ab. Sie schulterten den Kater, und ächzend setzte sich Feli in Bewegung.

»Ist nicht mehr weit. Hol dir Kraft aus dem Ankh!«

Auch das war also möglich, und vielleicht fünfhundert Schritt weiter lichtete sich der Nebel.

54. Majestät im Amt

Nathan betrachtete die graue Katze mit den schwarzen Tupfen, die sich schlafend auf seinem Sofa zusammengerollt hatte. Vorsichtig streichelte er ihr über das seidige Fell. Sie gab einen kleinen Laut des Wohlbehagens von sich, wachte aber nicht auf.

Den Verband an ihrer Pfote hatte sie am Nachmittag abgeknabbert. Sie hatte ihm aber erlaubt, sich die Wunde anzusehen, und er hatte bemerkt, dass der Schnitt gut verheilt war.

Wahrscheinlich würde sie ihre gesamte Anzahl von Krallen brauchen bei dem, was sie heute erwarteten. Sie hatte sie anschließend mit Leidenschaft an dem Stamm der Birke vor seinem Haus geschärft.

Wieder betrachtete er das schlanke Tier.

Tier?

Er hätte wer weiß was dafür gegeben, über dieses Erlebnis mit seinem Lehrer und Freund zu sprechen, der ihn einst das Wissen der Schamanen gelehrt hatte. Aber der alte Indianer war schon vor Jahren gestorben. Er selbst hatte ihn zu seiner Begräbnisstätte auf der unbewohnten Insel gerudert.

Als er ihn kennengelernt hatte, war er krank gewesen. Die äußeren Wunden waren zwar verheilt, aber sein Geist verstört durch die Erfahrung in der brennenden Hölle des Waldes. Wie er gerettet worden war, hatte er nie erfahren. Auch auf den Visionssuchen, auf die ihn sein Lehrer geschickt hatte, war er zu diesem Bereich nie vorgedrungen. Eine Flammenwand stand vor dem Erkennen.

Aber er hatte etwas anderes gefunden – eine Führerin, eine Ratgeberin, die ihn sanft, aber bestimmt durch die Abgründe seiner Seele geleitet hatte – durch einen nebeligen, grauen Wald voller Schatten, personifizierten Ängsten, gestaltgewordener Verzweiflung, Trauer und Mutlosigkeit. Bis er schließlich jene andere Welt betreten konnte, die ihm sein Lehrer versprochen hatte. Das Reich der Tiergeister, eine von Menschen unberührte Landschaft, in der seine Seele Heilung fand.

Tiergeister?

Die alten Traditionen besagten, dass diese Geister die Welten wechseln konnten, dass sie den Menschen leibhaftig begegneten, wenn es notwendig war. Das aber hatte er selbst noch nie erlebt.

Bis jetzt vermutlich.

Aber diese kleine Katze, autoritär, launisch, liebevoll und gefährlich, hatte er noch nie gesehen, weder in seinen Träumen noch in seinen Visionen. Und dennoch, wenn er nicht völlig verrückt geworden war, musste sie aus dieser anderen Welt stammen. Und sie wurde verfolgt, war in Gefahr, ermordet zu werden. Er könnte das alles als Spinnkram abtun, seiner Arbeit nachgehen und versuchen, sie zu vergessen. Aber etwas sagte ihm, dass er es einfach nicht konnte. Auch wenn er sich in eine völlig unberechenbare Gefahr begab, er wollte versuchen, ihr zu helfen, was immer heute geschehen würde.

Ob er mit Geistern zu ringen hatte, Gestaltwandlern oder realen Geschöpfen wusste er nicht. Alles, was er tun konnte, war, sich zu wappnen.

Gegen reale Gestalten, ob Mensch oder Raubtier, gab es Waffen. Und ein Jäger wusste sie einzusetzen.

Die Katze blinzelte, gähnte und versuchte gleichzeitig zu schnurren. Es war ein seltsames Geräusch, das ihm ein Lächeln entlockte.

»Ausgeschlafen?«

»Mirr.«

»Ja, das geht mir auch häufig so.«

Sie stand auf, streckte sich, machte einen Buckel und gähnte noch einmal herzhaft. Dann sprang sie vom Sofa und trottete zum Terrassenfenster. Angespannt sah sie in die hereinbrechende Dämmerung. Dann drehte sie sich um, maunzte ein paar Worte und klopfte mit der Pfote an die Scheibe.

»Du möchtest raus?«

»Mau!«

Er öffnete gehorsam. Aber sie blieb auf der Schwelle stehen und sah ihn bezwingend an.

»Ich soll mitkommen?«

»Mau.«

»Gut, aber nicht ohne Vorbereitung.«

Er hatte seine Jagdwaffen. Mit der Flinte über dem Rücken, der Pistole und dem Messer am Gürtel und einer starken Stablampe in der Tasche kam er zurück und strich der Katze über den Kopf.

»Wenn es mir irgend möglich ist, Majestätchen, werde ich dich beschützen.«

»Mau!«

»Na, dann komm. Führ mich, wohin du gehen musst!«

Sie strich ihm einmal um die Beine und hüpfte dann nach draußen. Nathan schloss die Glastür hinter ihr und verließ das Haus durch die Haustür.

Es war fast elf Uhr, und die Dämmerung ging in die Nacht über. Der Vollmond stand über den Wipfeln der Bäume und ließ den Wald farblos werden. Doch anders als jene grauen Wälder, die er einst im Geiste durchstreift hatte, waren die Schatten hier schwarz und die Konturen scharf, und Sterne funkelten zwischen den Ästen. Die Katze lief vor ihm her, eilig, doch aufmerksam. Immer wieder blieb sie stehen und drehte sich nach ihm um, wie um sich zu vergewissern, dass er ihr auch folgte. Die letzten Dämmerungssänger waren verstummt, die Nachtvögel hatten das Regiment übernommen. Er hörte den Schrei einer Eule und das Rufen der Waldkäuze. Auch anderes Getier war auf der Jagd. Man hörte es im Laub rascheln, gelegentlich ein Grunzen, ein heiseres Rufen.

Es waren für Nathan keine unbekannten Geräusche. Er war vertraut mit seinem Wald und oft genug selbst auf die nächtliche Jagd gegangen.

Die Katze wählte einen der ausgetretenen Pfade, und Nathan war kaum überrascht, als er bemerkte, dass sie sich in Richtung Dolmen bewegte. Hier hatte er sie schon einmal getroffen, die Stelle musste eine Bedeutung für sie haben.

Als sie die flechtenbewachsenen Steine erreichten, sprang sie auf die Deckplatte und sah ihn an.

»Hier also erwarten wir, was immer geschieht?«

»Mau.«

Er nahm die Flinte von der Schulter und lehnte sich an den Stamm der Eiche. Geduld war seine Stärke.

Er brauchte nicht lange zu warten.

Aber als es dann geschah, war er so verblüfft, dass er die Waffe in seiner Hand fallenließ.

Aus dem Dolmen kam ein riesiges dunkles Schemen gehuscht, sah sich mit leuchtenden Augen um, maunzte etwas und verschwand im Unterholz.

Die graue Katze sprang nach unten und stellte sich erwartungsvoll an den Eingang des Dolmens.

Und dann kam jener Junge herausgekrochen, den er hier schon einmal erwischt hatte, gefolgt von dem Mädchen. Beide zerrten ein großes, gefesseltes Tier hinter sich her. Ihnen schloss sich ein riesiger schwarzer Panther an.

Nein, nicht Panther – das war eine Katze. Nur geradezu unheimlich groß.

Felina, so hieß das Mädchen, zog ein Lederband über den Kopf, kniete vor der kleinen, grauen Katze nieder und legte es ihr um den Hals. Dann blieb sie knien und sagte leise: »Dein Ankh, Majestät!«

Nathan blinzelte und zwinkerte mit den Augen. Irgendwie war sein Blick verschwommen, doch nur für einen kleinen Moment. Als er wieder klar sehen konnte, war aus der kleinen Katze eine große geworden. Eine große graue, mit schwarzen Tupfen und schimmernden grünen Augen. Ein silbernes Henkelkreuz baumelte von ihrem Hals. Und ihre Ausstrahlung war nur als königlich zu bezeichnen.

Auch der junge Mann kniete vor ihr.

»Wir haben den Verbrecher gefangen, Majestät«, sagte er.

Sie maunzte etwas, das die beiden Menschen offensichtlich verstanden. Und dann drehte Felina sich um.

Feli war etwas verblüfft, den Förster hier anzutreffen. Sie hatten sich so auf Majestät konzentriert, dass sie seine Gegenwart nicht bemerkt hatten.

Und Himmel, was war Bastet Merit für eine Katze. Jede einzelne ihrer Fellspitzen strahlte Würde aus.

»Er hat mir ein Zuhause gegeben, Felina, Gesas Enkelin. Und er versteht ein wenig, was ich ihm sagen musste. Er ist mitgekommen, um mich zu beschützen, und ich bin ihm dankbar dafür. Aber er ist verwirrt von unserem Anblick. Bist du in der Lage, ihm zu erklären, was wir sind?«

»Ich kann es versuchen.«

»Dann tu es auch. Und du bist Finn, der Jungmensch, der mich vor einer Horde Trottel gerettet hat. Du bist offensichtlich auch in meinem Reich gewesen.«

»Ja, Majestät. Wenn auch nicht freiwillig.«

»Es war meine Schuld, Majestät«, sagte Nefer.

»Berichtet mir kurz, was geschehen ist. Und wie ihr diesen – mhm – Balg verschnürt habt.«

»Du, Nefer, zuerst.«

Während Nefer der Königin einen Lagebericht erstattete, wandte Felina sich an den Förster.

»Es muss Ihnen sehr komisch vorkommen, Herr Walker. Vielleicht kann ich es Ihnen erklären. Aber es ist schon ziemlich unglaublich.«

»Sie sollten auf einer Wanderung in Tirol sein, sagte mir Ihre Tante Iris.«

»Ja, ich habe sie angelogen. Ich war in einem anderen Land. Sehen Sie, Majestät kam als kleine Katze zu Ihnen, und zu mir kam in gleicher Größe Nefer. Der Schwarze da. Er bat mich um Hilfe. Mhm – ich kann die Katzen verstehen, weil ich von meiner Oma diesen Ring geerbt habe. Das ist noch ein bisschen schwieriger zu erklären.«

»Dann werde ich der Einfachheit halber alles glauben, was Sie mir erzählen.«

Feli atmete tief durch und versuchte, die wesentlichen Ereignisse zusammenzufassen. Der Förster hörte ihr mit halb gesenkten Lidern zu. Nur hin und wieder zuckte ein Muskel in seinem Gesicht. Schließlich strich er sich über die Stirn und sah zu der königlichen Katze hin, die nun aufrecht dasaß. Im Mondlicht schimmerte ihr Fell silbern.

Er machte einen Schritt auf sie zu, beugte die Knie und sagte: »Und ich habe Euch Majestätchen genannt. Verzeiht.«

Majestät kicherte.

»Der Mann hat Einfühlungsvermögen. Übersetze für ihn, Felina.«

Sie tat es.

»Ich habe dir zu danken, Nathan. Für deine Gastfreundschaft und deine Fürsorge. Und für die Leberwurst. Ja, für die besonders.«

»Es war mir ein Vergnügen, Majestät. Wann immer Ihr Lust habt, dürft Ihr über mein Haus und meine Vorräte verfügen.«

»Der soll mich nicht so schwülstig anreden.«

Feli sah, dass Nathan sich auf die Unterlippe biss, als sie wörtlich übersetzte, und ergänzte: »Ich glaube, Majestät und du reicht.«

»Sorry, ich bin mit dem höfischen Zeremoniell nicht so vertraut, Majestät.«

»Gibt keins. Wo ist Che-Nupet?«

»Sie ist gleich irgendwohin verschwunden. Soll ich sie rufen?«

»Mach!«

Da Feli nicht durch den Wald brüllen wollte, wandte sie den Trick an, den die Kätzin ihr gezeigt hatte. Sie rief sie in das Rund der vier Bäume.

Kurz darauf raschelte es, und die Rotbraune kam durch das Unterholz. Sie schlüpfte hinter Majestät und nuschelte: »Hatte solchen Hunger. Hab ein Wildschwein. Durfte ich?«

»Durftest du, Che-Nupet. Oder, Nathan? Che-Nupet hat eine große Anstrengung hinter sich und brauchte einen Imbiss«, erklärte Feli.

Aber Nathan antwortete nicht. Er starrte die Kätzin fassungslos an.

»Wingcat«, flüsterte er.

Che-Nupet starrte verlegen zu Boden. Sie versuchte sich rückwärts in den Dolmen zu bewegen.

»Schnuppel, bleib hier.«

»Kannnicht.«

»Doch, du kannst. Komm, sei nicht so schüchtern. Bitte.«

»Darfnich.«

Majestät drehte sich um.

»Che-Nupet, stell dich nicht so an. Du kennst den Mann.«

»Willnich.«

Feli ging zu Che-Nupet und legte ihr die Hand auf den Nacken.

»Ich verstehe, Schnuppel. Ich glaube, ich verstehe. Du wanderst viel, nicht wahr? Und du bist ihm schon begegnet.«

Che-Nupet nickte.

Ganz leise flüsterte Feli in ihr Ohr: »Er ist der Mann deiner Träume. Wortwörtlich.«

Kaum spürbares Nicken.

»Geh zu ihm.«

»Bin so komisch.«

»Nein, Schnuppel, das bist du nicht. Weder in Katzen- noch in Menschenaugen. Er möchte dich so gerne kennenlernen.«

Zögernd machte Che-Nupet einen Schritt vor.

Nathan kam auf sie zu und schaute sie an.

»Shaman«, flüsterten die Blätter. »Shaman.«

»Che-Nupet? So heißt du wirklich?«

Feli blieb dicht neben ihr und übersetzte.

»Manchmal.«

»Darf ich … darf ich dich berühren?«

»Magst du?«

»Che-Nupet, du hast mich so lange geführt, so beharrlich und so klug. Gestatte, dass ich mich vergewissere, dass du wirklich bist.«

Sie drückte ihren Kopf an seinen Arm. Ganz kurz nur, und er streichelte über ihren Kopf. Ihr Schnurren klang wie ein Schluchzen in Felis Ohren. Dann trat sie wieder zurück.

Feli musste schlucken. Wie viele Geheimnisse hatte ihre Freundin zu hüten, wie viel musste sie sich ihretwegen versagen? Sie umarmte die Katze und hielt sie fest an sich gedrückt.

»Nun ist Schluss mit den Rührseligkeiten«, bemerkte Majestät. »Wir haben noch ein paar Dinge zu regeln. Hier und jetzt. Und dann will ich endlich nach Hause.«

»Sehr wohl, Majestät«, sagte Feli, ließ aber Che-Nupet nicht los.

»So, dann. Als Erstes dieser Idiot hier. Imhotep, du warst einer meiner engsten Berater. Du hast dich gegen mein Volk erhoben, die Insignien der Macht gestohlen, Mord befohlen und Übergänge geschlossen. Nichts davon war dein Recht. Dir wurde der Ring genommen. Dir wird dein Amt genommen. Und ich nehme dir den Ersten, Zweiten und den Geburtsnamen. Namenlos und ohne Erinnerung wirst du auf alle Zeit in die Grauen Wälder verbannt.«

»Ähm – Majestät?«

»Finn?«

»Man hört gelegentlich vor der Vollstreckung des Urteils, was der Beschuldigte zu der Anklage zu sagen hat.«

»Der hat hier nichts mehr zu sagen.«

Feli trat Finn auf den Fuß.

»Ja, aber …«

»Es ist ihre Art der Rechtsprechung.«

»Nicht wirklich Recht«, murmelte er.

»Macht ihm die Fesseln ab und schickt ihn durch den Dolmen.«

»Nathan, können Sie mir ein Messer geben?«

Er reichte ihr seines, und Feli schnitt die Fesseln durch. Nefer schob den Namenlosen auf die Pfoten. Der taumelte, wurde aber dann von Che-Nupet und Nefer in den Dolmen gedrängt. Kurz darauf kamen die beiden alleine zurück.

»Er wandert.«

»Gut so. Und nun zu dir. Finn. Ein Mensch, der einem Trefélingeborenen das Leben gerettet hat, gebührt ein Geschenk. Du hast noch mehr getan, du hast geholfen, mein Reich gegen den Vernichter zu schützen. Auch wenn du dich dabei gelegentlich etwas deppert angestellt hast. Amun Hab hat dir den Ohrring verliehen, ich erlaube dir, ihn auf unbefristete Zeit zu tragen. Mach guten Gebrauch davon.«

Sprachlos sank Finn auf die Knie und verbeugte sich. Er bekam nur ein gestammeltes »Danke« heraus.

»Und du, Felina, Gesas Enkelin, hast meinem Volk selbstlos geholfen und deinem Namen alle Ehre gemacht. Du magst Gesas Ring behalten. Mach guten Gebrauch davon.«

Feli kniete ebenfalls nieder und sagte: »Danke, Majestät.«

»Und du, Nefer, bist ein junger Idiot. Aber was soll's, du hast deine Prüfung bestanden. Mach das Beste draus.«

»Oh. Danke, Majestät.«

»Che-Nupet, wir reden miteinander, wenn wir zurück sind.«

»Ja, Majestät.«

»Und jetzt verabschiedet euch voneinander.«

»Ja, Majestät.«

Feli ging zu Nefer und drückte ihre Nase an seine.

»Ich werde dich nie vergessen.«

Er schnurrte.

»Ich hätte so gerne noch mal über deinen Bauch geschlappt«, flüsterte er. Und Feli zog ihr T-Shirt hoch.

Schlapp.

»Daran werde ich immer denken.«

»Ah pah!«

»Und an alles andere auch. Du bist wundervoll, Felina. Leb wohl.«

Dann wandte er sich Finn zu, und beide schwiegen.

Feli fehlten auch die Worte, als sie Che-Nupet gegenüberstand. Die leckte ihr die Tränen von den Wangen.

»Übst du Schmetterling, ja? Denkst du an mich, ne?«

»Gewiss.«

Sie drückte sich fest an die Katze und schnurrte. Es half ein wenig, den Schmerz der Trennung zu bewältigen.

»Musst du Majestät übersetzen«, sagte sie dann und schubste sie von sich weg.

Nathan kniete vor Majestät und kraulte sie zwischen den Ohren.

»Du bist ein guter Mensch, Nathan. Kümmere dich um die Waldkatzen, sie halten viel von dir. Und das will wirklich etwas heißen.«

»Ja, Majestät.«

»Leb wohl, Nathan.«

Majestätens Nase näherte sich seinem Gesicht, und Feli drückte ihm fest die Hand auf die Schulter. »Nicht zurückzucken, das ist ein königlicher Kuss«, flüsterte sie.

Er nahm ihn in großer Würde entgegen.

Dann scheuchte Majestät Nefer und Che-Nupet in den Dolmen und wollte auch gerade gehen, als Feli siedend heiß einfiel, dass sie noch den Ohrring des Namenlosen in der Tasche hatte.

»Majestät, warte. Was soll ich damit machen?«

Majestät sah den Ring an, dann zog sich ein äußerst kätzisches Grinsen über ihr Gesicht.

»Gib ihn Nathan. Der soll das Beste draus machen.«

»Okay…«

Dann war sie weg.

55. Zukunftsträume und Schmetterlinge

Finn schlenderte über die Wiese am Kiessee. Überall lagen Handtücher und Badematten, auf denen sich Sonnenbratlinge aalten. Andere spielten mit Bällen oder Frisby-Scheiben, zwei nasse Hunde jagten einander und erregten Ärger oder Gelächter, je nachdem, wer von ihnen nassgespritzt wurde. Finn ignorierte sie, er hielt nach Felina Ausschau. Sie war mit Kristin am See verabredet, und er hatte an diesem Samstag früher als sonst seine Arbeit beendet. In dem Gewimmel fand er sie zunächst nicht, aber dann besann er sich auf die unerwartete Fähigkeit, die er seit seiner Rückverwandlung behalten hatte. Er öffnete ein wenig den Mund und sog die Luft ein. Und dann witterte er sie.

Zielstrebig bahnte er sich den Weg durch die Menschen.

Sie saß auf einer Bastmatte im Schneidersitz. Ihre Haare hatte sie zu zwei Stummeln über den Ohren zusammengebunden, etwas sehr Knappes in Blau und Grün bedeckte die wesentlichen Körperteile, ließ aber den Bauch frei.

Einen ziemlich appetitlichen Bauch.

Der Kater in ihm hatte tiefstes Verständnis für Nefer, der zu gerne darüber geleckt hatte.

Jetzt hatte er Verständnis. Vor zwei Wochen noch war er höllisch eifersüchtig gewesen.

Sie bemerkte ihn nicht, sie hatte die Augen geschlossen, und ihre Zungespitze lugte zwischen den Lippen hervor. Leise legte er seinen Rucksack ab und setzte sich auf die leere Matte neben ihr. Kristins, der pinkfarbenen Kosmetiktasche nach zu schließen.

»Lüftest du deine Zunge?«, fragte er.

Feli blinzelte. Und die Zungenspitze verschwand.

»Ich hab mich konzentriert. Hi, Finn, lange nicht gesehen.«

»Hi, Feli. Wo ist meine Schwester?«

»Mit zwei Adonissen Eis essen. Vermutlich findest du sie da hinten an dem Eiswagen.«

»Ich habe schon gefunden, was ich gesucht habe.«

»Ach?«

»Ja, dich. Ich meine … Oder stör ich?«

»Nein, natürlich nicht.« Und dann lächelte sie ihn an. »Ich habe Kristin schon gefragt, was mit dir los ist.«

»Hoffentlich hat sie keinen Quatsch erzählt.« Finn langte nach seinem Rucksack und zog ein Badetuch hervor. »Hast du was dagegen, wenn ich mich zu dir setze?«

»Nein. Und Kristin hat nur gesagt, dass du wohl irgendwie mit deiner Mutter klargekommen bist.«

»Ja, war gar nicht so schwer.« Und dann grinste er auch. »Erst hat sie wieder geschmollt, als ich ihr von meinen Plänen erzählt habe, aber dann habe ich sie mit zu Nathan genommen. Jetzt schwärmt sie für Naturburschen.«

»Wird sie wohl auf Eisenholz beißen.«

»Sind nicht meine Zähne. Jedenfalls ist es jetzt für sie okay, dass ich Forstwirtschaft studiere. Und Nathan hat mir angeboten, bei ihm bis zum Herbst ein Praktikum zu machen.« Er zeigte seine zerkratzten Hände vor, an denen einige Blasen aufgegangen waren. »Derzeit darf ich Holz hacken.«

»Das bildet weiter. Mehr als Erdbeeren pflücken, oder?«

»Kommt auf das Holz an. Er ist schon ein harter Knochen, der Förster, aber irgendwie auch interessant. Und wie bist du mit deiner Wandertante klargekommen?«

»Ganz gut. Sie hat mir komischerweise kaum Vorwürfe gemacht, und gefragt hat sie auch nicht sehr viel. Aber ich habe den Eindruck, dass sie mir nicht so recht glaubt, dass ich in Tirol war. Obwohl ich ihr von der schönen Landschaft vorgeschwärmt habe.«

»Vielleicht kennt sie Tirol?«

»Wahrscheinlich. Aber Berge und Seen gibt's überall, oder? Auch in Trefélin. Na, jedenfalls scheint es ihr zu reichen, dass ich unbeschadet zurückgekommen bin, und vor allem ist sie erfreut, dass ich jetzt die letzten Ferienwochen doch noch diese Waldwandertouren mitmache. Und von meinen Outdoor-Kochkünsten ist sie geradezu begeistert.«

Finn hatte sein Hemd ausgezogen und zeigte der Welt und Feli seinen gebräunten Oberkörper. Dass sie ihn unter den Wimpern gründlich anschaute, machte ihn gar nicht mehr unsicher.

»Wirst du es ihr erzählen? Ich meine, weil deine Oma ja auch da war?«

»Ich weiß noch nicht. Sie ist so ein furchtbar realistischer Mensch. Ich glaube, sie hat Gesa nie geglaubt, sondern immer nur gedacht, dass es selbst ausgedachte Geschichten sind, die sie erzählt hat. Aber Nathan glaubt es, nicht wahr?«

»Er glaubt es nicht nur, er weiß sogar das eine oder andere darüber. Wusstest du, dass er in Kanada bei einem Schamanen in der Ausbildung war?«

»Nein, aber das würde einiges erklären, nicht wahr?«

»Er kannte Che-Nupet.«

»Ja, er kannte Che-Nupet. Und sie ihn. Aber dass sie aus Trefélin stammt, wusste er nicht. Ich möchte mich auch noch mal mit ihm über Majestät unterhalten. Glaubst du, dass er was dagegen hat?«

»Nein, er hat sich sogar schon nach dir erkundigt.«

»Fein.« Sie zupfte an ihrem Handtuch. »Sag mal, diese Sache mit dem Rinnsal – ist das jetzt okay?«

»Ja. Nein, nicht ganz. Manchmal kommen noch Erinnerungen hoch. Und weißt du was – dann werde ich so wütend. So wütend auf die Menschen, die dieses Grauen verursachen. Dann kann ich sogar Imhotep verstehen.«

»Darum wolltest du, dass er sich rechtfertigen sollte?«

»Ja, vielleicht. Ich weiß nicht.«

»Es sind ihre Gesetze, und es ist ihr Reich.«

»Ja.«

»Anders als unsere Welt. Aber, Finn, es war so schön da.«

Feli senkte den Kopf. Und Finn wusste plötzlich, was diese Welle von Traurigkeit bedeutete, die sie ausstrahlte.

»Ich vermisse Nefer auch. Und das Katze sein und alles.«

»Sie war so eine gute Freundin.«

Etwas zögernd legte er den Arm um Felis Schultern.

»Du vermisst deine Freundin, ich meinen Freund, Feli. Aber wir beide kennen sie und … na ja, vielleicht können wie ja hier Freunde sein.«

Sie legte ihren Kopf an seine Schulter und schnurrte leise.

Er nahm es als Zustimmung und streichelte ihre Haare.

»Weißt du was, Finn?«

»Nein, sag's!«

»Ich habe seit einigen Tagen einen geradezu zwanghaften

Wunsch, ins Tierheim zu fahren und eine Katze zu bitten, zu mir zu kommen.«

»Mhm. Eigentlich keine ganz schlechte Idee. Ich könnte dich begleiten.«

»Ja, das könntest du. Vor allem, wenn da zwei Katzen ein neues Zuhause suchen.«

»Nerissa kriegt die Krise.«

»Das überlass der Katze.«

»Ah, ja. Klar.«

Feli lehnte sich an Finn und fand es gar nicht so übel, dass er seinen Arm um ihre Schultern gelegt hatte.

Ja, sie vermisste die Katzen, und sie vermisste sie schmerzlich, zumal sie so viele Geheimnisse hüten musste, über die sie mit niemandem reden durfte. Ein paar konnte sie mit Finn teilen, einige vermutlich auch mit Nathan, und manche sogar mit einer Katze …

Katzen wussten.

Aber über manches, das sie nun wusste, musste sie schweigen.

Sie verstand Che-Nupet besser. Viel besser. Vor allem verstand sie, warum sie so viele komische Übungen machte, um alle anderen von ihrem Wissen abzulenken.

Mit einem kleinen Lächeln beschloss sie, deren Taktik ebenfalls anzuwenden.

Ein blauer Schmetterling flatterte vorbei.

Feli schloss die Augen, die Zungenspitze erschien wieder in ihrem Mundwinkel, und sie konzentrierte sich auf den Falter. Als sie kurz darauf unter den Wimpern hervorlugte, kreiste er um ihren Kopf. Und dann, als sie fürchterlich zu schielen begann, setzte er sich auf ihre Nasenspitze.

»Hübsch!«, sagte Finn.

»Blau steht mir, ne?«

Dramatis personae

Die Menschen

Felina (»Feli«) Alderson – die Erbin eines Ohrrings, für die ein Märchen wahr wird und die darüber ihren eigenen Wert erkennt.

Finn Kirchner – von Frauen dominierter junger Rebell, der aufbegehrt, dabei auf die Schnauze fällt und wieder aufsteht.

Nerissa Kirchner – Finns Mutter, Redaktionsleiterin einer Frauenzeitschrift, geschieden, wechselnde Verhältnisse mit schönen, oberflächlichen Männern.

Kristin Kirchner – Finns Schwester, eine aufgestrapste Fashionista, Felis Freundin.

Felinas Eltern – Forscherehepaar, derzeit in China, Wuhan, in einem Projekt zum Klimawandel tätig.

Gesa Alderson – Felinas Großmutter väterlicherseits. Stirbt an einer Herzkrankheit, hinterlässt ihrer Enkelin den Ohrring.

Iris Alderson – Gesas Tochter, unverheiratet, Felis robuste Wandertante.

Nathan Walker – Förster, streng, bärbeißig, aber gerecht. Ein Wanderer.

Die Macht eines Drachen, die Seele eines Mädchens, das Herz eines Helden.

512 Seiten. ISBN 978-3-442-26809-2

Mädchen und Frauen ist es bei Todesstrafe verboten, Drachenmagie zu wirken. Dennoch träumt Eona davon, ein Drachenauge zu werden – die Erwählte einer der himmlischen Mächte. Als Junge verkleidet schmuggelt sie sich in die Auswahlzeremonie, und es geschieht das Unglaubliche: Der lange verschollene Spiegeldrache erwählt sie zu seiner magischen Novizin. Doch der ehrgeizige Lord Ido hat sie als Mädchen erkannt. Schneller als je eine Novizin zuvor muss Eona nun ihre Kräfte meistern – wenn sie nicht zum Spielball seiner dunklen Intrigen werden will …